U0531130

汤显祖戏曲文本叙事研究

王琦 著

中国社会科学出版社

图书在版编目(CIP)数据

汤显祖戏曲文本叙事研究 / 王琦著. —北京：中国社会科学出版社，2020.6
ISBN 978-7-5203-5804-0

Ⅰ.①汤⋯ Ⅱ.①王⋯ Ⅲ.①汤显祖（1550-1616）—戏剧文学—文学研究 Ⅳ.①I207.37

中国版本图书馆 CIP 数据核字（2019）第 290469 号

出 版 人	赵剑英
责任编辑	伊　岚
责任校对	张爱华
责任印制	张雪娇

出　　版	中国社会科学出版社
社　　址	北京鼓楼西大街甲 158 号
邮　　编	100720
网　　址	http://www.csspw.cn
发 行 部	010-84083685
门 市 部	010-84029450
经　　销	新华书店及其他书店
印刷装订	北京市十月印刷有限公司
版　　次	2020 年 6 月第 1 版
印　　次	2020 年 6 月第 1 次印刷
开　　本	710×1000　1/16
印　　张	15.25
插　　页	2
字　　数	234 千字
定　　价	88.00 元

凡购买中国社会科学出版社图书，如有质量问题请与本社营销中心联系调换
电话：010-84083683
版权所有　侵权必究

目　录

序一 ……………………………………………………………（1）
序二 ……………………………………………………………（4）
绪论 ……………………………………………………………（1）
第一章　汤显祖戏曲文本的叙事主题 …………………………（16）
　第一节　表层叙事主题——情之历险 ………………………（18）
　第二节　深层叙事主题——时间与人生 ……………………（42）
　小结 …………………………………………………………（55）
第二章　汤显祖戏曲文本叙事视阈中的人物
　　　　塑造法 ………………………………………………（58）
　第一节　"烘云托月"法 ……………………………………（59）
　第二节　专名的暗示与粘连法 ………………………………（61）
　第三节　特定环境碰撞下的人物塑造法 ……………………（64）
　第四节　多视点人物聚焦法 …………………………………（67）
　第五节　复杂的圆形人物塑造法 ……………………………（75）
　第六节　人物塑造的空间表征法 ……………………………（79）
　小结 …………………………………………………………（85）
第三章　汤显祖戏曲文本虚实相生的叙事策略 ………………（87）
　第一节　以情感的真挚性实现虚构叙事的真实性 …………（88）
　第二节　以逻辑的合理性实现虚构叙事的真实性 …………（90）
　第三节　以边界穿越的自由性与逻辑的合理性
　　　　　共同实现虚构叙事的真实性 ………………………（93）
　第四节　以虚实相间的历史人物与现实生活"素材"的
　　　　　共同渗入实现虚构叙事的真实性 …………………（94）

小结 …………………………………………………………（98）

第四章　汤显祖戏曲文本的梦叙述 ……………………………（99）
　　第一节　梦叙述的内容与成因 ……………………………（99）
　　第二节　梦材料的选择与组合机制 ………………………（106）
　　第三节　梦境时空的流动性 ………………………………（108）
　　第四节　梦叙述的叙事功能 ………………………………（111）
　　第五节　梦叙述的叙述分层与跨层 ………………………（113）
　　小结 …………………………………………………………（118）

第五章　汤显祖戏曲文本中的叙事时间 ………………………（120）
　　第一节　叙述时序——预叙与插叙 ………………………（120）
　　第二节　叙述节奏：场面、概叙及缓叙 …………………（139）
　　第三节　叙述时频——重复 ………………………………（146）
　　第四节　汤显祖戏曲文本的时间运用策略 ………………（156）
　　小结 …………………………………………………………（160）

第六章　汤显祖戏曲文本的空间叙事 …………………………（162）
　　第一节　地理空间 …………………………………………（163）
　　第二节　花园空间 …………………………………………（166）
　　第三节　梦境空间 …………………………………………（169）
　　第四节　记忆空间 …………………………………………（171）
　　第五节　图像空间 …………………………………………（175）
　　第六节　"空间之物"的叙事功能 …………………………（181）
　　小结 …………………………………………………………（192）

第七章　汤显祖戏曲文本的听觉叙事 …………………………（193）
　　第一节　真实作者的"聆察"与"善听" …………………（194）
　　第二节　汤显祖戏曲文本中的"音景"空间 ……………（197）
　　第三节　汤显祖戏曲文本听觉叙事的表现形态 …………（199）
　　小结 …………………………………………………………（202）

结语 ………………………………………………………………（204）

附录一 ……………………………………………………………（206）

附录二 ……………………………………………………………（211）

附录三 ……………………………………………………………（217）

附录四 …………………………………………………（223）
参考文献 …………………………………………………（225）
后记 ………………………………………………………（232）

序一

刘松来[*]

记得五年前王琦作为调剂生初入门下攻读博士学位时，我心中是惴惴不安的：一则担心她已为人妻、为人母，难免为家事拖累，无法全身心投入学业；二则对她以新闻传播的专业背景跨学科报考不甚放心，毕竟中国古代文学是个十分注重学术积淀的专业。然而四年过后，王琦却以她的睿智和勤奋证明我的担心完全是多余的，她不但以优异成绩按时取得了博士学位，而且呈现在读者面前的这份博士论文已显示出她较为宽阔的学术视野和扎实的专业功底。身为导师，对此，我感到由衷的欣慰。

王琦博士论文的选题为"汤显祖戏曲文本叙事研究"，论题所涉及的主要内容堪称当下中国文学研究领域中的两大显学。其中汤显祖戏曲作品的影响力可谓横贯东西，汤显祖本人则享有"东方莎士比亚"之美誉。当代著名戏曲理论家郭汉城先生早在1983年即已提出："外国有莎士比亚学，中国已经有《红楼梦》学，也不妨有研究汤显祖的'汤学'。"2016年，联合国教科文组织在世界范围内隆重纪念为世界文化作出巨大贡献且同时逝世400周年的三位作家，其中即有中国的汤显祖。可见，作为文化巨人之一的汤显祖的影响力早已超出了国界，完全具备国际化的传播与研究价值。至于"叙事学"，则更是业已成为当今文学研究领域十分重要的理论概念、批评视角和分析模式。无论是20世纪60—80年代视叙事作品为独立自足的研究体系的经典叙事学，还是80年代中后期以来转而关注叙事作品与其创作语境、接受语境之关联的后经典叙事学，都为研究挖掘

---

[*] 作者系江西师范大学文学院教授、博士生导师。

中国叙事文本的丰富内蕴提供了全新的视角和路径。所以汤显祖戏曲文本和叙事学研究的相关论著可谓汗牛充栋。王琦的博士论文敢于在这种高手林立的领域一显身手，一方面体现出她可贵的学术勇气，另一方面也显示出她敏锐的学术洞察力和慧眼独具。诚如郭英德先生《明清文人传奇研究》所言："戏曲文学因袭了中国古代史传文学的历史纪事能力和情节中心的艺术构思方式，同时大大地发展了以虚构与想象为基点的文学叙事能力，并建立起自成体系的戏剧化的叙事方式。"这就表明，在中国古代文学的所有文体当中，戏曲的叙事要素最为完备。不仅如此，作为中国古代戏曲文学的领军人物，汤显祖的戏曲文本还素有"案头剧"之称，不但适合舞台演出，而且适合案头阅读。王琦正是敏锐地捕捉到了以上种种信息，所以才独具慧眼地选定了这样一个极具创新空间的论文选题。

　　好的选题仅仅是论文迈向成功的第一步，在确定论题之后的近三年时间内，王琦全身心地投入到了文献梳理和文本研读当中，完成了从职业女性重新回归"住校生"的艰难蜕变，可谓殚精竭虑，焚膏继晷。正是由于经过了这一番艰苦的努力，所以论文开题报告中提出的种种理论假设得到了逻辑严密的论证或扬弃，最终形成了迄今为止"汤学"研究领域第一部从经典叙事学和后经典叙事学角度系统研究汤显祖戏曲文本的学术专著。由于学养所限，这部专著虽然略显稚嫩，但其中的创新之处是有目共睹的，我个人比较认可之处主要有以下三点。

　　一是匠心独具，采用了一种分合有致的独特结构。汤显祖的五部传奇作品尽管创作时间不同、内容情节各异，但它们毕竟出自同一创作主体，而且共同具备托诸梦境的艺术构思，因而完全可以在观照哲学思想、创作理念及主题内蕴时，将其视为一个有机的艺术整体，合而论之；而在探究具体的叙事技巧时，则可将每部作品视为相对独立的叙事文本，分而析之。这种分合有致的结构，不但使得整部著作具备了宏阔的视野，而且便于作者细致入微地深入分析每部文本的叙事手法，从而形成了一种宏观与微观有机结合的鲜明特色。

　　二是语—图互动。作者在书中大胆尝试从语—图互动的视角研究汤显祖戏曲文本图像叙事的特性与功能，深入探究了图像在人物情感与个性特征的捕捉、提炼、阐释、深化和提升等多种层面的叙事功能，初步揭示出图文之间的相互印证、相互阐发、相互补充，共同为戏曲的有效传播和抒情表意发挥作用的独特功能。这种独辟蹊径的研究路径，不但极具创新意识，而且为人们探究汤显祖戏曲文本的深层意蕴打开了一扇全新的窗口。

三是时空兼顾。本书不但从时序、时长、时频三个层面深入探讨了汤显祖戏曲文本叙事时间的多维形态及运用策略，而且从地理空间、花园空间、梦境空间、记忆空间、图像空间等五种维度，独具慧眼地总结出汤显祖善用"空间之物"的叙事技巧。特别值得称道的是，本书创造性地突破了以往学者仅从因果（线性时间）出发的研究范式，转而将研究侧重点置于汤显祖戏曲文本的空间叙事上，从而体现出浓郁的后经典叙事学研究色彩。

除了整体上的创新之外，书中不少章节在具体论证时也新见迭出。比如在分析汤显祖戏曲作品的叙事主题时，作者就独辟蹊径地将其区分为表层叙事主题和深层叙事主题，而且将表层叙事主题归纳为"情之历险"，深层叙事主题则归纳为"时间与人生"。上述归纳虽然不一定人人认可，但给人耳目一新之感却是不言而喻的。

毋庸置疑，这本著作也存在一些不足之处。我个人觉得书中的缺陷主要有二：一是在引入西方叙事学理论与方法时未能全然做到融会贯通，化而用之；二是未能结合演剧形态探讨汤显祖戏曲文本的叙事特色，难免有盲人摸象之嫌。

在通过答辩一年之后，王琦的博士论文经过进一步修改润色，书稿付梓在即，受作者之托，欣然为序。

2018 年 8 月 9 日草于江西师范大学寓所

序二

龙迪勇[*]

学问之道，贵在创新，但这说起来容易，真正做到却难。记得加拿大媒介思想家马歇尔·麦克卢汉曾经这样说过：我们能够看到的各类学术成果，绝大多数都是普及性的或应景性的，真正称得上创新的学术成果尚不足百分之五。麦克卢汉的话说得也许有点绝对，却并不违背中外学术史的发展事实：时至今日，任何学科累积下来的科研成果都可以用汗牛充栋来形容，但真正成为一个学科基石性的东西却不会太多；事实上，绝大多数所谓的学术专著或学术论文都逃不过时间的淘洗，很快就会成为过眼烟云。在我国目前学术大跃进的语境下，麦克卢汉的说法尤其值得我们深思：如果仅就数量而言，也许我们已经成为世界上数一数二的学术生产大国了，但这些所谓的科研成果真正能够产生影响并在学术史上留下思想痕迹的又有多少呢？且不说那些触目惊心的虚假学术、重复学术与剽窃学术，与每年数以万计的巨额数量相比，那些真正称得上创新的学术成果恐怕是微乎其微、少之又少的吧。

在我看来，对于那极其少数的创新性成果，其实又可以分为三类。第一类创新可称之为"从头说"。这就是说，研究者发现了别人还没有涉足的新的学术领域，找到了真正值得研究的有重要价值的学术问题，并首次对此问题进行了有学理性的描述、阐释和解答。第二类创新可称之为"重新说"，即对传统学术领域中的经典问题从新的角度进行观照，并对之做出了别出心裁的新解释，从而使人们对一个老的学术问题产生了新的

---

[*] 作者系东南大学艺术学院院长、教授、博士生导师。

认识。第三类创新则可称之为"接着说"。也就是说，所研究的领域及所研究的问题都并非首创，甚至研究的路径都是他人早已开辟的，但研究者沿着这一路径对已有的研究有所推进、有所发展。对于一个学者来说，要做出"接着说"的创新已属不易，做出"重新说"的创新更是困难，而做出"从头说"的创新则堪称难上加难了。

王琦这部《汤显祖戏曲文本叙事研究》的研究对象是有着"东方莎士比亚"之称的汤显祖，由于这位极具创造性的剧作家一直以来都受到中外研究者的高度重视，多年来，研究汤显祖戏曲作品的专著和论文可谓汗牛充栋、不计其数；而且，从叙事学的角度考察汤显祖的戏曲文本，也早已有学者做过了成功的尝试。显然，要对汤显祖这样一位研究热度一直都很高的作家进行研究，无论是就研究领域、研究对象还是研究路径而言，都实在难以做出真正意义上的创新了。在这种情况下，王琦并没有退缩，而是迎难而上，她的这部在博士论文基础上修改而成的专著，仍从"叙事"的角度出发，综合运用叙事学的相关理论，在已有研究的基础上"接着说"，而且确实说出了许多新的观点，从而使汤显祖的"戏曲文本叙事"呈现出了前人未曾看过的新面貌。

在我看来，王琦这部专著的新意主要表现在两个方面：首先是考察问题的整体性。众所周知，汤显祖是具有世界影响的明代戏曲作家，他一生创作的五部作品（分别为《紫钗记》、《牡丹亭》、《南柯记》、《邯郸记》，外加一部尚未完成的《紫箫记》）都堪称戏曲文学的精品。在已有的研究中，对这五部戏曲作品分别进行阐释或从某个角度进行考察的研究成果都很多，但从叙事学的角度对这些戏曲作品进行整体性观照的研究成果却似乎并不多见；而能综合运用叙事学理论，对这五部作品进行系统性、整体性、综合性的考察，并带有相当理论色彩和严密逻辑性的研究成果，则应始自王琦的这部《汤显祖戏曲文本叙事研究》。

其次是理论视角的新颖性。王琦的这部专著从叙事学的角度切入，具体研究汤显祖的"戏曲文本"，即涵盖其全部戏曲文本中的曲文、宾白、科介、作者题词、下场诗等在内的所有叙事性要素。当然，正如前面所指出的，从叙事学角度考察汤显祖的成果并非王琦的首创，但以往的研究多局限于所谓的"经典叙事学"，研究视角较为单一；而王琦则对叙事理论的最新发展较为了解，这就使其研究视角具有较大的新颖性。《汤显祖戏曲文本叙事研究》一书分七章，分别探讨了汤显祖五部戏曲文本的叙事主题、人物塑造法、叙事策略、梦叙述、叙事时间、空间叙事、听觉叙事等问题。像"梦叙事"、"空间叙事"以及"听觉叙事"（声音叙事）等代表叙事学最新发展的新理论，都被王琦用来分析汤显祖的戏曲文本了，这种新的理论视野必然会给汤显祖研究带来新的面貌。比如，"梦叙事"自本人于《梦：时间与叙事》（《江西社会科学》2002年第8期）一文中首次提出后，并没有引起学界足够的重视，但王琦运用这一理论来分析汤显祖的戏曲文本，却显得非常贴切，因为这位剧作家的代表作本来就有"临川四梦"之称。从《汤显祖戏曲文本叙事研究》的第四章不难看出，"梦叙事"理论的运用，确实让王琦从汤显祖的"梦戏剧"中看到了许多新的东西。

毋庸讳言，本书对叙事理论的运用也并非十全十美，部分篇章尚存在少量理论阐述与文本分析不够融洽之处；或对某些叙事理论的理解仍存在些许误差。此外，还值得一提的是：由于戏曲是一种紧密联系舞台演出的作品，戏曲的原始形态甚至根本就不必依赖文本，因此，如果我们仅仅从"文本"的层面去考察戏曲的叙事性，显然是不够完整的。尽管本书的某些具体论述已经考虑到了文本的"舞台性"特征，但是，如果能增加专门探讨汤显祖戏曲"文本"与"舞台"关系的篇章，本书就更加完美了。当然，这些所谓的不足其实算不上什么缺陷，而是一位充满朝气的年轻学者在未来学术道路上必须克服的障碍与必须跨越的沟坎。

算起来，我与王琦共事已经超过十个年头了。可以说，这些年来，我们亲眼见证了一位青年学者的努力与成长。

王琦已经走在学术的正道上，愿她继续勇敢前行。

绪　论

一　对象、背景与现状

汤显祖（1550—1616），字义仍，号若士、海若，自署清远道人，是明代著名思想家、文学家、戏曲作家及中国的戏曲导演学奠基人。汤显祖的戏曲作品影响力横贯东西，他享有"东方莎士比亚"之美誉。有关汤显祖的研究，近年来业已成为一门"显学"。当代著名戏曲理论家郭汉城先生在其为《汤显祖研究论文集》作的序中说："外国有莎士比亚学，中国已经有《红楼梦》学，也不妨有研究汤显祖的'汤学'。"[①] 2016年，联合国教科文组织在全世界范围内隆重纪念为世界文化作出巨大贡献且逝世400周年的三位作家：中国的汤显祖、英国的莎士比亚和西班牙的塞万提斯。可见，作为世界文化巨人之一的汤显祖的影响力早已超出了国界，具有国际化的传播与研究价值。

本书的研究对象为汤显祖一生创作的五部戏曲的文本，即《紫钗记》、《牡丹亭》（又称《还魂记》）、《南柯记》、《邯郸记》，合称"临川四梦"（又称"玉茗堂四梦"），外加一部尚未完成的戏曲作品——《紫箫记》。

毋庸置疑，戏曲为一门具有综合性的舞台表演艺术，人们唯有将案头的剧本和舞台表演结合起来考量，才能更全面完整地观察其艺术韵味与叙事形态。然而，由于个人学术视野和研究能力的限制，加之缺乏戏曲舞台表演方面的知识积累，笔者欲尝试全面研究但力有不逮。不得已，只好忍痛割舍与戏曲表演有关的诸如曲律、音响之类的舞台表演因素，仅将研究目光聚焦于汤显祖五部戏曲作品的文本上。略感慰怀的是，汤显祖的戏曲作品自问世以

[①] 郭汉城：《汤显祖研究论文集》，江西省文学艺术研究所编，中国戏剧出版社1984年版。

来，即被诸多曲评家认为颇具案头研究的价值。如汤翁本人在《紫钗记·作者题词》中就提及友人帅机对此曲之评价："此案头之书，非台上之曲也。"李渔亦认为《牡丹亭》中的部分曲文"字字俱费经营，字字皆欠明爽。此等妙语，止可作文字观，不得作传奇观。"（《闲情偶寄·曲话》）当然，上述曲评不是否定汤剧的舞台表演性，而是为了彰显其戏曲文本别具"意趣神色"、深具案头研读价值。事实上汤显祖的戏曲作品登台演出时的轰动场面就足以证明其不仅具有案头价值，更有强大的舞台生命力。

本书所研究的"汤显祖戏曲文本"，实则涵盖五部戏曲文本中的曲文、宾白、科介、作者题词、下场诗等在内的所有叙事性要素。这些戏曲文本要素在一定程度上将有助于了解戏曲演出现场的声色、动作、表情、演出情境及其舞台互动效果。

本书主要引入西方叙事学概念，同时结合中国叙事学的本土理论，将汤显祖的五部戏曲文本视为一个逻辑贯通、血脉相连的故事整体，按照不同的叙事要素分类考察，对五部戏曲文本进行较为详细深入的文本叙事分析。通过对汤显祖的五部传奇作品进行全面、深入、系统的叙事分析，力求探究汤显祖的戏曲文本中最为显著的叙事亮点与叙事技巧。

叙事学，无疑已成为当今文学理论中一个重要的理论概念、批评视角和分析模式。无论是20世纪60年代到80年代视叙事作品为独立自足的研究体系的经典叙事学，还是80年代中后期以来关注到叙事作品与其创作语境、接受语境之关联的后经典叙事学，都为研究挖掘中国叙事文本的丰富内蕴提供了全新的视角和路径。

早在明末清初时期，中国古代小说评点家金圣叹、毛宗岗、张竹坡、黄周星、冯镇峦、脂砚斋等人，就采用由几本"才子书"或"奇书"的序言、读法，直指回评、眉批、夹批等分析评论方法，对中国古代小说、戏曲文学作品进行过细读分析，初步归纳出中国叙事学结构形式、表现方式上的特征，从而建立起评点派叙事批评的范式。尽管他们尚未提出系统的叙事学理论，但他们的评点中已然包含了丰富细腻的叙事学要素，给后世研究中国文学作品颇多启示。

直到20世纪80年代中期，一些国外的汉学家率先将叙事学理论引入中国的古代小说研究，西方叙事理论由此才被译介到中国。美国学者韩南1981年在美国、英国出版的《中国白话小说史》（1989）可谓最早运用叙事理论研究中国古代小说的专著。然而此书的研究对象主要是白话短篇小说，叙事学理论只是他运用的多种研究方法中的一种，因此算不上全面系统运用叙事学理论研究中国古代小说的著作。美国汉学家浦安迪的专著《中国叙事学》（1996）采用西方独特的视角，对中国古代长篇章回小说[①]在叙述方面的基本特点和主要规律作出了一番独到的探究和阐释。

叙事学这个"舶来名词"自80年代中期传入中国，中国学者在选择性吸收之余，也渐次开启了对中国叙事传统的研究工作。如杨义先生先后著有《中国古典小说史论》（1995）和《中国叙事学》（1997）。前者深刻地提醒中国叙事学研究者关照独特的中国叙事系统，并敦促研究者把眼光回归和集中于这个系统内在的深层；后者则立足于结构、时间、视角、意象、评点家五个维度，从大量的中国叙事典籍中归纳出中国叙事文化的独特基因与法则。在《中国叙事理论与文化战略》一文中，杨义则指出，中国叙事学的建立应沿着"还原—参照—贯通—融合"的思路，即"返回中国文化的原点，参照西方现代理论，贯通古今文史，融合以期创新"，其宗旨在于"与现代文化转型的进程相呼应，建立既有中国特色、又充分现代化的叙事学体系"。[②]

傅修延先生在《先秦叙事研究——关于中国叙事传统的形成》（1999）一书中揭示了散见于甲骨青铜、卦爻歌辞、神话史传、诸子言论、民间文艺和宗教祭祀等多种叙事形态中的叙事规律；通过寻找叙事行为发生、成长与壮大的痕迹，观察传世典籍的贡献与影响[③]，由此得出"中国叙事传统形成于先秦时期"的重要结论。此后又推出新著《中国叙事学》（2015），该书循着初始篇、器物篇、经典篇、视听篇以及乡土篇的脉络，从不同角度挖掘出中国叙事的初始形态及其对后起叙事的重大影响，引导中国学者将研究视角转向挖掘中国本土叙事基因与规律上。

董乃斌先生在《中国小说的文体独立》（1992）之后，又主编了《中国文学叙事传统研究》（2012）一书。该书从叙事学角度审视中国文学史，发现中国文学史上赫然存在一个足堪与抒情传统并存而相互辉映的叙

[①] 浦安迪先生在《中国叙事学》一书中谓之"奇书文体"。
[②] 杨义：《中国叙事理论与文化战略》，《名作欣赏》2009年第9期。
[③] 张泽兵：《谶纬叙事研究》，博士学位论文，江西师范大学，2011年。

事传统。在该书第九章《元杂剧叙事模式论——以王实甫〈西厢记〉为中心》一文中，杨绪容先生对《西厢记》的改编叙事以及元杂剧爱情戏的叙事模式等进行了深入细致的文本分析。

此外，石昌渝的《中国小说源流论》（1994）、王平的《中国古代小说叙事研究》（2001）、陈平原的《中国小说叙事模式的转变》（2010）等著作，也不同程度具有筚路蓝缕、继往开来之历史意义，预示着中国叙事传统研究正逐步走向深入。

顺着探索中国叙事传统发生和发展的研究思路，我们发现，中国古代戏曲文学融合了多种叙事元素，中国传统的叙事基因经由多种形态植入了戏曲文学的肌理之中，形成了以"综合性"为显著特性的中国叙事文学的新文体。众所周知，与小说等叙事文体不同的是，戏曲是一门融合多种艺术手段为一体的综合性的舞台表演艺术。王国维在《中国戏曲史》中即对戏曲的基本特性作了如下定义："必合言语、动作、歌唱以演一故事，而后戏剧之意义始全。"可见，综合性是戏曲区别于其他文学样式最显著的审美特性。郭英德在《明清文人传奇研究》一书中详细概括了中国戏曲文学的综合性审美特征："就中国戏曲文学而言，其综合性也是西方戏剧文学所不能望其项背的。西方戏剧文学或为诗体，或为散文体，而中国戏曲文学则举凡中国文学史上所有文体，几乎无所不备，无所不用，明清文人传奇更是如此。"[1] 清代戏曲家孔尚任曾说："传奇虽小道，凡诗赋、词曲、四六、小说，无体不备。"[2] 究其根源，"中国古代戏曲文学的文体特性是在诗歌与史传的共同哺育下形成的。一方面，戏曲文学继承了中国古典诗歌抒情性的本质特征及其相应的感情表达方式，同时对之进行了广度的扩展和深度的开拓，构造了情景一体、极情极致和代言体等自身所独具的感情表达方式，创辟了独特的戏曲意境；另一方面，戏曲文学因袭了中国古代史传文学的历史纪事能力和情节中心的艺术构思方式，同时大大地发展了以虚构与想象为基点的文学叙事能力，并建立起自成体系的戏剧化的叙事方式"[3]。可见，中国古代戏曲文学是将叙事性与抒情性融

---

[1] 郭英德：《明清文人传奇研究》，台北文译出版社1991年版，第148页。
[2] （清）孔尚任：《桃花扇》，浙江古籍出版社1998年版，第11页。
[3] 郭英德：《明清文人传奇研究》，台北文译出版社1991年版，第179页。

为一体的、最具综合性的文学艺术样式。

基于上述认识，本书选取素有"明传奇之冠"美誉的汤显祖戏曲作品展开叙事分析，试图将其纳入中国叙事传统中加以考察，将五部戏曲作品视为一个完整的有机叙事整体，力求探究其中"同中有异、异中有同"的叙事风格与叙事策略。

在正式展开研究之前，笔者有必要先对汤显祖戏曲文本叙事的相关研究历程作一个简要的回顾。

（一）海外学者的汤显祖戏曲叙事研究概述[①]

汤显祖戏曲自70年代开始进入西方学者的研究视野后，越来越受到关注和重视。20世纪以来，西方学者陆续在西方的语境中用西方理论和研究视角对"临川四梦"进行全新阐释。纵观这些研究成果，笔者发现在海外学者的汤显祖戏曲作品研究方面，大致呈现如下特点：

1. 研究对象大多放在海内外传播最为广泛的《牡丹亭》的研究上，且普遍评价较高。如美国袁书菲（Sophie Volpp）的《文本、塾师与父亲——汤显祖〈牡丹亭〉中的教学与迂儒》、美国蔡九迪（Judith T. Zeitlin）的《异人同梦：吴吴山三妇合评本〈牡丹亭〉考释》、美国王靖宇（John Wang）《"姹紫嫣红"——〈牡丹亭·惊梦〉三家英译评点》等。这些研究较多肯定《牡丹亭》开创性的艺术成就。其中，较具代表性观点有伯特（Daniel S. Burt）等几位汉学家的评价。伯特认为：《牡丹亭》"融合了荷马《奥德赛》、维吉尔《埃涅伊德》、但丁《神曲》和密尔顿《失乐园》的种种成分。此外，它也许是第一部以复杂而可信的女性为主人公的伟大史诗……是理解中国文化和中国古典戏剧传统的一个重要切入点"。梅尔文（Sheila Melvin）对《牡丹亭》的评价是："这部明代的作品完全可以与西方文化的伟大作品媲美。"宣立敦（Richard Strassberg）则指出："《牡丹亭》值得所有研究中国文学和热衷于中国文学的人拥有。"

2. 多运用跨文本研究方法，在文本的网络中多维度、多视角地彰显汤显祖戏剧特有的艺术思维方式和呈现形式。目前，很多西方学者的研究

[①] 20世纪70年代以来汤显祖戏曲在西方的研究概述，主要参见徐永明《英语世界的汤显祖研究论著选译》，[新加坡]陈靝沅主编，浙江古籍出版社2013年版，第3—4页。

着眼点不再局限于《牡丹亭》本身，而是拓展到大量与《牡丹亭》相关的作品的比较，将《牡丹亭》的文本置于广阔的文学背景中加以审视[①]。如白芝和李德瑞（Dore J. Lery）等学者通过文本比较讨论《牡丹亭》的戏剧形式和戏剧结构等问题；特罗伊（David T. Roy）、黄卫总（Martin Huang）、陆蒂娜（Tina Lu）、史凯蒂（Catherine C. Swatek）、魏爱莲（Ellen Widmer）等学者则主要讨论《牡丹亭》与《长生殿》《桃花扇》等剧作的蓝本与改编本之间的关系。

3. 多将汤显祖与莎士比亚的剧作进行比较研究。随着汤学研究的不断深入，开始出现了比较文学视阈下的汤显祖与莎士比亚戏剧作品研究的热潮。最早将二者相提并论的是日本学者青木正儿。20世纪三四十年代，赵景深在《汤显祖与莎士比亚》一文中列举了汤显祖与莎士比亚的五个共同点。徐朔方的《汤显祖与莎士比亚》（1978）中选取《牡丹亭》与《罗密欧与朱丽叶》戏曲文本为例，剖析了汤显祖与莎士比亚的剧作在文体、演出方式、观众以及作者的社会地位等方面的差异，其中既指出了东西方社会制度与文化传统、时代思潮、悲喜剧美学观念的差异，又谈到两位戏剧大家作品的共同点为所处时代言论的不自由，二者皆是借古喻今，并非自行编撰故事。该文章发表后，引起了学界对汤显祖与莎士比亚剧作比较研究的热潮。

4. "四梦"中的其他"三梦"也陆续开始受到研究关注。目前已有部分相关论文开始将研究兴趣点转移至其他"三梦"上。如美国沈静的《〈紫钗记〉对〈霍小玉传〉的改写》、新加坡容世诚的《〈邯郸记〉的表演内涵》。尽管目前仅是零星"火花"，但可见除了《牡丹亭》外，汤显祖的其他剧作亦开始逐渐进入西方研究者的学术视野。

总之，汤显祖及其剧作越来越受到海外学者的关注和重视，无论是著作还是论文数量都呈现多产的势头。这些海外学者的西方理论方法和视角无疑为汤显祖研究提供了一种新的研究视角。

（二）中国学者的汤显祖戏曲叙事研究概述

明清时期，汤显祖的五部戏曲作品一经问世，即得到不少曲评家的评

[①] 张玲：《英语国家汤显祖戏剧的跨文本研究——互文性与元文性的视角》，《剧本》2013年07期。

点批评。按照评点内容分类，大体如下：

1. 关于戏曲文本的结构问题

明代戏曲理论家王骥德、明末清初文学家张岱、近代词曲家吴梅都曾高度赞赏过《南柯记》和《邯郸记》的戏曲文本结构。王骥德在《曲律·杂论》第三十九下中，先总评"四梦"尽是"案头异书"，但在后半段却对汤氏的"后二梦"赞誉有加："至《南柯》《邯郸》二记，则渐削芜类，俛就矩度，布格即新，遣辞复俊，其掇拾本色，参差丽语，境往神来，巧凑妙合，又视元人别一蹊径，技出天纵，匪由人造。使其约束和鸾，稍闲声律，汰其剩字累语，规之全瑜，可令前无作者，后鲜来喆，二百年来，一人而已。"① 王骥德认为"后二梦"的叙事结构是伐尽繁冗芜杂的关目、力求使各出关目环环相扣、突出主题、凝练明快，给人耳目一新之感②。张岱在其著作《琅嬛文集》中亦对"后二梦"评曰："'蚁梦'、《邯郸》比之前剧，更能脱化一番，学问较前更进，而词学较前反为削色。"笔者揣度张岱此处所言的"学问"，大抵意指相对于"词学"而言的叙事结构、情节布局等部分。吴梅亦在其著作《中国戏曲概论·明人传奇》中评价《邯郸记》与其他"三梦"相比，戏曲结构更为"直捷了当，无一泛语。增一折不得，删一折不得"③。可见，明清曲家多半注意到"后二梦"的叙事结构问题，并予以肯定。

2. 关于精神主旨问题

关于"临川四梦"的精神主旨问题，明代曲论家吕天成在《曲品卷下·旧传奇品》中将《紫钗记》列为"上上品"，认为其叙事主题是"描写闺妇怨夫之情"；而认为《还魂记》(《牡丹亭》)则"着意发挥怀春慕色之情"④。明代文学家王思任在《批点玉茗堂〈牡丹亭〉叙》中云："而其立言指神，《邯郸》，仙也；《南柯》，佛也；《紫钗》，侠也；《牡丹亭》，情也。"⑤ 王思任此处所指的"神"其实即一部作品的"精神旨意"。王思任概括《邯郸记》的主旨实则是"仙"，《南柯记》的主旨实

---

① （明）王骥德：《王骥德曲律》，湖南人民出版社1983年版，第215—216页。
② 吴梅：《中国戏曲概论》，冯统一点校，中国人民大学出版社2011年版，第168页。
③ 毛效同：《汤显祖研究资料汇编》，上海古籍出版社1986年版，第671页。
④ （明）吕天成：《曲品卷下·旧传奇品》，吴书荫校注，中华书局1990年版，第221页。
⑤ （明）王思任：《王思任批评本〈牡丹亭〉》，凤凰出版社2011年版，第1页。

则是"佛",《紫钗记》的主旨实则是"侠",《牡丹亭》的主旨实则是"情"。而吴梅则在《中国戏曲概论·〈南柯〉》中将其中"三梦"的叙事主旨概括为:《紫钗》梦怨,着力表现"离合悲欢";《邯郸》梦逸,致力表现"科名封拜";独《南柯》"梦入于幻","于困难见巧,处处不离蝼蚁着想,奇情壮采,反欲突出三梦之上"。①

3. 关于人物塑造问题

王思任在《批点玉茗堂〈牡丹亭〉叙》中对《牡丹亭》的人物塑造技巧给予了充分肯定。"其款置数人,笑者真笑,笑即有声;啼者真啼,啼即有泪;叹者真叹,叹即有气。杜丽娘之妖也,柳梦梅之痴也,老夫人之软也,杜安抚之古执也,陈最良之雾也,春香之贼牢也,无不才能够筋节窍髓,以探其七情生动之微也。"②王思任指出了剧中"杜丽娘""柳生""老夫人""杜安抚""陈教授""春香"的人物形象最鲜明的特点并随后分别详加概述,最终得出结论:"如此等人,皆若士元空中增减圬塑,而以毫风吹气生活之者也。"王思任对汤氏《牡丹亭》之人物形象把握之深刻、概括之精准,实在令人叹服。无怪乎明代批评家陈继儒曰:"《牡丹亭》一经王山阴批评,拨动骷髅之根尘,提出傀儡之啼哭,关汉卿、高则诚曾遇此知音呢?"③

吴梅则在《中国戏曲概论·"四梦"总论》中就"四梦"中的人物问题提出了独到深刻的见解。他首先泛言寻常传奇,必尊生角,但"四梦"反其道而行之。"四梦"之"生角"如《还魂记》中的柳生、《邯郸记》中的卢生、《南柯记》中的淳生,皆无足称道。他随后指出,"四梦"戏曲文本中的表层主要人物,即"四梦"之主人,为杜女、霍郡主、卢生、淳于棼。然而,"深知文义者"也不过认为"四梦"戏曲文本的叙事主旨是"《还魂》鬼也,《紫钗》侠也,《邯郸》仙也,《南柯》佛也"④。最后他认为,"四梦"戏曲文本中的主旨人物实乃判官、黄衫客、吕翁、契玄,并认为人物塑造的深刻独特之处即为汤氏之卓越天才处——"玉

---

① 吴梅:《中国戏曲概论》,冯统一点校,中国人民大学出版社2011年版,第169页。

② (明)王思任:《王思任批评本〈牡丹亭〉》,凤凰出版社2011年版,第1页。

③ 陈继儒:《批点牡丹亭题词》,《汤显祖诗文集》,徐朔方笺校,上海古籍出版社1982年版,第1544页。

④ 吴梅:《中国戏曲概论》,冯统一点校,中国人民大学出版社2011年版,第170页。

茗天才,所以超出寻常传奇作家者,即在此处"。① 上述论述,值得后世研究者详加揣摩。

4. 关于前后敷衍、衔接问题

填词之道,贵在于曲文之间能够相互承接、瞻前顾后,力求做到"烹炼自然"。吴梅在《顾曲麈谈·制曲》中就对《牡丹亭》中的宾白对曲文的暗示提携之功能作了肯定性评述。吴梅强调"曲文既须烹炼,又云自然",且指出《紫钗记》通本皆用了此法,从而既体现"烹炼者笔意",又体现"自然者笔机",惟有"意机交美,斯为妙句"。

总体来说,这些戏曲论著和评点批评,多重感性式的批评鉴赏或考据式的考察本事,对五部传奇文本的人物、结构、布局到前后敷衍、衔接等问题均有涉及。但由于受到"传奇乃小道末技"之中国传统曲论思维的局限,明清曲评家多用概括性的语言进行浮光掠影式的感性述评,缺乏较为全面系统的研究。

中国20世纪的汤学研究(尤其是对《牡丹亭》的研究)大致可以分为前半世纪和后半世纪两个阶段。前半世纪的研究较多地继承了明清以来考辨本事、制曲度曲、曲辞鉴赏的传统,较少观念的更新和理论的阐释,研究者仅有少数曲学专家和文学史家。前期有王国维、吴梅、王季烈、卢前等人,后期有俞平伯、郑振铎、赵景深、张友鸾、江寄萍、吴重翰等人。他们都对汤显祖的"临川四梦"给予过相应的评述。后半世纪的研究虽然曾经受到庸俗社会学和极"左"思潮的影响,但是在1957年前后围绕纪念汤显祖逝世340周年活动,还是形成了一个研究的小高潮。20世纪70年代后期以来,汤显祖研究逐步深入和发展。全国学术界在1982年以纪念汤显祖逝世366周年为契机,在汤显祖的故乡举行了隆重的纪念活动并随之将汤显祖研究推上一个新阶段,论文和著作的数量都有大幅度的增加。②

当前,汤显祖戏曲研究大多集中在对"临川四梦"的笺注、校点、评述以及曲牌与唱腔等方面,研究重点多半集中于对剧作的思想性与影响

---

① 吴梅:《中国戏曲概论》,冯统一点校,中国人民大学出版社2011年版,第170页。

② 中国20世纪的汤学研究概述,主要参见邹自振《走向世界的汤显祖研究》,《古典文学知识》2008年第1期。

力等方面的研究。直至20世纪80年代末西方叙事学进入中国后，关于汤显祖戏曲文本叙事的研究开始逐渐增多。笔者参考了CNKI系列数据库、人大复印报刊资料数据库、PQDD博硕士论文数据库、Muse电子图书和电子期刊等多种网络资源，同时参阅了《全国报刊索引》、"人大复印报刊资料"等文献资料，此外还参考了张莉的《汤显祖研究资料目录索引（1998—2004）》、赵蝶的《汤显祖研究资料目录索引（2005—2013）》、李精耕和汤洁的《从近三十年来国内学术期刊论文看汤显祖研究》（2007）等综述类论文，对近三十年来汤显祖戏曲文本叙事的研究成果归纳后发现：以"汤显祖戏曲文本叙事研究"为题的相关专著迄今没有；以此为选题的博硕士论文亦属空白；部分涉及"临川四梦"叙事或"汤显祖戏曲文本叙事"的期刊论文亦为数不多。这些学者主要借助西方叙事学理论对汤显祖的戏曲作品，从不同角度作了文本分析。其中，对本书写作具有启发性的研究成果，大体有如下几类。

一是从情节功能视角出发，归纳"临川四梦"的"叙事程式"或叙事模式。如台湾大学林鹤宜教授在《论明清传奇的叙事性》一文中提出了"叙事程式"的概念，以程式的角度看待明清传奇的情节雷同的叙事特点。他认为，叙事走向程式化以便与表演程式、音乐程式相配合，是中国古典戏曲发展完整的体系特质。之后，作者在《从"叙事程式"的观点谈"临川四梦"收场的辩证与创发》（2011）一文中，提出了"临川四梦"的情节进展，涵括了叙事程式的各种类型和项目。同时归纳出十余种"临川四梦"的"叙事程式"。该研究成果对本论文颇具启示性。又如张岚岚在《明清传奇"魂梦"叙事模式意义探析——从〈牡丹亭〉和〈鸳鸯梦〉谈起》（2012）一文中以《牡丹亭》和《鸳鸯梦》为例，着重探究明清传奇"魂梦"叙事模式之意义。

二是从叙事结构的视角出发，探讨单部戏曲作品的结构艺术，尤其以《牡丹亭》的研究成果居多。如王仁铭的《〈牡丹亭〉的结构艺术》[1]，文中从"围绕展现一代社会风貌进行结构""以人世、幽冥的阴阳两界交替组织情节，进行结构""以陈最良作为穿针引线的人物，推进故事情节的发展"三个方面分析《牡丹亭》的结构方法。梁瑜霞的《从戏剧结构看

---

[1] 《江汉大学学报》（社科版），2001年第4期。

〈牡丹亭〉杜宝形象的复杂性》[1]，从戏剧结构出发分析具体的人物形象；吴瑞霞的《〈牡丹亭〉叙事结构的透视》[2]认为，《牡丹亭》围绕"杜丽娘游园惊梦"所建构的"惊梦""寻梦""殉梦""圆梦"的剧情结构，符合李渔将叙事结构置于戏剧中心地位而提出的"一人一事"的"立主脑"理论。陈红艳在《南柯梦中的两个世界——试论〈南柯记〉的叙事结构与演述干预》（2015）中总结《南柯记》在叙事结构上展示了现实世界和神话世界这两个不同时空双线发展过程中的平行与交叉；同时，作者认为，剧作家的价值观、价值判断以及情感取向都以潜在的形式注入剧中人契玄禅师的话语中，引导淳于梦"立地成佛"，控制着整个演述的进程。上述论文对本书的写作提供了不少启示，然而美中不足的是，它们均仅锁定单部戏曲如《牡丹亭》或《南柯记》，着重分析其叙事结构等问题，未曾将五部戏曲文本视为一个有机整体来加以系统性、整体性观照。

三是从叙事视角的转换看"临川四梦"的改编艺术。对此，吕贤平发表了系列论文来阐述"临川四梦"对唐代相关小说的改编问题，如《隐而不退的叙述者——从叙事视角的转换看汤显祖戏剧的改编艺术》[3]。作者认为，汤显祖根据戏剧舞台演出的需要，在叙事视角上通过八种手段将叙述者隐身于戏剧人物之中，使戏剧中的许多人物具有了显在的叙事功能，这种替身的叙事在本质上是一种全知叙事。该文从不同侧面集中探讨了"临川四梦"从唐代小说到戏曲的改编过程中的叙述视角转换问题，读后令人耳目一新。

四是从角色功能的视角出发，探讨"临川四梦"中的人和物的叙事作用。吕贤平发表了《作为叙述符号存在的人和物——论汤显祖戏剧中人和物的叙事作用》[4]。作者认为，汤显祖在对这些小说改编时特别注重一些人和物在戏剧中的叙事作用。在剧本中，他（它）们已突破了传统戏剧研究所划定的角色范围，承担着明显的结构功能。该文关注到人和物的叙事功能，无疑是令人惊喜和具有启示意义的。

---

[1]《江苏大学学报》（社会科学版），2009年第6期。
[2]《湖北师范学院学报》（哲社版），2004年第4期。
[3]《沈阳农业大学学报》（社科版），2005年第3期。
[4]《漳州师范学院学报》（哲社版），2005年第3期。

五是从"梦幻叙事"的角度出发,关注汤显祖戏曲"梦幻叙事"范式,以及比较中西"叙梦文学"的差异。代表性的成果有张鹏飞的《论汤显祖戏曲"梦幻叙事"范式的文化情韵》[①]。作者认为,汤显祖戏曲梦幻理论建构的独具匠心在于其以艺术家的敏锐思维和激情感悟而将情与理的生命冲突所造成的苦闷、幽怨、抑郁表现得痛快淋漓,并在对"情"的反思中张扬着对传统人性观的质疑探秘,从而使其戏曲梦幻叙事富含着隽永的文化情韵。吕学琴则在《由〈盗梦空间〉说起——比较中西"叙梦文学"的叙事差异》[②]一文中,通过对汤显祖的"临川四梦"和克里斯托弗·诺兰的《盗梦空间》的文学叙事进行比较,从叙事身份、叙事姿态、叙事手法等方面阐述二者在叙梦文学的创作中存在"寓言性"叙梦和"殖民性"造梦、"因情成梦"的自发性和"潜意识干扰"的强制性以及叙梦的"诗意沉思"和"迷宫式搭建"等叙事差异。于真在《"临川四梦"叙梦结构探析》(2015)一文中,认为"临川四梦"主要采取了以梦贯穿主要情节、以梦推动情节、梦境与情爱线索交织这三种模式来记述梦境。然而,遗憾的是,这些文章提到的"梦幻叙事"与赵毅衡在著作《广义叙述学》[③]中探讨的"心像叙述"中涵盖的"梦叙述"以及龙迪勇在《梦:时间与叙述》[④]一文中论述的"梦叙述"还存在一定差异,尚未从"梦叙述"的本质特征出发,触及其深层叙事的本质。

六是从时间和空间的角度出发,探讨汤显祖戏剧中的时间、空间问题。如齐欣荣在《论汤显祖戏剧对时间的处理》(1995)一文中,认为作者运用了双重并列的时间结构形式、古今合一的舞台时间的结构形式以及流而不逝的时间结构形式,人们可以从作者对时间的剪裁衔接、组合及构架中,隐约地感到作者对世俗的某种感慨,对人生的某种沉思,对理想的某种向往,这就使其戏剧结构成为一种自身具有某种美学内涵的形式即美学所谓"有意味的形式"。又如吕贤平在《漫谈"临川四梦"中有意味的时间形式——兼论汤显祖戏曲改编的叙事时间艺术》(2006)一文中认

[①] 《东华理工大学学报》(社会科学版),2010年第2期。
[②] 《中华文化论》,2013年第6期。
[③] 四川大学出版社2013年版。
[④] 《江西社会科学》,2002年第8期。

为，在叙事时序上，戏曲改编对小说中倒叙和预叙部分给予更多的观照；同时，作者通过将叙事时间变形——或拉长缩短，或古今时间的交叉，或冥间和阳世时间相通。这些都使得叙事时间方式在"临川四梦"中获得有意蕴的形式。关于空间研究方面，苏梓龄在《虚实之间，情爱所在——〈牡丹亭〉的空间叙事艺术赏析》（2015）一文中认为，人物视角下真实与虚拟叙事空间的构建、转换，一方面起着承载和推动情节作用，另一方面蕴含隐喻性的象征意味；N型空间叙事结构以及爱情战争的交错叙事线索体现了汤显祖空间叙事技巧的成熟。这些文章均对本书的撰写具有一定的启迪作用。

总体地看，近年来关注汤显祖戏曲文本叙事的相关成果日渐增多，然而真正从叙事学的研究视角出发，将汤显祖的五部戏曲作品视为一个有机整体，对全部戏曲文本进行全面、系统、深入研究的成果却实不多见，相关著作和直接相关的博硕士论文近乎阙如。上述期刊论文研究成果为本书的研究打下了坚实的基础，也留下了一些尚需进一步探索的空间。主要有：第一，部分汤显祖戏曲文本叙事研究停留于对单部戏曲文本的零散式研究，无助于改善《牡丹亭》"一剧独大"的研究局限性，致使汤显祖戏曲整体性研究有所欠缺。第二，总体来说，已有成果多从故事层面着眼，着重关注汤显祖戏曲作品的情节、人物和改编等问题，而相对忽视对话语层面的叙事技巧与叙事策略等问题的集中探讨。第三，已有成果多运用经典叙事学理论，理论资源和研究角度较为单一，并未把叙事学的重要组成部分——后经典叙事学吸收进来，相对欠缺图像叙事、空间叙事、心理叙事等多角度、综合性的多维观照视野。

二 意义、方法与创新

基于上述学术背景和研究现状的简要梳理，笔者认为汤显祖戏曲文本叙事问题具有一定的研究空间和探索价值，其研究意义大体如下。

（一）为廓清中国古代戏曲文学的叙事传统提供新的论据

纵观中国戏曲文学史，存在一定程度地以抒情传统遮蔽叙事传统的情况。事实上，抒情传统与叙事传统都是中国戏曲文学史的贯穿线。研究被誉为"明传奇之冠"的汤显祖戏曲文本叙事，不仅有助于以此为例印证中国戏曲文学史中存在与抒情传统并行的叙事传统，同时还能力证汤显祖的五部戏曲文本堪称明传奇作品中抒情传统与叙事传统交融互渗的巅峰之作。

（二）为全面客观评价汤显祖戏曲的地位与价值提供新的视角

《牡丹亭》自诞生之日起，就一直凭借着思想内涵、艺术魅力深受历代戏曲家和受众的赞誉和认可，其知名度和美誉度一直远在其他"三梦"之上。然而，从叙事学的视角来看，其余"三梦"在叙事结构、人物塑造、时间、空间等很多层面都有各自的叙事特色，有些方面甚至超越了《牡丹亭》。本书力求发掘出汤显祖戏曲作品中的每一个戏曲文本独特的叙事特点和叙事风格，从而尝试扭转目前研究热点"一边倒"和《牡丹亭》"一剧独大"的研究现状。

（三）为"汤学"研究领域注入新的活力

尽管研究汤显祖的生平交游、思想观念、艺术理论及其剧作的思想性与影响力等成果可谓汗牛充栋，但将汤显祖的五部戏曲作品视为一个血脉贯通的有机艺术整体，将中、西方叙事学理论有机融合，综合运用多种研究视角以求深入挖掘其中的叙事特点与叙事风格，较为全面深入系统地研究"汤显祖戏曲文本叙事"问题的博士论文至今仍鲜有出现，本书的出现或许可在原有的厚实基础上注入些许新鲜元素。

为达到本书的研究目的，深入考察汤显祖戏曲文本的叙事风格与叙事亮点，主要运用如下四种研究方法深入阐读汤显祖的五部戏曲文本。

1. 文献分析法。全面查阅有关汤显祖研究的著作及论文数千种，包括汤显祖原著新版本、研究专著、剧作改编、研究论文及演出评介等内容。大致分为四个部分：一是原著新版本及研究专著；二是剧作英译、改编、演出及其评论；三是研究论文；四是港澳台及国外汤显祖研究。

2. "泛文本"细读法。将汤显祖五部戏曲文本中的曲文、宾白、科介、作者题词、下场诗以及文中提及的有关图像、声音等在内的一切叙事性成分，皆整体纳入研究范畴。这些戏曲文本要素在一定程度上将有助于了解戏曲演出现场的声色、动作、表情、演出情境及其舞台互动效果。

3. 文本叙事分析法。除了运用叙事学的视角详细分析五部戏曲文本之外，同时注重汲取历代曲评家以及女性读者对其评述阐读的精华所在，力求从叙事学的视角，对这五部戏曲文本本身及其阐释文本，进行较为细致而微的文本叙事分析。

4. 点面结合法。在整体研究思路上，运用理论阐释与文本分析相结合、宏观研究与微观研究相结合的方法，兼顾对典型人物复杂幽微的内心动态进行具体而微的深入剖析。

本书的研究特色与创新之处大体如下：

一是分合有致。汤显祖的五部传奇作品尽管创作时间不同、情节结构各异，但在观照其哲学思想、创作理念及其主题内蕴时，将其视为有机艺术整体，合而观之。在探究单部戏曲文本的叙事技巧时，则又将其视为相对独立的叙事文本，分而析之。

二是融合中西。本书以汤显祖的五部戏曲文本为"圆心"，综合运用西方叙事学和中国叙事学的理论方法，力求探析汤显祖戏曲文本中最为显著的叙事特征。

三是比较视野。将汤显祖的五部戏曲文本之间进行横向比较，试图发掘其中的同中之异与异中之同，从而对其中所蕴含的主题思想有更深邃的读解。

四是语—图互动。本书尝试打破仅从文本角度研究的局限，从语—图互动的独特视角研究汤显祖戏曲文本中的图像叙事的特性与功能。着重关注这些图像叙事对于人物情感的捕捉、提炼、阐释、深化和提升等多种叙事功能，研究图文之间的相互印证、相互阐发、相互补充，共同为戏曲的有效传播和抒情表意发挥作用。

五是时空兼顾。空间叙事是汤显祖戏曲区别于同时期其他戏曲最大的叙事特色。本书突破以往仅从因果—线性时间出发的研究范式，将研究侧重点置于汤显祖戏曲文本的空间叙事上。

六是对汤显祖戏曲的原文版本作如下说明：本书所引的汤显祖的五部戏曲原文，皆以由徐朔方先生笺校的《汤显祖集全编》[①]为底本，不再另作版本的校勘。

[①] 上海古籍出版社2015年版。

第一章　汤显祖戏曲文本的叙事主题

汤显祖戏曲的诞生自然脱离不了中国古代戏曲文学叙事传统的滋养。看似门类纷繁的戏曲作品，却反复演绎一些具有恒久文学价值的叙事主题。明代宁献王朱权在《太和正音谱·杂剧十二科》中第一次对作为叙事文学的杂剧作了题材内容的归纳分类，将杂剧的题材类型分为"十二科"：一曰神仙道化，二曰隐居乐道（又曰林泉丘壑），三曰披袍秉笏，四曰忠臣烈士，五曰孝义廉节，六曰叱奸骂谗，七曰逐臣孤子，八曰铍刀赶棒（即脱膊杂剧），九曰风花雪月，十曰悲欢离合，十一曰烟花粉黛（即花旦杂剧），十二曰神头鬼面（即神佛杂剧）。[1] 吕天成的《曲品卷下·旧传奇品》则将传奇的题材门类简要概括为六种："一曰忠孝，一曰节义，一曰仙佛，一曰功名，一曰豪侠，一曰风情。"[2] 由是可知，中国古典戏曲总是关乎人的生存状态，重在摹写人的现世遭际，探寻人的精神归宿，既有七情六欲，亦有离合悲欢。

关于汤显祖戏曲文本的叙事主题，或曰精神主旨问题，一直是历代曲评家热衷探究的问题，也始终是一个悬而未定的开放性命题。吕天成在《曲品卷下·旧传奇品》中将《紫钗》和《还魂》（《牡丹亭》）俱列为"上上品"，认为《紫钗》的叙事主题是"描写闺妇怨夫之情"，而《还魂》则"着意发挥怀春慕色之情"。王思任在《批点玉茗堂〈牡丹亭〉叙》中论及汤显祖戏曲文本的"立言神旨"时指出："邯郸，仙也；南柯，佛也；紫钗，侠也；牡丹亭，情也。"[3] 吴梅则在《中国戏曲概论》

---

[1] 中国戏曲研究院编：《中国古典戏曲论著集成》第三册，中国戏剧出版社1959年版。
[2] （明）吕天成：《曲品校注》，吴书荫校注，中华书局1990年版，第160页。
[3] （明）王思任：《王思任批评本〈牡丹亭〉》，凤凰出版社2011年版，第1页。

中将其中"三梦"的叙事主旨分别概括为：紫钗之梦怨，着力表现"离合悲欢"；邯郸之梦逸，致力表现"科名封拜"；独南柯之梦，则梦入于幻"，"因难见巧，处处不离蝼蚁着想"。[1] 可见明清曲评家已然拨开汤显祖戏曲文本表面浮动的面纱，窥见其内里蕴含的深层叙事主题实为"鬼""侠""佛""仙"。时至今日，学界大多认同"不知所起、超越生死"的"至情"为汤显祖戏曲文本的叙事主题。

本章拟运用"互文性"理论，将汤显祖戏曲文本视为一个相互依存的有机整体。互文性（intertextuality）是在结构主义和后结构主义思潮中产生的一种文本理论概念，由法国符号学家朱丽娅·克里斯蒂娃（Julia Kristeva）提出，意指多部相关文本之间存在着互相接受、互相影响的意义指涉关系。诚如萨莫瓦约在《互文性研究》一书中所言："文学大家族如同这样一棵枝繁叶茂的树，它的根茎并不单一，而是旁枝错节，纵横蔓延。因此无法画出清晰体现诸文本之间相互关系的分析图：文本的性质大同小异，它们在原则上有意识地互相孕育，互相滋养，互相影响；同时又从来不是单纯而又简单的相互复制或全盘接受。"[2] 尽管汤显祖的五部传奇是作者于不同时期、不同人生阶段创作出来的戏曲个体文本，但以"互文性"理论窥之，可看出五个故事作为一个艺术整体所蕴含的叙事共性。本章采取先分后总的论述结构，紧扣作为行动元的人物的"行动"要素和人物的叙事功能，运用互文性理论和跨文本性理论，通过文本细读法以及比较分析法，让五个故事"彼此印证，相互映发，其隐含的意义才能真正被召唤出来"。[3]

承前所述，汤显祖五部戏曲作品之叙事主题实则是一个复杂多义的阐释系统，具有多维向度的阐释空间，故而本书先"分而论之"，将五个故事视为单独个体来论述其表层叙事主题"情之历险"，再将五个故事"合而为一"，将其视为相互依存的有机整体来探究其深层叙事主题"时间与人生"。[4]

---

[1] 吴梅：《中国戏曲概论》，冯统一点校，中国人民大学出版社2011年版，第169页。
[2] [法] 蒂费纳·萨莫瓦约：《互文性研究》，邵炜译，天津人民出版社2003年版，第1页。
[3] 傅修延：《中国叙事学》，北京大学出版社2015年版，第172页。
[4] 本章的分论与合论布局受傅修延先生所著《中国叙事学》第七章《互文的魅力：四大民间传说新解》之启发，特此致谢。

第一节　表层叙事主题——情之历险

一　《紫箫记》表层叙事主题分析

（一）《紫箫记》情节梗概

该剧名为"紫箫记"，主要缘于其中第十七出《拾箫》、第十八出《赐箫》以及第十九出《诏归》这三出中均出现了"紫玉箫"这一能体现人物形象的关键之"物"。未完成的《紫箫记》现存三十四出，前因"是非蜂起，讹言四方"而被迫搁笔，后因友朋四散而就此中止了。

从现有的出目来看，《紫箫记》讲述了一个关乎爱情婚姻的传统戏剧母题，故事情节大致如下。

陇西才子李益在京城应制，与三位友人宴聚赏春。宴会后，友人骠骑将军花卿，邀李益择日去其府中赴宴。花府宴饮中，恰有王孙贵戚郭小侯骑骏马经过，花卿好不羡叹，遂提出重金买马之请。郭小侯出身豪门，自不应允。花卿惋惜间，郭小侯谈及素来倾慕其姬鲍四娘。李益乘机提议让花卿以姬换马，两位当即欣然应允。鲍四娘顿时悲鸣流涕，哭倒在地。所幸郭小侯为人仁厚，见鲍四娘自离别花卿后"涕咽忘餐"，遂送其别居闲庭，出入行止，随其自便。

恰此时，霍王宠姬郑六娘请鲍四娘教女儿霍小玉唱曲。教习期间，霍小玉向鲍四娘寻求外间才子诗词，鲍四娘偶然提及李益的"开帘风动竹，疑是故人来"之句，小玉甚为赏叹，反复吟咏，引为知音。霍王入日登高设宴，令二位宠姬郑六娘、杜秋娘登台唱新词。听罢李益所作的《宜春令》时，顿感年华易逝，尘心顿消，不顾二姬的苦苦挽留，执意遁入华山修仙。临行前送女儿小玉红楼一座，宝玉十橱，可从霍王封邑姓霍。其母郑六娘暂赐名为净持，杜秋娘入西王母道观修道。郑六娘遂与二十年的姐妹杜秋娘诀别。

李益访旧友鲍四娘，闻知小玉爱其诗才，故而托其为媒。尽管心生爱慕，小玉依然有两点担心：一怕李益家中早有正妻，疑做偏房；二怕其婚后回陇西，不在京城定居，其孤寡之母无人照应。遂派侍女樱桃假扮四娘养女，前往李益住处一探究竟。伶俐的樱桃巧言探明真相后，小玉疑虑顿消，遂定佳期。李益将家传宝镜玉钗当作聘礼，向花卿借仆人宝马，赴霍府娶亲。

新婚燕尔，上元佳节，夫妻二人同去华清宫赏灯。恰遇金吾清宫，人潮拥挤，小玉与家人慌乱中走散。无意间小玉拾得一管紫玉箫，想到身为弱女子，若深夜出宫恐落入外间纨绔少年之手，贞洁不保，不如让清宫太监带回宫去。太监因疑其偷盗宫中紫玉箫，将其送至郭娘娘宫中审问。小玉细陈缘由，娘娘对其机智贞烈的品格倍加嘉许，将其引奏御前。皇上因而将其所拾玉箫赐予她，并派人送其回府。次日夫妻相见，悲喜交加。婚后二人浓情蜜意，日夜相随。

不久李益高中状元，远赴朔方参丞相杜黄裳军事。夫妻别离，好生难舍。李益抵塞后，小玉日思夜念，一日与母亲前往西王母观中烧香祷告，母女遂与杜秋娘相见，同忆往事，甚感悲切。圣旨诏令杜、李回京。杜丞相令李益协理边情，自己先入长城，途经章敬寺，与旧友四空禅师坐禅悟道，佛前发念，承诺回京"谢官后，长来栖托"。半月后，李益正思念娇妻小玉时，接其返京的旗卒恰好到来。友人尚子毗为吐蕃侍子，归吐蕃后，一日吐蕃赞普到访，道明欲攻打大唐陇西之意。尚子毗提议不如休战和亲，赞普因而力邀其出山，本无功名之心的尚子毗只得无奈应允。七夕取巧之际，小玉相思更浓。郑六娘请来鲍四娘陪同小玉在红楼穿针乞巧，以缓解女儿思念之苦。正意兴酣畅之际，报知李益归来，众人惊喜万分。

上述情节仅为该剧已完成的前三十四出剧情，参看该剧第一出《开宗》所预告的故事梗概，这些情节实质乃全部剧情的一半还不到。如若汤翁将其全部完成，大概会是篇幅最长的一部传奇。余下未竟的剧情，我们只能根据《开宗》预告的剧情大旨，结合艺术想象，大致归结如下：李益归来后，又奉旨护送公主出塞与吐蕃和亲，途中一干人马遭异族军队围困，战争场面十分惨烈。在此困境中，有一位汉春徐姓女子不畏艰险，不计名分，甘愿与李益作小妾，共同面对风雨飘摇的异域风霜。李益出塞后久久未归，又传来其另娶徐姓女子为妻的谣言诽语，小玉悲愤嫉妒之下，怒卖皇上御赐的紫玉箫。就在李益、徐姓小妾以及唐朝军队遭围困之际，尚子毗及时赶到，众人被成功解救。李益亦因祸得福，得皇帝嘉奖，荣升当朝一品。李益回朝后，与小玉重逢，二人冰释前嫌，重归于好。

（二）《紫箫记》表层叙事主题——情的分叙与并置

该剧名为"紫箫记"，其原因或许与第十七出《拾箫》、第十八出《赐箫》以及第十九出《诏归》三出中均出现了"紫玉箫"这一能烘托人物形象的关键之"物"有关。未完成的《紫箫记》现存三十四出，前因"是非蜂起，讹言四方"而被迫搁笔，后因友朋四散而就此中止了。

从现有出目看，《紫箫记》讲述了一个关乎才子佳人婚恋主题的传统剧目。但除却在京应制的陇西才子李益与霍王之女霍小玉缔结良缘、两地相思、久别重逢的情感主线之外，还另有两条别具深意的情感副线：一是骠骑将军花卿与其宠姬鲍四娘之间的情感线索；二是霍王与郑六娘、杜秋娘二位宠姬之间的情感线索。该剧的下场诗预叙了完整版的故事情节——"李十郎名标玉笥，霍郡主巧拾琼箫。尚子毗开围救友，唐公主出塞还朝"。依据下场诗，推测可知，归来小聚的李益，不久又奉旨护送公主出塞与吐蕃和亲。途中一干人马遭异族军队围困，战争场面十分惨烈。在困境中，有一位徐姓女子不畏艰险，不计名分，甘愿与李益作小妾，共同面对风雨飘摇的异域风霜。李益出塞后久未回还，又传来其另娶徐姓女子为妻的流言蜚语，小玉在悲愤嫉妒下，怒卖皇上御赐的紫玉箫。就在李益、徐姓小妾以及唐朝军队遭围困之际，尚子毗及时赶到，众人被成功解救。李益亦因祸得福，得皇帝嘉奖，荣升当朝一品。李益回朝后，与小玉冰释前嫌，破镜重圆。

该剧作为汤公首次尝试戏曲文体的试水之作，同时亦是未完待续的断章残本，然而其在叙事技巧方面却是可圈可点。现有文本中的故事主线虽是李十郎与霍郡主的聚散离合的情感脉络，隐含作者却别具深意地并置运用了多条情感复线，将不同的年龄层次、情感状态上的人物和情感经历交相映衬，让读者在对比中感慨唏嘘，从而阐释出极为深刻的人生观、时空观以及婚恋观。《紫箫记》的戏曲文本中共时性地呈现四条情感线交叠并置的叙事状态。剧中，李益与霍小玉的情感线，被环绕在鲍四娘与花卿、杜秋娘与霍王以及郑六娘与霍王的感情线索之中。尤其是鲍四娘与花卿的悲情线索，更在剧中多次出现，奠定了《紫箫记》的悲情基调。同时，《紫箫记》的第三十一出《皈依》中有杜丞相与四空禅师坐禅悟道的情节，四空禅师口授一首《百岁歌》令杜丞相大彻大悟，实则亦传递出隐含作者的叙述声音。"人生如梦、诸法皆空"的叙事主题在《紫箫记》中即已初露端倪，无怪乎有学者将其称之为汤显祖戏曲文本四部戏曲故事之先声和雏形。

二 《紫钗记》表层叙事主题分析

（一）《紫钗记》故事梗概

《紫钗记》中叙写了陇西才子李益，流寓长安时托媒鲍四娘。鲍四娘替其物色了遣出别居的霍王之女霍小玉，并提示他元宵灯节不妨去天街偶遇平日足不出户的小玉，李益听罢十分欣喜。果然上元佳节，李益天缘巧合，拾得小玉不慎被梅梢绊住而遗失的紫玉钗一枚，恰与前来寻钗的小玉灯下私语片刻，两情相悦，两好相映。李益当即表示要以钗为聘不日入府求婚。果然，不久后李益托鲍为媒前来霍府提亲，母亲问及拾钗缘由，小玉又羞又爱道出原委。一方面，小玉对李益才貌一见倾心，然虑及出嫁后母亲孤苦无依，又不忍撇下。最终在众人的劝说下，老夫人同意成就了这段"片语相投，拾钗为定"的天缘，二人顺利地缔结良缘。

新婚不久，李益便高中状元，却因未及时参谒而得罪了权倾朝野、执掌朝纲的卢太尉，被其派往塞外玉门关做了三年参军。任满后又入太尉麾下，移参孟门。霸道强势的卢太尉一心令其屈服，借故其"感天知有地，不上望京楼"的诗句，有"怨望朝廷"之嫌，胁迫其遗弃前妻、入赘卢府，遭李益婉拒，太尉便将其软禁别馆，不得与小玉相见。别后三年，小玉日思夜盼，相思成疾，为托付亲友四处访李益消息，耗尽家资。卢太尉为令其死心，故意施计托人谎称李益已入赘卢府，小玉只得典卖信物紫玉钗以求托巫卜，寻访消息。恰巧卢太尉手下买得小玉的紫玉钗献给其女新婚之用。卢太尉又心生一计，派人假扮鲍四娘之姊鲍三娘，送钗给李益，谎称小玉又重觅新欢，卖钗负情。李益闻后半信半疑，心痛不已。小玉再度闻知李益即将入赘卢府，紫玉钗亦被卢家小姐购得作为新婚上头之用时，绝望下血泪交迸，遂将卖钗得钱四处怨撒，病转疴沉。

平日受小玉银钱资助的李益亲友见状不忍，在酒馆商议邀约李益于崇敬寺赏花之际再行劝谏。酒保与鲍四娘先后将实情原委具告知同于此饮酒的黄衫豪客，豪侠闻罢义愤填膺，当即决定挺身而出、拔刀相助。于是，趁二友邀李益赏花之际，黄衫豪客令侍从将其挟入霍府，与小玉当面对质。小玉怒斥其背信负心，一度痛心昏厥。李益细诉原委后，二人方知原来幕后黑手乃卢太尉。二人冰释前嫌，和好如初，紫玉钗也因而物归原主。黄衫豪客托人在御前参僭卢太尉的种种罪行，早已对其有所猜度的皇上借机将其削职，并御旨诏封李益一家及黄衫豪客为"无名郡公"。

(二)《紫钗记》表层叙事主题——情的裂变与聚合

《紫钗记》讲述了一个因外力干预而受阻、终因帮助力量而圆满的情感故事，全剧弥漫着浓浓的感伤气氛，表现出"情的裂变与聚合"的叙事主题。男女主人公李益和霍小玉的情路历程可谓一波三折，二人从拾钗定情，天缘成婚，赶考送别，再到被迫离散，最终强合团聚，可谓历尽"离合悲欢"之苦情。持"功能型"人物观的西方学者往往把人物当作一个叙事功能对人物行动进行抽象化归纳。普罗普在《故事形态学》一书中，将人物分为七种行动角色。格雷马斯将之改为三个对立关系中的行动者：主体/客体、发送者/接受者、帮助者/反对者。① 在《紫钗记》的戏曲文本中，笔者着重分析一组对立关系中的行动者：阻碍者/帮助者。

1. 情的"裂变"之原因及其阻碍人物

细读文本可以发现，《紫钗记》中李、霍二人发生"情的裂变"的主要原因大体有三：

(1) 霍小玉基于身份差异而携带的天生伤痕

与唐传奇《霍小玉传》的故事蓝本相比，《紫钗记》的隐含作者在改写过程中特意增加了二人邂逅相爱至明媒正娶的过程，摒弃了原小说中二人无媒无聘、仓促苟合的情节，以凸显女主人公贞洁闺秀的形象以及二人成婚过程之天缘巧合。同时亦刻画出小玉谈婚论嫁时又娇又羞又爱又怯的复杂心理，既有着纯真少女对幸福的无限向往，又背负着其母的遭遇带给她的先天伤痕。尽管二人婚前有浪漫邂逅的桥段，但霍小玉基于自身"名为霍王女，实为歌妓后"的"倡家"身份的自卑感，从一开始便抱持着患得患失的顾虑与隐忧：不知道这段婚姻能否长久。如第十四出《狂朋试喜》、第十六出《花院盟香》二出叙写李霍二人甜蜜的婚后生活片段，重点突出的是霍小玉在新婚"极欢之时不觉悲来"的复杂心理变化。第十四出《狂朋试喜》中，面对崔、韦二友劝其夫婿李益"劝取郎腰玉带围，休只把罗裙对系"时，小玉当即将心底忧虑故作轻快地诉诸众人："婚姻簿是咱为妻，怕登科记注了别氏。"而在第十六出《花院盟香》中，

---

① 参见申丹、王丽亚《西方叙事学：经典与后经典》，北京大学出版社2010年版，第52页。

夫妇二人在花园游憩时，李益忽接开场选士、即日启程的文书，面对新婚离别，小玉声泪俱下，发出了"但虑一旦色衰，恩移情替。使女萝无托，秋扇见捐。极欢之际，不觉悲生"的泣叹。在获得夫婿写于素缣之上"引喻山河，指诚日月"的一纸盟约后，小玉的情绪才稍得平缓。这些情节皆显露了小玉对两人新婚前景的极度忐忑与担忧。

（2）封建士族子弟负心传统所带来的心理恐慌

汤显祖的戏曲创作源头是可以追溯的，汤显祖自小于诗书无所不窥。吕天成誉其"熟拈元剧，故琢调之妍俏赏心；妙选佳题，故赋景之新奇悦目"[①]。凌濛初评其"颇能模仿元人，运以俏思，尽有酷肖处"[②]。可见，远的勿论，元曲、元杂剧等前朝文学作品对汤翁的创作影响极为深广。

元杂剧中表现封建士族子弟"金榜题名、另攀高枝"叙事主题的戏曲作品俯拾皆是。郑光祖的《倩女离魂》中倩女与王生自幼订婚，倩女之母打发王生上京赶考、求取功名后再行成婚。王生启程赴京，倩女思念成疾，她的魂魄脱离了躯体，追上了赶路的王生，以求与其共同赴京赶考。第二折中，倩女直言其赶来伴王生同行的目的是"我只防你一件"，"你若是赴御宴琼林罢，媒人每拦住马，高挑起染渲佳人丹青画，卖弄他生长在王侯宰相家。你恋着那奢华，你敢新婚宴尔在他门下"。[③] 本色直白的曲词深刻展现了普天下封建女子在面对"得傍蟾宫客"与"夫婿觅封侯"的两难选项面前极为矛盾担忧的复杂心理。即便情深情固如《西厢记》中的崔莺莺，在张生奉命上赶考的离别之际，亦对其有类似的担忧与劝谏："不忧'文齐福不齐'，只'停妻再娶妻'。河鱼天雁多消息，我这里青鸾有信频须寄，你切莫'金榜无名誓不归'。君须记：若见些异乡花草，再休似此处栖迟。"[④] 可见，封建体制下的青年女子一旦委身于人，便只能将自己的个人幸福和人生命运寄托于对方的忠诚守信之上。一旦由于外因的阻碍或内心的动摇而导致无法履诺，其爱情故事必然以悲剧

---

① 吴书荫：《曲品校注》卷上，中华书局1999年版，第34页。
② 中国戏曲研究院编：《中国古典戏曲论著集成》第四册，中国戏剧出版社1959年版，第254页。
③ （元）郑光祖：《郑光祖集·倩女离魂》（第二折），山西人民出版社1992年版，第22页。
④ （元）王实甫：《西厢记》，（清）金圣叹批评，凤凰出版社2011年版，第181页。

结局，甚至付出生命的代价。

唐传奇《霍小玉传》便是一个典型例证。小说传神地叙写了"痴情女子负心汉"这一传统的叙事母题，既秉持着唐传奇小说一贯的含蓄蕴藉的叙事笔法，又兼具自身独特的叙事特点——善用人物的神情体态等肢体语言来表现人物心理、凸显人物性格。叙述者运用细节叙事详述了李、霍二人由相识相爱到生离死别，以至小玉死后若干年后的情节发展的全过程，成功塑造了霍小玉为情而亡的痴情形象和李益始乱终弃的负心形象，深刻反映出封建士族婚姻中弱势女子命运的无常与无奈。

由是观之，从互文性的视角来看，《紫钗记》的创作自然会受到元杂剧同类才子佳人剧题材之影响，少不得反映此类"封建士子由于地位变化而引发的情感游移"的叙事主题。剧中，霍小玉在新婚之夜的"极欢之时不觉悲来"，游园之际的"极欢之际，不觉悲生"，送别之时的忧郁愁闷，无不"艳绝、愁绝"，深刻地反映出封建体制下弱势女子对爱情中屡见不鲜的"色衰恩替"之惯例的担忧和预警心理。

（3）剧中阻碍人物卢太尉的蓄意破坏

与小说蓝本《霍小玉传》两相比照，小说中李益的"严母"为文本中唯一提及的叙事阻碍人物。"玉谓生曰：'……况堂有严亲，室无冢妇，君之此去，必就佳姻，盟约之言，徒虚语耳。'"果然，"未至家日，太夫人已与商量表妹卢氏，言约已定。太夫人素严毅，生逡巡不敢辞让，遂就礼谢，便有近期"。[①] 此处明确提及阻碍人物只有"太夫人"。而《紫钗记》中，李益在第二出《春日言怀》中自报家门："先君忝参前朝相国，先母累封大郡夫人。"叙述者刻意将有严母在堂的李益改编为父母双亡，可自行决断婚姻大事的羁旅游子。经过这一番匠心独运的改写后，《紫钗记》的隐含作者摈除了父母对婚姻大事的干预，而直接将决定权归于年轻人自由决断，而其后过程之曲折则完全归因于外因的干扰作用。

在《紫钗记》中，高中状元的李益本与卢太尉无冤无仇，却因未及时参谒而得罪了权倾朝野、执掌朝纲的权相，被派往塞外玉门关做了三年参军。任满后又入太尉麾下，移参孟门。霸道强势的卢太尉一心令其屈

[①] （唐）蒋防：《霍小玉传》，《紫钗记·附录》，万斌生评注，中国戏剧出版社2010年版，第261页。

服,借其一句有"怨望朝廷"之嫌的诗句,挟迫其遗弃前妻、入赘卢府。遭到李益婉拒,太尉便将其软禁别馆,不得与小玉相见。为让小玉死心,卢太尉又故意托人谎称李益已入赘卢府,同时派人假扮鲍四娘之姊鲍三娘,送钗给李益,谎称小玉已重觅新欢,卖钗负情。至此,李霍二人在卢太尉的反复离间下互生疑窦,险些情感裂变。

该剧创造性地添加了外力干预因素,将叙事动力人物转换为权相卢太尉。矛盾冲突一经转换,变家庭阻碍、个人情移等传统阻碍因素为封建强权势力的恶意干预,将原本和睦恩爱的欢喜鸳鸯生生拆散,后文通过叙写两人误解后的离愁别怨,愈发加深了受众对干预外力的忿恨与批判之情。

2. "情的聚合"之帮助人物

明清曲评家早已注意到,尽管《紫钗记》表面演绎的是显性叙事进程中的"离合悲欢"与"闺妇怨夫之情",然内里却蛰伏着展现"侠义救世"叙事主题的隐性叙事进程。

考诸文本不难发现,小说《霍小玉传》中的叙事帮助人物大致有:鲍十一娘(媒人),兄长京兆参军尚公(假青骊驹、黄金勒),密友京兆韦夏卿(婉言规劝),生之表弟崔允明(告知消息),延光公主(悲叹买钗),黄衫客(赠送酒肴、挟持李益重回霍府)。而《紫钗记》中的帮助人物主要有如下七位:玉工侯景先、生之表弟崔允明、延光公主、中表崔允明、密友韦夏卿、雌豪鲍四娘、雄豪黄衫豪客。现以人物功能划分,将帮助人物概括为如下四类。

(1) 玉工侯景先(代卖珠钗),生之表弟崔允明(告知消息),延光公主(悲叹买钗),三人均发挥了叙事的"铰链"功能。

《紫钗记》中将小说《霍小玉传》中制作紫玉钗的老玉工和代卖紫玉钗的玉工侯景先合二为一,让其在剧中发挥代卖玉钗兼传递情报的功能。一来使情节人物更集中,二来增加了玉工侯景先的知情程度和戏份重量。同时玉工侯景先作为人物叙述者,既可对事实加以报道,亦可进行评论干预,表现出十足的灵活度。如第四十五出《玉工伤感》中,玉工侯景先作为知情者抒发感慨:"贵人男女,失机落节,一至于此!我残年向尽,见此盛衰,不胜感伤也!"情感真挚,催人泪下。

剧中生之表弟崔允明的行动是"告知消息",延光公主的行动是"悲叹买钗",这两个"行动"虽不是足以推动剧情发展的直接叙事动力,却是连接叙事层次之间的"铰链"。若无崔允明的"告知消息",霍小玉尚对李益"同城而不归"的行为浑然不知,便更无下一步的叙事进程。同样,若无延光公主"悲叹买钗"的行动,则无下文中霍小玉《怨撒金钱》的女侠之举,同时展现了作为旁观者的王孙贵戚亦对李霍爱情悲剧持同情的立场和无奈的态度。

（2）中表崔允明、密友韦夏卿（屡次婉言规劝）,为促使黄衫豪侠仗义相助的引导人物。

剧中李益的中表崔允明和密友韦夏卿三年间收受了霍小玉不少银钱资助,出于道义之心和回报之意,数度顶着强权压力,旁敲侧击地点醒李益:"好为思之,大丈夫不宜如此。"在第四十八出《醉侠闲评》中,二人有意策划一局,借无相禅师之名,邀约李益崇敬寺赏牡丹花,届时借机规劝其"怜取眼前人"。尽管收效甚微,但他们在酒馆筹谋此事时,恰巧被同来饮酒的黄衫豪侠闻知,由此触发了其满腔义愤,直接引发了后续一连串情节事件。因此,上述二人可视为促使黄衫豪侠仗义相助的引导人物。

（3）雌豪鲍四娘（媒人、事件详情的告知者及黄衫豪客拔刀相助的助推人物）。

与小说《霍小玉传》中单纯的媒婆形象相比,《紫钗记》中的鲍四娘可谓是一位"功能多价"的帮助人物。"挟策追风,推为渠帅"的鲍四娘,既是在李、霍情感发生过程中穿针引线的红娘,又是事件详情的告知者以及黄衫豪客拔刀相助的助推人物。在剧中第四十八出《醉侠闲评》中,作为全部事件的见证人,鲍四娘在与黄衫豪客酒后闲聊中表现出对李益负心背信的愤懑不已;尽管她有侠义之心,却囿于卑微的社会地位而爱莫能助,真实反映出封建社会侠义女子特有的细腻情感、强烈的正义感,以及现实的无力感,亦为下文豪侠的仗义出手发挥了关键性的叙事铺垫和助推作用。

（4）雄豪黄衫豪客（扭转情节态势、挽大厦之将倾的直接动力人物,亦是最关键的核心叙事人物）。

黄衫豪客这一人物的重要功能在《紫钗记》第一出"本传开宗"中已然显露无遗。剧中定场诗的第一句即为"黄衣客强合鞋儿梦",可见黄衫豪客在该剧的核心人物地位不容置疑。且在最后一出《节镇宣恩》中,叙述者刻意多次提及黄衫豪客,对"此豪客之功也"重复叙事,更将该剧的叙事主题直指宣扬"侠义救世"。

剧中妙用穿插叙事手法，对黄衫客出借仆马、赠送酒肴、挟持李益重回霍府、促二人相见冰释前嫌、奏报朝廷铲平卢太尉等行为予以穿插叙述，贯穿始终，大有"神龙见首不见尾"之妙。

值得注意的是，该剧的隐含作者有意设置上述七位帮助人物，然人物的功能强度却是逐级递增、由弱至强的。玉工侯景先、生之表弟崔允明、延光公主都仅能发挥叙事的铰链功能，而无实质性的影响叙事进程的功能。中表崔允明、密友韦夏卿和女豪鲍四娘也都仅能侧面发挥一定的叙事助推功能，而无决定性的叙事力量。唯有黄衫豪客能够"立拔宝刀成义士"，当即嘱咐家仆赠送置办酒宴的银两给霍府，然后趁李益赏花之际将其劫持至霍府与霍小玉当面对质，最终挽大厦于将倾，将这段濒临毁灭的爱情"强合"粘连。

当然，设置黄衫豪客这一核心帮助人物，乃是隐含作者对匡国救世之良方思虑良久后设想出的一条解决路径。然而类似黄衫豪客这类仗义救世的人物是否真的存在？在礼崩乐坏的社会现实背景下，这些侠客英雄能否发挥"挽大厦之将倾"的历史功能？戏曲的隐含作者自己对此亦是存疑的。正如戏曲尾声的下场诗中云："紫玉钗头恨不磨，黄衣侠客奈情何！恨流岁岁年年在，情债朝朝暮暮多。炊彻黄粱非北里，斟翻绿蚁是南柯。花封桂瘴知何意，赢得敲尊一笑歌。"① 仅凭黄衣豪客一己之力，真能拯救世间诸多恨流情债吗？普天之下又有几个类似黄衫豪客这类侠义人物呢？对此，隐含作者并未给出明确的答案，只留给后世一个开放式的命题，让读者和观众去思考和慨叹。

综上，《紫钗记》正是通过一系列阻碍人物和帮助人物，最终体现了表层叙事主题——"情的裂变与聚合"。源自于三个层面的阻碍因素导致了李霍"情的裂变"，四类不同功能的叙事人物共同促成了李霍"情的聚合"，并最终留下一个开放式的命题留待后人思考。

三 《牡丹亭》表层叙事主题分析

（一）《牡丹亭》故事梗概

《牡丹亭》叙写了南安太守的独女杜丽娘在塾师陈最良的《诗经》启

---

① （明）汤显祖：《汤显祖集全编》（五），徐朔方笺校，上海古籍出版社2015年版，第2602页。

蒙下唤醒了情感的萌芽。怅惘之际，偶从丫鬟春香口中得知原来府中竟有后花园。经过一番天人交战和精心安排后，杜丽娘择小游神吉日与春香一道游园赏春。在看到姹紫嫣红的春色却付诸断井颓垣的反差后，丽娘顿生青春短暂和爱情难寻的强烈怅惘。急急回闺阁后，丽娘独自"隐几而眠"，怅然入梦。

梦中忽遇一文雅书生折柳相赠，并令其作诗以赏此柳。就在丽娘迟疑犹豫之际，书生强抱丽娘于湖山石边的牡丹亭中云雨欢好。一番缱绻后，花神拈片落花惊醒二人，并嘱咐书生梦毕之际送丽娘返回香阁。正梦与书生依依惜别之际，丽娘被母亲忽然惊醒后，春情难遣，怅然若失。次日丽娘便又径自去后花园寻梦，自然是景在人无踪，"人面不知何处去，桃花依旧笑春风"。忆起梦中欢会缱绻场景，再观眼前凄凉寂寥景象，丽娘猝然心生酸楚，万千伤感却难言。忽见花园梅树磊磊可爱，于是发出若死后得葬于梅树之下，或许尚能与那梦中书生"守的个梅根相见"之愿望。

不久，丽娘为这般无影无形却至真至深的相思之情而忧闷成疾，以致容颜消瘦。在听闻春香一句"十分颜色赶不上九分瞧"后，丽娘手绘自己手捻青梅、立于梅树之下的丹青小像，令人裱成人间女子行乐图藏于花园湖山石下。此后便一病不起，临终前请求母亲将其葬于花园梅树下。

三年后，丽娘在冥界接受胡判官审讯。胡判官在得知其父乃杜太守，其本人只因梦中慕色而亡，且查阅生死簿杜柳二人确有姻缘之分时，胡判官网开一面，特赦丽娘还魂寻夫。

这厢书生柳梦梅也在三年后进京赶考，途经南安，因风雪所困跌倒受伤，被途经的陈最良所救，疗伤于梅花观中。一日，柳梦梅闲来游园，无意间于湖山石下拾得丽娘手绘小像，回房展玩后惊为天人，日夜烧香膜拜呼唤，由此感化了丽娘之魂。丽娘感其情重，故而自荐枕席，与之幽鸾数日。几日后，在柳梦梅一再追问下，丽娘只得道出实情并嘱托其择日开棺，救其重生。柳梦梅遂同石道姑依约发棺，果助丽娘还魂如初。

重生后的丽娘，在柳梦梅的屡次催婚下，却一改从前积极主动的情感态度，再三借故延迟，称"必待父母之命，媒妁之言"方可成婚。最终，在担心明日会被上坟的陈最良怀疑盗墓之前，二人在石道姑的主媒下仓促成婚。婚后不久，听闻秀才选场，丽娘便敦促鼓励柳梦梅前去求取功名。不久，柳梦梅果然金榜题名，丽娘来不及欣喜便又听闻父亲管辖地淮扬兵乱，便嘱托夫君前去淮扬打探爹娘消息。杜太守设计用重金为诱饵引得李全夫妇被朝廷招安，不费一兵一将解了淮扬之围，被皇上重重嘉奖，升为宰辅。前来寻访岳父消息的柳梦梅，却被杜宝误以为是盗墓贼而严刑拷问，连同其女还魂之事亦认为是"妖孽之事"，令陈最良"奏闻灭除"。最终在金銮宝殿上，皇帝经由"秦朝照胆镜"和"花阴看踪影"这两种方式，验明杜丽娘确系还魂人身，诏令一门荣升，敕赐全家团圆，才有这勉强粘合的团圆结局。

（二）《牡丹亭》表层叙事主题——情的突破与复归

王思任在《批点玉茗堂〈牡丹亭〉叙》中评《牡丹亭》的叙事主题为一个"情"字。诚然，这部"上薄风骚，下夺屈宋""家传户颂，几令《西厢》减价"的曲苑经典，反映了"不知所起，一往而深""生者可以死，死可以生"的超越人性高度的"至情"。晚清人评《牡丹亭》的叙事主题为"初恋"二字："曲本写男女之事者，什居八九，然真可称恋爱文学之精华者，亦不过寥寥数部而已。此学问自非易也。其写怀春娇憨之态者，泰西文家所谓初恋也，最佳者，如《西厢·寺警》、《牡丹亭·惊梦》。"[①]

诚然，单从叙事母题的视角来看，《牡丹亭》演绎的是关于爱、死亡和复生这类具有世界共通性的文学母题。英国莎士比亚的经典悲剧《罗密欧与朱丽叶》，同样"用年轻人的殉情来彰显精神的自由与爱情的永恒"[②]，以叙写出"爱战胜一切"的文学母题。中国四大古典传说之一的《梁山伯与祝英台》亦是歌颂青年男女爱而不能如愿，唯有通过殉情的方式合葬厮守，最终突破现实"坟墓"的桎梏，化蝶双飞。梁山伯与祝英台的这种爱、死亡以及化蝶重生的叙事主题，正与杜丽娘的还魂复生有着异曲同工之暗合，差别只在于一个是重生为蝶，一个是重生为人。躯体异变而叙事主旨不变：突破桎梏，真爱不朽。正因为《牡丹亭》书写了"爱、死亡和复生"这类具有普适意义的、世界共通的叙事主题，所以才能引发世人尤其是明清闺阁女子强烈的情感共鸣，从而具有了恒久不绝的审美价值。

《牡丹亭》讲述了一个因死亡而获得自由，因重生而复归"樊笼"的

---

① 徐扶明：《牡丹亭研究资料考释》，上海古籍出版社1987年版，第103页。
② 傅修延：《互文的魅力：四大民间传说新释》，《江西社会科学》2014年第4期。

情感故事，全剧弥漫着悲喜交加的复杂情绪。尽管同样是写"情"，《牡丹亭》却反映出极其复杂深刻的"情"，其表层叙事主题可概括为"情的突破与复归"。

1. 人物行动视域下的"情的突破"

汤显祖戏曲文本中塑造的女性形象均比男性形象更具自主意识和行动力。四位女主人公皆具有迥异于同时代传统女性、甚至超越男性人物的自主意识和行动力，皆是隐含作者欲着力突出和重点刻画的人物形象。如在《紫钗记》的作者题词中，隐含作者如此评曰："霍小玉能作有情痴，黄衣客能作无名豪，余人微各有致。第如李生者，何足道哉！"①《紫钗记》一反传统戏曲中以生为主的叙事传统，极力凸显女主人公霍小玉"有情痴"的光辉形象，而将男主人公李益排在了近乎"余人"之外，可见隐含作者心中的价值天平已往女性人物形象方向偏离的尺度。又如《南柯记》中的淳于棼和《邯郸记》中的卢生，入梦后皆如"场中傀儡"般身不由己，被吕翁、契玄这些幕后"提掇线索者"所操控。②"汤显祖和莎士比亚在他们的作品中使女性从'边缘'走向中心，从'他者'跃为主体，而男性则由主体向客体，由中心向边缘跌落，从而解构了男性中心及父权社会对妇女的界定，同时给女性的自我表达和多元演绎留下了足够的空间。对女性的叙述从他者转入自我，对女性的关注由外部进入内部，进入女性生存的内在世界，复现女性存在的历史真相，颠覆了女性只能作为'缺席的在场'和'空间的能指符号'的规则，使女性成为自我言说的主体。"③

将汤显祖戏曲文本中的四位叙事动力人物比较观之，按照人物的叙事动力强弱级别划分，杜丽娘无疑是最富行动力的情节动力人物，《邯郸记》中的崔氏次之、《南柯记》中的瑶芳公主又次之，《紫钗记》中的霍小玉相对最弱。《牡丹亭》中的杜丽娘，从人间的游园、惊梦、寻梦、写真，到冥界的自辩、查夫、幽媾、回生，再到人间托夫寻亲、母女团圆、金銮自辩、撮合夫父互认，这一系列的行动的发出者皆为杜丽娘一人。一

---

① （明）汤显祖：《汤显祖集全编》（五），徐朔方笺校，上海古籍出版社2015年版，第2415页。

② 吴梅：《中国戏曲概论》，冯统一点校，中国人民大学出版社2011年版，第170页。

③ 张玲：《汤显祖和莎士比亚的女性观与性别意识》，中国传媒大学出版社2013年版，第51—52页。

部洋洋洒洒五十五出的《牡丹亭》，叙事动力皆起因于杜丽娘的"不知所起，一往而深"的"寻情"愿望。杜丽娘通过一系列主动发出的"行动"，如生前的"游园""惊梦""寻梦""写真""藏画"，死后的"冥府查夫""自荐幽媾"，最终成功"守"与"寻"到梦中的知心人。虽有明清曲评家认为，杜丽娘在冥界转世轮回的判定自然是不由自主的，必须依赖胡判官的宣判来决定命运，因此胡判官实为杜丽娘于幽冥之中的场外提线人。然而，即使身在冥界，杜丽娘依然在个人的权限范围内，完成了自我申辩、请花神作证、求判官查阅婚姻簿和生死簿，以确定夫君姓氏及父母寿年等一系列主动行为，充分发挥了个人的主观能动性，充分体现了杜丽娘敢于突破礼教牢笼，主动追求真爱的勇气与决心。

纵观世界曲苑经典，但凡叙写"情的突破"的叙事主题的文学作品，总能引发困于世俗樊笼之人的强烈情感共鸣。如莎士比亚的《仲夏夜之梦》即是如此。剧中女主人公之一赫米娅深爱着拉山德，公然反抗父亲伊吉斯给她做主的包办婚姻，无惧于父亲将其状告于雅典公爵面前之威胁，甚至面临违抗父命被依律处死的生命威胁，亦是毫不动摇，宁愿在神坛前立誓终身不嫁，也绝不改变心意。最终二人突破现实桎梏，相约私奔。在赫米娅和杜丽娘这类人物身上，受众看到了勇气之于"情的突破"的重要性。明代是礼教森严的封建社会，意欲突破种种制约因素以寻求真爱是极其困难的事情。同时代的钱益，在吴吴山三妇合评本中评曰："今人以选择门第及聘时嫁妆不备耽搁良缘者，不知凡几。风移俗易，何时见桃夭之化也？"足可见出礼教风俗之固、移风易俗之难，而杜丽娘却对梦中虚幻之"情"，一灵咬住、死生不放，最终与赫米娅一样，"守"得有情人终成眷属，无疑成为普天下勇敢逐爱的青年的爱情楷模。

2. 人物行动视域下的"情的复归"

如果仅仅停滞于"情的突破"的叙事主题，《牡丹亭》恐只流于古典戏曲的窠臼之中，无法彰显其卓尔不群的叙事亮点。这部五十五出的鸿篇巨制《牡丹亭》，被近代曲评家吴梅等点明"此记肯綮在生死之际"[1]后，后世研究者多将关注点聚焦于《游园》《惊梦》《冥判》《回生》等剧目，而相对忽略杜丽娘还魂回生后的一系列"复归"之举。

---

[1] 吴梅：《中国戏曲概论》，冯统一点校，中国人民大学出版社2011年版，第167页。

《牡丹亭》第三十六出《婚走》中，重生复原后的杜丽娘，在柳梦梅"三回五次"的催婚下，却一改从前积极主动的情感态度，屡次借"懵腾还自少精神"来有意拖延，甚至被石道姑当场"揭穿"："起前说精神旺相，则瞒着秀才。"柳梦梅亦对此疑惑不解："日前虽不是钻穴相窥，早则钻坟而入了。小姐今日又会起书来。"对此，杜丽娘解释曰："扬州问过了老相公、老夫人，请个媒人方好。""秀才可记的古书云：'必待父母之命，媒妁之言'。""秀才，比从前不同。前夕鬼也，今日人也。鬼可虚情，人须实礼。"可见，重返礼教森严的现实空间中的杜丽娘，很快意识到今时往昔之不同：起初，为追寻梦中情人，可经由现实空间转至冥界空间，历经生死守候与苦苦追寻来达成目标；如今，若想同"白衣女婿"在现实空间为礼教人言所容，则不得不经过"父母之命，媒妁之言"之必然流程，否则私自苟合的婚姻势必在森严礼教和舆论重压之下难以立足。杜丽娘还魂后产生的顾虑，皆同其一贯"老成稳重"的成熟性格一脉相承，契合人物的性格特点及逻辑思维。

然而，杜丽娘的"须经规范的婚姻程序才拜堂成婚"之初衷，却遭遇现实变故而无从实现。事实上，这种愿望的产生与破灭皆是戏曲的隐含作者匠心独运的有意设置。担心会被次日上坟的陈最良疑为盗墓时，杜丽娘才在石道姑和柳梦梅的相劝下，勉强同意在石道姑的主媒下仓促成婚。然而婚后不久，听闻秀才选场，丽娘便立即敦促柳梦梅进京求取功名："盼今朝得傍你蟾宫客，你和俺倍精神金阶对策。高中了，同去访你丈人、丈母呵，则道俺从地窟里登仙那大喝采。"可见，丽娘背后的初衷实为担心柳梦梅的白衣身份不为官宦之家"门当户对"之封建传统所接纳，故而敦促其早取功名后，方能以平等的阶层地位与其父母对话。不久后，柳梦梅果然金榜题名，丽娘来不及欣喜又听闻父亲管辖地淮扬兵乱，便嘱托夫君前去淮扬打探爹娘消息：一来因丽娘素来的仁孝之心所致；二来也为二人的婚姻事实早为父母知晓并接受预作铺垫。

前去寻访岳父消息的柳梦梅，不但没有得到岳父认可，还无端被误认为是盗墓贼而遭到严刑拷问。人物叙述者柳梦梅把岳父对自己拒不相认归因于如下两点：一是门不当户不对，嫌贫爱富，"他在众官面前，怕俺寒儒薄相，故意不行识认，递解临安"；二是恐因女儿无媒苟合的婚姻累及清誉，"他做五雷般严父的规模，则待要一下里把声名煞抹"。事实上，第一点确非主因，杜宝在得知女婿高中状元后，态度并未有丝毫改观。第二点才是杜宝拒认女儿婚姻事实的最大原因。在金銮宝殿之上，在皇帝已亲自教人借秦朝照胆镜和花阴足印来验明丽娘确系人身后，杜宝依然跪诉："此人欺诳陛下，兼点污臣之女也。论臣女呵，并死葬向水口廉贞，肯和生人做山头撮合！"金銮宝殿之上，众目睽睽之下，在天子臣工皆在场的特殊情境中，更能凸显杜宝"拒不认女"行为背后的真实原因：宁愿她清清白白地死去，也不愿其违背礼教、辱没家声而苟存于世。

象征着最高权威的皇帝亦持类似观点："朕闻有云：'不待父母之命，媒妁之言，则国人父母皆贱之。'"这正是中国古代封建礼教社会自古有之的清规戒律，在多部戏曲中皆有反映。如郑光祖的《倩女离魂》中，心系赶考情郎王生的倩女，魂魄脱离躯壳连夜追赶王生，"汗溶溶琼珠莹脸，乱松松云髻堆鸦，走的我筋力疲乏，满身疲乏"①。岂料王生见状并未心疼她"舟车劳顿"，而是劈头盖脸用封建教条来怒斥于她："古人云：聘则为妻，奔则为妾。老夫人许了亲事，待小生得官回来，谐两姓之好，却不名正言顺！你今私自赶来，有玷风化，是何道理？"热恋中的青年男女尚且如此，可见这种礼教传统已然成为古人心中不容侵犯的金科玉律，也无怪乎位高权重的杜宝这般牢固地谨遵恪守了。

此外，居于封建父权社会家族金字塔顶的严父，担心子女不守礼教而累及家声的例子在元杂剧中更比比皆是。平心而论，这类严父并非不怜爱儿女，而是与"兹事体大"的家族清誉相比，子女之事则显得渺小不足道了。著名悲剧《窦娥冤》的第四折中，被冤判至死的窦娥魂魄，望官居要职的父亲窦天章重审此案、替其伸冤。十六年前卖女赶考的窦天章，在看到多年未见、已是天人永隔的女儿的亡魂，第一反应竟不是一叙离情，而是对其所犯"药死公公"之冤罪不问青红皂白地严加怒斥："我当初将你嫁与他家呵，要你三从四德。今三从四德全无，划地犯了十恶大罪。我窦家三辈无犯法之男，五世无再婚之女；到今日被你辱没祖宗世德，又连累我的清名。你快与我细吐真情，不要虚言支对。若说的有半厘差错，牒发你城隍祠内，着你永世不得人身，罚在阴山永为饿鬼。"②从窦天章的言辞中足可见出，封建礼教社会诚

---

① （元）郑光祖：《倩女离魂》第二折。
② （元）关汉卿：《感天动地窦娥冤》第四折。

将维护"祖宗世德"和"声名清誉"视为超越一切、至高无上之物,不容任何人以任何形式加以亵渎。因此,杜丽娘迫于森严的礼教传统之束缚,一经还魂便努力实现"情的复归",欲将"脱轨之情"尽快回归至世情礼法所接受的正常轨道来,此举便不难理解了。

丽娘首先通过"守"与"寻"的行动,出入于生死之间,凭借着惊人至情与坚守,"突破"了令人窒息的重重屏障,最终实现了"情胜于理"的胜利。然而,这只是故事的前半段,而并非大结局。该剧的后半段,隐含作者着力表现了还魂重生的杜丽娘,在意识到人鬼殊途、环境骤变后,立刻试图将情感婚姻调整至合于礼法的框架之内——不仅"父母之命""媒妁之言"一个不能少,"搏取功名以期门当户对"亦不可或缺。有学者认为这体现了汤显祖戏曲作品中的"儒释道三教合一",亦有学者提出,杜丽娘"情"的态度的前后反差,体现了作者认识上的历史局限性。依笔者看,这正是该剧的独特之处。

古典戏曲宝库中不乏反映"情的突破"与"理胜于情"的优秀作品,然相较之下,《牡丹亭》的叙事亮点即在于:将"情的突破"与"情的复归"这两组矛盾体并置于残酷的现实空间之中,从而有意比较叙述二者冲突演绎的全过程。一来可实现升华主题、引发思考之叙事目的,二来可将剧中所有人物置于最富矛盾冲突的极端情境中,以全面深刻地塑造人物形象,突出其复杂深刻的人性特点。

杜丽娘"始若不正、卒归于正"的态度转变,既体现出封建礼教社会与虚幻鬼魅世界相比,更令人禁锢窒息、畏惧心寒,又表现出杜丽娘的成熟沉稳,具有前瞻性和预见性的长远眼光。理想层面上,她敢于凭借生死轮回的契机追寻真爱;现实层面上,她又通过敦促夫君求取功名、寻找父母甚至上殿申诉以求得礼法社会的接受与认可,为二人爱情的稳固恒久费尽心力。这样一位感性理性兼备、浪漫现实俱全的封建时代新女性形象,无怪乎成为闺阁女子赞叹不绝的永恒经典形象。

四 《南柯记》表层叙事主题分析

(一)《南柯记》故事梗概

全剧四十四出的《南柯记》本于唐代李公佐的传奇小说《南柯太守传》。该剧叙写了落魄游侠之士淳于棼曾补淮南军裨将,偶因饮酒误事,失主帅之心而弃官，终日无所事事，与群豪纵饮庭中古槐树下。在友人周本、田子华走后，淳于棼倍感孤寂无聊，终日愁闷不已。一日，他邀酒肉朋友溜二、沙三两人来槐树下饮酒解闷，二人忽提议淳于棼可于中元节去孝感寺听契玄法师讲经。在契玄法师座下，淳于棼巧遇特来人间为蚁国瑶芳公主选婿的琼英郡主、灵芝国嫂和上真仙姑，被三位姑嫂认定为堪为驸马的"有情人"。

淳于棼听罢禅师讲经归来，"一发无情无绪"，更觉愁闷。酩酊大醉后入梦，被蚁国派来的紫衣使者驾牛车接到大槐安国，蚁国册封其为驸马，并见到了好友周本、田子华。蚁国的皇家气派、宫殿的富丽堂皇、公主的温柔贤淑，让忽入梦境的淳于棼倍感新奇，不胜感慨。新婚后，檀萝国侵扰槐安国南柯郡，淳于棼陪同蚁王赴龟山围猎、演练兵马。然而，婚后不久，淳于棼思念多年戍边的父亲愁容满面，公主请示蚁王后寄信其父，并收悉其回信，相约见面日期，淳于棼感激涕零。随后，公主又奏请蚁王任命淳于棼为南柯太守。蚁王对此欣然应允，并答应了淳于棼举荐周本、田子华二友共同赴任，协助其治理郡政的请求。蚁王、蚁后二人设宴为淳于棼和公主一行送别，沿途深受蚁国民众的欢迎仪仗，淳于棼踌躇满志、春风得意，极尽荣耀之享。

时间飞逝，一晃二十年过去，南柯郡在淳于棼和二位友人的共同协理下，"征徭薄，米谷多""行乡约，制雅歌""平税课，不起科"，一派物埠民丰、安居乐业的欣荣景象，淳于棼的政绩赢得了当地百姓的交口称颂。然而，瑶芳公主却因生育过多而身体虚弱。淳于棼担心公主盛夏畏热，特在修筑瑶台供其避暑。岂料，檀萝国四太子恰好于瑶台之上觊觎公主的美貌而心生起兵夺妻之心，淳于棼闻迅速派周弁领兵支援，自己亲率人马救援公主。周弁因饮酒误事兵败，淳于棼则成功营救妻子。蚁王思念女儿，与右相段功商议，召回驸马和公主，让田子华继任南柯太守，免去周锛死罪让其戴罪立功。然而，公主因惊吓过度，在回程的路途上便病逝了，淳于棼悲痛不已。

返朝后的淳于棼，升任左丞相。地位的骤然提升和精神世界的空虚，导致淳于棼在群臣的曲意恭维和三个姑嫂的色相引诱下迷失沦陷。右相段功素来担心淳于棼以皇亲贵胄的身份凌驾己上，于是借天象之变和宫中淫乱之事，趁机向蚁王进言"非我族类，其心必乱"，遣返淳于棼回归人间。于是,淳于棼便依依不舍地被紫衣使者遣返归家,沿途所经历的人情物态与来时判若两样,备受冷遇。

淳于棼一梦醒来,见余酒尚温,二客仍在濯足,好不诧异。于是,淳于棼便将梦中经历细述于溜二、沙三听,随后领着狐疑的二人于古槐树洞穴中细探究竟,梦中场景皆一一印证。淳于棼疑因鬼魂缠身,遂燃指请契玄法师作法超度父亲、瑶芳以及蚁国众生升天。父亲、公主瑶芳等升天之际,淳于棼依旧依依不舍、挥洒泪道别,甚至欲追随妻子瑶芳一道升天,最终被契玄法师挥剑斩情缘。最后,淳于棼梦醒发现,原来所谓的定情信物及其妻子儿女都只是虚无空想,最终在契玄法师的点化下立地成佛。

(二)《南柯记》表层叙事主题——情的铺展与收束

明清曲评家多注意到《南柯记》中蕴含着浓重的佛家思想。王思任在《批点玉茗堂〈牡丹亭〉叙》中评曰:"而其立言指神……《南柯》,佛也。"[①] 汤显祖在《作者题词》中亦自谓:"梦了为觉,情了为佛。"[②] 毋庸置疑,该剧表现了佛家的"因果轮回""诸法皆空"思想。然究其根源,该剧乃藉由"情的铺展与收束"这一表层叙事主题来达成其深层主题。

《南柯记》叙写了一系列的"情的铺展",其中既有大量善情,亦有少许恶情。具体说来,善情方面:不仅体现了淳于棼与瑶芳公主的恩爱夫妻情,同时囊括了淳于棼与父亲的父子深情,淳于棼与周弁、田子华的知交友情,淳于棼与蚁王蚁后的翁婿亲情,淳于棼与南柯百姓的官民之情,以及瑶芳公主与送《血盆经》为女祈福的父母间的血脉深情等等;恶情方面:如下级官吏对权贵上级的谄媚之情,淳于棼与三位皇姑的粲诱乱情以及右相段功对淳于棼的妒忌之情等。《南柯记》中众情交织叠合,演绎了一出酣畅淋漓的"情的铺展"。

值得注意的是,《南柯记》中的"情的铺展与收束"并非一成不变的平铺直叙,而是经由一个动态变化的铺展过程。下面,以淳于棼与瑶芳公主的夫妻情为例,细剖其发展变化过程。剧中,首先省叙了淳于棼与瑶芳

---

① (明) 王思任:《王思任批评本〈牡丹亭〉》,凤凰出版社2011年版,第1页。
② (明) 汤显祖:《汤显祖集全编》(二),徐朔方笺校,上海古籍出版社2015年版,第1157页。

公主的相识相知的过程，仅简叙了淳于棼惊叹于瑶芳呈送至佛前的凤钗犀盒"非世间所有"，遂发出"何不亲身同向佛前啰，和我拈香订做金钿盒"之慨叹，故被三位姑嫂依照"选郎须得有情人"的择婿标准，将其视为驸马的上佳人选，随后淳于棼入梦径直与瑶芳公主合卺成婚，将叙事重点放在了二人婚后的诸多事件上。婚后，瑶芳公主通过一系列人物行动逐步展现其温柔体贴、善解人意、柔和孝顺、稳重贤淑等性格特点。

首先，在第十六出《得翁》中，瑶芳亲做"长生袜一双、福寿鞋一对"，"入宫闱取礼和你送家书"，并主动提出要为夫婿入宫求一个"老婆官"。在听闻夫婿曰"俺酣荡之人，不习政务"后，瑶芳公主当即勉诫道："卿但应承，妾当赞相。"皆表现出其处事稳重果断、思虑周全、孝顺贤淑的人物性格。

其次，在第三十三出《召还》中，瑶芳公主重病在床，依然极度启情还朝，图见父王母后，自述理由有三："一来奴家得以养息；二来驸马久在南柯，威名太重，朝臣岂无妒忌之心，待俺归去，替他牢固根基；三来替儿女完成恩荫之事。"可见，瑶芳不顾病体，宁愿承受长途跋涉之苦，执意回京面见双亲，原来是出于为夫君和儿女深谋远虑、做长久打算之目的。瑶芳对淳于棼当前面临的不利形势有着清晰的认识："近日檀萝败兵，你威名顿损；兼之二十年太守，不可再留。"因而劝其激流勇退方为上策。同时瑶芳又敏锐地预判了淳于棼在自己死后即将身陷孤身无助的艰难处境："则恐我去之后，你千难万难那！""淳于郎，你回朝去不比从前了。看人情自懂，俺死后百凡尊重。"显见其对人情世故了然于心，富有前瞻性和预见性的政治觉悟。同时，也充分体现夫妇二人同在南柯恩爱生活二十年，养儿育女，鹣鲽情深。最后，第四十四出《情尽》中充分展现了淳于棼与瑶芳公主由"情痴"转为"情尽"的过程。淳于棼先是燃指在离恨天见到升天中的妻子瑶芳，瑶芳先是责怪其在自己死后不计旧情，竟有"三女争夫"的淫乱之举，"你则知道一霎时酒肉上朋情姊妹，早忘了二十载花头下儿女夫妻"。尔后见夫君诚心悔过，便不忍苛责，和其相约忉利天再为夫妻，"你既有此心，我则在忉利天依旧等你为夫，则要你加意修行"。最后，瑶芳临别时留下当初二人的定情信物——观音座下所供金凤犀盒给淳于棼留作念想。就在二人互相拉扯、难分难舍之际，被契玄法师猛地挥剑砍断情丝，并挑明瑶芳系蝼蚁之身、金凤犀盒乃槐枝和槐荚子幻化而成时，淳于棼这才幡然醒悟，最终完成其情感收束的历程。

　　总之，有学者认为该剧淳于棼的忽然醒悟、立地成佛显得过于仓促，不能令人信服。作者并未充分铺衍淳于棼思想转变的全过程，而是在最后关头忽然来了"急转弯"，让人物叙述者在知晓情感对象为蝼蚁而非人类、珍贵的定情信物乃俗鄙的槐枝槐荚时，立刻瞬间完成了情感的巨变，由一向痴迷的"人"转为一切皆空的"佛"。诚然，相对于铺陈备述主人公思想转变过程的《邯郸记》而言，《南柯记》的确在这一过程中有省叙之嫌，未曾完备地叙述淳于棼的心理变化过程及其逻辑转换的合理性。然而，基于叙事学的视角来分析，这种于关键时刻陡然突转的叙事手法，正是该剧的叙事特色之所在。

　　清代评点家毛声山评点《琵琶记》曰："叙事之佳者，将叙其欢合，必先叙其悲离，不由别离之苦，不有聚首之乐也。乃将叙其悲离，又必先叙其欢乐，不见聚首之乐，亦不见别离之苦也。"毛声山之子毛宗岗亦发挥了这一论点，云："文章但又顺而无逆，便不成文章；传奇但有欢而无悲，亦不成传奇。""独于文人之笔，可于悲中见喜，可于喜中见悲；可于冷中寓热，可于热中寓冷；可于苦中得甘，可于甘中得苦。"① 从上述二位曲评家的评论可知，唯有于极悲或极欢处忽然急转至相反情境，实现顺境逆境之突转者，方为叙事之佳作。

　　《南柯记》则为此类叙事模式的代表之作。首先其于前期极尽铺叙言情之能事，致力于反复渲染、极力延宕剧中人物之情深、情重、情憨、情长的动态过程，有条不紊，循序渐进，直至进入最富戏剧冲突性的那一刻，隐含作者方才"挥剑"完成情感的收束工作。尽管收束得有些离奇突兀，但依然有隐含作者特定的叙事功能——令受众于最动情的一刻猛然收束情肠，从而实现戏曲"长梦不多时，短梦无碑记，普天下梦南柯人似蚁"的醒世教化功能。

　　然而，人类究竟能否如愿地遁入佛身以逃避世间困厄呢？戏曲的隐含作者并未给予肯定的回答，而是给世人留下了一个永恒的疑惑和矛盾："求众生身不可得，求天身不可得，便是求佛身也不可得，一切皆空了。"

---

　　① 陈良运主编：《中国历代赋学曲学论著选》，百花洲文艺出版社2002年版，第550页。

既然"众生身""天身"及"佛身"皆不可得，世人又如何在繁复芜杂的人世间寻求庇护之所及永恒的解脱呢？对此，隐含作者给受众留下了一个开放式的存疑模式，预留了一个极其开阔的想象空间。

五 《邯郸记》表层叙事主题分析

（一）《邯郸记》故事梗概

《邯郸记》的戏曲文本讲述了八仙之一的吕洞宾仙界下凡度化一凡人赴蓬莱山任扫花使者的故事。吕洞宾路过邯郸，见一位名为卢生的书生相貌精奇，颇有仙分，虽湮读书史却生世不谐，穷困潦倒，于是便趁店家为其烹煮黄粱米饭之际，授其一瓷枕，令其于梦中历经宦海浮沉，体验尽"宠辱得丧生死之情"，感受人世间的大悲大喜，大起大落，最终年过八旬，荣宠至极，纵欲归天。醒来惊觉仅是黄粱一梦而已，灶上黄粱犹未烹熟。方才发觉所谓"建功树名""出将入相"皆不过是俗世尘缘的一场虚空罢了，遂幡然大悟，心甘情愿地随吕洞宾赴蓬莱仙山扫花去也。

纵观卢生梦中遭际，起伏不定，悲喜相生，福祸相倚，暗合了易经中的"祸兮福所倚，福兮祸所伏"的否极泰来、阴阳互转之规律。入梦后的卢生跳入枕中，先是鬼使神差地误入一门显赫的崔家府邸，被强势的崔小姐一眼看中，以不私休成婚则官休送审相威胁，于是卢生无奈下只好与其火速成婚。婚后不久，在夫人以金钱贿赂引路、豪门贵戚相助的积极推动下，卢生果真被爱财的皇帝从落第考卷中翻出第一，高中状元。岂料，尽管卢生遍赂京都显贵，却唯独遗漏了权相宇文融，且其在状元宴上给教坊伶优的汗巾题词曰："香飘醉墨粉红催，天子门生带笑看。自是玉皇亲判与，嫦娥不用老官媒。"此语愈发惹恼了宇文融，遂将卢生恨入骨髓，直待其有破绽处，"寻个题目处置他。"

此后，卢生便开始了沉浮不定、一波三折的宦海生涯，剧中共有五次波澜壮阔的情节起伏。第一番起伏是在卢生自以为矫诏册封夫人为制诰成功之际。初任翰林学士兼知制诰的卢生，私拟御旨册封自己夫人为制诰，就在夫妻二人额手相庆之际，忽被权相宇文融发现后告发，卢生当即被贬为陕州知州，夫妻被迫别离。第二番起伏是卢生在陕州凿石修路开河成功后、奏请皇帝乘舟游赏之际。卢生运用火烧、醋浇等离奇方法，竟成功开通了河道，于是奏请皇帝乘舟观赏，并令一千名绰歌女子拉纤打歌，令好色的皇帝龙颜大悦。就在这时，边关忽报吐蕃入侵，宇文融故意举荐不懂兵法的卢生挂帅出征，夫妻二人再次离别。第三番起伏是在卢生大胜还朝、封官加爵却被诬告谋反、下令斩首之际。卢生运用反间计令吐蕃阵营自相残杀，最终一举打败吐蕃武将热龙莽，将其驱逐至天山脚下后，接到热龙莽飞鸽传书，请求不要赶尽杀绝。卢生心生不忍，遂勒石纪功，班师回朝。皇帝升任其为定西侯，加太子太保、兵部尚书同平章军国大事。然而就在其极盛之时，权相宇文融又诬告卢生私通番将，有意放生，意欲谋反之罪，被不辨真伪的皇帝下令斩首。崔氏闻讯，带着四个儿子于午门喊冤，皇帝网开一面，将其发配广南鬼门关，将其子遣出京城，其妻打入机坊织锦。极欢之际却陡然妻离子散。第四番起伏是卢生历尽生死、发配至鬼门关三年之后。吐蕃热龙莽归顺后替其陈情，妻子崔氏也织回文锦替其喊冤，皇帝方才召回九死一生的卢生回京封官荫爵。第五番起伏是做了二十年宰相、穷奢极欲的卢生忽然一病而薨之际。皇帝召回卢生，为补偿其流放时所受之苦，"前后恩赐，子孙官荫，甲第田园，佳人名马，不可胜数"。最终，年过八旬的卢生，为求长生施行采之术，穷奢极欲，一命归西。

（二）《邯郸记》叙事主题——情的起伏与幻灭

明清曲评家多认为《邯郸记》的叙事主题为"仙"，着重突出戏外的提线人物吕洞宾，反映出一种隐逸仙道、消极遁世的出世之思。细探之下，《邯郸记》实则叙写了情感的跌宕起伏到幻灭顿悟的演变过程，反映出"情的起伏与幻灭"之表层叙事主题。

完成于万历二十九年（1601）的《邯郸记》，正值政治动荡不安、社会矛盾凸显的晚明时期。"明清之际是中国思想史上一个重大转变时期。由于商品经济的客观发展，明清时代的政治变局，专制主义的政治与文化统治，西学东渐的文化流动，社会矛盾充分暴露，中国思想界进入了一个特定的社会转型形态中的'自我批判时期'。"[①] 在这个矛盾激烈的特殊时期诞生的、沉淀了汤翁一生宦途况味和人生感悟的《邯郸记》，自然别有一番复杂厚重的思想主旨。

---

① 张晟：《庄子心学的人文意蕴与时代价值——以闵一得心性论为例》，《江西财经大学学报》2013年第3期。

关于《邯郸记》的主旨，向来是一个看似浅显、实则复杂的问题。表面看来，《邯郸记》是一部"神仙道化剧"中"度脱剧"，蕴含着消极遁世的度世主题。全剧借卢生的"黄粱一梦"来批判尘世间的酒色财气、功名利禄的理想追求皆是虚空幻境，劝诫世人及早醒悟，改赴仙界寻求永恒超脱的宗教虚无主义思想。然而，在叙述过程中，作者实则融入了异常丰富的现实生活内容，并非仅仅以虚写虚，而是虚实相生，巧妙地"绘梦境为真境"①。运用晚明真实的宦途情态、险诈人情的细腻叙事来充作卢生的梦中际遇："记中备述人世险诈之情，是明季宦途习气，足以考万历年间仕宦况味，勿粗鲁读过。"②其中对于卢生梦境际遇的描写，字里行间皆反映出汤显祖汲汲于关注社稷民生的儒学"入世"思想。因为，"儒学本质上是一种人生哲学，它所追求的生命境域是一种练达于宇宙和人生而超越凡俗的高度自由的状态，它始终关注人生，把人生意义与人格理想作为探讨的重要问题"③。

与《邯郸记》的主题较为类似的是《南柯记》，二者的共同点是都阐述了仙佛两家的出世思想，表现形式也都是借一梦之彻悟。但是，《南柯记》讲述的是在契玄禅师的点化下，淳于棼看破梦中之情皆如梦虚空，故而斩断情丝、立地成佛的故事。其主题"梦了为觉、情了为佛"④ 显然更简单明晰。相较而言，《邯郸记》的主题则要更为复杂隐晦得多。该剧通过对卢生"梦中之炎凉""梦中之经济""梦中之治乱""梦中之轮回"⑤ 入木三分的鲜活描写，剑锋直指晚明官场的现实生态与险诈人情的社会政治批判，多被视为作者弃官归隐后的抨击现实之作。

《邯郸记》中的卢生，正是在隐含作者虚构的真实环境中，以晚明官场现实人情世态为梦境背景，演绎了卢生历经五次跌宕起伏的人生大突

---

① （明）汤显祖：《汤显祖集全编》（二），徐朔方笺校，上海古籍出版社2015年版，第1541页。
② 吴梅：《中国戏曲概论》，冯统一点校，中国人民大学出版社2011年版，第168—169页。
③ 李娟：《中国传统人生审美境域管窥》，《理论探讨》2012年第6期。
④ （明）汤显祖：《汤显祖集全编》（二），徐朔方笺校，上海古籍出版社2015年版，第1157页。
⑤ （明）汤显祖：《汤显祖集全编》（二），徐朔方笺校，上海古籍出版社2015年版，第1541页。

转,遍尝极欢之际的极悲之苦、极悲之时的喜从天降,亲身感受大起大落的无常世态。卢生历经情感的数度起伏,尝尽人间酸甜苦辣,看透世间悲欢离合。最终在六位仙人证盟师各唱一曲的合力点化下,将人世间的大姻亲、大关津、大功臣、大冤亲、大阶勋、大恩亲等虚空的欲望一一勘破,圆满地实现了由"情的起伏"到"情的幻灭"的全过程,将落魄儒生卢生从为情所累的苦难人间,度脱至无欲无求的逍遥仙界,完成了整剧的表层叙事主题。

总之,《邯郸记》中卢生的终极归宿是于蓬莱山门蟠桃树下扫落花。剧中将传说中仙人居住的蓬莱仙山形容得煞是清幽,教人向往:这里气候"三光不夜,四季长春",景致"高山流水,风平浪静"。仙人每日里"看卦气,添水火",乐在逍遥。这里没有人间的宦海沉浮、尔虞我诈、勾心斗角;没有人间情的牵绊、欲的纠葛;没有人间柴米油盐世俗琐事的负累,展现了一幅世外桃源的仙境的唯美画卷。

要之,汤显祖的五部戏曲文本的表层叙事主题可归纳为"情的历险",按照"情"的动态发展分而论之,依次可概括为:《紫箫记》的叙事主题为情的分叙与叠合;《紫钗记》为情的裂变与聚合;《牡丹亭》为情的突破与复归;《南柯记》为情的铺展与收束;《邯郸记》为情的沉浮与幻灭。

第二节　深层叙事主题——时间与人生

将汤显祖的五部戏曲文本之表层主题整合观之不难发现,这五部戏曲文本的隐含作者试图将故事中的人物角色并置于同一个无穷无极、浩瀚广袤的时空大背景上,通过演绎不同年龄层面、不同情感阶段人物的人生百态,再现了人性的复杂性和深刻性。这五部戏曲文本看似相对独立,然而将其并置于互文性的文本网络中合而观之,可以窥见出这五个故事实则反映出一个共同的深层叙事主题:时间与人生。

这一观点的最早提出者是美籍华人夏志清(C. T. Hsia)教授,他在汤显祖戏曲文本纷繁复杂的人物关系、情感线索中抽丝剥茧,慧眼洞察到汤显祖的五部戏曲作品中共同呈现的深层叙事主题实乃"时间与人生"。夏志清教授在《汤显祖笔下的时间与人生》一文中探讨了汤显祖五部戏曲作品中的"人生与时间"的关系，明确提出"我研究汤显祖的戏曲，系着重于其对人在时间摧残下的情况的这一主题的探讨[①]"。文中将五部戏曲文本中的时间主题分别归结为：《紫箫记》和《紫钗记》是"在爱的狂喜中忘却时间"，《牡丹亭》是汤显祖"向时间挑战的唯一作品"，但爱情一旦正常化，永恒的感觉将无法继续。上述三部戏曲皆确定了情的价值，而情在时间的范畴内是至高无上的，《南柯记》和《邯郸记》是汤翁将情爱的价值放在人生短暂的大前提下去考验，"以梦来缩短时间，把生命之短促戏剧化"，"他们只是警觉到时间的诡诈，而采用了传统的宗教方式去逃避时间而已"[②]。笔者认同夏志清教授归结的"时间与人生"的深层主题，并在本节中尝试运用文本细读法加以深入阐发。

一 五个故事共同反映了人生不同阶段的情感状态

关于人生百年之状态，汤显祖在《紫箫记》中的第三十一出《皈依》中，经由章敬寺四空禅师之口娓娓道出："只见人生十岁，孩儿的颜如舜华美，终朝游戏薄暮归。二十岁骏马光车，盈盈的高谈雅丽。三十岁举鼎干云气欲飞，一心在功名地。四十连州跨郡，垂珰出入皇闱。幢旄五十时，歌舞罗金翠。婀娜六十成家计。容颜七十无欢趣，明镜清波懒得窥。八十岁聪明去，记不得前言往事，致政悬车。九十时日告衰，那些形体是志意。非言多谬，误心多悖。平生感念交垂泪，孙子前来或问谁？人百岁全无味，眼儿里朦胧浊镜，口儿里唾息涎垂。人生到此，天道宁论！圣贤不能度，何得久存我。回想前事，只是蜉蝣一梦。""临川四梦"四个故事实则暗合了人生四个阶段的情感特征[③]：青春期、青年期、壮年期和老年期。而作为"临川四梦"先声的《紫箫记》则一部之内囊括了这几种人生情感状态，将之并置比较叙事。

---

① 徐永明：《英语世界的汤显祖研究论著选译》，[新加坡]陈靝沅主编，浙江古籍出版社2013年版，第3页。

② 徐永明：《英语世界的汤显祖研究论著选译》，[新加坡]陈靝沅主编，浙江古籍出版社2013年版，第17、21页。

③ 邹自振先生在《紫钗记：希望的春天之梦》（《龙岩学院学报》，2010年第6期）一文中评价"临川四梦"分别代表四季的鲜明特性，即："《紫钗记》是希望的春天之梦；《牡丹亭》是炽热的仲夏夜之梦；《南柯记》是秋天的失落之梦；《邯郸记》是冬天的冰雪之梦。"笔者受此启发，思考"四梦"同时也各自折射出人生不同阶段的情感状态。

（一）《紫钗记》展现青春期"天真烂漫、甜美酸涩"的情感状态

剧中主人公李益"年过弱冠"，霍小玉正值"二八年华"，二人皆处于青涩懵懂的青春期年纪。从梅梢堕钗到月下寻钗，二人一见钟情，暗生情愫。面对李益的托媒求亲，霍小玉表现出青春期少女特有的娇羞腼腆。隐含作者用一连串"旦惊""旦笑""旦啼""旦羞""旦低声"等科介细节，充分展现了青春期少女面对突如其来的幸福时那种又惊又爱、又喜又羞的复杂心理。

青春期情感既甜美又不乏酸涩。婚后，小玉一改"闺中少女不识愁"的闲适状态，忽而变得心事重重。第三人称叙述者丫鬟浣纱这般描述道："小姐未遇李郎时，打秋千、掷金钱、赌荔枝、抛红豆，常自转眼舒眉；到李郎上门，镇日纱窗里眉尖半簇，敢自伤春也？"伶俐的浣纱将之归纳为"成人不自在"。闻知李益赴京赶考，霍小玉很快表现出对婚姻前景的患得患失。封建士子随着身份地位的上升而移情别恋、另攀高枝的事例屡见不鲜，小说蓝本《霍小玉传》即为"痴情女子负心汉"之典型。痴心等待的霍小玉亦有同样的担忧。离别三年，霍小玉变卖家产、寻访李益消息，最终听闻其另攀高门的谣传时，她怒卖玉钗、怨撒金钱，表现出青春期情感的坚贞纯洁与爱憎分明。

最终，二人在黄衫豪客的极力撮合下冰释前嫌。原本已然病入膏肓的霍小玉，在瞥见李益果真将定情信物紫玉钗随身袖带后，立刻原谅了他从前种种的软弱自私，充分展现了青春期情感的单纯无瑕。可见，《紫钗记》正体现出青春期情感的叙事特点。

（二）《牡丹亭》展现由青春期到青年过渡期的"炽热奔放、成熟稳重"的情感状态

剧中男主人公柳梦梅出场时"二十过头"，女主人公杜丽娘"年方二八"，正值青春期。杜丽娘感梦而亡、因情复生，那种"情不知所起，一往而深。生者可以死，死者可以生"的至情状态正契合青年期情感的"炽热奔放"。杜丽娘生于宦门、养在深闺，整日里只能温书卷、做女工。外有封建礼教的层层禁锢，内有严父慈母的耳提面命，居住了三年竟不知自家还有个后花园。生性老成持重的杜丽娘，一旦被《诗经》引动情肠、被春景惹起春愁、被春梦挑动春心后，一直被压抑的少女情感天性便一发不可收拾。然而，碍于颜面无从倾诉，最终只能将炽热的、无从宣泄的情

感洪流藏匿心中，带着永恒的秘密归于坟冢，临终前嘱托母亲葬其于梅根下，三年后终守得"知重"的夫君助其还魂重生。

待到丽娘三年还魂、两人幽媾之时，双方都已成长为成熟稳重的青年了。重返人间的杜丽娘很快意识到梦境、冥界的自由与人间的不自由。杜丽娘思考的第一个问题便是：如何将传统意义上"无媒无聘、私自苟合"的自主婚姻，纳入社会舆论所认可的"正轨"上来。对此，她采取了一系列积极主动的具体举措，如敦促夫婿求取功名、托付夫君寻访父母，甚至上殿验明正身、自我辩解，最终在皇权诏令下获得了社会认可，但却并未达成与父权的真正和解。杜丽娘这一系列自我调整、情感复归的行动，皆充分展现了青春期到青年过渡期的情感特点：由炽热奔放过渡到成熟稳重。同时，该剧也成功塑造出一位集浪漫主义和现实主义于一身、融感性与理性于一体的光辉女性形象，彪炳曲苑文坛。

（三）《南柯记》展现中年期"意乱情迷、反思顿悟"的情感状态

剧中男主人公淳于棼自云"到今三十前后"（第十出《就征》），正值中年之期。人到中年，常因功名之心、利禄之想、七情牵绊、六欲丛生，陷入意乱情迷的情感泥潭中不可自拔。《南柯记》中的淳于棼入梦后历经"情的铺展"——既有夫妻情、儿女情、父子情、挚友情、官民情、翁婿情等一系列善情的牵绊，又受三女淫乱之情、右相妒恨之情等部分恶情的侵扰，甚而替他们燃指升天之际亦不能全然忘情。最终，淳于棼在契玄法师挥剑斩情缘时才幡然顿悟，了断情仇，立地成佛了。这期间的转折变换，体现出中年期"意乱情迷、反思顿悟"的情感变化过程。

（四）《邯郸记》展现老年期"百感交集、大彻大悟"的情感状态

《邯郸记》中的卢生从"遇不遇兮二十六岁"入梦至"年过八十"一亡而醒，历经了六十年的梦中人生，近乎度过了一个完整的生命历程。到生命的最后时刻，亦是卢生人生最为得意的巅峰状态。自岭南归来，皇上为误信谗言、将其流放做了一系列夸张的补偿。论功名，二十年当朝首相，进封赵国公，食邑九千户，官加上柱国太师，可谓恩宠至矣；论子孙，四子十孙，"尽升华要"，俱受荫庇，唯独一子年幼，尚未讨封；论田宅骏马，"选赐御马三十匹"，"又赐田园楼观，形胜非常"；论丝竹女乐，"分拨仙音院女乐二十四名，以应二十四气"。人生到此，足以合乎

卢生入梦前自谓"得意"的标准："大丈夫当建功树名，出将入相，列鼎而食，选声而听，使宗族茂盛而家用肥饶，然后可以言得意也。"[①] 卢生在进封赵国公的当晚，开宴夜游时亦自言："吾今可谓得意之极也。"

然而，卢生在顶峰状态不觉老之将至，穷奢极欲后一病不起。临终前，卢生依然至死不悟，弥留之际仍不忘为幼子讨封。最终卢生一亡而醒，方知梦中种种皆为黄粱幻景。这才百感交集，大彻大悟，四大皆空，最终完成由"情的沉浮到情的幻灭"的巨大转变，心甘情愿地持帚赴蓬莱仙界扫花去也。该剧充分展现了一位垂暮老者，在坐观"千帆过尽"后，回首前尘往事皆如过眼云烟时的百感交集。最终达至大彻大悟、自我度脱的人生境界。

总之，整体观之，"临川四梦"借由四个故事共同反映出人生四个不同阶段特有的情感状态。这四个人生阶段相互依存、互为支撑、时有交叠，呈现出规律性的内在连贯性。而作为"临川四梦"先声和雏形的《紫箫记》，近年来得到了学界越来越多的关注。该剧的叙事亮点是交叠并置不同阶段的情感状态与生命追寻。隐含作者创造性地将李益与霍小玉、鲍四娘与花卿、杜秋娘与霍王以及郑六娘与霍王这四条情感线索共同叠加在一张巨大的情感编织的网络之中，同时在场、相互映现，共同映现出人生不同阶段的情感状态与生命追寻。其中既有李霍般青年眷侣两地相思的缠绵之情，亦有花鲍般中年夫妇旧情难忘的凄楚之情，兼有霍秋、霍郑般老年夫妻相忘于江湖的决绝之情。总之，将五部戏曲作品合而观之不难发现，隐含作者经由这五个看似独立的故事，共同反映了一生中不同人生阶段的情感状态、阐释深邃的生命哲思。

二　时间对于女性婚姻情感的冲刷

对于剧中的女性人物而言，时间长河可作为其情感人生的试金石。她们努力追寻一种足以对抗时间的不朽至情，却往往在无情的岁月面前败下阵来。绵延无形的时间，在五个戏曲故事中悄然转化为一张张鲜活的照片，将不同的女性人物的爱恨情仇以切片的形式分别留存下来。按常理说

[①]（明）汤显祖：《汤显祖集全编》（六），徐朔方笺校，上海古籍出版社2015年版，第2988页。

来,"旧侣"的照片通常是黑白固化的;"新人"的照片往往是彩色动态的。然而,在汤显祖的五部戏曲作品中,隐含作者巧妙地将"旧侣"的"黑白照片"掺杂到"新人"的"彩色照片"之中,将静止的过去的时间,同时并置于现在的时间之中,让新人、旧侣各自的情感人生相互比对、相互映发,深化主题、引人深思。

如在《紫箫记》中,隐含作者有意将骠骑将军花卿与宠姬鲍四娘这对"旧侣"的情感故事,与李益、霍小玉这对"新人"的情感故事穿插并置叙事,新旧交织、彼此映现,极富深意。花卿与鲍四娘的情感故事,虽是情感副线,隐含作者却着墨甚多,在戏曲文本的多出中皆予以详述,核心人物为被花卿将人换马却不改痴情的鲍四娘。如第四出《换马》中,叙写了花卿欲买贵戚郭小侯家之骏马,而不屑金钱的郭小侯却倾慕花卿宠妾鲍四娘的美貌琴艺,最终李益提议将人换马,由此奠定了鲍四娘迟暮改嫁的悲怨人生。第五出《纵姬》中,透过新主郭小侯的叙述视角,详叙了鲍四娘自离别花卿后悲伤欲绝的情状——"那鲍四娘离别花卿,好生愁绝。到我府中,涕咽忘餐"。第八出《访旧》中,借助见证人李益的叙述视角来回叙、评价"以姬换马"的事件经过以及四娘辞别时的惨状。李益云:"既生人世,谁能无情?笑杀花卿,你有这般可人,却没缘没故将去换马。"李益讽刺花卿此举荒诞可笑,却似乎忘却自己才是荒唐之举的提议者。无怪乎鲍四娘在第九出《托媒》中对其反唇相讥:"休讥评。劳君此事为媒证,这般德行,这般德行。"对鲍四娘惨别花卿时的悲惨凄切,李益回叙道:"那四娘去时,何等有情。啼声一市俱愁绝,回首千门别恨生。"传神地再现了当时的情境,将花卿的绝情与四娘的至情做了犀利的对比。第九出《托媒》的首段便让当事人鲍四娘唱《薄幸》一段以自叙心中感伤——"游丝冒蝶,系情难定。真薄命,谩褥锦蹧跚对剧,还记花前旧兴"。随后,鲍四娘再唱《南歌子》忆当时情形,诉别后心情。"无端玉马映花鞍,公子桥边尽兴,强陪欢。"一个"强陪欢",充分体现出其强颜欢笑侍奉新主的无奈与幽怨。鲍四娘通过一连串叙事动作("惊喜介""垂泪哽咽介""掩涕介"),生动表现人物跌宕起伏的复杂情绪:首先,四娘闻知花卿故友前来探访,"惊喜"异常;随后,当李益表示郭小侯若来或有不便、立语几句便回时,四娘顿时"垂泪哽咽"曰:"话还长哩。从容听,见卿浑似见花卿。"此外,四娘不计前嫌,因"君与花卿有故情,敢不成君之美"而替其牵线为媒。最后,临别时四娘"掩涕"让李益"凭将此泪寄花卿,从别后香闲粉剩",并告诫李益珍惜情感。第十五出《就婚》中,李霍成婚当日,媒人鲍四娘自然不会缺席。一早上楼,四娘陪同小玉于楼阁之上,凭窗远眺。此时,本该最先观察新郎官李益的住地方向。然而,首先映入四娘眼帘的却是其前夫花卿所住的"东头一派衙门"的"骁骑卫花老爷府"。可见,四娘对这段旧情的眷恋之深。在看到李益所骑之马正是当日因它而离别的那匹骏马时,鲍四娘再度感伤不已。"猛可的影翩翩、声回合,送新人、怀旧侣,惆怅花前。"遗憾的是,单方面的深情眷恋不过是徒劳的镜花水月。

除了花卿、鲍四娘这条情感副线外,还有郑六娘、杜秋娘与霍王的情感线索,亦采取了穿插并置的叙事模式,演绎的依然是"痴情女子负心汉"的叙事主题。在第七出中,霍王人日登高设宴,令二位宠姬郑六娘、杜秋娘登台唱新词。他听罢李益所作的《宜春令》时,顿感年华易逝,尘心顿消,不顾二姬的苦苦挽留,执意遁入华山修仙。临行前送女儿小玉红楼一座,宝玉十厨,可从霍王封邑姓霍。其母郑六娘暂赐名为净持,杜秋娘入西王母道观修道。郑六娘遂与二十年的姐妹杜秋娘诀别。二位姬妾与霍王洒泪诀别后,在戏曲文本中多次流露出对曾经的欢爱时光的伤感怀念。而一心修仙的霍王对她们却未曾表现出丝毫留恋之情。修仙一念起,顷刻间便无情斩断数十年的夫妻情义,如此断然决绝,无半点迟疑与不舍。封建女子的婚姻命运如同大海上起伏跌宕的一叶孤舟,稍有不慎,曾经的幸福安稳便会在狂风暴雨中倾覆消逝。

时间如同一面动态的镜子,既能照映出新人恩爱缱绻的"此时此刻",亦能映现旧侣恩断义绝的"彼时彼刻"。而这些恩爱不再的旧侣,无不是从情义笃深的"当年"缓步走来的。在时间的冷眼审视下,谁能保证新婚燕尔、如胶似漆的李霍的婚姻命运不会如花鲍、霍郑、霍杜般繁华易逝呢。从该剧的下场诗中透露的后续情节亦侧面印证了这一并置叙事之深意。婚后不久,李益在护送公主和亲的途中,娶了另一位汉春徐姓女子为妾,令霍小玉悲愤不已。尽管最后李益并未抛弃原配,而是妻妾同堂,这在封建社会亦属寻常"正理",但仍旧印证了深情敌不过时间冲刷的深层叙事主题。

三 时间对于士子终极命运的叩问

"隋唐以降,平民士子通过科举考试进入仕途,由民变官。开科举考试,可使天下人才入仕,门第界限打破,等级观念淡化,这令出身寒门的贫家子弟看到改变自身命运、实现人生理想的唯一希望,从而激起他们寒窗苦读、投身科考的无限热情。明代帝王从朱元璋始,非常重视科举考试对人才的培养和选拔,'期得真才以备国用''愿得贤能君子而用之';明成祖朱棣特别强调'科举是国家取人才第一路',礼部官员从内阁首辅张居正到侍讲学士方孝孺,积极从'经明行修,博古通今,文质得中,名实相称'的中式应举的士人中识得'负奇抱艺'之才以备任使。"[①]在朝廷政策鼓励和个人价值寻求的双重驱动下,同历代文人士子一样,明代士人亦表现出对"学成文武艺、货于帝王家""朝为田舍郎,暮登天子堂"的功名理想道路的执着与痴迷。一批又一批的寒窗士子在读书仕进路上前赴后继、皓首穷经,最终结局无非是"几家欢喜几家愁"。这些怀揣着复杂矛盾心态的晚明士子的仕途坎坷和心路历程,皆在汤显祖五部戏曲文本中得到淋漓尽致的生动叙述。

细读汤显祖戏曲文本可以发现,隐含作者除了塑造出一系列闪耀着自主意识的女性光辉形象外,还成功描绘出一群行走在功名仕进道路上的男性群像图。这些不同年龄阶段、不同阶级身份的男性人物,可作为渴望通过科举考试建功树名的晚明士子的典型代表。他们在求取功名的道路上的不同经历、不同手段、不同结局,皆深刻折射出晚明士子对于功名的强烈向往、现实困境与自我超脱。

"城市知识分子即士人是一个比其他任何阶级或阶层都更为复杂的社会群体。农、工、商既是居民的社会身份,又是他们的职业即谋生方式。但士人却只是一种身份而未必是固定的职业。明初在南京设国子监,永乐时又在北京设国子监,这是当时的最高学府。同时,各府设有府学、各州设有州学、各县设有县学,不少驻军卫所也设有卫学。……这些学生的食宿全由政府负担,称'廪膳生',并且免其家二丁的差役。其后,又招收

---

① 李小兰:《〈牡丹亭〉看晚明士子的矛盾心态》,《纪念汤显祖逝世400周年剧目展演暨国际高峰学术论坛》(下册),2016年版,第324页。

'增广生',名额与廪膳生相同,也免其家二丁的差役,只是不给钱粮。"①这些士人"在城市中从事着各种职业:有的是各级官办学校的学生,正在从事'举业',其目标是参加科举考试,以求出身;有的在从事'儒业',即为各种民办学校的教师,只要有可能,他们也随时准备参加科举,以求改'衣食馆谷'而捧上金饭碗;有的对'举业'丧失了信心,便从事其他各种职业,或经商、或务农,或占卦、或看相,或为豪门清客、或为将帅幕僚,或隐居著书、或公开讲学,或为书商捉笔、或为戏班操刀,或为衙门书吏、或为民间讼师"。② 尽管《紫钗记》等的文本时间是唐代,然而隐含作者力图反映的却是作者身处的明代的社会现实及城市风貌。依据上述明代士人的职业身份划分标准分类,汤显祖五部戏曲文本中建构的士人形象大致可分为如下几类:

(一) 正在从事"举业"、即将参加科举考试的士子

在"临川四梦"戏曲文本中,《紫钗记》中的李益和《牡丹亭》中的柳梦梅是正在从事"举业"、即将参加科举考试的士子的典型代表。二人科举考试的最终结局也都无一例外地高中状元。这无疑与中国古典戏曲中的男主角"十之八九要高中状元"的传统情节有关。若非如此,则难以推动后续的情节发展。尽管结局相同,但二人金榜题名之情节发展却截然不同。

《紫钗记》中的李益的"高中"过程十分简单顺遂。在第二十一出《杏苑题名》中,隐含作者以一个极短的过场戏一笔带过,简略叙述了李益参加"书判拔萃科"考试,由于文采斐然,被皇帝御笔钦点为状元。相较而言,《牡丹亭》中柳梦梅的科考之路则显得更为坎坷波折。"二十出头,智慧聪明,三场得手"(第二出《言怀》)的柳梦梅可谓科考道路起步顺遂。只因"未遭时势",也只落得个"栽接花果"聊以为生的贫寒之状。此后,在"香火秀才"韩子才的建议下,去香山干谒钦差识宝中郎苗大人。时值风雪寒冬,贫病交加的柳梦梅在赴考途经南安梅花观时,于风雪中不慎跌伤,幸而偶遇陈最良搭救并医治。助杜丽娘还魂后的柳梦梅继续踏上漫长的科考之旅,谁知赶到时竟错过试期,不让进呈文字,失

---

① 方志远:《明代城市与市民文学》,中华书局2005年版,第91页。
② 方志远:《明代城市与市民文学》,中华书局2005年版,第92—93页。

望至极的柳梦梅顿时顾不上士子脸面,在考场外大哭,声称"无路可投,愿触金阶而死"。幸而被主考官苗大人认出是曾干谒过自己的柳生,于是破例准其补交考卷。最终,柳梦梅以一套似是而非的诡辩说辞巧答试题,虽被点为状元,然其科考之路可谓一波三折、曲折艰辛,实为普天下寒门士子艰辛功名路之缩影。

(二)已对"举业"丧失信心,改行从事其他各种职业的士子

《南柯记》中的淳于棼和《邯郸记》中的卢生,即为已对"举业"丧失信心,改行从事其他职业的士子代表。淳于棼"曾补淮南军裨将,要取河北路功名。偶然使酒,失主帅之心;因而弃官,成落魄之像"①。卢生亦是饱读诗书、时运不济、务农为生的一介乡间穷儒。二人的发迹过程,虽则皆靠攀附高门,做了"老婆官",但亦有所不同。淳于棼是直接借助乘龙快婿之青云梯,省去了科举考试的繁文缛节,径直做了二十年令人艳羡的南柯太守;卢生则靠豪门贵府出身的夫人崔氏凭亲眷撑腰、用金钱开路、最终被人从落榜卷中翻出个第一,高中状元。

《牡丹亭》中年逾六旬的陈最良,更是将一生青春献祭给了科举功名,最终沦为贫病交加、一事无成的寒儒代表。陈最良自叙一生的科考道路的崎岖波折:"祖父行医,小子自幼习儒,十二岁进学,超增补廪。观场一十五次,不幸前任宗师,考居劣等停廪。兼且两年失馆,衣食单薄,这些后生都顺口叫我'陈绝粮'。因我医卜地理,所事皆知,又改我表字'伯粹'做'百杂碎'。"②其十二岁入学,在科举考试的道路上持续匍匐了四十五年,屡战屡败、屡败屡战,最终因考劣而失馆,两年停廪,终致"咳嗽病多疏酒盏,村童俸薄减厨烟""咱头巾破了修,靴头绽了兜"③的贫穷寒酸下场。在为生活所迫、饥寒交迫的现状下,老儒生陈最良只得无奈放弃了科考执念,在祖父药店改了行,自此"儒变医"。陈最良困顿潦倒之遭际,无疑是封建科举道路上蹉跎一生、功业全无的无数士子命运

---

① (明)汤显祖:《汤显祖集全编》(六),徐朔方笺校,上海古籍出版社2015年版,第2825页。

② (明)汤显祖:《汤显祖集全编》(五),徐朔方笺校,上海古籍出版社2015年版,第2618页。

③ (明)汤显祖:《汤显祖集全编》(五),徐朔方笺校,上海古籍出版社2015年版,第2619页。

之缩影。

(三) 已功成名就的士子典范

《牡丹亭》中的杜宝、胡判官无疑是功成名就的士子典范。杜宝一登场即以"西蜀名儒"自居,"紫袍金带,功业未全无"之自叙展现其作为古代士子成功典范内心之自豪："想廿岁登科,三年出守,清名惠政,播在人间。"杜宝的科考历程可谓顺利。然而即便如此,杜宝的仕途生涯亦非坦途,"几番廊庙江湖",透露其几度出仕又隐退的宦海浮沉经历。"华发不堪回首。意抽簪万里桥西。还怕君恩未许,五马欲踟蹰"[①],叙说其位高权重依然频生归隐之想,可见高官厚禄之人亦对宦海生涯暗生倦怠之心。

"权掌十地印信"的胡判官自叙也曾经历过冥界的"科举考试",当年也是一位苦读诗书,最终金榜题名的"读书人"："俺也曾考神祇,朔望旦名题天榜。……做弗迭鬼仙才,白玉楼摩空作赋；陪得过风月主,芙蓉城遇晚书怀。便写不尽四大洲转轮日月,也差的着五瘟使号令风雷。"[②] 这位胡判官原为十地阎罗王殿下的一名小判官,能被玉皇大帝破格提拔为"权掌十地印信",皆因"时运"交好："原有十位殿下,因阳世赵大郎家,和金达子争占江山,损折众生,十停去了一停,因此玉皇上帝,照见人民稀少,钦奉裁减事例。九州九个殿下,单减了俺十殿下之位,印无归着。玉帝可怜见下官正直聪明,着权管十地狱印信。"[③] 可见,杜、胡二人虽为功成名就的士子典范,仕途亦一波三折、历经浮沉。

(四) 落魄清高的"在野山人"

"'山人'是明代城市知识分子中的一个特殊群体。首先,他们都受过一定教育,而且有一定才华且自视甚高；其次,他们一般是'处士',没有出任政府（朝廷）职务,即是知识分子中的'在野派'；其三,他们又都不甘于寂寞,千方百计进行钻营,其上流为将相谋主,中流为豪门清

---

① （明）汤显祖：《汤显祖集全编》（五）,徐朔方笺校,上海古籍出版社2015年版,第2614页。

② （明）汤显祖：《汤显祖集全编》（五）,徐朔方笺校,上海古籍出版社2015年版,第2686页。

③ （明）汤显祖：《汤显祖集全编》（五）,徐朔方笺校,上海古籍出版社2015年版,第2685页。

客，下流则为市井无赖。而这三者之间却没有绝对的界限，发迹者或侪于上流，落魄者或沦为下流。……在明代科举取士的制度下，山人一般已经丧失了出仕的机会，因此只能游历于城市乡村、斡旋于官府侯门，以其诗文、才智谋求生计。"①

《牡丹亭》中的韩子才即是一位落魄清高的在野"山人"。韩子才自言其为先祖韩愈的嫡派苗裔："虽然乞相寒儒，却是仙风道骨。……因乱流来广城。官府念是先贤之后，表请敕封为昌黎祠香火秀才，寄居赵佗王台。"陈同对此评曰："只居住在赵佗王台，煞甚凄凉。"② 作为"百代文宗"韩愈之嫡系子孙，韩子才自然家学渊博、饱读诗书，也曾抒发过"越王台上海连天，可是鹏程便"之功名豪情，最终却只落得个"寄居赵佗王台"的现世窘境，不由得叫人唏嘘慨叹。

（五）"去而为盗"的反叛"山人"

《牡丹亭》中的李全，更是"去而为盗"的反叛"山人"之典型代表。"以五百人出没江淮之间"的李全，"身有万夫不当之勇"，却只因"南朝不用，去而为盗"。大金皇帝为了利用他，遥封其为"溜金王"。不过为一介极具讽刺意味之虚名封号（李全自解"溜者顺也"，无疑大金皇帝不过将其视若麾下顺溜的丧家犬而已），便可令其卖主求荣、投敌叛国，甘愿背负叛国贼之恶名，沦为大金朝的马前卒。无怪乎陈同、钱宜评曰："因不用而为盗，驾驭英雄者，当深思此言。"③ 看来，对于士子阶层而言，再无比"朝廷的认可重用"更令其有自我实现的成就感。

可见，对汤显祖五部戏曲文本中的士子群体而言，他们对于时间与人生意义的反复追问从未停止。这些士子人物形象无一例外地在浮沉不定的宦海生涯中历经了坎坷波折，最终都在儒释道三教间徘徊游移、难以取舍。这在戏曲文本中多有体现。如在《牡丹亭》中第六出《怅眺》中，柳梦梅将先祖柳宗元与韩子才的先祖韩愈进行了一番透彻深刻的比较叙

---

① 方志远：《明代城市与市民文学》，中华书局2005年版，第92—93页。
② （明）汤显祖：《吴吴山三妇合评〈牡丹亭〉》，（清）陈同、谈则、钱宜合评，上海古籍出版社2007年版，第3页。
③ （明）汤显祖：《吴吴山三妇合评〈牡丹亭〉》，（清）陈同、谈则、钱宜合评，上海古籍出版社2008年版，第43页。

事。隐含作者先是巧妙地从韩子才对柳梦梅的一番"无聊之叹"的评说，引出先祖昌黎公对士子的劝勉之言："不患有司之不明，只患文章之不精；不患有司之不公，只患经书之不通。"对此，柳宗元立刻予以反驳，自然而然地"引起下两祖相较一段"。① 此番比较叙事之主题十分清晰明了：决定士子仕途命运的终极因素无他，只是"时也、运也、命也"三要素而已。柳梦梅一针见血地指出，尽管二人先祖皆是享誉文坛的"唐宋八大家"之一，"都是饱学之士，却也时运不济。你公公错题了《佛骨表》，贬职潮州。我公公则为在朝阳殿，与王叔文丞相下棋，惊了圣驾，直贬做柳州司马，都是边海烟瘴地方"。② 随后，柳梦梅从二位先祖撰文名称戏谑开去，从犀利揶揄的相互比对中，深刻揭示了古代士子无常命运的辛酸与无奈。"假如俺和你论如常，难道便应这等寒落？因何俺公公造下一篇《乞巧文》，到俺二十八代元孙，再不曾乞得一些巧来？便是你公公立意做下《送穷文》，到老兄二十几辈了，还不曾送的个穷去，算来都则为时运二字所亏。"紧接着，柳梦梅将二位先祖的仕途遭际转而到二人自身上，"即于对举古题中将《乞巧》《送穷》，另作一层畅发，合到自己身上"。③ 不由发出慨叹："你费家资制买书田，怎知他卖向明时不值钱。"士子人生的发迹，只靠闭门造车、悬梁刺股地埋头苦读是没有用的，昔日汉初辩士陆贾用数篇《新语》当即赢得了汉高祖之赏识，封官赏赐，好不风光，奈何"则俺连篇累牍无人见"。从这番并置比较叙事中，既能体现出柳梦梅博学通达、思辨深邃的人物特性，又能让读者深刻品味出，对匍匐于功名科举道路上的封建士子而言，"才学"与"时运"同等重要。

汤显祖的五部戏曲文本通过将这些不同年龄、不同状态、不同命运的士子并置比较，深刻指出封建士子发迹的几条深具讽刺意味的路径：一是如柳梦梅般的考前干谒权臣，即便耽误了科考时间，依然可以破格补交试卷并被点作状元；二是如淳于棼般成为皇亲国戚，以乘龙快婿驸马爷的身

---

① （明）汤显祖：《吴吴山三妇合评〈牡丹亭〉》，（清）陈同、谈则、钱宜合评，上海古籍出版社 2008 年版，第 11 页。

② （明）汤显祖：《汤显祖集全编》（五），徐朔方笺校，上海古籍出版社 2015 年版，第 2623 页。

③ （清）汤显祖：《吴吴山三妇合评〈牡丹亭〉》，（清）陈同、谈则、钱宜合评，上海古籍出版社 2008 年版，第 12 页。

份,无需科考即可做上令人艳羡的"老婆官";三是如卢生般另攀高门,迎娶了豪门千金,借助世家望族的权势、人脉以及金钱,无疑可在科举考试的路上一路大开绿灯。除此之外,但凡走正常途径,全然依靠文章和才学跻身仕途的士子们,即便年少得志,依然只能饱尝"行路难"的宦海沉浮之苦涩。可见,汤显祖五部戏曲文本中建构的士子群像图具有共同的宿命观:即时也、运也、命也。从中折射出隐含作者仕途观的双重矛盾性:既有对杜宝、淳于棼为政一方时吏正风清、百姓拥戴的理想政治图景的向往;又有对这群士子共同的身不由己的宦海生涯价值的整体性质疑。总之,通过将这些封建士子群体不同的宦途生涯并置叙事,深刻折射出时间对于人生终极命运的反思与叩问,引人深思。

小结

  基于上述,五部戏曲文本的叙事主题实则是一个复杂多义的阐释系统,具有多维向度的阐释空间。本章采取先分后总的论述结构,紧扣作为行动元的人物的"行动"要素以及人物的叙事功能,运用互文性理论和跨文本性理论,通过文本细读法以及比较分析法,让五个故事"彼此印证,相互映发,其隐含的意义才能真正被召唤出来"[①]。本章主要遵循"先分后合"的叙事章法。首先"分而论之",将五个故事视为单独个体论述其各自展现的表层叙事主题,将五部戏曲文本的表层叙事主题概括为"情之历险";再将五个故事"合而为一",将其视为相互依存的有机整体,探究其深层叙事主题实则为"时间与人生"。

  第一部《紫箫记》的叙事主题可概述为——情的分叙与并置。隐含作者别具深意地并置运用了多条情感复线,将不同的年龄层次、情感状态上的人物和情感经历交相映衬,让读者在对比中感慨唏嘘,从而阐释出极为深刻的人生观、时空观以及婚恋观。第二部《紫钗记》的叙事主题可概述为——情的裂变与聚合。源于女主人公基于身份差异而携带的天生伤痕、封建士族子弟负心传统所带来的心理恐慌,以及剧中阻碍人物卢太尉的蓄意破坏等三个层面的阻碍因素导致了李霍"情的裂变",并经由"铰

[①] 傅修延:《中国叙事学》,北京大学出版社2015年版,第172页。

链"功能人物、引导功能人物、助推功能人物以及直接动力人物等四类不同功能的叙事人物共同促成了李霍"情的聚合"。四类帮助人物的功能强度呈现逐级递增、由弱至强的叙事规律。第三部《牡丹亭》的叙事主题可概述为——情的突破与复归。杜丽娘首先通过"守"与"寻"的行动，出入于生死之间，凭借着惊人至情与坚守，"突破"了令人窒息的重重屏障，最终实现了"情胜于理"的胜利。后半部分，隐含作者着力表现还魂重生的杜丽娘，在意识到人鬼殊途、环境骤变后，立刻试图将情感婚姻调整至合于礼法的框架之内。该剧的叙事亮点即在于：将"情的突破"与"情的复归"这两组矛盾体叠加并置于残酷的现实空间之中，从而有意比较叙述二者冲突演绎的全过程。一来可实现升华主题、引发思考之叙事目的，二来可将剧中所有人物置于最富矛盾冲突的极端情境之中，以全面深刻地塑造人物形象，突出其复杂深刻的人性特点。第四部《南柯记》的叙事主题可概述为——情的铺展与收束。该剧前期极尽铺叙言情之能事，致力于反复渲染、极力延宕剧中人物之情深、情重、情憨、情长的动态过程，有条不紊，循序渐进，直至进入最富戏剧冲突性的那一刻，隐含作者方才"挥剑"完成情感的收束工作。尽管收束得有些离奇突兀，但依然有其特定的叙事功能——令受众于最动情的一刻猛然收束情肠，从而实现戏曲"长梦不多时，短梦无碑记，普天下梦南柯人似蚁"的醒世教化功能。第五部《邯郸记》的叙事主题可概述为——情的起伏与幻灭。在隐含作者虚构的真实环境中，以晚明官场现实人情世态为梦境背景，男主人公卢生演绎了五次跌宕起伏的人生大突转，遍尝极欢之际的极悲之苦、极悲之时的喜从天降，亲身感受大起大落的无常世态，历经情感的数度起伏，尝尽人间酸甜苦辣，看透世间悲欢离合。最终在六位仙人证盟师各唱一曲的合力点化下，将人世间的大姻亲、大关津、大功臣、大冤亲、大阶勋、大恩亲等虚空的欲望一一勘破，圆满地实现了由"情的起伏"到"情的幻灭"的全过程，将落魄儒生卢生从为情所累的苦难人间，度脱至无欲无求的逍遥仙界，完成了整剧的表层叙事主题。表面看是一部神仙道化度脱剧，蕴含着消极遁世的度世主题，实则融入异常丰富的现实生活内容，并非仅仅以虚写虚，而是虚实相生，巧妙地"绘梦境为真境"。

再将五部戏曲文本的表层主题合而观之发现，"临川四梦"四个故事实则暗合了人生四个阶段的情感特征：《紫钗记》展现青春期"天真烂漫、甜美酸涩"的情感状态；《牡丹亭》展现由青春到青年过渡期的"炽热奔放、成熟稳重"的情感状态；《南柯记》反映中年期"意乱情迷、反思顿悟"的情感状态；《邯郸记》反映老年期"百感交集、大彻大悟"的情感状态；而作为"临川四梦"先声的《紫箫记》则于一部之中囊括了上述几个不同阶段的情感状态，将之并置比较叙事。此外，五部戏曲文本的深层主题共同反映了时间对于女性婚姻情感的冲刷、时间对于士子终极命运的叩问。隐含作者试图将故事中的人物角色并置于同一个无穷无极、浩瀚广袤的时空大背景上，通过演绎不同年龄层面、不同情感阶段人物的人生百态，再现了人性的复杂性和深刻性，同时透彻揭示出汤显祖戏曲文本共有的深层叙事主题——时间与人生。

第二章　汤显祖戏曲文本叙事视阈中的人物塑造法

人物、情节和环境一直被视为构成小说、戏剧等叙事类文学作品的三要素，且人物在其中往往居于首要位置。在戏剧表演中，人物形象塑造是最重要的环节，人物形象的塑造水平是关乎戏剧表演水平的重要因素。尽管"人物是现实主义文学理论最为关注、发展得最为成熟的领域，但在叙事学中却研究得不够充分，并且是一个有争议的问题"[①]。

我国古典戏曲素来注重对"典型人物"的刻画与塑造，这主要与古典戏曲文体本身体例范式的独特性及程式化有关。王国维《宋元戏曲史》在谈到元杂剧中的人物体例范式指出："元剧每折唱者，止限一人，若末；他色则有白无唱，若唱，则限于楔子中；至四折中之唱者，则非末若旦不可。而末若旦所扮者，不必皆为剧中主要之人物；苟剧中主要之人物，于此折不唱，则亦退居他色，而以末若旦扮唱者，此一定之例也。"[②] 郭英德谈及明传奇剧本的体制范式曰："宋元戏文剧本的正戏，一般先有'生旦家门'，即第二出由生扮男主角登场，第三出由旦扮女主角登场。他们都是先唱一支引曲，接念'上场诗'（词或古风），再念四六骈语的'定场白'，其任务是作自我介绍，表述心事，引出情节。生旦'家门'之后，从第四出开始，才是'关目'上来，剧情一步步展开，角色一个个上场。这在明中期以后的传奇剧本中也成为定例，而且较之戏文剧本更为严格，少有破例者。"[③] 在严格的程式和体例的双重规范下，即便"戴

[①] 胡亚敏：《叙事学》，华中师范大学出版社2004年版，第141页。
[②] 王国维：《宋元戏曲史》，中华书局2013年版，第111—112页。
[③] 郭英德：《明清传奇戏曲文体研究》，商务印书馆2007年版，第69页。

着镣铐舞蹈"，我国古典戏曲作品依然塑造出不胜枚举的鲜活生动的经典人物形象。

汤显祖戏曲文本的叙事亮点之一即在于其塑造了一系列熠熠生辉的典型人物。如为情"生者可以死、死可以生"的至情女子杜丽娘、为爱不惜散尽家财典当玉钗的痴情女子霍小玉、路见不平仗义挺身的豪侠黄衫客，等等。正如王思任在《批点玉茗堂牡丹亭叙》中所言："其款置数人，笑者真笑，笑即有声。啼者真啼，啼即有泪；叹者真叹，叹即有气。杜丽娘之妖也，柳梦梅之痴也，老夫人之软也，杜安抚之古执也，陈最良之雾也，春香之贼牢也，无不从筋节窍髓，以探其七情生动之微。杜丽娘隽过言鸟，触似羚羊，月可沈，天可瘦，泉台可瞑，獠牙判发可狎可处，而'梅''柳'二字、一灵咬住，必不肯使劫灰烧失去。柳生见鬼见神，痛叫顽纸，满心满意，只要插花。老妇人謦是血描，肠邻断草；拾得珠还，蔗不陪檗。杜安抚扶头山屹，强笑河清；一味做官，半言难入。陈教授满口塾书，一身襯气；小要便益，大经险怪。春官眨眼便即知，锥心必尽；亦文亦史，亦败亦成。如此等人，皆若甲士之空中增减朽塑，而以毫风吹气生活之者也。"[①] 这些生动鲜活的典型人物，无疑使我国戏曲文学人物画廊星河璀璨。

本章运用文本细读法，着重探讨汤显祖戏曲文本中叙事视域下运用较多的六种人物塑造法。将汤显祖戏曲文本中的丰富多彩的人物塑造法，分别用独具特色的中国叙事学理论术语和西方现代叙事学术语予以概括总结：以中国叙事学的视角观之，汤显祖戏曲文本灵活运用了"摹索法""烘云托月法"等写人技法；以西方叙事学的人物塑造法观之，汤显祖戏曲文本中巧妙运用了诸如专名暗示与粘连法、特定环境碰撞下的人物塑造法、多视点人物聚焦法、复杂的圆形人物塑造法，以及空间表征法等多种人物塑造法，从而创造性地塑造出一系列彪炳曲苑、鲜活不朽的典型人物形象。

第一节 "烘云托月"法

"烘云托月"法是金圣叹将画家的"烘云托月"之秘法，挪用至剖析

[①] （明）王思任：《王思任批评本〈牡丹亭〉》，凤凰出版社2011年版，第1页。

《西厢记》戏曲文本之上的人物塑造法。"烘云托月"法之"月"即指文本中欲突出刻画的主要人物，而"云"则意指用以侧面烘托主要人物的次要人物。金圣叹对此详加阐释道："欲画月也，月不可画，因而画云。画云者，意不在云也；意不在云者，意固在于月也。然而意必在云焉，于云略失则重，或略失则轻，是云病也，云病即月病也。于云轻重均停，又无纤痕渍如微尘，望之如有，揽之如无，即之如去，吹之如荡，斯云妙矣。……云之与月，正是一幅情理，合之固不可得而合，而分之乃决不可得而分乎！"①可见，金圣叹眼中的"烘云托月"法一方面侧重陪衬人物对主要人物的侧面烘托作用，另一方面则强调二者的叙事篇幅宜"轻重均停"、"相互映发"，而不宜泾渭分明、顾此失彼。

在《牡丹亭》的戏曲文本中，隐含作者刻意选取胡判官和柳梦梅对主人公杜丽娘的人物形象进行"烘云托月"式的侧面烘托。如在《冥判》一出中，刚正不阿的胡判官初见杜丽娘，即被其惊为天人的容颜姿色给震撼住了。"（净）这女鬼到有几分颜色！【天下乐】猛见了荡地惊天女俊才，哈也么哈，来俺里来。"就连身旁的鬼使也看出了胡判官的反常神态，见机耳语道："判爷权收做个后房夫人。"在后续审判中，胡判官毫不掩饰地再三表达见此绝色女鬼的惊诧和赞美："【那吒令】瞧了你润风风粉腮，到花台酒台？溜些些短钗，过歌台舞台？笑微微美怀，住秦台楚台？因甚的病患来？是谁家嫡支派？这颜色不像似在泉台。"三妇合评本钱宜评曰："惊天荡地，不似泉台，皆极形容丽娘美色。老判犹为歆动，故下曲有'秀才何在'之意也。"杜丽娘在幽冥地狱囚禁了三年之久，其美貌姿色尚令老判官惊艳心动，如此"烘云托月"的侧面烘托，足见隐含作者的运思独苦。

柳梦梅这朵"云"对于杜丽娘这个"月"的烘托作用，不仅仅表现在其拾画后的日思夜想、反复把玩、恨不能横榻以揽之的痴迷与癫狂上；而更多地表现在隐含作者对柳梦梅这一"百死不改其至诚"的独特人物形象的塑造上。从拾得杜丽娘的自画像的顶礼膜拜，到受魂旦丽娘的嘱托掘坟开棺、再到掘墓后深夜带着丽娘乘舟"潜逃"、不远万里寻得岳父却被其怒斥吊打，柳梦梅依旧无怨无悔、不改初衷的人物特性。《牡丹亭》

---

① （元）王实甫：《西厢记》，（清）金圣叹批评，凤凰出版社 2012 年版，第 36 页。

第二章　汤显祖戏曲文本叙事视阈中的人物塑造法　　61

的隐含作者叙写了如此情痴的奇男子，正为侧面烘托出至情奇女子杜丽娘。正如三妇合评本中陈同所评："此记奇不在丽娘，反在柳生。天下情痴女子，如丽娘之梦而死者不乏，但不复活耳。若柳生者，卧丽娘于纸上，而玩之、叫之、拜之，既于情鬼魂交，以为有精有血而不疑，又谋诸石姑开棺负尸而不骇。及走淮阳道上，苦认妇翁，吃尽痛棒而不悔，斯洵美也。"① 自古"痴情女子负心汉"的文学主题屡见不鲜，而如柳梦梅这般痴情不悔的男子实为罕见。无怪乎同时代的陈同字里行间流露出对至诚柳生的赞美与肯定。写痴情男子，实着眼于至情女子。何样的女子值得潘安之貌、状元之才、磐石之志的男子如此深情眷恋、相思入骨？其背后"烘云托月"的对象——杜丽娘方为隐含作者欲予以浓墨重彩、侧面烘托的叙事重点。

第二节　专名的暗示与粘连法

"除了叙述事件以激发人格特征之外，叙述中还有一个使人物生成的重要手段，这就是通过专名的暗示与粘结。专名即人物名字，它可以使用真实的世界的姓名系统，也可以采用其他符号。……在叙事作品'虚构的世界'里，专名给人一种强烈的暗示作用，似乎真有一个使用这个名字的真实人物。读者在阅读叙事作品时已不自觉地签订了一份契约，即为了获得预期的阅读效果，他必须在阅读时暂时忘记'虚构的世界'与真实的世界、虚构人物与真实人物之间的区别。"② 汤显祖戏曲文本中的隐含作者巧妙发挥专名暗示与粘连法的作用，通常具有如下两个功能：

一是在读者心中提前留下了先验印象。如《牡丹亭》中的柳梦梅，适一出场便自报家门曰"河东旧族，柳氏名最"，紧接着柳梦梅又自言其"系唐朝柳州司马柳子厚之后，留家岭南"。柳梦梅自豪地声称其为柳宗元之后，读者自然会在心里将柳宗元的天资聪颖、才学出众等人物特性，提前投射到柳梦梅身上，认为其日后凭借着通达的才思，大展宏图、金榜

---

① （明）汤显祖：《吴吴山三妇合评牡丹亭还魂记》，（清）陈同、谈则、钱宜合评，上海古籍出版社2008年版，第131页。

② 傅修延：《讲故事的奥秘》，百花洲文艺出版社1993年版，第226—227页。

高中,自然都是合乎情理之事。同样地,剧中香火秀才韩子才出场亦自报家门曰:"俺公公唐朝韩退之,……小生乃其嫡派苗裔也"。韩子才正是借其先祖之光,被官府敕封为"昌黎祠香火秀才"。有了这番交代,读者自然将其先祖韩愈具有的鲜明的政治主张、突出的政治作为等特性投射至韩子才的身上。剧中,韩子才与柳梦梅一起登台怅眺、博古论今、颇有见地,末了还为柳梦梅提了"干谒图进"的建议,推动了情节发展。至于"一生名宦守南安,莫做寻常太守看"的杜宝,则自报家门直言其乃"唐朝工部杜子美之后",又言其夫人甄氏是"魏朝甄皇后嫡派"。于是,读者顺势将其先祖杜甫清正廉洁、忧国忧民、刚直不阿的人格特性附会至杜宝身上,笃信杜宝为官清廉,能真正做到"到来只饮官中水,归去惟看屋外山"。而魏朝甄皇后,正如杜宝所自叙,乃"此家峨眉山,见世出贤德"的贤良淑范。因此,读者自然会将其先祖魏朝甄皇后的贤德特性加诸杜夫人身上,认为家风世传,杜夫人自然亦是良善贤淑。可见,专名可在读者的心中提前留下了先验印象,随后人物的言行进一步巩固并增强了这一印象,从而为受时空限制的戏曲叙事俭省了受众对人物的理解时间。

二是可以发挥"超情节人物"功能,拓展叙事时空,升华叙事主题。"超情节人物",通常是一种"定型人物",反映的是人们对某一群体或某一类型人的基本看法,具有某种先天的面貌、架构及精神内涵,当他(她)成为叙事焦点,往往体现着作品的叙事理念。[①] 柳宗元、韩愈及杜甫三人均为剧中的"超情节人物"。这三位历史真实人物的宦海生涯的共同点都是屡遭贬谪、波折坎坷。

其中,柳宗元21岁进士及第,26岁顺利登科,成为王叔文改革集团的核心成员。然而,"永贞革新"失败后,柳宗元的仕途便由顺转逆,先被贬为邵州刺史;在赴任途中又再次被加贬永州任司马员外置同正员之闲职;此后唐宪宗陆续颁布三次大赦后又下诏曰:左降官柳宗元等八人"纵逢恩赦不在量移之限"。自此,柳宗元被贬于蛮荒瘴地的永州长达十年之久,开始逐渐转战至思想文化领域,撰文著书。因长期离乡背井、身心愁苦,最终病逝于永州。柳宗元的科举仕途可谓少年得志,中年遭贬,

---

① 刘勇强:《一僧一道一术士——古代小说超情节人物的叙事学意义》,《文学遗产》2009年第2期,第104—116页。

一路下行，再无回升。

韩愈20岁时赴长安应进士试，可惜三试不第。25岁登进士第，后三试博学鸿词不入选，任节度推官，后至京师，官四门博士。36岁任监察御史，因上书论天旱人饥状，请求减免徭役赋税，指斥朝廷，被贬为阳山令。宪宗即位，为国子博士。后又官至太子右庶子。50岁从裴度征讨淮西吴元济叛乱有功，升任刑部侍郎。后又因反对宪宗迎佛骨入大内而上书力谏，又遭贬为潮州刺史。移袁州。不久回朝，历任国子监酒、吏部侍郎等显职。综其一生，韩愈的科考仕途之路可谓起伏跌宕、浮沉不定。

杜甫亦是如此，他20岁开始漫游吴越，25岁回洛阳应进士考试，落选了，之后再漫游齐赵。35岁在长安应试，再次落第。天宝六年（747），玄宗诏征有文才之人到京都就选，杜甫参加了考试，却因中书令李林甫的阴谋破坏，应试者无一人被选。天宝十年，玄宗举行三大盛典，杜甫写成三篇"大礼赋"进献，得到玄宗的赞赏，命宰相测试其文章才能，留朝待用，却又无下文。此后，杜甫写诗向权贵投赠，期望获其举荐，最后也只得到右卫率府胄曹参军的职务。至德二年（757），杜甫冒着生命危险逃出长安，奔赴肃宗临时驻地凤翔，受任为左拾遗。不久因为上疏救宰相，触怒肃宗，竟遭到审讯。次年，杜甫受到朝廷内肃宗新贵与玄宗旧臣相斗争的影响，外调为华州司功参军。再次回到华州，关辅大饥，朝廷内李辅国专权，玄宗旧臣被排斥，杜甫对政治感到极度失望，毅然弃官。纵观杜甫的一生仕途更显坎坷多难，几乎施用了各种仕进手段，如通过常规科举考试、向皇帝献文、向权贵投赠，最终皆无疾而终。统治阶层罔顾百姓生死、腐败贪婪，朝臣尔谀我诈、互相倾轧，这些都在杜甫诗中得到针砭和批判。[①]

汤显祖戏曲文本的隐含作者，巧妙发挥了这三位历史人物专名的暗示与粘连功能。一来令读者迅速将专名背后的人物特性与剧中人物对号入座、粘连嫁接，节省了文本的理解时间；二来借助专名背后的"超情节人物"的真实仕途遭际，令受众可以将历史人物与文本人物的仕途命运进行全方位的参照比较，拓展了叙事时空，升华了叙事主题：古往今

---

① 参见《杜甫草堂》（http://www.sanwen.net）。

来士子群体十之八九都有着波折坎坷的宦海生涯。暗示这并非偶发性的个案，而是具有象征和讽刺意味的普遍现象，是千千万万个仕途坎坷的封建士子命运之缩影。

第三节　特定环境碰撞下的人物塑造法

"人是环境的产物，人的性格只有在与环境的碰撞之中才能得到最丰富、最深刻的表现。人容易受到环境的影响，而人的情感、欲望等是造成矛盾的主要原因，并由它来支配和决定人的行为。在文学作品中，人物性格的塑造和形成过程就是经由人物与环境、人物与他人、人物与自身共同'撞击'的结果。因此，若想塑造一个完整饱满的人物形象，必须将之置于作者精心设置的特定环境中去，让人物与环境、与他人、与自身发生碰撞，从而得以展现复杂丰富的人物的内心世界，这样塑造的人物才是鲜活、富有生命力的。"[1]著名评论家 M.T. 泼拉斯亦认为"突出性格的唯一方法，是把人物放入一定的关系中去，仅仅是性格，等于没有性格只是堆砌而已"[2]，主张将人物的性格投放到特定的环境中去揭示、去演绎、去发展。

汤显祖戏曲文本隐含作者非常善于设置特定环境和事件，将人物巧妙放置于一个特定时空中，令其在与特定环境的相互碰撞中全面凸显人物的人格特性。"这个特定环境既可是人物生活历程中的某个特定瞬间，如足以改变人物命运和生活轨迹的转折性时刻，经由某些生活变故而呈现出特定的生活情境，命运转折点上往往最能反映人物丰富矛盾的内心世界；又可是异常紧张艰险，危机四伏，充满张力的危机和困境中，用这种危机和困境来考验人物的意志和品性，能够更加深入地表现人物性格潜在的创造力和突发性。"[3]

---

[1]　王琦：《论新时期红色题材影视作品叙事中的人物塑造策略》，《江西农业大学学报》（社会科学版）2013 年第 3 期。

[2]　[美] 约瀚·霍华德·劳逊：《戏剧与电影的剧作理论与技巧》，中国电影出版社 1978 年版，第 349 页。

[3]　王琦：《论新时期红色题材影视作品叙事中的人物塑造策略》，《江西农业大学学报》（社会科学版）2013 年第 3 期。

第二章　汤显祖戏曲文本叙事视阈中的人物塑造法

《牡丹亭》中的杜宝，从第三出《训女》开始，通过人物叙述者一番自叙，向读者呈现出威严古执的父亲形象以及廉洁正直的清官形象。明清点评家近乎一致地强调了杜宝"古执"的人物特性。如在《吴吴山三妇合评〈牡丹亭〉》中，陈同评曰："以名儒自命，便见一生古执。"① 明代王思任在《批点玉茗堂〈牡丹亭〉叙》中，对杜宝的人物特性作了如下总结："杜安抚之古执也……杜安抚扶头山屹，强笑河清，强笑河清；一味做官，半言难入。"可见，杜宝"古执"的人物特性贯穿全剧、始终未变。然而，杜宝却并非仅有这些特质，隐含作者刻意将其放置于宋金战争的历史大背景下，让杜安抚肩负起镇守战乱中心扬州的重任。刻意让人物在极其危急的事件中、在艰险困苦的逆境下，激发出其不为人知的人物特性的另一面。

剧中，杜宝共经历了两个重大的转折性事件。一是独女丽娘刚病逝，杜宝便接到圣旨，升任安抚，镇守淮扬。杜宝强忍丧女之痛，一面安慰夫人，一面妥善安排女儿后事。女儿葬于何处、由谁看守、祭田由谁收粮、清明寒食由谁祭祀等诸多事宜，逐一委派周详，尽显其临危不乱、处变不惊之人物特性。二是在接连听闻陈最良误报两大噩耗——"夫人和春香在逃亡途中为叛军所杀"以及"女儿坟墓被盗"（第四十六出《折寇》）时，在短暂悲痛后，杜宝旋即清醒过来，把国家大事始终放在家事和儿女情长之上。"夫人是朝廷命妇，骂贼而死，理所当然。我怎为他乱了方寸，灰了军心？身为将，怎顾的私？任栖惶，百无悔。女坟被发、夫人遭难。正是：未归三尺土，难保百年身。既归三尺土，难保百年坟。"三妇合评《牡丹亭》中，陈同、钱宜亦极其认同杜宝的英雄气概："因众将齐哭，恐乱军心，激为忘情之语，词义侃侃，能使闻者起敬。钱曰：不悔，真是英雄。"② 可见，杜宝在连续遭受人生重大打击的危急关头，依然能冷静理性、以大局为重，并设计出让陈最良捎带招安信之妙策，最终不费一兵一卒令李全夫妇投诚，解除围困，堪称救国救民的国之栋梁。

---

① （明）汤显祖：《吴吴山三妇合评〈牡丹亭〉》，（清）陈同、谈则、钱宜合评，上海古籍出版社2008年版，第4页。

② （明）汤显祖：《吴吴山三妇合评〈牡丹亭〉》，（清）陈同、谈则、钱宜合评，上海古籍出版社2008年版，第112页。

这些重大的特殊事件，一方面激发出杜宝临危不惧、舍小家顾大家的人物特性，另一方面亦丰富与发展其家庭角色。事实上，杜宝除了是一位传统意义上恪守礼教的封建家长，同时也是一位慈善爱女的父亲和体恤专一的夫君。丽娘中秋夜溘然病逝之前，父亲杜宝守在病榻前悲泣痛心；扶着病体沉疴的女儿赴中堂看月；女儿辞世后，杜宝忍着心痛一边宽慰夫人，一边沉着料理后事。此外，在夫人劝其另娶一房、绵延子嗣时，杜宝却说："使不得，部民之女哩。"夫人建议那就娶"过江金陵女儿可好"？杜宝又推托说："当今王事匆匆，何心及此。"足可见其绝非荒淫无道之人，而是作风正派、用情专一的好官员、好夫君。在得知夫人被杀之际，杜宝回忆结发夫妻相爱相守的一生，心痛至"哭倒"。堂堂安抚、七尺男儿，为夫人离世而悲痛欲绝的表现，足可见出杜宝并非冷血无情之人，而是眷恋妻女、重情重义的血性汉子。

　　另一个典型案例即为《牡丹亭》中的陈最良。隐含作者刻意将其卷入特定的环境、事件之中，激发出迥异以往的人格特性。一直以穷酸腐儒形象示人的陈最良，在第四出《腐叹》、第七出《闺塾》中，尽显其封建卫道士形象的古板不通人情。王思任在《批点玉茗堂〈牡丹亭〉叙》中评曰："陈最良之雾也，……陈教授满口塾书，一身襫气；小要便益，大经险怪。"[①]若非受杜安抚之托，在李全夫妇之间充当劝降说客，大概陈最良这一刻板的人物形象便就此定型了。细读文本后发现，原来陈最良并非固定单一的扁平人物。在劝降过程中，陈最良施展了儒生的智慧及口才，尽管脱不了战战兢兢、如履薄冰的腐儒气场，然果真开口了却是另一番儒士风采。当其被李全叛军抓至军营，李全夫妇令其讲些兵法时，陈最良竟机智地讲述了卫灵公问陈于孔子的典故，以暗讽李全之惧内，不得不让人刮目相看。此后，在帮杜安抚传递招安信时，陈最良将信中的"讨金娘娘"之封号，妙解为"受了封诰后，但是娘娘要金子，都来宋朝取用"。巧妙地抓住了人物的心理，令贪财喜金的李全夫人听罢当即欣然应允，实现了剧情的大逆转。剧中，隐含作者将陈最良卷入极其危险的处境之中，让人物与环境、与他人、与自身进行碰撞，激发出其不为人知的人格特性，彰显了人物性格的复杂多样性。

[①] （明）王思任：《王思任批评本〈牡丹亭〉》，凤凰出版社 2011 年版，第 1 页。

第四节 多视点人物聚焦法

查特曼在《故事和话语：小说与电影中的叙述结构》一书中将叙事作品中的"视点"（point of view）归结为如下三种。一是感知（perceptual）视点，即由故事事件的观察者之眼所确切"看"到的真实感知。二是观念（conceptual）视点，即通过某人的世界观（意识形态、观念系统、信仰等）传达出来的一种概念化的意义呈现。尽管没有提到被观察人物在现实世界中实际的身体位置，但提到了他的观念组成、思考方式，以及经其过滤之后的事实与印象如何。三是利益（interest）视点，即从某人的利益优势表现其总体兴趣、利益、福利、安康等特征，它并非在实际意义或比喻意义上的"看"（seeing），而是可能激发他之于它的实际利益（即使他并未意识到的那一利益）。① 汤显祖戏曲文本中的隐含作者，娴熟运用多角度转换视点观察、审视以及评价人物的叙事策略，令读者得以多角度、全方位地"打量"人物的不同侧面，从而得到较为客观全面之印象。

一 多维度交叉感知视角（或称"摹索"法），聚焦人物外在容貌

无独有偶，与西方之"视点"叙事理论有异曲同工之妙的是中国叙事理论中的"摹索"法。所谓"摹索"法，即中国古代戏曲批评家总结出的独具特色的中国叙事学理论术语。容与堂《王西厢》李贽在评点戏曲《西厢记》时曰："《西厢》文字，一味以模索为工：从莺张情事，则从红口中模索之；老夫人及莺意中事，则从张口中模索之。且莺张及老夫人未必实有此事也。的是镜水花月，神品，神品！"② 可见，"摹索"法近乎相当于西方叙事理论的"侧面描写"或"旁观者视角"。李渔在《闲情偶寄·立主脑》中亦提出传奇之主脑在于"一人一事"："古人作文一篇，定有一篇之主脑。主脑非他，即作者立言之本意也。

---

① ［美］西摩·查特曼：《故事与话语——小说和电影的叙事结构》，徐强译，中国人民大学出版社2013年版，第136—137页。
② 《李卓吾先生批评北西厢记》（第三本第一折末总评），明万历三十八年（1610）容与堂刻本，上海图书馆藏。

传奇亦然。一本戏中，有无数人名，究竟俱属陪宾，原其初心，止为一人而设。即此一人之身，自始至终，离合悲欢，中具无限情由，无穷关目，究竟俱属衍文，原其初心，又止为一事而设。此一人一事，即作传奇之主脑也。"①汤显祖戏曲文本中的"搴索"法侧重经由次要人物的侧面叙述简略叙述事情原委，从而凸显主要人物的性格特征，道出其不为人知的内心世界。

（一）多维交叉感知视角聚焦"杜丽娘"

在《牡丹亭》戏曲文本中塑造得最为成功的人物形象无疑是女主人公杜丽娘。全剧经由五位人物的感知视点，多重聚焦主要人物杜丽娘的身上，立体生动传神地刻画出一个活色生香的经典人物形象。

第一位感知视点人物是杜丽娘之父杜太守。在《牡丹亭》第三出的《训女》中，借由其父杜太守的感知视点"看"丽娘，对女儿的容貌气质简略描述为"才貌端妍""看起自来淑女，无不知书"②。第二位感知视点人物是杜丽娘的贴身丫鬟春香。第十出《惊梦》中，从人物叙述者春香的感知视角看为游园盛装打扮后的丽娘，仅一句淡语"今日穿插的好"③。第三位感知视点人物是杜丽娘本人。在《牡丹亭》第十出《惊梦》中，丽娘本人对自身的服饰妆容作了这番详述："你道翠生生出落的裙衫儿茜，艳晶晶花簪八宝填，……不堤防沉鱼落雁鸟惊喧，则怕的羞花闭月花愁颤。"④ 在《牡丹亭》第十四出《写真》中，丽娘对着镜子中的自己的影儿"细评度"，实质运用了白描的手法，细细将自己的外貌风韵用绘画的形式展示给读者："你腮斗儿咂喜谑，则待注樱桃，染柳条，渲云鬟烟霭飘萧；眉梢青未了，个中人全在秋波妙，可可的淡春山钿翠小。"⑤ 将自身的粉颊朱唇、柳目眉梢、飘萧云鬟、流转秋波、翠钿妆饰

---

① （清）李渔：《闲情偶寄》，杜书瀛评注，中华书局2007年版，第15页。
② （明）汤显祖：《汤显祖集全编》（五），徐朔方笺校，上海古籍出版社2015年版，第2614页。
③ （明）汤显祖：《汤显祖集全编》（五），徐朔方笺校，上海古籍出版社2015年版，第2638页。
④ （明）汤显祖：《汤显祖集全编》（五），徐朔方笺校，上海古籍出版社2015年版，第2638页。
⑤ （明）汤显祖：《汤显祖集全编》（五），徐朔方笺校，上海古籍出版社2015年版，第2654页。

等容貌特征细致传神地刻画出来，无怪乎后世读者能够依据图像叙事的人物叙述者的描述，描摹出杜丽娘写真自画像传诸后世。① 第四位感知视点人物是胡判官。在《牡丹亭》第二十三出《冥判》中，十地阎罗王殿下胡判官初见丽娘，以人物叙述者的感知视角这般描述丽娘之绝色美貌："这女鬼到有几分颜色。……猛见了荡地惊天女俊才。……瞧了你润凤凤粉腮，到花台酒台？溜些些短钗，过歌台酒台？笑微微美怀，住秦台楚台？因甚的病患来？是谁家嫡支派？这颜色不像似在泉台。"可见，即便地府判官见了丽娘，亦为其花容月貌而倾倒。惯于察言观色的鬼执笔亦看出了胡判官之失态，上前谏言道："判爷权收做个后方夫人。"《吴吴山三妇合评〈牡丹亭〉》中，钱宜对此评曰："惊天荡地，不似泉台，皆极形容丽娘美色。老判犹为歆动。"② 经由第三人称叙述者胡判官之感知视点，更加鲜活地凸显出杜丽娘倾国倾城之绝色美貌。第五位感知视点人物自然是丽娘容貌的主要审美者柳梦梅。从展玩欣赏画中丽娘之风姿情影到与丽娘魂魄幽会厮缠，再到还魂为真人少女之丽娘，经由感知视点人物柳梦梅的眼睛，向读者传神描摹出丽娘三种迥然不同的神韵体态。首先是感知视点人物柳梦梅所见画中丽娘之情影。在《牡丹亭》第二十六出《玩真》中，柳梦梅偶于湖山之下拾得丽娘手描画像一幅，初以为观世音像，后误认为嫦娥，最后辨认出此乃人间女子行乐图。细细端详此画，柳梦梅将画中美人之形容体态描述为"恁横波，来回顾影，不住的眼儿瞭"，"未曾开半点幺荷，含笑处朱唇淡抹，韵情多"③，"你看美人呵，神含欲雨，眼注微波。真乃'落霞与孤鹜齐飞，秋水共长天一色'"。④隐含作者着力突出画中丽娘如秋波欲动之传情妙目，所谓"画龙点睛"，眼睛乃画中人物

---

① 吴吴山三妇评本《牡丹亭》卷首杜丽娘小像，乃钱宜所绘。三妇评本《牡丹亭》中曰："今观钱夫人为杜丽娘写照，其姿神得之。梦遇而侧身敛态，运笔同居中法，手搓梅子，则取之偶见图第一幅也。"转引自徐扶明编著《牡丹亭研究资料考释》，上海古籍出版社1987年版，第221页。

② （明）汤显祖：《吴吴山三妇合评牡丹亭》，（清）陈同、谈则、钱宜合评，上海古籍出版社2008年版，第55页。

③ （明）汤显祖：《汤显祖集全编》（五），徐朔方笺校，上海古籍出版社2015年版，第2700页。

④ （明）汤显祖：《汤显祖集全编》（五），徐朔方笺校，上海古籍出版社2015年版，第2707页。

最引人侧目的部分。其次是感知视点人物柳梦梅眼中丽娘魂魄之风韵。在《牡丹亭》第二十八出《幽媾》中,柳梦梅初见丽娘魂魄便被其惊艳:"呀,何处一娇娃,艳非常使人惊诧。""奇哉!奇哉!人间有此艳色。""他惊人艳,绝世佳。闪一笑风流银蜡。"[①] 足见魂旦扮相的丽娘依然具惊艳世人之容貌;再次是感知视点人物柳梦梅眼中还魂后人间丽娘之丰姿。在《牡丹亭》第三十五出《回生》中,柳梦梅初见还魂后的丽娘"异香袭人,幽姿如故"[②],"艳质久尘埋,又挣出这烟花界。你看他含笑插金钗,摆动那长裙带"[③]。

总之,《牡丹亭》戏曲文本中的隐含作者,善于交叉运用五位感知视点人物的视角,通过这些观察者之眼确切"看"到的杜丽娘之丰姿美貌,将杜丽娘娇艳脱俗的女性形象立体饱满地跃然纸上。

(二) 多维交叉感知视角聚焦"鲍四娘"

在《紫钗记》中,女主人公之一鲍四娘一出场便自报家门,充当自身的感知视点人物:"自家鲍四娘,乃故薛驸马家歌妓也,折券从良,十余年矣。生性轻盈,巧于言语。豪家贵戚,无不经过。挟策追风,推为渠帅。"先由人物叙述者概述生平经历、性格特点,用了寥寥数语已将鲍十一娘"性便辟,巧言语"的媒人风致以及"追风挟策,推为渠帅"的豪爽直率点染一二。《紫钗记》的第四十八出《醉侠闲评》中,雌雄二豪会面的情节亦属作者巧心经营之笔。二位均属此剧中隐含作者欲着力凸显之核心人物,如何塑造二者的形象遂成为一大难题。除却自报家门、旁观者第三人称评价等叙事策略外,隐含作者还巧心安排、另辟蹊径,让二人互为感知视点人物,用观察之眼互相进行报道、读解和评价。高人眼中的高人,究竟又会是怎样一番风景,无疑是本出之叙事亮点。人物叙述者兼感知视点人物鲍四娘,初见黄衫豪客的第一眼便印象深刻:"(鲍作打觑介)觑他丰神俊,结束标,料多情,非恶少。"酒保当即赞道"识货,识货"。

[①] (明) 汤显祖:《汤显祖集全编》(五),徐朔方笺校,上海古籍出版社2015年版,第2710页。

[②] (明) 汤显祖:《汤显祖集全编》(五),徐朔方笺校,上海古籍出版社2015年版,第2735页。

[③] (明) 汤显祖:《汤显祖集全编》(五),徐朔方笺校,上海古籍出版社2015年版,第2739页。

鲍四娘纵横江湖多年，阅人无数，初见黄衫豪客便由里而外进行观察，得出"料多情，非恶少"之结论，不得不钦佩其识人老道。而黄衫豪客初见鲍四娘的第一印象亦是"名不虚传"——"他是闺中侠，锦阵豪，闻名几年还未老。他略约眼波瞧，咱蓦地临风笑。人如此，兴必高，（回身介）指银瓶，共倾倒。"可见，雌雄二侠一见如故，相逢恨晚。正如黄衫豪客总结道："四娘一笑相逢咱两人心上晓。"随后鲍四娘与黄衫豪客酒后闲聊李、霍情事，且怜且怒，却限于身份地位爱莫能助，凸显了雌侠特有的情感细腻、正义感强以及现实局限的无力感，亦为下文雄侠的仗义出手作了关键性的叙事铺垫。

（三）多维交叉感知视角聚焦"黄衫客"

"黄衫客"无疑是《紫钗记》中力转乾坤的帮助人物。在《紫钗记·作者题词》中，隐含作者将其与"能作有情痴"的霍小玉并列讴歌为"黄衣客能作无名豪"，足见"黄衫客"在剧中作为主要人物的叙事地位。然而，一部五十三出关目的《紫钗记》，有"黄衫客"直接上场的剧目仅第六出《堕钗灯影》、第四十八出《醉侠闲评》、第四十九出《晓窗圆梦》、第五十一出《花前遇侠》以及第五十二出《剑合钗圆》这五出，关于这位神秘的重要人物的雄厚家资、豪侠气概等多由旁观叙述者予以侧写旁出，这亦即《紫钗记》独具亮点的人物塑造手法之一。

关于黄衫客的万贯家资、乐善好施，隐含作者在第十出《回求仆马》中经由崔、韦二友的口中侧面叙写。客居异地、捉襟见肘的李益为了风光迎娶霍王之女霍小玉，特找崔、韦二友，以求"人马光辉"。生性义气的二友自告奋勇地替其出谋划策；崔允明负责借马，其曰"长安中有一豪家，养骏马十余匹，金鞍玉辔。事事俱全。当为君一借"；韦夏卿负责借豪奴，其云"这桩也在那豪士家，有绿鞲文帻。妆饰非常"。通过二位旁观叙述者的侧面描写，足以想见坐拥金鞍玉辔的骏马、使唤绿鞲文帻的豪奴的翩翩豪侠是何等名声在外、虎虎生威、豪气逼人。

关于黄衫客的侠肝义胆、能力通天，隐含作者经由第五十三出《节镇宣恩》中经由崔、韦二人的事后闲谈中娓娓道来。李益在黄山客的强行挟持下与病势沉沉的霍小玉见面，诉明缘由，二人破镜重圆。然而，读者和观众皆担忧霸掌朝纲的卢太尉不会轻易善罢甘休。此时，隐含作者特意选取崔、韦二人在闲谈中将后续余波简略叙出："（韦）只一件。十郎既就了霍府。那卢太尉怎肯罢休。他轻轻地下手。都成齑粉。却如之奈何。（崔）你不知道。那黄衫豪士虽系隐姓埋名。他力量又能暗通宫掖。他近日探得主上因卢府专权。心上也忌他了。他有人在主上前行了一谮。圣上益发忿怒。如今卢府着忙。不暇理论到此事。那黄衫豪士随有人撺掇言官。将小玉姐这段节义上了。又见得卢府强婚之情。蒙主上褒嘉。遣刘节镇来处分。怕甚么事。"通过二人的这番谈论，既简略地交代了事情原委和后续情节发展，又侧面烘托出黄衫客直通后宫的"通天神力"以及"路见不平拔刀相助"的豪侠气概。

总之，汤显祖戏曲文本中善于巧用多维度交叉感知法（或曰"摹索"法），来侧面描写各类人物的性格特征及其隐秘的内心动态。一来经由了解事情原委的陪衬人物口中宛转叙出主要人物不便直接叙述的内心世界。二来发挥省叙的功能，略去繁文缛节，简化叙事结构，推进叙事进程。

二 透过观念视点人物，剖析深层内在观念体系

在《牡丹亭》的第十出《惊梦》中，人物叙述者杜丽娘同时还充当了观念视点人物，对自身的人生观、价值观作了一番深刻自评"可知我常一生儿爱好是天然"，表明自己一生爱美其实是天性使然。[①] 自我揭示出其内心深处对于一切美好事物的纯真向往。春花春鸟春雨春风、飞扬的青春、炙热的爱情，无不是花季少女心中视若珍宝的美好事物，无不是其天性使然的此生至爱。隐含作者通过人物叙述者本人充当观念视点人物，深刻剖析其最隐秘的内心价值观念，从而使受众更加深入地了解人物不为人知的内心世界。

除了丽娘本人，丫鬟春香也充当了观念视点人物。古典戏曲作品中，碍于主要人物的身份、地位、性格等多重限制，很多话不便于直接从其口中直接叙述，隐含作者故而有意选取小姐身边的贴身丫鬟充当传情达意、聪明解事的旁观叙述者。"日夜跟随小姐"的贴身丫鬟春香虽则身份低微，

[①] （明）汤显祖：《汤显祖集全编》（五），徐朔方笺校，上海古籍出版社 2015 年版，第 2638 页。徐朔方先生将此句之意阐释为：我一生爱美是天性使然。华玮先生亦认为应解读为第三声的"好"，意即爱美之意。笔者亦认同此解。

但却因朝夕陪伴在丽娘小姐身旁，既是一起成长的儿时玩伴，又是寂寞闺阁之中的知心姐妹，身份、地位以及情感深度自然迥别于一般下人——"小春香，一种在人奴上，画阁里从娇养"①，"你生小事依从，我情中你意中"②。打小便寸步不离地贴身服侍小姐的丫鬟，自然对小姐的性情秉性有着超乎一般人的了解。在《牡丹亭》第九出《肃苑》中，作为观念视点人物的春香对丽娘小姐的深层性格特点作了如下概述："看他名为国色，实守家声。嫩脸娇羞，老成尊重。"③寥寥数语即将丽娘端庄内敛、老成稳重、大家闺秀的深层性格特征深刻揭示了出来。无怪乎陈同评曰："说得如此端庄，方是千金小姐身分，并后文满纸春愁不为唐突也。"④ 紧接着，隐含作者通过旁观叙述者春香，侧面将丽娘酝酿游园一事之复杂隐晦的心路历程作了细致的叙述，将丽娘诵读《毛诗》后的情绪起伏变化作了预先的交代。紧接着，春香补叙丽娘读书困闷，她因此乘机进言"不如去花园消遣"。丽娘先是"一会沉吟，逡巡而起"，接着又"低回不语者久之"，最后方才取过历书选看吉日，选定了"小游神吉期"，且还不忘事先吩咐小花郎扫清花径，方才踏出游春的第一步。陈同对此评曰："虽衙内闲嬉，一而沉吟，再而低回，又必选日，真是娇羞。"⑤ 笔者认为这不仅展现了人物娇羞的一面，更加凸显其处事稳妥、有条不紊的千金闺范，并为后文其回生后，妥善规划夫妇未来人生轨迹时展现的沉稳老练的性格张本。

在《紫钗记》的第四十八出《醉侠闲评》中，首先经由酒保第三人称叙述者的感知视角率先道出众人对于鲍四娘的评价。因古时之酒馆乃为开放的公共场域，其间汇集了多种多样的叙述声音，因而酒保的个体看法

---

① （明）汤显祖：《汤显祖集全编》（五），徐朔方笺校，上海古籍出版社2015年版，第2635页。

② （明）汤显祖：《汤显祖集全编》（五），徐朔方笺校，上海古籍出版社2015年版，第2674页。

③ （明）汤显祖：《汤显祖集全编》（五），徐朔方笺校，上海古籍出版社2015年版，第2635页。

④ （明）汤显祖：《吴吴山三妇合评〈牡丹亭〉》，（清）陈同、谈则、钱宜合评，上海古籍出版社2008年版，第18页。

⑤ （明）汤显祖：《吴吴山三妇合评〈牡丹亭〉》，（清）陈同、谈则、钱宜合评，上海古籍出版社2008年版，第18页。

实质亦可视为群体看法的集结。酒保一开口就称鲍四娘为"雌豪"："这京兆府前，有个鲍四娘，挥金养客，韬玉抬身。如常富贵，不能得其欢心。越样风流，才足回其美盼，可不是雌豪也？"一语方罢，就连走南闯北、见多识广的黄衫豪客也当即回应道："久闻其名，可请相见。"可见，鲍四娘"雌豪"之美名，已然传之久矣，世所公认了。可见，观念视点人物的视角能够透过表象看本质，揭示出人物形象中较为深邃隐蔽的一面。

三 经由利益视点人物，从另一面反衬或评判人物

作为故事中的利益（interest）视点人物，其"唯一的利益在于使叙事讲述出来。只有当他同时是一个人物的时候，才会出现其他种类的利益。那样他就可以把叙事本身作为证明、补偿、解释、辩解、谴责等来利用"。[①]

《南柯记》中的右相段功可谓是一个名副其实的利益视点人物，他与淳于棼并为蚁王的左右相、同为国家的肱骨重臣。在淳于棼未入蚁国成为乘龙驸马之前，右相段功可谓位高权重、独揽朝政大权、深得皇帝信赖。可随着淳于棼的到来，宠爱公主的皇帝皇后明显表现出对爱婿的偏爱袒护，将镇守边州之守的重要职位让女婿淳于棼出任，让本就嫉贤妒能的右相暗生妒恨，无奈碍于君侯疏不间亲，一直隐忍不发，只待时机成熟。可见，相对于淳于棼来说，段功是利益视点人物。

在《南柯记》第十七出《议守》中，右相段功得知驸马淳于棼担任南柯太守后如此评论："论南柯跨踞雄州，近檀萝要习边筹。那淳于贵婿性豪杯酒，怎生任得边州之守。……许他也索罢了，则怕此君权盛之后，于国反为不便。且自由他。"作为利益视点人物的右相，段功显然是站在与自身利益有利的立场评价淳于棼的性格特点：恣意豪放、贪杯误事、难堪大任。由于人物叙述者的既得利益昭然若揭，受众往往将其观点评价视为不可靠。

而在《南柯记》第三十九出《议守》中，自公主薨后，淳于棼拜相

[①] [美]西摩·查特曼：《故事与话语——小说和电影的叙事结构》，徐强译，中国人民大学出版社2013年版，第142页。

还朝，王亲贵戚，无不贿赂逢迎，"其势如炎，其门如市"。更惹人非议的是，不甘寂寞的淳于棼竟伙同琼英君主、灵芝夫人、上真仙姑三人轮流交欢、昼夜无度，引来右相段功的强烈不满。恰好国中有人上书启奏"客星犯于牛女虚危之次"之异常天象。右相段功乘机利用此番异象大做文章，如是启奏蚁王："客星占牛女虚危，正值乘木差客子归。虚危主都邑宗庙之事，牛女值公主驸马之星。近来驸马贵盛无比，他雄藩久镇，把中朝馈遗。豪门贵党，日夜游戏。……还有不可言之处，把皇亲闺门无忌。"右相一番话令蚁王勃然大怒，遂得出结论"非我族类，其心必异"，遂草草将治理南柯有功的淳于棼夺职软禁，遣返还乡。作为利益视点人物的右相段功，尽管其所言部分属实，但将自然星象变化归罪于外族人淳于棼身上，则凸显其利益既得者的狡诈奸猾。毕竟，淳于棼镇守南柯二十年的政绩还是不容抹杀的，但此处右相却只字未提，只一味抹黑与丑化其形象。这位利益视点人物对淳于棼的评价显然有失公允，属于部分不可靠叙述。敏锐聪慧的受众一看便知，不会尽信。

总之，诚如查特曼所说："通往人物意识之门路，是进入他的视点之标准途径，是我们产生共鸣的通常的和最快的方式。了解他的思想，能够为建立密切关系提供保证。"[①] "临川四梦"戏曲文本中的隐含作者，善于综合运用感知视点人物、观念视点人物以及利益视点人物之视角，或显或隐地表现出人物的外在容貌、内在观念体系以及人物不为人知的另一面镜像。此外，不同视点的交叉运用还能充分调动理想读者的卷入热情，时时运用自身的知识体系和社会经验来判定这些视点人物所言是否可靠。

第五节　复杂的圆形人物塑造法

福斯特在《小说面面观》中将叙事作品中的人物形象概括为两类：扁平人物和圆形人物。扁平人物往往性格单一，平面静止，没有发展。而圆形人物则刚好相反，他们的性格特征中远不止一种单一元素，它们往往是立体多棱、动态发展的人物形象。

[①] [美]西摩·查特曼：《故事与话语——小说和电影的叙事结构》，徐强译，中国人民大学出版社2013年版，第142页。

汤显祖在汤显祖戏曲文本中塑造了一系列熠熠生辉的圆形人物。如《牡丹亭》中的杜丽娘因游园一梦而性情大转,由"自来淑女、多晓诗书"的官宦千金,变为"情不知所起,一往而深""生者可以死,死可以生"的至情女子,人物性情发生了重大逆转。丽娘之父杜太守亦是一个复杂的圆形人物,他既是古执、刻板的封建教条的忠实执行者,又在第八出《劝农》中表现出清正爱民、世人称颂的清官形象,甚至在第二十三出《冥判》中,地府冥判欲将"慕色而亡"的丽娘贬于燕莺队里,却念及其父杜太守的清正爱民而放其出"枉死城",重回阳世圆梦中姻缘。可见,丽娘命运的重大逆转,也与杜太守的正面形象分不开。上述以《牡丹亭》为例,管窥"临川四梦"中的人物形象,不难看出剧中已不乏立体丰满的圆形人物塑造法。然而相较而言,《邯郸记》的戏曲文本叙事中采用的圆形人物塑造法更为独特而复杂。

一 人物特性参量的动态聚合

叙事理论家主张,把叙事中的特性定义为一种形容词,它很好地强调了叙事与受众之间的互动。[①] 一个戏曲文本中塑造的人物形象究竟如何,当然只有在观众的观后阐读中才能得出最终结论。查特曼主张将这种人物概念看作特性的聚合(paradigm):"'特性'是在'相对稳定而持久的个人品性'这一意义上的,承认它既可以展开,即在故事过程中早晚会浮现出来,又可以消失或者被其他特性所取代。换句话说,其范围可以终结。"[②]

可见,戏曲文本中人物特性其实是观众在观看过程中不断加以评判和刷新既有评判的动态过程;而戏曲文本中的人物特性实则是一个事件链条上的参量不断聚合的动态生成过程。《邯郸记》中善恶之情交织的本色"卢生"和强势重情交融的双面"崔氏"等人物形象的塑造,就是典型的动态人物特性参量的聚合。限于篇幅,本文仅以卢生为例。

卢生的第一次亮相始于第二出《行田》,以第一人称自述的叙述者口

---

① [美]西摩·查特曼:《故事与话语——小说和电影的叙事结构》,徐强译,中国人民大学出版社2013年版,第109页。
② [美]西摩·查特曼:《故事与话语——小说和电影的叙事结构》,徐强译,中国人民大学出版社2013年版,第110页。

吻将身世、现状一一概述；至第四出《入梦》中卢生与吕洞宾交谈时的"轻提手，当折腰，但相逢，这面儿好"，足见其尊重长辈、颇有涵养；入梦后，卢生误闯崔家大院，受崔氏软硬威胁，显现其憨厚文弱的书生性格；第六出《赠试》中，婚后崔氏打点金银敦促其上京应举时，卢生却道，延误多年，"功名二字，再也休提"，可见其并非天性痴迷功名，而是在命运洪流的裹挟下走上追名逐利的不归路；在第八出《骄宴》中，卢生在歌妓的红汗巾上题诗自称"天子门生"，因而得罪权相，为日后的几番遭贬埋下了伏笔，一方面反映其书生意气、不谙世事，另一方面也反映其初涉官场、无甚心机；至第十出《外补》中，卢生偷写夫人诰命却被宇文融识破，参奏贬其凿石开山，此处既体现其铤而走险、侥幸妄为的一面，亦有知恩图报、伉俪情深的善情一面；在随后的叙事进程中，卢生屡遭权相宇文融构陷，在陕西任知州，曾以盐蒸醋煮之法开通运河，虽说劳民伤财，却也便利交通、功不可没，能想出此种奇特的开河法，亦显学识渊博，机智善变；随后卢生以离间计平定边乱，拓疆千里，巩固边防，显其足智多谋、知人善任；而在第十七出《勒功》中，卢生看到热龙莽系于雁腿上的求饶信时，当即心软未赶尽杀绝，亦可见其心存仁厚，留有余地。

当然，在整个叙事进程中，卢生也同时表现出不胜枚举的负面性格特点：如邀皇上游河以显功，凑千名棹歌女子摇橹以取悦圣上，做足虚假的"面子工程"；刚打胜仗便勒石纪功；为获长生，与皇帝钦赐的二十四名女乐施行"采占"之术等，皆充分反映出卢生性格中的"好大喜功""曲意逢迎""荒淫无度"等恶情的一面。正是这些善恶交织的人物特性参量穿插出现、此起彼伏，才使人物形象始终处于随时更新的不确定状态。这一系列系于事件链条上的，随着叙事进程逐一展开的人物特性参量，不断刷新着受众既有的人物形象认知。这些动态的、开放性的人物特性，随着叙事的逐渐深入，为观众唤起更为精确全面的描述性形容词，最终构成有善有恶、有美有丑、有好有坏、更为真实可信、生动鲜活复杂的圆形人物形象，令观众过目难忘，回味无穷。

二 "功能多价"的人物功能

"功能多价"的叙事人物是指一个人物在叙事过程中可同时承担不同

的功能。《邯郸记》戏曲文本中的人物形象塑造的另一个亮点是人物身兼多种叙事功能：既讲述故事情节，又承担着推动情节发展的叙事结构功能。

该剧典型的"功能多价"的叙事人物即为宇文融和崔氏。剧中，卢生梦中历经的宦海浮沉、富贵荣辱的幕后推手皆因权相宇文融这个核心人物而起。宇文融这个典型人物的塑造为全剧带来了强烈的戏剧冲突，在推进叙事进程中的作用无可替代。正因为有了这位核心人物的穿插跳跃，才使得戏曲故事情节如此密集紧凑，环环相扣。除了这位情节发展的"大推手"外，崔氏也算得上是一位情节"小推手"。"世代荣华，不是寻常百姓家"的清河崔府的豪门千金崔氏，在招赘卢生、劝其赶考、钱财引路、最后织锦鸣冤等事件中，均发挥着主动行为者的功能。崔氏一步步将卢生从一个不谙世事、天真单纯的"白面书生"推向了极权极欲的政治舞台，实现了吕洞宾授枕之初衷——让卢生于梦中历经宦海荣辱。可见，《邯郸记》中的人物身兼叙述者和推动叙事进程的结构功能。人物在发挥推动叙事进程的功能的同时，也随着情节的动态演进，使自身特性得到充分的诠释与舒展。

三 开放式的人物特性聚合

除了上述两点特性外，《邯郸记》还有一大叙事亮点即在于其"一梦套一梦"的开放式结局。正如查特曼所说，"当一个人物是开放性的，我们的推测当然不限于其特性，还包括可能的未来行为"。①《邯郸记》中的开放式结局似乎正达到了这种效果。当被六位仙人各唱一曲警示与点化后，卢生顿悟自己梦境里的大姻亲、大关津、大功臣、大冤亲、大阶勋、大恩亲皆是虚幻不实的，随后猛然间醍醐灌顶，开始对眼前"遇仙"一事亦是心存疑窦，"还怕今日遇仙也是梦哩"，"虽然妄早醒，还怕真难认"。而众仙家也并未就他这一怀疑给予明确的否定，只含糊说道："你怎生只弄精魂？便做得痴人说梦两难分，毕竟是游仙梦稳。"这即为《邯郸记》留下了"一梦套一梦"式的开放式结局。究竟"卢生遇仙"是不

---

① [美]西摩·查特曼：《故事与话语——小说和电影的叙事结构》，徐强译，中国人民大学出版社2013年版，第118页。

是又一个新梦境呢，戏曲文本中并未给出确切的答案，只能靠观众自己延伸想象去补全后续的故事，增强了思想张力和启发性，比那些常见的封闭、圆满的戏剧结局更具价值。这体现了一种有理论意义的合理要求，去延伸幻想，追寻那些我们在其身上投入了感情与兴趣的人物的命运变迁。当然，无论作者选择回应或者不回应，都是他们自己的审美的事了。①

《邯郸记》中这种开放式的结尾带来了人物特性的不确定性，观众的心理并未受到"剧终"这一"框架"的限制，而是忍不住想知道卢生进入仙界后会有怎样的境况，想象卢生性格中尚有许多"未完待续"的未来行为特征，由此开启人物特性的永不闭合模式。由此可见，"虚幻空间"为人物性格发展拓宽了空间，为人物个性的张扬插上了想象的翅膀。通过对一个个富有梦幻色彩的"虚幻空间"的空间书写。叙述者可以巧妙塑造出一个个"圆形人物"。这些立体饱满的圆形人物，连同一个个神奇玄幻的叙事空间一起，成为令受述者难忘的人物形象。

第六节　人物塑造的空间表征法

所谓"空间表征法"，即指"让读者把某一个人物的性格特征与一种特定的'空间意象'结合起来，从而对之产生一种具象的、实体般的、风雨不蚀的记忆"。②龙迪勇在《空间叙事研究》一书中详细论述了"空间表征法"在"塑造人物形象方面的巨大潜力和广阔前景"——"它不仅可以出色地表征出一个群体的'共性'或'集体性格'，而且可以很好地表征单个人物的'个性'或'独特性'，就像它既可以出色地表征'扁平人物'，也可以很好地表征'圆形人物'一样"。③

通过细读汤显祖戏曲文本，我们发现"空间"确是人物性格生成的具体场所及人物形象的绝佳表征。汤显祖戏曲文本中的隐含作者非常善于通过书写特定的空间来塑造性格各异的人物形象。故此，本节欲着重探究汤显祖戏曲文本中人物形象塑造的空间表征法。

---

① ［美］西摩·查特曼：《故事与话语——小说和电影的叙事结构》，徐强译，中国人民大学出版社 2013 年版，第 118 页。
② 龙迪勇：《空间叙事研究》，生活·读书·新知三联书店 2014 年版，第 261—262 页。
③ 龙迪勇：《空间叙事研究》，生活·读书·新知三联书店 2014 年版，第 314 页。

一　家宅：居住空间——人物原初性格的塑造空间

"家宅"对于人的重要意义自然不言而喻。"生于斯长于斯",它既是人类遮风避雨的庇护所,又是最让人放松和怀想的精神家园。"它是我们最初的宇宙——它确实是个宇宙,它包含了宇宙这个词的全部意义。"[1]不同的家宅环境,可以表征着人物不同的成长环境和现实处境,是人物原初性格的塑造空间。

《邯郸记》第二出《行田》中,主人公卢生正式登场。他的几句宾白,便将其困顿窘迫的家宅环境描述殆尽:"白屋三间,红尘一榻,放顿愁肠不下。展秋窗腐草无萤火,盼古道垂杨有暮鸦,西风吹鬓华。"显而易见,主人公卢生居住在"空田噪晚鸦,牛背上夕阳西下"的乡村小店"三家店儿",全部家当只有"白屋三间""数亩荒田"。衣着方面,"到九秋天气,穿扮得衣无衣,褐无褐,不凑膝短裘蔽貂"。出门无高车驷马,而是"乘坐着马非马,驴非驴,略搭脚青驹似狗"的跛足"蹇驴"。这些描写家宅的"空间意象",让一个时运不济、落魄无依的乡间穷儒形象瞬时跃然纸面。如此贫愁潦倒的出身无疑为其跳入吕洞宾的磁州玉枕中历经自以为"得意"的人生做足了叙事铺垫。

相较于卢生孤寒窘迫的居住环境,女主人公崔氏的"家宅"显然是富贵奢华的侯门深院。卢生跳入枕中惊讶地发现:"(生转行介)怎生有这一条齐整的官道?""(行介)好座红粉高墙。"随后,叙述者借助卢生的视角,由远及近、由外及内,细细打量这座粉墙高院。接着,"镜头"继续拉近,开始对宅院之中的闺阁进行"特写":从嗅觉到视觉,从远景到近景,把"世代荣华""不是寻常百姓家"的清河崔氏的富贵府邸描写得生动传神。显然,崔氏出身豪门贵族,日后形成强势霸道、财大气粗的性格顺理成章。毫无悬念地,随后的情节由"思想起我家七辈无白衣女婿"要打发他应举到"奴家四门亲戚,多在要津。你去长安,都须拜在门下"再到"奴家再着一家兄相帮引进,取状元如反掌耳"。门庭显赫的崔氏可谓一手设计并促成了卢生出将入相的仕途荣辱之路。其间,叙述者对崔氏"家宅"浓墨重笔的描写,鲜明地烘托出崔氏性格中的强势大气,

---

[1] [法]加斯东·巴什拉:《空间诗学》,张逸婧译,上海译文出版社2009年版,第2页。

极大地推动、铺陈了后续情节的发展。

《紫钗记》中女主人公霍小玉的居住地"霍王府"亦是足以表征人物性格的居住空间。在第四出《谒鲍述娇》中媒人鲍四娘将霍小玉的居住地霍王府的地理位置告知李益——"住在胜业坊三曲莆东闲宅是也"。因霍小玉的母亲郑六娘原是王府歌姬,嫁于霍王为妾。霍王死后,诸兄弟嫌六娘出身低微,遂分了一份财产,将其母女二人驱逐出王府,迁居于胜业坊。这里的"胜业坊"为唐代街坊的名称,实乃倡优聚居之地,由此暗示了霍小玉母女的社会地位:虽名为霍王之女,实则社会地位低微。居住于胜业坊的霍小玉,自小目睹了母亲因身份低微被逐出王府的情景。于是对爱情婚姻的态度始终带着母亲留下的先天伤痕,既充满向往又心存隐忧。这种心有余悸、复杂敏感的人物心理,在其日后对进京赶考、多年不归的李益的分外担忧中得到了充分的表现。在这里,家宅不仅仅是人物遮风避雨的居住地,更具备了提示人物身世、预示人物命运、塑造人物性格的叙事功能。可见,家宅可以为人物的原初性格赋予一个合情合理的缘由。人物与其所生活的空间环境之间形成了一定的统一性,已然融为一体、密不可分了。作为物质生活环境的"家宅",对塑造人物性格具有原生态的空间表征意义。联想到人物的居住地,一幅幅栩栩如生的人物绣像便呼之欲出,令人印象深刻。

二 "花园":休闲空间——人物自然天性的释放空间

在中国古代,"花园"是一种艺术,也是休闲娱乐的场所。它是游离于规范秩序之外的"私人空间"或"休闲空间"。相对于高度仪式化的宗庙、陵寝、祠堂及已被充分秩序化的家宅而言,"花园"是一种"法自然"的"原生态空间"。[①] 那些已被宗法社会规范化的家宅显得那么有条不紊、千篇一律。将人的自然天性压抑、束缚得动弹不得。生活于其间的人们,日复一日重复着合乎"规范"的日常活动,近乎丧失了灵魂深处的自然旨趣。而作为不可多得的休闲空间的"花园",则可称得上是释放人们纯真天性的天堂。

《牡丹亭》中的"花园"无疑是全戏中最核心的空间意象。出生于宦

[①] 龙迪勇:《空间叙事研究》,生活·读书·新知三联书店2014年出版,第304—307页。

族名门,"才貌端妍",素来孝顺父母、尊重师长、循规蹈矩的太守千金杜丽娘。平日里足不出户,只在闺阁里做些刺绣、读书、临帖之事。到日后她如何会性情大转,因梦成痴,因痴成病。最终"至手画形容,传于世而后死"这期间的巨大转变,起因皆在于这个典型化的空间意象——"花园"。

"花园"的第一次出现是在《牡丹亭》的第七出《闺塾》。丫头春香借口"溺尿"逃学出去,忽然发现"原来有座大花园,花明柳绿,好耍子哩"。素来沉稳的杜丽娘闻后故作不发,待先生下课后少女情态立现。可叹已是"二八年华"的少女丽娘日日闲守空闺、足不出户。竟浑然不知自家后院有如此景致的花园。既已知晓,仍能故作矜持、隐忍不发,尽显名门闺秀的家教涵养。随后第八出《劝农》、第九出《肃苑》皆为第十出《惊梦》中的丽娘游园创造条件、做足铺垫。在第十出《惊梦》中,随着丽娘的盛装游园,这个充满神秘感的后花园的空间布局开始逐渐呈现出来。春香眼中的花园原是反映了"花园"本来面貌的:"(行介)你看,画廊金粉半零星,池馆苍苔一片青。踏草怕泥新绣袜,惜花疼煞小金铃。"而丽娘眼中的花园却是"姹紫嫣红"与"断井颓垣"并存的空间:"(旦)不到园林,怎知春色如许。【皂罗袍】原来姹紫嫣红开遍,似这般都付与断井颓垣。良辰美景奈何天,赏心乐事谁家院。"看到园子里百花开遍,丽娘不禁心生一丝埋怨:"恁般景致,我老爷和奶奶再不提起。"尽管花园中的景致委实不错——"(合)朝飞暮卷,云霞翠轩,雨丝风片,烟波画船"。然而,"锦屏人忒看的这韶光贱"。长期禁锢闺阁的女子,即使赏遍春色亦是意趣索然——"观之不足由他缱,便赏遍了十二亭台是枉然,不如兴尽回家闲过遣"。可见,面对同一空间,不同的人物却有着迥然不同的心理感受。这里的空间叙事,鲜明地反映出了丽娘和春香截然不同的性格特点。

尽管此前也有对这座后花园的空间描写,但大多停留在对花园景致的笼统概述上。直至丽娘伏案入睡,叙述者才将其梦中云雨事的发生场景详加描述。随着叙述的层层递进,后花园的空间画面也渐次明晰了起来。众所周知,杜丽娘和柳梦梅梦中的交合地点是全剧空间叙事之肯綮。叙述者运用多重叙述的手法对这一核心空间进行了反复渲染和刻画,令读者难以忘怀。第一次是在叙述者对丽娘梦境的叙述中。第二次则是在丽娘对梦中情事的回叙中。第三次是在第十二出《寻梦》中。丽娘欲在真实花园中重寻梦中情事的发生场域，却只看到"牡丹亭""芍药阑""怎生这般凄凉冷落、杳无人迹、好不伤心也。（泪介）"然而，现实的花园中却多了一个空间标识物——梅树："（望介）呀，无人之处，忽然大梅树一株。梅子磊磊可爱。"丽娘顿生死后葬于此地之念。第四次是在第十四出《写真》中。丽娘自绘写真。只见画中的自己"谢半点江山，三分门户，一种人才，小小行乐，捻青梅闲厮调。倚湖山梦晓，对垂杨风袅，忒苗条，斜添他几叶翠芭蕉"。这幅女子行乐图再现了"青梅""湖山""垂杨"等空间意象，大多暗合了其梦中之景，前后呼应。第五次是在第二十七出《魂游》中。丽娘的鬼魂继《冥判》后魂游旧地所见的空间场景："呀，转过牡丹亭、芍药阑，都荒废尽。""离魂三年"尚能记得梦境和后花园中几个富有典型象征意义的空间意象。可见这些标志性的空间意象何其令丽娘魂牵梦萦。

　　上述五次对花园中的"牡丹亭""芍药阑"这一典型空间的反复书写，充分体现出花园这个休闲空间对激发妙龄少女丽娘心底最真实纯粹的人性本能所发挥的重大功能。杜丽娘这位被封建礼教禁锢身心的贤良淑女，在"花园"这个休闲空间的偶然"电击"下，潜藏于其理性外壳中的本真情感被彻底激活，从次转变为一位为爱情可生可死、生死不放的至情女子。显然，在这个彻头彻尾的巨大逆转中，"花园"这一休闲空间的叙事发挥了至关重要、不可替代的作用。由此可见，"花园"这个封建礼教鞭长莫及的休闲空间和私人空间，是释放人物自然天性的绝佳场域。它既可以是各种浪漫故事的发源地，亦可以是各种幸福回忆的安放地。

　　总之，"花园"空间，作为杜丽娘"生命中的一个通道"，在全剧的情节结构中发挥了极为关键的转折性叙事功能。经由"花园"这个特殊的通道，实现了人物自我意识的复苏与觉醒的重大转变，由此开启了前后迥异的性情逆转、生死轮回的孤身寻爱之旅。

三　树国：虚幻空间——人物复杂性格的拓展空间

　　想象是赋予艺术作品生命力的重要因素，往往可以为艺术作品的传播插上流芳千古的翅膀。相对于"家宅""花园"等源自真实世界中的虚构空间，想象世界中的"虚幻空间"的叙事则显得更为奇幻神秘。在《南柯记》中，汤翁用他的灵性笔触为我们构建了一个神奇的乌托邦——大槐安国。

"槐树小穴中，何因得由国都乎？"《南柯记》中的主人公淳于棼与我们同样有此一问。对此，槐安国的紫衣使者给出的答案是："淳于公，不记汉朝有个窦广国，他国土广大；又有个孔安国，他国土安顿，也只在孔儿里。怎槐穴中没有国土？"寥寥数语便令受述者信服：大槐安国乃"理之所必无而情之所必有"的虚幻空间。随后，叙述者让大槐安国主蚁王详细介绍了本国的历史由来。由此可见，大槐安国聚众成国、稳如磐石的原因源于天时、地利、人和。接着，蚁王又将槐安国内的空间布局向受述者娓娓道来："火不能焚、寇不能伐。三槐如在，可成丰沛之邦；一木能支，将作酒泉之殿。列兰锜，造城郭，大壮重门；穿户牖，起楼台，同人栋宇；清阴锁院，分雨露于各科；翠盖黄扉，洒风云于数道。长安夹其媾路，果然集集朱轮；吴都树以葱青，委是耽耽玄荫。"国都具体格局如下："北阙表三公之位，义取怀来；南柯分九月之官，理宜修备，右边宪狱司，比棘林而听讼；左侧司马府，依大树以谈兵，丞相阁列在寝门，上卿早朝而坐；大学馆布成街市，诸生朔望而游，真乃天上灵星，国家乔木。"由此可知，大槐安国都城虽小，却有着一套完善的行政司法体制，官员各司其职，欣欣向荣，国泰民安，可谓"麻雀虽小五脏俱全"。通过对这一神秘空间的叙述，受述者仿佛可以亲见这位霸气威严、有胆有谋、文可治国、武可安邦的国主蚁王正威风凛凛、饱含深情地俯瞰城池众生的画面。

此外，对大槐安国都城的空间描写，不仅体现了国主蚁王的形象，更将男主人公淳于棼的复杂心理充分表现了出来。淳于棼被选为蚁国驸马后，两位紫衣使者驾牛车前来接他入国。初见蚁国风貌，淳于棼用陌生化的叙述语言描述了他眼中的大槐安国的风土人情，充分表现了初来乍到的淳于棼见到蚁国臣民对自己莫名的恭顺敬畏时，他的新奇、忐忑、疑虑等复杂心理。随后，当牛车抵达城门时，淳于棼眼里的大槐安国一派繁华富贵的景象："（生）好一座大城。城上重楼朱户，中间金牌四个字：（念介）大槐安国。（内扮一旗卒上）传令旨，传令旨。王以贵客远临，令且就东华馆暂停车驾。（卒叩头走起，同向前道行介）（生）城楼门东有这座下马牌，怎左边厢朱门洞开？（紫）到东华馆了，请下车。（生下车入门,背笑介)这东华馆内,彩槛雕楹;华木珍果,列植于庭下;几案茵褥,帘帏肴膳,陈设于庭上,俺心里好不欢悦也。"显然,"重楼朱户""金匾题字""左侧朱门洞开""彩槛雕楹""华木珍果"这些奢华和礼遇,既凸显了蚁国国主对淳于棼的重视与厚爱,也为人物日后的失落埋下了伏笔。

淳于棼在梦中出守南柯大郡,富贵二十余年,公主薨逝,拜相还朝,专权乱政,被国王见疑,着紫衣使者遣送回家。还是原来的那条来路,还是原先接驾的二位使者。然而,此情此景,人物的心境和眼前的风物却与来时迥然不同:"【绣带儿】才提醒趁着这绿暗红稀出凤城,出了朝门,心中猛然自惊。我左右之人都在那里?前面一辆秃牛单车,岂是我坐的?咳,怎亲随一个都无?又怎生有这陋劣车乘?难明。想起来,我去后可能再到这朝门之下,向宫廷回首无限情,公主妻呵,忍不住宫袍泪迸。看来我今日乘坐的车儿,便只是这等了,待我再迟回几步。呀,便是这座金字城楼了。怎军民人等见我都不站起?咳,还乡定出了这一座大城,宛是我,昔年东来之径……紫衣使者随意行走,做不畏生,打歌唱道:'一个呆子呆又呆,大窟弄里去不去,小窟弄里来不来。你道呆不子也呆?'随后鞭牛道:'畜生不走?'"语带双关,极尽轻蔑。作者前后两次对同一条道路和都城风土人情作了截然不同的空间叙事,以充分表现淳于棼从权臣贬为庶民、从云端跌入谷底的极端失落沮丧的心情以及与人间无异的蚁国臣民的世态炎凉,为淳于棼最终之"悟"作足铺垫。所有的一切皆既出乎意料又在情理之中,完全符合虚构叙事的艺术真实;同时也将人物内心诡蹀多变的复杂心理动态具体而微地呈现了出来,对于塑造复杂多变的人物个性发挥了极为重要的叙事功能。可见,作为人物形象塑造的方法之一"空间表征法"自有其独特出色之处。汤显祖戏曲文本巧用空间表征法塑造出一个个生动鲜活、立体饱满的人物形象,为中国戏曲文学典型人物长廊增添了数面传神的"脸谱"。

小结

经由上述讨论发现,汤显祖戏曲文本中的人物塑造法可谓丰富多样、富于变幻。以中国叙事学的视角观之,其灵活运用了"摹索法""烘云托月法"等写人技法；以西方叙事学的人物塑造法观之，其巧妙运用了诸如专名暗示与粘连法、特定环境碰撞下的人物塑造法、多视点人物聚焦法、复杂的圆形人物塑造法以及空间表征法等六种人物塑造法，从而创造性地塑造出一系列彪炳曲苑、鲜活不朽的典型人物形象。第一，"烘云托月"法侧重陪衬人物对主要人物的侧面烘托作用，同时需注意二者的叙事篇幅最宜"轻重均停""相互映发"，切莫泾渭分明、顾此失彼。第二，专名的暗示与粘连法。一令读者迅速将专名背后的人物特性与剧中人物对号入座、粘连嫁接，节省了文本的理解时间；二可借助专名背后的"超情节人物"的真实仕途遭际，令受众可以将历史人物与文本人物的仕途命运进行全方位的参照比较，拓展了叙事时空，升华了叙事主题。第三，特定环境碰撞下的人物塑造法。汤显祖戏曲文本的隐含作者善于设置特定环境和事件，将人物巧妙放置于一个特定时空中，令其在与特定环境的相互碰撞中全面凸显人物的人格特性。第四，多视点人物聚焦法。善于多维交叉运用感知视点人物（或曰"摹索法"）、观念视点人物以及利益视点人物之视角，或显或隐地表现出人物的外在容貌、内在观念体系以及人物不为人知的另一面隐藏镜像。此外，不同视点的交叉运用还能充分调动理想读者的卷入热情，时时运用自身的知识体系和社会经验来判定这些视点人物的所言是否可靠。第五，复杂的圆形人物塑造法。通过动态开放的人物特性、"功能多价"的叙事人物以及开放式的人物特性聚合，随着叙事的逐渐深入，为观众唤起更为精确全面的描述性形容词，最终建构出有善有恶、有美有丑、有好有坏、更真实可信、生动鲜活复杂的圆形人物形象。第六，人物塑造的空间表征法。其中，"家宅"的居住空间可谓人物原初性格的塑造空间；"花园"的休闲空间可谓人物自然天性的释放空间；"树国"的虚构空间可谓人物复杂性格的拓展空间。

第三章 汤显祖戏曲文本虚实相生的叙事策略

文学叙事与历史叙事之边界，即在于虚构性因素之比例。"虚构是文学叙事区别于历史叙事的本质特征，叙事中的虚构性因素多到一定程度，它的性质就会由历史向文学转化，由实录性叙事向创造性叙事转化。历史性叙事和文学性叙事都是对社会生活的反映，但前者要求尊重历史真实，后者则可以驰骋想象，创造出艺术中的'第二自然'。"[1] 明代传奇戏曲作品传承了纪实型叙事体裁史传的"以实录为叙事原则"[2] 的文学叙事基因，又接续了中国古代源远流长的寓言传统中的文学虚构意识。[3] 清代戏曲家李渔则主张传奇创作必须遵循"虚则虚到底，实则实到底"[4] 的构思原则。郭英德亦总结明清传奇戏曲作家在处理情节构成与本事关系的三种创作倾向：一是源自以传说为代表的民间叙事传统的"务虚"倾向；二是源于以史传为代表的文人叙事传统的"尚实"倾向；三是以某事某物为隐喻来寄托情感理念的"寓言"倾向。[5]

关于明清传奇戏曲文本所演绎的故事情节究竟是虚是实，清代戏曲家李渔早已一语道破天机（"传奇无实，大半皆寓言耳"[6]），并嗤笑"凡阅传奇而必考其事从何来、人居何地者，皆说梦之痴人，可以不答者也"。[7] 郭英德亦认为，传奇"接续中国古代源远流长的寓言传统，传奇戏曲独

---

[1] 傅修延：《先秦叙事研究——关于中国叙事传统的形成》，东方出版社1999年版，第211页。
[2] 倪爱珍：《史传与中国文学叙事传统》，中国社会科学出版社2015年版，第213页。
[3] 郭英德：《明清传奇戏曲文体研究》，商务印书馆2007年版，第228页。
[4] （清）李渔：《闲情偶寄》，杜书瀛评注，中华书局2007年版，第28页。
[5] 郭英德：《明清传奇戏曲文体研究》，商务印书馆2007年版，第229—231页。
[6] （清）李渔：《闲情偶寄》，杜书瀛评注，中华书局2007年版，第27页。
[7] （清）李渔：《闲情偶寄》，杜书瀛评注，中华书局2007年版，第28页。

特的叙事方式在构置生动感人的故事情节方面，表现为一种富于特色的以'寓言'为表现形态的虚构意识"。① 可见，明清传奇的叙事本质为虚构想象、托物言志的寓言性的观点已然成为学界共识。

然而，具有寓言性虚构意识的传奇戏曲如何传递出艺术的真实感呢？作为明传奇的巅峰之作的汤显祖戏曲文本，又是凭借何种叙事策略达到虚实相生、亦幻亦真的叙事效果，赋予隐含读者和真实观众以"真实感"的呢？细读文本，汤显祖戏曲文本大致采用如下四种叙事策略。

第一节 以情感的真挚性实现虚构叙事的真实性

明代戏曲家冯梦龙曰："谁将情咏传情人，情到真时事亦真。"② 郭英德在《明清传奇戏曲文体研究》中点明冯氏之意实为："戏曲作家无中生有的艺术创造之所以具有真实感，关键在于他的感情是真实的。真实感并不来源于'事'的有本有据，而来源于'情'的真切深挚。"③ 他认为，"情感的真实成为传奇戏曲虚构叙事合理性的主要依据，因而也成为传奇戏曲'寓言'的精神实质"。④ 这一说法在汤显祖戏曲文本中显然得到了印证。"以情感的真挚性构建虚构叙事的真实性"，正是汤显祖戏曲文本颇为显著的叙事路径之一。

谈及《南柯记》与《邯郸记》的创作缘起，汤翁自言："因情成梦，因梦成戏。"在奔涌而出的创作情感的驱动下，作者创作出了虚幻离奇的艺术作品，同时借助梦境的虚构外壳，赋予了该作品真实的人情物态，由此建构了虚构叙事的合理性。除了作者创作过程中所蕴含的至情观以外，笔者认为更为重要的是，叙事人物所携带的真情因子赋予虚构叙事以强烈的真实性。而这一系列真情因子的诞生又依托于叙述者精湛的细节叙事。因此，接下来且以被近代词曲家吴梅认为在汤显祖戏曲文本中"最艳"⑤的《紫钗记》为例，稍作论述。

---

① 郭英德：《明清传奇戏曲文体研究》，商务印书馆2007年版，第228页。
② （明）冯梦龙：《墨憨斋新定洒雪堂传奇》卷末，古本戏曲丛刊编委会1955年影印本。
③ 郭英德：《明清传奇戏曲文体研究》，商务印书馆2007年版，第247页。
④ 郭英德：《明清传奇戏曲文体研究》，商务印书馆2007年版，第245页。
⑤ 吴梅：《中国戏曲概论》，冯统一点校，中国人民大学出版社2011年版，第168页。

《紫钗记》的第六出《堕钗灯影》是男女主人公天缘邂逅的重要出目。元宵观灯，霍小玉于梅树下堕钗一枚，刚巧被路过的李益拾取，叙述者将二人第一次的月下相见摹写得细腻真切。戏曲中通过旦的一系列科介动作，如旦"作避生介"、旦"低声介"、旦"作打觑、低鬟微笑介"、旦"作羞避介"、旦"作斜拜介"以及旦自知男女授受不亲而在临别时害羞地"低声"嘱咐李益"明朝记取休向人边说"等，极力叙写大家闺秀霍王之女偶遇心上人时那种既羞又爱、且惊且喜的少女心理变化轨迹，成功地塑造出一位内敛端庄、情窦初开的闺中佳丽的形象，真实如画。

《紫钗记》的第十四出《狂朋试喜》、第十六出《花院盟香》叙写了李、霍二人甜蜜的婚后生活片段，重点突出霍小玉在新婚"极欢之时不觉悲来"的复杂的心理变化过程。在第十四出《狂朋试喜》中，面对崔、韦二友劝李益"劝取郎腰玉带围，休只把罗裙对系"时，小玉当即将心底顾虑故作轻快地诉诸众人："婚姻簿是咱为妻，怕登科记注了别氏。"而在第十六出《花院盟香》中，夫妇二人于花园游憩时，李益忽然接到开场选士、即日启程的文书。面对新婚离别，小玉声泪俱下，发出"但虑一旦色衰，恩移情替。使女萝无托，秋扇见捐。极欢之际，不觉悲生"的泣叹。直到得到夫婿于素缣之上签下一纸"引喻山河，指诚日月"的盟约后，小玉的情绪才稍得平缓。这些细节叙事皆将小玉的重情至真与患得患失的双面性格特点展露无遗，情感的曲折变化十分契合其母遭遇变故的女人的人物性格特征，鲜活逼真，合情合理。

在《紫钗记》的第四十四出《冻卖珠钗》中，叙述者先用一曲《香柳娘》回叙了李、霍二人因钗结缘的情感历程："看钗头玉燕，看钗头玉燕，嘴翅儿活在，衔珠点翠堪人爱。双飞玉镜台，双飞玉镜台，当初为此谐，一旦将他卖。"这枚紫玉燕钗见证了二人由相识、相爱乃至相疑的全过程，被变卖霍小玉自是不舍。然而为寻访李益，小玉依然忍痛卖了紫钗。就在丫鬟持钗欲走之际，小玉忽然心中不舍，再度对着已然被拟人化了的紫玉钗嘱咐道："【前腔】燕钗梁乍飞，燕钗梁乍飞，旧人看待，你休似古钗落井差池坏。倘那人到来，百万与差排，赎取你归来戴。"闻来动人心魂，感伤泪流。此出声情并茂地演绎了，为寻访李益而耗尽家资的霍小玉，在听闻李益恐被卢太尉招婿的消息后怒卖珠钗的心理变化过程。霍小玉由起初的"惊"到而后的"怒"，再到最后抚钗不舍时的"哭",这些细节无不契合剧中人物的行为动机和心理动态,使剧情显得尤为真挚感人。

综上,《紫钗记》的叙述者充分运用多层次的细节叙事的方法,极力刻画人物情感变化的心理过程,以真实细腻的人物情感来建构虚构叙事的合理性,令诸多读者皆被这部由唐传奇改编而来的虚构戏曲的真实性深深打动。诚如明代曲评家沈际飞评《牡丹亭》时所说的:"数百载以下笔墨,摹数百载以上之人之事,不必有,而有则必然之景之情而能令信疑,疑信,生死,死生,环解锥画。"①作者叙写出"必然之景之情而能令信疑,疑信,生死,死生",使戏曲文本情感的细腻真挚消融虚构与真实的隔阂,让观众为情所感、沉浸其中。

第二节 以逻辑的合理性实现虚构叙事的真实性

虚构叙事的真实性的构建是否需要叙事作品全然纪实?那些虚构故事情节的戏曲文本又将如何建构自身的真实性?对于这些问题,罗兰·巴特在《叙事作品结构分析导论》中有独到的思考:"序列的'现实性'不在于构成序列的行为系列的'自然',而在于序列中展开、冒险和自圆其说的逻辑性。"②"序列主要是一个内部没有任何重复的整体。逻辑在这里具有一种解放的价值——随之整个叙事作品也具有解放价值。人有可能不断地把自己的知识和经验注进叙事作品里,至少是注进一种战胜了重复并建立了一个变化模式的形式里。"③罗兰、巴特最终告诉读者:"在阅读一本小说时,能够点燃我们的激情,不是'视觉'的激情(事实上,我们也看不见),而是意义,即属于高一级关系的东西,这一高一级关系也同样具有感情、希望、威胁、胜利。叙事作品中'发生的事情',从指物的(现实性)角度来看,是地地道道的无虚生有。'所发生的',仅仅是语言,是语言的历险。"④罗兰·巴特的这段论述旨在打消读者"叙事作品即是对现实世界的简单模仿和重复"的固有成见。在他看来,只要藉由

---

① (明)沈际飞:《牡丹亭题词》,《汤显祖诗文集·附录》,第1540页。
② 张寅德编:《叙述学研究》,中国社会科学出版社1989年版,第40页。
③ 张寅德编:《叙述学研究》,中国社会科学出版社1989年版,第40页。
④ 张寅德编:《叙述学研究》,中国社会科学出版社1989年版,第41页。

语言文字等媒介组成的"序列"具有足以"自圆其说的逻辑性",即具有一定的意义,便可"无虚生有"。

事实上,对于叙事作品的虚构与真实的思考古已有之。亚里士多德早已指出:"诗人的职责不是叙述已发生的事件,而在于叙述可能发生的事件,即按照可然率与必然律是可能的事。"① 亚里士多德这里所说的"可然率"与"必然律",笔者理解为叙事作品能够"自圆其说的逻辑性"。可见,叙事作品不必实有其事,只要符合文本内在的逻辑合理性即可让读者感知真实。汤显祖戏曲文本的隐含作者,非常善于经由"虚构的世界"的逻辑合理性来建构虚构叙事的真实性。

对此,吴梅在《顾曲麈谈》中对《牡丹亭》戏曲文本中虚实之间的自然转合、过渡衔接的叙事手法予以了极高的评价。"古今传奇,用故事之最胜者,莫如《桃花扇》,用臆说之最胜者,莫如《牡丹亭》。""《牡丹亭》之杜丽娘,以一梦感情,生死不渝,亦已动人情致,而又写道院幽媾之凄艳,野店合昏之潦草,无一不出乎人情之外,却无一不合乎人情之中。"② 在这里,吴梅尤为强调的是,还魂后的杜丽娘与柳梦梅在荒凉的道观中幽媾时表现出人物心情的悲楚,以及二人迫于形势、只得于荒郊野店仓促成婚时的潦草,无一不是虚构臆说之笔,却又无一不是真实风俗人情之映现。其中,用以建构虚构的真实性的东西即是隐含作者费尽心血、"代人立心"的"逻辑合理性"。

郭英德在《〈牡丹亭〉的改写策略》一文中,亦曾深入剖析了作者在改写过程中建构"虚构的世界"的逻辑合理性。该文认为,《牡丹亭》的改写提供了两个层面上的逻辑依据。第一,创造性地叙写了一个封建礼教禁锢下的典型环境,为杜丽娘之死提供客观的依据:"一位顽固的太守,一位老实的夫人,一位冬烘的教书先生陈最良,再加上一个太守府第,这就构成了杜丽娘基本的生活环境。"③ 在这个极其封闭的典型环境中生活了三年,杜丽娘竟然未曾发现自家有一个景致优美的后花园。第十出《惊梦》中,第一次游园后的杜丽娘感慨道:"恁般景致,我老爷和奶奶

---

① [古希腊]亚里斯多德:《诗学》,罗念生译,上海世纪出版集团2006年版,第39页。文中仍用亚里士多德的译名来指代这位古希腊哲学家。
② 吴梅:《中国戏曲概论》,冯统一点校,中国人民大学出版社2011年版,第57页。
③ 郭英德:《明清文学史讲演录》,广西师范大学出版社2005年版,第322页。

再不提起。"① 郭英德认为，剧中营造的这个与世隔绝的封闭环境具有象征性和隐喻性。它象征了在极端禁锢之下少女极度压抑的自然人性在环境的外媒作用下一触即发、不可抑制，最终导致了杜丽娘的感梦而亡。作者在改写过程中为剧中人物杜丽娘无病无恙、一梦而亡的离奇情节，提供了文本内在逻辑的合理性。第二，独创性地增饰了一出《冥判》，既为杜丽娘的"起死回生"提供了一种"坚实的理性依据"和外在的"逻辑合理性"，又赋予了人物内在性格演变的逻辑合理性。② 杜丽娘在阳间受到封建礼教的层层束缚而不敢做、不敢想的事，在阴曹地府义无反顾地去做了。她先是一口咬定自己梦中之人不姓柳就姓梅，然后央求胡判官详查究竟。胡判官发现姻缘簿上果然有个柳梦梅，与杜丽娘"前系幽欢，后成明配，相会在红梅观中，不可泄露"③。作者借助一本足以证明杜丽娘与柳梦梅有夫妻分缘的姻缘簿，使二人无媒无聘、私定终身之行为合乎伦理性。此外，胡判官也因此释放杜丽娘魂魄"出了枉死城，随风游戏，跟寻此人"④，才有了杜丽娘"起死回生"的情节突转之可能性。

《紫钗记》亦在改写过程中建构了文本的逻辑合理性。《紫钗记》的故事蓝本是被明朝人胡应麟誉为"唐人最精彩动人之传奇"⑤的《霍小玉传》。细读小说蓝本《霍小玉传》，我们不难发现，在小说的关键结尾处毫无征兆地冒出一个"黄衫豪客"。小说文本叙及李益与同辈五六人赴崇敬寺赏牡丹，"忽有一豪士，衣轻黄纻衫，挟朱弹，丰神隽美，衣服轻华，唯有一剪头胡雏从后"。至此处小说才对这位"黄衫豪客"的衣着、外貌进行了简单的白描。随后，小说叙写其挟李益至霍府的简单经过以及小玉梦见黄衫豪客抱着李益到小玉面前、逼李益与小玉相认的情节。细心的读者对此不免心存疑窦：黄衫豪客这一扭转剧情的核心人物缘何忽然现身？他与李、霍二人的爱情故事究竟有何牵连？只因偶然路、过听闻此事

---

① （明）汤显祖：《汤显祖集全编》（五），徐朔方笺校，上海古籍出版社 2015 年版，第 2639 页。
② 参见郭英德《明清文学史讲演录》，广西师范大学出版社 2005 年版，第 324—326 页。
③ （明）汤显祖：《汤显祖集全编》（五），徐朔方笺校，上海古籍出版社 2015 年版，第 2691 页。
④ （明）汤显祖：《汤显祖集全编》（五），徐朔方笺校，上海古籍出版社 2015 年版，第 2691 页。
⑤ （明）胡应麟：《少室山房笔丛》，中华书局 1958 年版，第 375 页。

便贸然出手相助,是否过于唐突?他拔刀相助背后的行为动机又是什么?解答这一系列的疑问即是《紫钗记》改编的着力点所在。作者通过黄衫豪客的穿插叙事,着力刻画了黄衫豪客的侠骨热肠的正面形象,赋予了黄衫豪客仗义出手的逻辑合理性。

填词之道,贵在曲文之间能够相互承接、瞻前顾后,力求做到"烹炼自然"。吴梅就曾在《顾曲麈谈·制曲》中强调"曲文既须烹炼,又云自然",且指出《紫钗记》通本皆用此法,既体现"烹炼者笔意",又体现"自然者笔机","意机交美,斯为妙句"。①《紫钗记》中对黄衫豪客层层递进、抽丝剥茧的穿插叙事,一来彰显出隐含作者高超的人物塑造技法,二来与小说相比,既增加了人物性格变化的逻辑合理性,又契合了情节发展的逻辑合理性,给人顺理成章、真实可信之感。

第三节 以边界穿越的自由性与逻辑的合理性共同实现虚构叙事的真实性

叙事作品的叙述者往往通过语言、图像、声音等多种媒介来建构一个"虚构的世界","每当捧起叙事作品,居住在真实的世界中的读者就'越界'进入了'虚构的世界'。入乡随俗,'虚构的世界'自有其独特的逻辑规律与'可能'的标准"。②而这些"虚构的世界"的"秩序性、生动丰富性与仿真性,又构成了'虚构的世界'与这些世界之间的边界"。③傅修延先生认为,叙事作品中的"边界"大致可分为两种:一是文本建构的"虚构的世界"与读者所处的"真实的世界"之间的边界;二是文本中的多个"虚构的世界"之间的边界。

在汤显祖戏曲文本中,《牡丹亭》《南柯记》以及《邯郸记》这三个戏曲文本中所建构的"虚构的世界"兼具上述二种虚拟的"边界"。这三部戏曲皆为"中国套娃式"的故事套叠的叙事作品。沈际飞评《邯郸梦》云:"临川公能以笔毫墨沈,绘梦境为真境,绘驿使、番儿、织女辈之真境为卢

---

① 吴梅:《中国戏曲概论》,冯统一点校,中国人民大学出版社2011年版,第61—62页。
② 傅修延:《讲故事的奥秘》,百花洲文艺出版社1993年版,第26页。
③ 傅修延:《讲故事的奥秘》,百花洲文艺出版社1993年版,第26页。

生梦境。临川之笔生梦花矣。"① 可见，《邯郸记》戏曲文本中有双重梦境："以汤显祖的艺术梦境绘写卢生的梦境；同时，《邯郸梦》传奇也有着双重的真境：驿使、番儿、织女辈的真境和卢生的真境。而打通梦境与真境的隧道，则是汤显祖的'笔毫墨沸'，是汤显祖的艺术情思和虚构叙事。"②

《牡丹亭》亦是如此。首先，戏曲文本的故事情节是作者于"真实世界"之外建构的第一层次的"虚构的世界"；其次，杜丽娘游园后的牡丹亭上两相私会的梦境，相较于第一层次中的阳间现实生活，为第二层次的"虚构的世界"；最后，杜丽娘在阴间冥府中的场景为另一个第二层次的"虚构的世界"。阴间与梦境这两个"虚构的世界"，较难被界定层级之间的包含关系，姑且视为属于同一层级。杜丽娘首先穿越第一层次的"虚构的世界"的边界，进入梦境的第二层次的"虚构的世界"；尔后又从梦境返回阳间；染病亡故后，又从阳间进入阴间的第二层次的"虚构的世界"；最终还魂后，又从阴间返回阳间，进入第一层级的"虚构的世界"。而这三个不同层次的"虚构的世界"之间的"边界"并非不可逾越的。

《牡丹亭》叙述者赋予了女主人公杜丽娘以自由穿越的逻辑合理性：做梦是人类大脑皮层的自然反应机制。正所谓"日有所思，夜有所梦"。"感春而梦"乃少女怀春之天性本能；"寻梦无果、怅忧而亡"亦如实反映出封建社会中的至情女子至死掩埋胸中的炽热情愫；因姻缘天定，杜丽娘被冥界特赦，再度穿越边界重返人间寻夫。由人鬼幽欢转换为御赐团圆，亦合乎封建社会普遍认同的"始若不正，卒归于正"的伦理道德传统。正因叙述者建构了合乎逻辑规律的逻辑合理性，才让人物多次自由穿越的"虚构的世界"的"边界"，而被读者接受。

第四节　以虚实相间的历史人物与现实生活"素材"的共同渗入实现虚构叙事的真实性

真实读者经由阅读行为，穿越了"边界"进入文本建构的"虚构的世界"中，于文本空间中的所见所思所感皆为叙述者巧心"填充"的叙

---

① 毛效同：《汤显祖研究资料汇编》，上海古籍出版社1986年版，第1249页。
② 郭英德：《明清传奇戏曲文体研究》，商务印书馆2007年版，第247页。

事内容。西班牙古典作家塞万提斯曾说过:"即使是稗官小说,也是越真越好,看起来越像越有趣。凡是作寓言,必须能不背戾读者的理性,必须把不可能的写得仿佛可能,而使读者的惊奇与愉快并存不背。"① 的确,如何将"不可能的写得仿佛可能",换言之,如何将"虚构的世界"写得真实可感,极大地考验着作家的创作才情和想象能力。

汤显祖戏曲文本虚实相生,真假参半,充满了亦幻亦真的叙事效果。细读文本,可以发现汤显祖戏曲文本大致采取如下两种叙事方式。

一 穿插若干虚实相间的历史人物,着力营造似梦非梦、虚中有实的叙事效果

《紫钗记》中的男主人公李益,在《紫钗记》中担任驻守吐蕃边境的藩镇节度使刘济的新任参军,且在戏曲文本中李益有感于刘济的知遇之恩,曾口占诗一首。因诗中有句"感天知有地,不上望京楼",被卢太尉要胁,说其"怨望朝廷",进而成为李、霍二人团圆的阻碍。事实上,"李益"和"刘济"在历史上皆确有其人。唐朝的李益曾担任镇守幽州的卢龙节度使刘济的营田副使。李益的确作过《献刘济》的边塞诗,其中确有"感天知有地,不上望京楼"之句,李益也确曾因这一诗句,遭人弹劾而被贬降职。可见,汤氏在戏曲文本中并未全然虚构,而是将一些历史上存在过的人物和事件穿插在文本中,为读者营造一种虚实参半的真实感。

此外,汤显祖的每一部戏曲中皆有战争戏,大多有史可考。如《紫钗记》叙写了唐宪宗时期大唐与吐蕃之间的边关战情,最终吐蕃老实归降。剧中,吐蕃将领讲述兴兵动机时称:"所有小河西、大河西二国,原属咱吐蕃部下,近日唐宪宗皇帝中兴,与俺相争,要彼臣服。"② 历史上,唐宪宗李纯继位后,相继任用杜黄裳、裴度等能人为相,平定了叛变,整顿了江淮财赋,招降了河北魏博节度使田弘正,派名将消灭了淮西节度使吴元济,使其他藩镇相继降服,结束了自肃宗以来各地藩镇各自为政的局

---

① [西班牙]塞万提斯:《堂吉诃德》(第一部第四十七章),傅东华译,人民文学出版社1959年版。

② (明)汤显祖:《汤显祖集全编》(五),徐朔方笺校,上海古籍出版社2015年版,第2504页。

面,全国出现了短暂的统一局面,史称"元和中兴"。① 元和十三年(818)十月,吐蕃军队进攻宥州。唐军出兵,击败吐蕃军队。同一时期,唐军还收复了原州。元和十四年(819)十月,吐蕃率领15万大军大举进犯盐州,开始了吐蕃最大规模的、主动向唐朝发动军事进攻的战争。② 可见大唐与吐蕃的边关战事确有史实依据,并非汤氏凭空杜撰的。

《牡丹亭》叙写了宋朝与金兵的边关战役,有"万夫不当之勇"的"溜金王"贪图享乐,被宋朝重金招安。历史上的宋金战争旷日持久,持续了110年。由于宋朝"最高统治者继续推行'守内虚外''斥地与敌'的反动国策,一味妥协投降,解散忠义民兵,排挤打击抗金将领,从而削弱了抗金力量,限制了抗金斗争的发展。北宋末年的宋徽宗、钦宗一味割地求和、称臣纳贡。南宋高宗则是中国历史上有名的乞求和平的皇帝,他为了向金人投降,不惜向女真贵族摇尾乞怜,希望得到怜悯"。③ 因此"重金招安"事件并非凭空臆造的,而有一定的真实性。《南柯记》讲述了檀萝国不满于大槐安国的妄自尊大,且贪图公主美貌,便兴兵来犯,淳于棼发兵解救,最终成功救出公主。这是两个蚁国之间的战事纠葛,自然虚构的成分居多。但大将周弁酗酒贪杯导致军队被重创,符合人物性情与事态逻辑。《邯郸记》叙写了一场大唐与吐蕃的边疆战事。吐蕃自恃精兵强将所以领兵来犯,大唐因轻敌而损兵折将、大败而归。卢生临危受命,挂帅西征,最终妙用"离间之计",平定边疆,被唐玄宗封侯厚赏。《西谍》《大捷》两出叙写了卢生派遣帐下一名精通番语的"打番儿汉"去吐蕃,用木刀钻眼的方式将一千片树叶刺上"悉逻谋反"四个字,把树叶伪装成虫蚁蛀咬过的样子,故意沿着溪流向流经番王大帐的木叶湾撒去。番王以为这是"天神指教",当即生疑中计,草草诛杀了精通兵法的丞相悉那逻,导致番军大败而归。《邯郸记》戏曲文本中的"离间之计",也并非汤氏凭空杜撰的军事策略,而有出处。据《明通鉴》卷六十九载,万历二十年(1592),西北少数民族起兵反明,在宁夏南关被攻破后,甘肃巡抚"叶梦熊欲使博拜之党自相杀,乃遣部下王机,密以蜡书行间"。④

---

① (明)汤显祖:《紫钗记》,万斌生评注,中国戏剧出版社2010年版,第125页。
② (明)汤显祖:《紫钗记》,万斌生评注,中国戏剧出版社2010年版,第126页。
③ 李蔚:《试论宋金战争的几个问题》,《社会科学》1980年第3期。
④ (清)夏燮:《明通鉴》(中),王日根等校点,岳麓书社1999年版,第1966页。

汤显祖之友、监军梅国桢又派卖油郎李登继续施行离间之计，使叛军内部互相猜疑，最终开门受降。汤显祖曾为此战大捷的功臣监军梅国桢及李如松写了《闻梅客生监军二首》，赞誉二人出色的军事才能。由此可见，汤显祖战争戏中军事策略的叙事灵感，亦取材于真实的历史事实。汤翁善于穿插虚实相间的故事、人物来营造似梦非梦的叙事效果。

二 选取大量现实主义的生活"素材"，充当"虚构的世界"的填充物，丰富细化叙事内容

《南柯记》的淳于棼在梦境中被蚁王特招为婿，在奔赴大槐安国的途中，沿途所见的种种景象，如"车箱路，古穴隅，豁然间山川风候殊""不断的起城郭，车舆和人物""一路来，但是见我的，都回避起立""附车者，尽传呼。为甚呵，着行人，多避路"等，显然都是作者刻意将明代王侯贵胄出行时的仪仗排场、沿途行人的遵规避让等风土人情状况悉数搬至此处，同时又将初来乍到的淳于棼眼中之景象用陌生化的叙事手法细致呈现出来，显得真实可信。

来到大槐安国门前，叙述者经由淳于棼之眼极尽周详地叙写了该国的空间布局、内部陈设、风土人情："城上重楼朱户，中间金牌四个字：大槐安国。"甚至将淳于棼一行如何进入驻地东华馆之具体细节一一备述。淳于棼随之产生"城楼门东有这座下马牌，怎左边厢朱门洞开"之疑问，实为守城卫士遵照国王令旨、"以贵客远临"的礼仪规格接待他，而这一切显然合乎明代宫廷的礼仪规范。这种叙写往往会令那些喜欢以客观现实为参照物来细审剧情的读者辨不清孰幻孰真。

又如，《南柯记》第二出《侠概》中，淳于棼因与周弁、田子华二位好友告别而忧愁醉酒，入梦后周、田二人竟然也出现在大槐安国并担任官职，还陪同淳于棼度过了 20 年的南柯守郡生涯。更离奇的是，就在淳于棼被遣送回人间后，竟然获知周、田二人于同一天内无疾而终了。淳于棼多年杳无音讯的边将父亲，竟在蚁王的帮助下与其通信诉离情，并相约丁丑年相见。淳于棼出梦后燃指助蚁儿升天时，也见到了亡故多年的父亲。父亲告诉他因为自己的"坟茔蚁穿"才能在大槐安国与儿子通信，而约好的"丁丑年相见"正是今时今刻的淳于棼升天与父亲相会。作者将叙事人物的现实生活与梦中情景融汇，不仅消除了剧中人物的陌生感，也让读者感觉到虚中有实、虚实莫辨,且最后的故事情节又一一合乎逻辑推理,经得起读者反复推敲,《南柯记》不愧为凭借真实素材的互渗性实现虚构叙事的真实性的范本。

要之,汤显祖的戏曲文本借由四种叙事策略,将"尚实""务虚""寓言"三种叙事方式融为一体,从而制造出虚实相生、真假参半、似幻似真的叙事效果。

小结

本章着重探讨汤显祖戏曲文本主要采用何种虚实相生的叙事策略以达到虚实相生、亦幻亦真的叙事效果,使具有寓言性虚构意识的传奇戏曲,不着痕迹地传递出艺术的真实感。通过上述论述,我们发现,汤显祖戏曲文本主要采用如下四种虚实相生的叙事策略以传递细腻传神的真实性。一是以情感的真挚性实现虚构叙事的真实性。隐含作者运用多层次的细节叙事,极力刻画人物情感变化的心理过程,以真实细腻的人物情感来建构虚构叙事的合理性。通过叙写"必然之景之情而能令信疑,疑信,生死,死生",戏曲文本细腻真挚的情感消融了虚构与真实的隔阂,让受众为情所感,沉浸其中。二是以逻辑的合理性实现虚构叙事的真实性。汤显祖戏曲文本善于经由"虚构的世界"的逻辑合理性来建构虚构叙事的真实性,如此一来既增加了人物性格变化的逻辑合理性,又契合了情节发展的逻辑合理性,给人顺理成章、真实可信之感。三是以边界穿越的自由性与逻辑的合理性共同实现虚构叙事的真实性。叙述者建构了合乎逻辑规律的逻辑合理性,让人物多次自由穿越多层次的"虚构的世界"之"边界"。四是以虚实相间的历史人物与现实生活"素材"的共同渗入实现虚构叙事的真实性。一来在文本中穿插若干虚实相间的历史人物,着力营造似梦非梦、虚中有实的叙事效果;二来选取大量现实主义的生活"素材",充当"虚构的世界"的填充物,丰富细化叙事内容。

第四章 汤显祖戏曲文本的梦叙述

关于梦境是否属于叙述文本的问题，赵毅衡在《广义叙述学》一书中认为，梦属于心像叙述中的一种，符合"叙述文本"的定义。因为"首先它们是媒介化（心像）的符号文本再现，而不是直接经验；其次它们大都卷入有人物参与的情节，心像叙述者本人，就直接卷入情节。因此它们是叙述文本"。[①] 然而，诸如戏剧、电影等演示叙述只叙述梦境或想象，脱离了心感媒介，则不属于心像叙述，而只属于心像叙述的"再述"。[②]

众所周知，汤显祖四部戏曲文本因均有梦叙述而闻名于世。四部戏曲文本中的四段梦境，或长或短，在剧中发挥着不同的叙事功能。本章中的梦叙述研究，主要以四部戏曲文本中"对梦的再述文本"为研究对象，运用叙事学的研究视角，结合弗洛伊德的"梦的解析"理论，着重探究四部戏曲文本中的梦叙述的内容、成因、选择组合机制、叙事策略、叙事功能等核心问题。

第一节 梦叙述的内容与成因

关于梦的本质问题，弗洛伊德认为，"每一个梦都是绝对有意义的精神现象——欲望的表达"。[③] 做梦的人"心灵中存在着一些被压抑的欲望。这些欲望属于原发系统，而它们的满足受到继发系统的反对。精神神经症

---

① 赵毅衡：《广义叙述学》，四川大学出版社2013年版，第47页。
② 赵毅衡：《广义叙述学》，四川大学出版社2013年版，第48页。
③ ［奥地利］弗洛伊德：《梦的解析》，周艳红、胡惠君译，北京理工大学出版社2009年版，第57页。

研究中的压抑理论主张,这些被压抑的欲望仍然存在——虽然有一个与之共存的制约力量抑制着它们。促使这种冲动得到实现的精神机构,一直保持着存在状态和工作秩序。但若这种受压制的欲望产生作用,那么继发系统就一定会失败。这是痛苦的不愉快的。因此若睡眠时产生了一种来自躯体的痛苦感觉,梦的工作就会利用这种感觉使某种原本被压制的欲望获得满足,虽然在一定程度上它被不断出现的稽查作用制约着"。① 可见,在弗洛伊德看来,梦的本质就是对被压抑的欲望的满足。

对于梦的成因,弗洛伊德归纳为如下四种:(1)外部(客观的)感觉刺激,主要指外界对于感官的刺激及变相刺激作用。如强光、噪音、气味的刺激作用。(2)内部(主观的)感觉刺激,主要指主观的视觉和听觉在梦的幻觉的形成中发挥的作用。其中尤为关键的要素是视网膜的主观兴奋。(3)内部(器官的)躯体刺激,主要指人体内部器官受刺激时梦的来源。如生病、难受时感受到的疼痛引发的梦境。(4)纯心理刺激源,主要指意料之外的刺激的精神源。② 下面,就让我们走近汤显祖戏曲文本去探析其中梦叙述的内容与成因。

一 《紫钗记》的"黄衫客送鞋梦"

《紫钗记》的梦境发生在第四十九出《晓窗圆梦》中。小玉首先以第一人称叙述者的视角自叙:"俺自闻李郎卢氏之事,怀忧抱恨,周岁有余。羸卧空闺,遂成沉疾。如何是好?"随后,丫鬟浣纱又以第二人称叙述者的旁观视角补叙曰:"你日夜悲啼,都忘寝食。期一相见,竟无因由。冤愤益深,委顿床枕。"以上两个不同角度的叙述,清晰交代了小玉连日来病体委顿的原因。入梦前小玉开始言及心中的愿望:"妒女争夫因甚起?偏儿家没个男儿。不成夫婿,不死时偌长的日子。伤心事,花灯下,一时难悔。"可见,小玉入梦前盼望着出现一位"男儿",内心深处对扭转事态的帮助力量充满期待。被前来探病的鲍四娘惊醒后,小玉向鲍四娘回叙梦境内容:"咱梦来,见一人似剑侠非常遇,着黄衣。分明递与,一辆小

---

① [奥地利]弗洛伊德:《梦的解析》,周艳红、胡惠君译,北京理工大学出版社2009年版,第101—102页。
② [奥地利]弗洛伊德:《梦的解析》,周艳红、胡惠君译,北京理工大学出版社2009年版,第14—23页。

鞋儿。"鲍四娘当即解梦曰:"鞋者,谐也。李郎必重谐连理。【前腔】此梦不须疑,是黄神喜可知,一尖生色鞋儿记。费金资访遗,卜金钱祷祈,惹下这剑天仙托上金莲配。贺郎回,同谐并履,行住似锦鸳齐。"解梦后这个梦即刻应验,很快有豪奴登门,豪奴声称:"俺家主翁要借尊府会客,送钱十万,求做酒筵。"原来,果有一位黄衫豪客令奴仆送钱给霍府以置办酒筵,为剧情逆转之先声。

可见,霍小玉的梦境成因有内部(生理的)躯体刺激的影响,霍小玉因长期生病而做梦,又有一些纯心理刺激源的作用。但归根结底做梦还是因为霍小玉自身被长期压抑的愿望的难以满足,即霍小玉希望出现扭转事态的帮助力量的强烈愿望。

二 《牡丹亭》的"游园惊梦"

《牡丹亭》的梦境发生在第十出《惊梦》,但梦的起因则要从第三出《训女》说起。该出虽是过场戏,却交代了女主人公杜丽娘多年来幽闭、保守、刻板的闺阁生活。膝下无儿、单生一女的杜太守常常嗟叹无子传业,因而对唯一的女儿寄予厚望。在听闻女儿白日在绣房闲眠的事情时,杜太守不禁怒责:"适问春香,你白日眠睡,是何道理?假如刺绣余闲,有架上图书可以寓目。他日到人家,知书知礼,父母光辉。这都是你娘亲失教也。"向来慈爱的母亲也忍不住责备起女儿的愈懒:"眼前儿女,俺为娘心苏体勔。娇养他掌上明珠,出落的人中美玉。儿呵,爹三分说话你自心模,难道八字梳头做目呼。"受双亲轮番责备的丽娘,只好忍着委屈自我检讨:"黄堂父母,倚娇痴惯习如愚刚打的秋千画图,闲榻著鸳鸯绣谱。从今后茶馀饭饱破工夫,玉镜台前插架书。"该出生动地反映出杜丽娘刻板单调、了无生趣的闺中生活——终日独守绣房,大门不出、二门不迈;整日里刺绣女工,闲暇时温书摹字;勤勉终日,不许昼日闲眠。

"后花园"这一空间意象,早在第五出《延师》中便已露出端倪。杜太守为女儿请了塾师陈最良。丽娘拜师后,杜太守待丽娘下场后才说:"请先生后花园饮酒。"可见,府中"后花园"乃杜太守平日里消遣的寻常场所,杜太守却始终瞒着女儿,刻意不使女儿知晓。直至第七出《闺塾》,外出"溺尿"的春香偶然发觉原来府中还有如此美好的地方——"原来有座大花园,花明柳绿,好耍子哩"。丽娘课后终究按捺不住少女的好奇天性，主动向春香询问花园的详细方位："俺且问你，那花园在哪里？（贴作不说）（旦做笑问介）（贴指介）兀那不是！（旦）可有什么景致？（贴）景致么？有亭台六七座，秋千一两架。绕的流觞曲水，面着太湖山石。名花异草，委实华丽。（旦）原来有这等一个所在，且回衙去。"已居住了三载，丽娘竟不知府中"还有这等一个所在"。在"发现"这个"秘密"后，尽管心中诧异，却未立即前往近在咫尺的花园，而是暂且按捺住内心的激动，依然回到孤寂的封闭空间去另做打算。隐含作者这番苦心描写，既凸显出丽娘老成持重的千金闺范，也侧面反映出长期处于封闭环境中的人的惯性。这是长期压抑的环境"锻造"出的真实人性，瞬间扭转是不可能的，需要一个过程。

第九出《肃苑》中，隐含作者通过春香的第三人称叙述者的眼光来表现丽娘复杂的内心斗争："俺春香，日夜跟随小姐。看他名为国色，实守家声。嫩脸娇羞，老成尊重。只因老爷延师教授，读到《毛诗》第一章'窈窕淑女，君子好逑'，悄然废书而叹曰：'圣人之情，尽见于此矣。今古同怀，岂不然乎？'春香因而进言：'小姐读书困闷，怎生消遣则个？'小姐一会沉吟，逡巡而起，便问道：'春香，你教我怎生消遣那？'俺便应道：'小姐，也没个甚法儿，后花园走走罢。'小姐说：'死丫头，老爷闻知怎好？'春香应说：'老爷下乡，有几日了。'小姐低回不语者久之，方才取过历书选看，说明日不佳，后日欠好，除大后日，是小游神吉期。预唤花郎，扫清花径。"可见，第八出《劝农》、第九出《肃苑》看似只是承前启后的过场戏，其实乃隐含作者的苦心安排。第八出《劝农》刻意让杜太守外出劝农几日，使父权暂时缺位，为丽娘的游园创造了条件；第九出《肃苑》中春香巧言支走腐儒塾师陈最良，又嘱咐花郎打扫花径，也为丽娘的顺利游园"扫除"了最后一道障碍。第九出中，丽娘下决心游园时的矛盾迟疑亦充分彰显其端庄沉稳的大家闺秀形象。可见，隐含作者经由第三出《训女》、第五出《延师》、第七出《闺塾》、第八出《劝农》、第九出《肃苑》的情节，为丽娘第一次踏足花园这一重大事件预热、铺垫，直至第十出《惊梦》才缓缓开启丽娘游园惊梦的故事。

在《惊梦》一出中，丽娘晨起梳妆、穿戴齐整后，站在庭院中感受春天的氛围——"袅晴丝吹来闲庭院，摇漾春如线"。丽娘走着走着忽然停了下来。拿出怀揣的菱镜，丽娘偷偷端详自己的妆容——"停半晌、整花钿。没揣菱花，偷人半面，迤逗的彩云偏。（行介）步香闺怎便把全身现！"这里生动刻画了一位花季少女爱美娇羞的神态。随后，丽娘因春香随口一句"今日穿插的好"触动，于是叹道："你道翠生生出落的裙衫儿茜，艳晶晶花簪八宝填，可知我常一生儿爱好是天然，恰三春好处无人见。不隄防沉鱼落雁鸟惊喧，则怕的羞花闭月花愁颤。"其实何止"今日"，"一生儿爱好是天然"的丽娘正值青春花季，娇艳的容颜何日不"沉鱼落雁鸟惊喧""羞花闭月花愁颤"，只可惜"恰三春好处无人见"。步入园中，长期禁锢于幽闺四壁中的女子，陡然看到"朝飞暮卷，云霞翠轩；雨丝风片，烟波画船"的"韶光"美景，却被徒然弃置于"断井颓垣"之中无人欣赏，不由发出"良辰美景奈何天，赏心乐事谁家院""锦屏人忒看的这韶光贱"之感慨。同时，丽娘亦对父母的绝口不提心生埋怨——"恁般景致，我老爷和奶奶再不提起"。无心久留，急急回房后，丽娘独坐思量："常观诗词乐府，古之女子，因春感情，遇秋成恨，诚不谬矣。吾今年已二八，未逢折桂之夫；忽慕春情，怎得蟾宫之客？昔日韩夫人得遇于郎，张生偶逢崔氏，曾有《题红记》《崔徽传》二书。此佳人才子，前以密约偷期，后皆得成秦晋。（长叹介）吾生于宦族，长在名门，年已及笄，不得早成佳配，诚为虚度青春。光阴如过隙耳。（泪介）可惜妾身颜色如花，岂料命如一叶乎。"隐含作者通过丽娘这番内心剖白，让读者感知丽娘突生春愁的根源即在于"恰三春好处无人见"及"甚良缘，把青春抛得远！俺的睡情谁见？"恰如三妇合评《牡丹亭》中的陈同所评："小姐好处，恨人不见。"①

丽娘回房感慨罢，倦意袭来、隐几而眠。忽然梦见位拿着柳枝的书生，这书生丰神俊雅，一路跟随自己而来。书生自称在花园折柳半枝，并请求丽娘作诗赏柳——"姐姐你既淹通书史，可作诗以赏此柳乎？"丽娘且惊且喜、欲言又止，心想与此书生素昧平生，如何邂逅于这一时空中。书生读懂其心思，解释道："小姐，咱爱杀你哩。【山桃红】则为你如花美眷，似水流年。是答儿闲寻遍，在幽闺里自怜。"陈同对此批点道："淹通书史"呼应"尝观诗词乐府"一段；"咱爱杀你"呼应"睡情谁

---

① （明）汤显祖：《吴吴山三妇合评〈牡丹亭〉还魂记》，（清）陈同、谈则、钱宜合评，上海古籍出版社2008年版，第22页。

见"一段;"如花美眷,似水流年"呼应"青春虚度"一段。梦中书生所言,句句照应丽娘前番心事,凭寥寥数语书生即被丽娘看作知音。随后,书生约丽娘"和你那答儿说话去",丽娘"作含笑不行",书生牵其衣。丽娘低问道:"秀才哪边去?"书生曰:"转过这芍药栏前,紧靠着湖山石边。"丽娘低问:"去怎的?"书生答曰:"和你把领扣松,衣带宽,袖梢儿着牙儿苫也。则待你忍耐温存一晌眠。"言罢,书生强抱丽娘于牡丹亭中深情云雨,悱恻缠绵。

由此可见,丽娘的梦之成因较为复杂,既有外部(客观的)感觉刺激,又有内部(主观的)感觉刺激。其中,外界刺激指丽娘因游园踏春而触动春肠,尤其是丽娘初入花园,视觉器官忽然受到外界景物的刺激。她忽见满园春色在断井颓垣中寂然开放,感同身受地觉察到自己短暂的青春,一如春花春景般脆弱短促。一旦春花过了花期而无人欣赏,便枉自开到荼蘼,丽娘不由地感伤不已。内部主观刺激是《毛诗》引逗情肠。对于《毛诗》中的"关关雎鸠,在河之洲。窈窕淑女,君子好逑",丽娘以闺中少女的视角解读为:"关了的雎鸠,尚然有洲渚之兴,可以人而不如鸟乎?"此外,丽娘主观上还因自己的青春美貌"无人见"而痛心伤怀。丽娘慨叹古有"韩夫人得遇于郎""崔氏偶逢张生",而唯独西蜀杜丽娘空有"如花颜色",却未遇"得见之人",只能任年华如水,岁月蹉跎,故而哀婉。

总之,成梦的根源,实是丽娘长期被压抑的寻求自由的强烈愿望。早在第七出《闺塾》中,春香便从第三人称的视角半开玩笑地道出:"是了,不是昨日是前日,不是今年是去年,俺衙内关着个班鸠儿,被小姐放去,一去去在何知州家。"从丽娘"放飞笼中鸟"的行为可见,丽娘早有突破桎梏、渴求自由的想法。

三 《南柯记》的"南柯一梦"

《南柯记》中淳于棼的梦境始于第十出《就征》。落魄子弟因好友离去,备感无聊,整日借酒浇愁。入梦前,淳于棼有如下的心理独白:"我淳于棼,人才本领,不让于人。到今三十前后,名不成,婚不就,家徒四壁,守着这一株槐树,冷冷清清,淹淹闷闷。想人生如此,不如死休。"淳于棼醉后入梦,梦见被大槐安国使者接去做了蚁王的东床快婿。梦境历时二十余年，先后经历了迎娶瑶芳公主、担任二十年的南柯太守、救援被檀萝国四太子围困的公主妻、回朝升任左丞相、与三位姑嫂乱情、被右丞相谣言中伤而遭返等一系列事件。

淳于棼的梦中遭际，无一不对应其入梦前的心理独白。梦见娶了蚁王之女为妻，照应"婚不就"；梦见担任了二十年的南柯太守，使南柯吏正风清，自己受百姓爱戴，照应"名不成"；梦中享尽荣华富贵，照应"家徒四壁""冷冷清清"。

可见，淳于棼的梦，一方面源于外部（客观的）感觉刺激，即梦外的"提线之人"契玄法师的外部作用；另一方面则源自其自身成家立业、功成名就的强烈愿望。

四 《邯郸记》的"黄粱一梦"

《邯郸记》中卢生的梦境始于第四出《入梦》。吕洞宾带着寻找扫花使者之目的，专程卜凡寻访、度脱有仙缘之人。在邯郸旅舍中见到相貌清奇、颇有仙分的卢生，吕洞宾便欲设局度脱其为仙。卢生与吕洞宾言谈间，透露出对生活现状的诸多不满。

卢生首先告诉吕洞宾今年收成不错，却旋即忽起"自看破裘"的念头，叹曰："大丈夫生世不谐，而穷困如是乎？"吕洞宾好奇地问道："观子肌肤极腴，体胖无恙，谈谐方畅，而叹穷困者，何也？"卢生此时才将心中认定的"得意人生"之理想憧憬娓娓道出："大丈夫当建功树名，出将入相，列鼎而食，选声而听，使宗族茂盛而家用肥饶，然后可以言得意也。"随后进一步解释道："俺呵身游艺，心计高，试青紫当年如拾毛。到如今呵俺三十算齐头，尚走这田间道。老翁，有何畅，叫俺心自聊？你道俺未称穷，还待怎生好？"可见，卢生入梦前心中所想的是自己能够实现建功树名、出将入相、列鼎而食、选声而听、宗族茂盛、家用肥沃等人生愿景。

入梦后，卢生开始了六十年的宦海浮沉。他首先实现了娶豪门女为妻的愿望，然后在金钱的引路下一举高中状元，随即前后来取得开河三百里、开边数千里等赫赫成就。他也历经了很多的逆境劫难，几经贬斥，甚至险因皇帝的旨意于午门斩首。妻子午门喊冤后，卢生被皇帝赦免死罪而被贬往鬼门关，一路又几经生死。三年后冤情大白，卢生被皇帝召还，当了二十年宰相，进封赵国公，封妻荫子，荣宠已极。御马女乐、田园楼馆，无一不备。卢生梦中亦对夫人言："夫人，吾今可谓得意之极矣。"（第二十七出《极欲》）可见，卢生的黄粱一梦，一方面源于外部（客观的）感觉刺激，即梦外"提线之人"吕洞宾通过神奇的磁枕引其酣然入梦，另一方面则出于卢生对现实处境的极度不满和对迎娶豪门妻、求取功名、享尽人间荣华富贵的强烈愿望。

尽管四个梦境的成因虽各有不同，然而其深层原因皆为做梦人对现实境遇的不满。做梦人期待能于梦中体验全然不同的生活状态，实现现实生活中的诸般愿景。

第二节　梦材料的选择与组合机制

光怪陆离的梦境往往是混沌、凌乱的，常常呈现出碎片化、片段化、模糊化等特点。梦既然是对被压抑欲望的满足，那么梦境材料必然有过去、现在、未来等多向度空间，选择范畴极其广泛。然而，本着"就近"原则，往往"最近的、最显著的材料相对优先"，近期发生的、刺激强度大的事件入选梦境材料的可能性大。

关于梦文本的组织结构，有学者认为，从梦境内容的开端、发展、高潮和结局来看，梦可分为"大梦"和"小梦"。荣格认为"有意义的梦"起承转合俱全，符合对"大梦"的要求。"叙述者必须从意识中选择出一系列事件，并把这些事件根据某种关系组织起来，才能最终达成叙事目的。而对事件的选择和组织都有可能影响到叙事作品的最终面貌。"[①] 现实中梦境面对原生事件时如此，戏曲文本面对"梦的再述文本"更是如此。纵观汤显祖戏曲文本，由于四个梦文本的组织结构不尽相同，相应的梦境材料的选择与组合机制亦各具特点。

在《紫钗记》的第四十九出《晓窗圆梦》中，霍小玉唱道："睡红姿，梦去了多回次，为思夫愁病死。侍儿扶花袅风丝，把不住香魂似。"可见，因为负情郎李益的迟迟不归，霍小玉曾数次做梦，思念成疾。而该出"黄衫客送鞋"一梦，并非李、霍两人分别后小玉的第一个梦境，而

---

① 龙迪勇：《空间叙事研究》，生活·读书·新知三联出版社2015年版，第322页。

第四章 汤显祖戏曲文本的梦叙述

是小玉的离愁别绪累积叠加至峰值后的梦境。正如小玉入梦前的心理独白所展示的:"妒女争夫因甚起?偏儿家没个男儿。不成夫婿,不死时偌长的日子。伤心事,花灯下,一时难悔。"可见,入梦前小玉强烈期盼家中能有助自己一臂之力的"男儿",内心极度渴求足以扭转事态的帮助力量从天而降。因此,小玉梦见一位身着黄衣的剑侠向其递鞋,显然可作为小玉近期思虑深久的梦境材料。《紫钗记》的"黄衫客送鞋"一梦,仅为一个梦境片段。该梦不具备"大梦"应有的开端、发展、结局等要素,仅呈现出梦境的高潮部分。霍小玉回忆梦境内容时自述:"咱梦来,见一人似剑侠非常遇,着黄衣。分明递与,一辆小鞋儿。"这里,小玉仅回叙了梦中的人物及其行为,叙述过程中强调了梦中人物"着黄衣"的细节,并用"分明递与"四字强调"递鞋"行为的确切性,组合成为"黄衣剑侠递鞋"的情节。该梦的高潮部分是"黄衣剑侠递鞋",至于这位"黄衣剑侠"从何而来、缘何递鞋、结局如何,则一概未提。因此,该梦属于典型的仅保留高潮部分的"小梦"。然而,该梦通过不足三十个字的表述,将最能推动事态发展的"黄衣剑侠递鞋"的情节清晰地叙写出来,让读者从短暂的梦境中窥测出未来情节的发展趋势。

同样,《牡丹亭》的"游园惊梦",女主人公杜丽娘先经历了第三出《训女》、第五出《延师》、第七出《闺塾》、第八出《劝农》以及第九出《肃苑》等五出情节的预热铺垫,直至第十出《惊梦》才正式入梦。入梦前,丽娘的精神世界受到《毛诗》圣人之情的启迪,恰又感受到花园春色的强烈冲击,顿生"恰三春好处无人见"之想法而烦闷不已。因而,丽娘期盼能在梦中得遇"蟾宫之客"。丽娘梦境的材料选择要在时间、空间维度上考察。梦境材料在时间方面表现为具有较为完整的梦的文本结构。梦中,手持柳枝的书生一路跟随丽娘来到后花园中。书生自称刚在花园折柳半枝,请求丽娘作诗赏柳。丽娘且惊且喜、欲言又止。丽娘犹豫之间,书生上前说了几句"伤心话",便将丽娘强抱去牡丹亭缠绵云雨。之后,书生依花神吩咐,亲自送丽娘返回闺塾,并且边离开边不断回头让其"将息",表示还会来瞧她。整个梦境基本涵盖了开端、发展、高潮和结局四个阶段,是具备起承转合各要素的"大梦"。梦境材料在空间方面表现为具有清晰的梦境发生空间,由后花园中几个典型的空间意象组成。梦境明确点明了二人云雨的场所地标:"转过这芍药栏前,紧靠着湖山石边。"回忆时又强调:"牡丹亭畔,芍药栏边。"显然,丽娘将适才游园时所见的芍药栏、太湖山石、芍药栏等空间意象,有选择地融入梦中,也为丽娘日后的寻梦行动留下空间坐标。

《南柯记》中的"南柯一梦"亦可视为开端、发展、高潮、结局兼具的完整"大梦"。梦中人淳于棼尽管并未按自己的意愿结束梦境,但也在被蚁王点醒后甘愿归返故里。梦中,隐含作者选取了最具代表性的素材满足淳于棼"名成婚就"的愿望。首先,让其成功迎娶公主为妻,实现其迎娶富贵门第豪门女的人生愿望。其次,在公主的举荐下,淳于棼顺利担任了二十年南柯太守,将南柯郡治理得河清海晏,百姓安居乐业。临别时百姓攀车相送,立生祠祝祷,实现了淳于棼建功树名的儒家理想。最后,公主去世后,淳于棼再度升任左丞相,尽享同僚的阿谀奉承和轮番宴请。他还同三位姑嫂秽情乱色,尽享男女欢爱。总之,梦的材料暗合人物未满足的欲望,使该人物达成了人生理想。

《邯郸记》中的"黄粱一梦"是汤显祖戏曲文本中时间最长、空间最广的一个梦境。梦中人卢生在梦中经历了从二十六岁入梦至年过八旬而亡,经历了近乎一生的岁月流转。梦境具有齐整完备的开端、发展、高潮、结局等结构单元。梦境的材料完全是隐含作者依照卢生所说的"建功树名、出将入相、列鼎而食、选声而听、宗族茂盛、家用肥沃"等人生欲望而"量身定制"的。梦外提线人吕洞宾刻意让卢生在梦中一一体验世俗之"酒色财气"之"四贼",卢生一梦醒来才发觉"四大皆空",隐含作者达成让世人醒悟之叙事目的。

可见,四个梦境的叙述材料皆经过隐含作者的精心选择与组合,隐含作者针对梦中人内心深处的欲望与需求,特意选取颇具代表性的典型场景,充分满足梦中人被压抑的欲望,实现寓言性的叙事目的。

第三节 梦境时空的流动性

中国古典戏曲善于借用时空的快速转换来表现叙事的流动性,"重视叙事文学所具有的那种时间和空间的转换自由,重视叙事文学那种开放式的对故事情节的铺叙和人物形象的描写"①。这种"流动性叙事","往往是由若干个'点'(叙事单元)连缀、串接起来的一条'线'(叙事过程)"②。在四个梦中,隐含作者继承了时空迅速流转的流动性叙事传统,强化了长于抒情的中国古典戏曲情节的戏剧冲突性,增强了戏曲的叙事性。

众所周知,叙事学视域下的文本阅读有"双重时间":"有阅读—时间,也有情节—时间,或者我更愿意把它们区分为话语—时间(discourse - time)——细读话语所花费的时间——和故事—时间(story - time),即叙事中主旨事件的跨度。"③ 显然,《邯郸记》的戏曲文本叙事中的"话语—时间"(story - time)无疑是最长的。《紫钗记》从第四出《堕钗灯影》中霍小玉和李益在上元佳节拾钗定情,至第三十六出《泪展银屏》中"【河满子】……奴家自别李郎,三秋杳无一字","话语—时间"为三年。《牡丹亭》中,杜丽娘因情生梦,最终"梦其人即病,病即弥连,至手画形容,传于世而后死。死三年矣,复能溟莫中求得其所梦者而生",④"话语—时间"亦为三年。《南柯记》中主旨事件的时间跨度则是淳于棼在大槐安国度过的二十余年时光——"出守南柯大郡,富贵二十余年"(第四十二出《寻寤》)。唯独《邯郸记》不同,从卢生"遇不遇兮二十六岁"入梦至"年过八十"死亡而梦醒后卢生发觉原来"六十年光景,熟不了的半箸黄粱"(第二十九出《生寤》),"话语—时间"为六十年。汤显祖戏曲文本叙事中主旨事件的时间跨度(话语—时间)最长的即为《邯郸记》,梦境时长六十年,这个梦展现了人物完整的生命流程,强化了情节的戏剧冲突性。

汤显祖戏曲文本叙事空间的转换频率很高。叙事空间可分为两种:一种指故事主人公所处的地理位置的空间转换;另一种指虚构位置上的空间转换。关于地理位置的空间转换,《邯郸记》中有不下十余处:跳枕入梦

---

① 张庚、郭汉城:《中国戏曲通论》,上海文艺出版社1993年版,第169页。
② 董上德:《古代戏曲小说叙事研究》,广东高等教育出版社2007年版,第45页。
③ [美]西摩·查特曼:《故事与话语——小说和电影的叙事结构》,徐强译,中国人民大学出版社2013年版,第48页。
④ (明)汤显祖:《牡丹亭·作者题词》,徐朔方、杨笑梅校注,人民文学出版社2012年版。

后的卢生在清河县崔府成亲、赴京城赶考、光禄寺赴曲江喜宴、假造诰命星夜还乡、陕州凿石、河西边关大破番兵、天山脚下勒石纪功、封定西侯还朝、市曹午门斩首、途经潭州、连州历九死一生而流放至广南崖州鬼门关、三年后拜相还朝。短短三十出地理位置竟转换了这么多次，足见空间转换跨度之大、速度之急。至于虚构层面上的空间转换，除《紫钗记》的叙事空间仅有"人间"外，其余"三梦"中都有。其中，《牡丹亭》的虚构层面叙事空间转换顺序为：人间—梦境—人间—冥界—冥界与人间之间的过渡空间—人间。《南柯记》的虚构层面叙事空间转换顺序为：人间—梦境—佛法空间。而《邯郸记》的虚构层面叙事空间转换顺序则为：仙界—人间—仙界与人间之间的过渡空间—梦境空间—人间与仙界之间的过渡空间。

综上所述，汤显祖戏曲文本中都有"话语—时间"的流动以及叙事空间的流转，其中《邯郸记》在这两方面都很突出。《邯郸记》令读者在三十出中真切感受到一个人完整的生命流程以及人间、仙界、梦境三种截然不同的空间的叙事魅力。与西方古典戏曲重视"三一律"、重视戏剧矛盾冲突、重视"发现"和"突转"不同，中国古代戏曲更关注主人公的"生命的流程"。[①] 中国古代戏曲认为"人生的一落一起，一否一泰，起落无定，'否''泰'互转，这一切都只能在人生的长河中才能观其始末，明其究竟"。[②]《邯郸记》正是借助时空迅速流转的流动性叙事手法，不停变换地理空间和虚构空间，经由主人公六十年的完整生命历程，酣畅淋漓地展现了一波三折、跌宕起伏的故事情节，强化情节的戏剧冲突性，产生动人心魄的叙事冲击力和艺术感染力，让读者感受到卢生一次次的否极泰来、顺逆互转的宦海浮沉，看透人世间的"宠辱得丧生死之情"到头来都只是"黄粱一梦"，实现作者"人情世故都高谈尽，则要你世上人梦回时心自忖"之叙事目的。

[①] 董上德：《古代戏曲小说叙事研究》，广东高等教育出版社2007年版，第50页。
[②] 胡健生：《元杂剧与古希腊戏剧叙事技巧比较研究》，中国社会科学出版社2014年版，第130页。

第四节 梦叙述的叙事功能

汤显祖戏曲文本的梦叙述的叙事功能各有不同,本节将对此进行探析。

一 《紫钗记》:远近双重情节结构的预叙功能

《紫钗记》中霍小玉的"黄衫客送鞋"梦,在剧中发挥了远近双重情节结构的预叙功能。第四十八出《醉侠闲评》中,黄衫豪客从侧面听闻李、霍二人的悲凄情事后慨然表示:"此乃人间第一不平事也。俺不拔刀相助,枉为一世英雄。"黄衫豪客明确吩咐胡奴:"将金钱半万,送与霍府,叫他明后日作大酒筵。"对后续行动,《紫钗记》仅交代"明后日人马整齐妆束,跟俺崇敬寺赏牡丹花去",留下如何具体实施之悬念。尽管这一出已然透露出黄衫豪客即将仗义出手,霍小玉之梦仍然在一定程度上发挥了预叙功能。第四十九出中,霍小玉梦见"黄衫豪客赠鞋"。鲍四娘的"鞋者,谐也。李郎必重谐连理"之解析,发挥了远近两个层面的预叙功能:近的层面是预叙将有一位黄衣侠客凭空出现,以助二人婚姻僵局一臂之力;远的层面是预叙李益与霍小玉濒临崩溃的婚姻即将被修复,预示着有悲剧意味的故事结局终将曲终奏雅。

二 《牡丹亭》:承前启后的叙事枢纽功能

《牡丹亭》中杜丽娘的"游园惊梦"具有承前启后的叙事枢纽功能。第十出丽娘的"游园惊梦",一方面上承第三出《训女》、第五出《延师》、第七出《闺塾》、第八出《劝农》、第九出《肃苑》的情节。这五出的情节皆为丽娘的顺利游园扫除障碍,最终丽娘顺理成章地初次"游园"。即便是看似与丽娘入梦无关的《劝农》,亦是隐含作者苦心设置、环环相扣的铺垫出目。陈同对此早着慧眼,一语中的:"《劝农》公出,止为小姐放心游园之地。"第十出另一方面又下启第十二出《寻梦》、第十四出《写真》等一系列后续情节。陈同对此评曰:"起句逗一'梦'字以为入梦之缘,煞句又拖一'梦'字以为寻梦之因,从此无时不在梦中矣。"可见,杜丽娘的"游园惊梦"具有承前启后的叙事枢纽功能。

三 《南柯记》：叙事框架与情节推动兼具的双重叙事功能

《南柯记》中淳于棼的"南柯一梦"兼具双重功能：既有叙事框架功能，又有情节推动功能。前九出均在交代淳于棼的生平经历与入梦之因，直至第十出《就征》才正式叙写其缓缓入梦；淳于棼一梦二十余年，从第十出《就征》到第四十一出《遣生》，《南柯记》用了三十一出的叙事容量集中叙写淳于棼的梦中际遇。起先，他成为蚁王的乘龙快婿，担任了二十年南柯太守，备受百姓爱戴。后因蚁妻病逝无人帮衬，回京后遭右相弹劾，不久便遭遣归。淳于棼的一梦而醒属于中途遣返、情根难断。第四十一出《遣生》中，蚁王杯酒遣生归、道出真相："卿本人间，家非在此。"淳于棼"昏睡懵然"良久方才醒悟，大哭拜别而归，临走时还想见"外孙三四"，却被蚁王以"中宫自能抚育，无以为念"为由拒绝，淳于棼心痛不已，无奈被使者遣归。出梦后《南柯记》继续演绎了三出的剧情：淳于棼带着极度好奇之心，发掘古槐洞穴，一一印证梦中情形。随后询问契玄大师缘由，并燃指助梦中之人升天，临别之际与其一一相见。最终在契玄大师的点化下方知一切皆空，遂立地成佛。

可见，全剧四十四出情节依次呈现现实—梦境—现实的整体叙事结构。淳于棼的梦境仅属于整体情节链条中的一个关键组成部分，但细观究底，淳于棼的"南柯一梦"又是一个独立自足的叙事体系。梦中的叙事结构依然呈现出完整的开端、发展、高潮、结局的总体布局，自成一体。因此，淳于棼的"南柯一梦"兼具叙事框架、情节推动的双重叙事功能。

四 《邯郸记》：中国套娃式的整体叙事结构功能

汤显祖戏曲文本中《邯郸记》的梦境时长最长。该梦跨越六十年，展现了一个人完整的生命流程，呈现出典型的中国套娃式整体叙事结构功能。第一，从全剧的整体叙事结构看，全剧共有三十出，从第四出《入梦》开始到第二十九出《生寤》，整整二十六出都在集中展现卢生"黄粱一梦"的梦中情状。此外，前三出介绍卢生的生平，揭示卢生入梦之因，最后一出亦紧扣卢生梦中情形，合六位证仙师之力来点化卢生醒悟，最终卢生摒弃尘缘、皈依仙界。可见卢生之梦基本涵盖了整个叙事框架。第二，从卢生梦境的具体情节看，卢生之梦亦兼具起承转合的叙事结构，完整演绎了卢生从稚嫩青年到垂暮老者的生命历程。总之，卢生之梦具有中国套娃式的、统领全局的整体叙事结构功能。

将"后二梦"比较观之，淳于棼之梦总体平缓：娶公主为妻，陪蚁王狩猎，二十年南柯太守风调雨顺，回京荣升左丞相，一路走来皆风平浪静，家庭和美、官兵拥护、百姓爱戴，呈现出吏正风清、枝繁叶茂的理想图景。尽管因后续情节需要，隐含作者亦在结尾处设置部分逆境情节，如公主病薨、流言中伤、软禁私室、蚁王遣归等，但整体上情节是平缓的。而卢生之梦则跌宕起伏、一波未平一波又起，卢生历经六十年宦海浮沉，既有开河、开边、召还、进封等巅峰体验，更有几经贬斥、险遭斩首、鬼门关兜转等逆境劫难。五度"发现"与"突转"，顺逆互转，情节张力不断加强，梦境本身具有强烈的戏剧冲突性与可读性。

第五节　梦叙述的叙述分层与跨层

四个梦的叙述分层与跨层问题，是一个复杂又引人入胜的问题。赵毅衡先生在《广义叙述学》一书中，为较为混沌的"叙述分层"下了一个简洁明晰的定义："上一叙述层次的任务是为下一个层次提供叙述者或叙述框架。"[①] 也就是说，"上一个叙述层次的某个人物成为下一叙述层次的叙述者，或是高叙述层次的某个情节，成为产生低叙述层次的叙述行为，为低层次叙事设置一个叙述框架"[②]。基于上述定义，本节尝试逐一探析四个梦的叙述分层及跨层问题。

一　"黄衫客送鞋梦"的叙述分层

《紫钗记》中的"黄衫客送鞋梦"是霍小玉在沉绵病榻、万念俱灰之际生发的一个"扭转乾坤"的离奇梦境。承前所述，此梦发挥了预叙和推动后续情节发展之功能。后续情节即刻全然印证了此梦的灵验无比。在

[①] 赵毅衡：《广义叙述学》，四川大学出版社2013年版，第264页。
[②] 赵毅衡：《苦恼的叙述者》，四川文艺出版社2013年版，第102页。

第四十九出《晓窗圆梦》开端，无所不知的叙述者用闲闲淡笔记录下做梦者霍小玉与丫鬟浣纱的闺阁对话。对话内容无外乎霍小玉对李郎背弃盟言的悲痛惆怅。浣纱劝其多思无益，不妨"进些茶食，稳些眠睡，好在翠围香被。傥然是，梦中来故人千里"。霍小玉依言而眠，梦毕即被前来探病的鲍四娘惊醒。叙述者霍小玉便以事后回忆的方式将梦境内容转述给受述者鲍四娘："四娘，咱梦来，见一人似剑侠非常遇，着黄衣。分明递与，一辆小鞋儿。"鲍四娘解梦完毕，梦中主角黄衫客即刻遣奴来其府中送钱置筵，瞬时又将情节拉回至现实情境当中。

尽管叙述者由无所不知的叙述者自然转换到霍小玉，整个梦境情节并未采用霍小玉心像叙述的全新叙述框架，而以第三人称转述的形式，仅用寥寥数语即将梦境情节略述大概。因此，此梦的梦叙述与贯穿全剧的李、霍二人的爱恨离合的情感主线同属一个因果叙述框架，未存在叙述分层现象。

二 "游园惊梦"的叙述分层—跨层

相较而言，《牡丹亭》的"游园惊梦"的叙述分层与跨层问题则显得诡谲多变、异彩纷呈。

第一，从宏观层面上看，"游园惊梦"的梦叙述则贯穿于"三段论"，贯穿"人间情""人鬼情""回生情"中的一个反复出现的核心情节。全剧共有三条情节线索，主线自然是杜柳二人的生死情缘，主副线是杜宝镇守淮扬、反间折寇的战争，次副线是柳梦梅高中状元、千里寻岳翁之过程。在整个宏观叙事中，叙述者杜丽娘在面对不同受述者时，多次重述其梦境内容，其叙事效果类似于电影叙事中的"多次闪回"。最大的叙事亮点即在于，隐含作者尽管运用了"多次闪回"的重复叙事手法，可每一次"闪回"侧重点都不一样（如前所述），既令读者对梦叙述印象深刻，又取得了千人千面的叙事效果。

第二，从微观层面看，"游园惊梦"的梦叙述有六次跨层（如图1所示），煞是好看。其一，杜丽娘游园归来，叙述者由无所不知的大叙述者自然切换至杜丽娘。困乏之际杜丽娘独坐帐惘，由"春色恼人"联想到诗词乐府中女子因春感情、遇秋成恨，继而联想到韩夫人得遇于郎、张生偶遇崔氏，这些才子佳人密约偷期、终成秦晋的爱情故事，由此生发出幽怨怀人之叹。杜丽娘的此番自述为其感春入梦提供了叙事逻辑上的合理性。其二,隐含作者运用了心像叙述模式展示丽娘梦境的内容。梦境中她与书生如何结识、叙谈,以及书生如何强抱其于牡丹亭中行云雨欢爱之事,皆经由做梦者杜丽娘的心像叙述予以展现。无论是叙述者还是叙述框架皆不同于上一叙述层次,自然而然地实现了叙述跨层。其三,从某种意义上说,叙述者的评论干预就是跨层。[1]梦境中,花神的评论干预再度实现了叙述跨层。杜丽娘的梦境被叙述到一半,花神忽然现身并对二人的梦中云雨行径进行了伦理宿命论层面上的评论干预。叙述者花神面对受述者观众(读者)评论二人的花园私相授受之举:"因杜知府小姐丽娘,与柳梦梅秀才,后日有姻缘之分。""这是景上缘,想内成,因中见。"此番评论干预不仅从叙述策略上化解了不便直叙的时代叙事难题,同时利用仙界代表花神道出二人姻缘早定、私会合理的伦理定位,巧妙化解了此次花园私会事件的不合纲常伦理之处,同时还灵动地实现了叙述跨层,实为生花妙笔。其四,花神令书生送杜小姐回香闺,然后自行离去,接下来,隐含作者再度由花神的第三人称叙述层次跨层至杜丽娘的心像叙述,继续将后半截二人依依惜别的梦境内容叙述完毕。其五,杜丽娘被母亲惊醒后,叙述者由杜丽娘转换为无所不知的叙述者,继续忠实记录下其与母亲的一番对话。其六,待母亲离去后,叙述者再一次由无所不知的叙述者转为杜丽娘本人。在杜丽娘的回忆叙述中,叙述者杜丽娘不仅补叙了梦中细节及云雨体验,如"那时待要应他一声,内心自忖,素昧平生,不知名姓,何得轻与交言","两情和合,真个是千般爱惜,万种温存",同时还补充交代了事后其与母亲谈话时的内心动态,如"奴家口虽无言答应,心内思想梦中之事,何曾放怀?行坐不宁,自觉如有所失"。

总之,《牡丹亭》的梦叙述中先后运用了六次分层—跨层的叙述手段,如此频繁运用分层—跨层及"多次闪回"等叙事策略,令整个叙述更加灵动跳跃,无形之中大大增强了梦叙述的叙事张力,令读者回味无穷。

---

[1] 赵毅衡:《广义叙述学》,四川大学出版社2013年版,第263页。

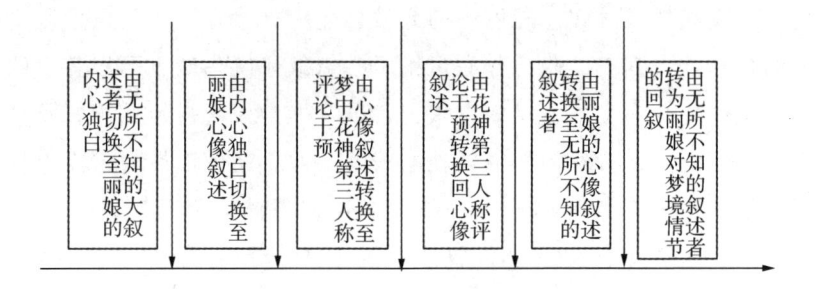

图1 "游园惊梦"的梦叙述跨层

三 "南柯一梦"的叙述分层—跨层

"后二梦"比较起来,"南柯一梦"的叙述分层—跨层情况更为复杂。参照傅修延先生对《西游记》故事框架的分层方法①的分析,笔者将"南柯一梦"故事框架的叙述分层情况介绍如下(如图2)。

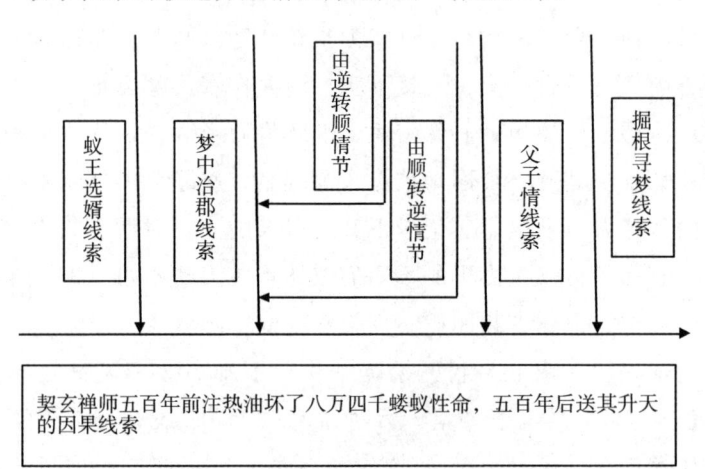

图2 故事框架

如图可见,"契玄禅师五百年前注热油坏了八万四千蝼蚁性命,五百年后送群蚁升天的因果线索"是其他故事线索的总汇,构成了整个故事的框架。所有情节皆由契玄禅师五百年的三生因果转化而来。在此大框架

---

① 傅修延:《讲故事的奥秘——文学叙述论》,百花洲文艺出版社1993年版,第68—69页。

之中、蚁王选婿、淳于棼二十年梦中治理南柯郡、淳于棼与其亡父的父子情、淳于棼最终被蚁王遣归、淳于棼梦醒之后的掘根寻梦，这几条线索共同构成了完整的故事脉络。其中，淳于棼二十年梦中治郡无疑是占据篇幅最大的主要叙事线索，全剧共有四十四出，淳于棼的梦中治郡情节"雄霸"三十一出。其余故事线索虽然占据篇幅短，但所发挥的推动发展、勾连情节、增强真实性的叙事功能却不容忽视。

"南柯一梦"的梦叙述跨层也是《南柯记》的叙事亮点。梦叙述中出现了现实人间叙述层中的周、田二友及淳于棼亡故多年的父亲，把梦叙述层拉回至现实人间叙述层，令叙事显得扑朔迷离、虚实莫辨。梦叙述完结后，淳于棼在庭院中的大槐树下掘根寻梦，印证了自己的梦境内容。叙述者淳于棼一次次的回忆叙事，完成了一次次成功的跨层叙述。不得不说，《南柯记》的梦叙述实为玄幻诡谲的梦幻叙事，其间运用了多个叙述层次、实现了多次跨层叙述，是《牡丹亭》的"游园惊梦"之后汤显祖又一次异彩纷呈的梦叙述。

四　"黄粱一梦"的叙述分层—跨层

"黄粱一梦"的梦叙述占据了全剧三十出中的二十六出，其叙述分层—跨层现象却较为简单明晰（如图3）。全剧以吕洞宾下凡觅取有缘人赴蓬莱扫花为主要故事线索，而吕洞宾所选取的有缘人卢生的入梦、卢生梦中历经的六十年宦海沉浮、卢生梦醒后受八仙点悟、卢生赴蓬莱行扫花之役等皆为此叙事框架之中的情节副线。仙界代表吕洞宾之于凡间寒儒卢生，恰似幕后提掇线索之人之于在台前表演之木偶。

整个叙述层次呈现出简洁明晰的"三段式"叙事结构，即第一个叙述段落和第三个叙述段落皆为仙界叙述层，第二个叙述段落为卢生的梦境叙述层。而在长达二十六出的梦境叙述层中，卢生历经了五次"发现与突转"，在跌宕起伏的宦海波涛中一次次践行"人生如梦、四大皆空"的佛家箴言。最后，卢生绕了一个大圈后依然回归至第一叙述层次，接受八仙的分别点拨，最终了却尘缘、悟道成仙。

总之，纵观"临川四梦"的梦叙述的叙述分层—跨层可知，《牡丹亭》的"游园惊梦"和《南柯记》的"南柯一梦"的叙述分层与跨层更为频繁精巧、变幻莫测。一次次的叙述者和叙述框架的更新变换，充分展

[图:故事框架示意图]

吕洞宾下凡觅取—有缘人赴蓬莱扫花

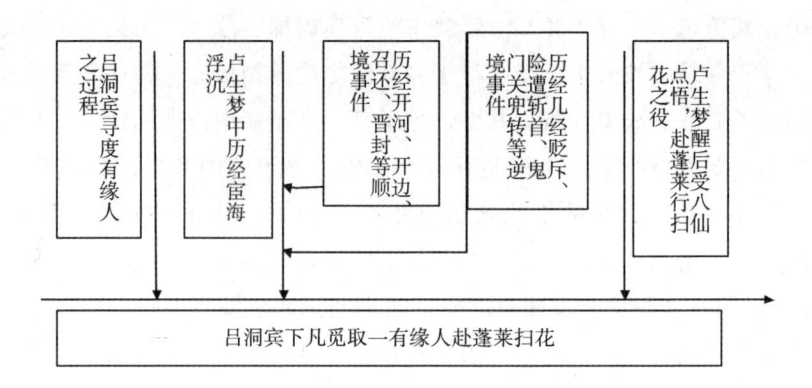

图3 故事框架

现了隐含作者不同凡俗的梦叙述策略与手段，教人称奇。

小结

本章以"临川四梦"中"对梦的再述文本"为研究对象，运用叙事学的研究视角，结合弗洛伊德的"梦的解析"理论，探究四部戏曲文本中梦叙述的内容、成因、选择组合机制、叙事策略、叙事功能等核心问题。四个梦叙述的深层原因皆在于梦者对现实境遇的不满。做梦者期待于梦中体验全然不同的生活状态，实现现实生活被限制的愿望。四个梦叙述的材料皆经过隐含作者的精心选择与组合，针对梦中人内心深处的欲望与需求，特意选取最具代表性的典型场景和状态，充分满足梦中人的欲望，实现寓言性的叙事目的。四个梦的叙述中，隐含作者继承并创新了时空迅速流转的流动性叙事传统，强化了长于抒情的中国古典戏曲的戏剧冲突性，增强了戏曲的叙事性。四个梦叙述的叙事功能亦各有不同。其中，《紫钗记》中的"黄衫客送鞋梦"发挥了远近双重情节结构的预叙功能，《牡丹亭》中的"游园惊梦"发挥了承前启后的叙事枢纽功能，《南柯记》中的"南柯一梦"发挥了叙事框架与情节推动兼具的双重叙事功能，《邯郸记》中的"黄粱一梦"发挥了中国套娃式的整体叙事功能。

四个梦叙述的叙述分层—跨层情况亦各有不同。"黄衫客送鞋梦"的梦叙述与贯穿全剧的李、霍二人爱恨离合的情感主线同属一个因果叙述框架，未存在叙述分层现象。从宏观层面上看，"游园惊梦"的梦叙述运用

"多次闪回"的重复叙事手法,每次"闪回"侧重点皆互不相同,令读者对梦叙述的印象深刻。从微观层面看,"游园惊梦"的梦叙述先后共有六次跨层。"后二梦"比较起来,"南柯一梦"的叙述分层—跨层情况更为复杂。"契玄禅师五百年前注热油坏了八万四千蝼蚁性命,五百年后送群蚁升天的因果线索"是其他故事线索的总汇,构成了整个故事的框架。梦叙述中出现了现实人间叙述层中的周、田二友及淳于棼亡故多年的父亲,又把梦叙述层拉回至现实人间叙述层,令叙事显得扑朔迷离、虚实莫辨。"黄粱一梦"的叙述分层—跨层较为简单明晰。整个叙述呈现简洁明晰的"三段式"叙事结构,即第一个叙述段落和第三个叙述段落皆为仙界叙述层,第二个叙述段落为卢生的梦境叙述层。卢生历经五次"发现与突转",绕了一个大圈后依然回归至第一叙述层次。《牡丹亭》的"游园惊梦"和《南柯记》的"南柯一梦"叙述分层—跨层更为精巧奇妙、富于变幻、耐人寻味。

第五章　汤显祖戏曲文本中的叙事时间

叙事作为一种知觉运动的方式，是一种时间的艺术。任何叙述都必须在时间的流逝中才能得以——展开和呈现，每一个叙事都有一个开头和一个结尾。在虚构的世界里，一个事件的特征可以由它在故事的时序中所占的地位、它的时长和它介入的次数中得到说明。本章拟从时序、时长、时频这三个层面来探讨汤显祖戏曲文本叙事时间的多维形态及其时间运用策略。

第一节　叙述时序——预叙与插叙

所谓时序，就是指虚构世界里的事件序列与它们在叙事中出现的顺序相对比。按照"正常"的时间顺序来逐步展开情节的可称为"顺序"[1]。而倘若隐含作者有意打乱了故事中的正常次序，让故事并未循着发生、发展、高潮和结尾这种"平铺直叙"的顺序来讲述，则会让故事呈现出迥然不同的叙述效果。

在汤显祖戏曲文本中，隐含作者十分擅长运用"预叙"这种特殊的时序来讲述故事。在故事建构、悬念重构、阅读接受等方面，"预叙"均发挥了重要的叙事功能。本节着重探讨汤显祖戏曲文本中"预叙"的运用技巧及其文化成因。

---

[1] ［加］安德烈·戈德罗、［法］弗朗索瓦·若斯特：《什么是电影叙事学》，刘云舟译，商务印书馆2007年版，第140页。

一 预叙

（一）"预叙"界说与"预叙"的文学传统溯源

美国著名戏剧理论家乔治·贝克认为，戏剧艺术其实是一门"悬念的艺术"。①"悬念一词，源于法语，原意是'悬着的原因'。你要让答案悬着，读者不停地想要找到答案，而这个悬着的东西最后得到了解决。读者对这个悬着的问题的情感参与度越高，他们对于人物的担忧就越多，那么悬念的力度也就越强。"②在美国畅销书作家桑德拉·布朗看来："悬念是另一个必备要素。未必是那种令人不胜唏嘘的悬念。每部小说都应该有悬念。正是悬念这个要素让读者不断翻页读下去。"③亚里士多德在《诗学》中亦认为，"每出'悲剧'分'结'和'解'两部分。剧外事件，往往再搭配一些剧内事件，构成'结'，其余的事件构成'解'。所谓'结'，指故事的开头至情势转入顺境（或逆境）之前的最后一景之间的部分；所谓'解'，指转变的开头至剧尾之间的部分。"④亚氏这里所谓的"结"，是指隐含作者在叙事类文艺作品中有意设置的"悬念"，以激发读者"探其究竟"的期待视野和"欲知后事如何"的好奇心理。可见，"悬念"是推动故事情节不断发展演进的"动力"，是激发读者的期待视野和情感参与度的强效催化剂。

我国清代戏曲家李渔在《闲情偶寄·词曲部》中谈及戏剧的"小收煞"时亦提出，好的戏剧结构"宜作郑五歇后，令人揣摩下文，不知此事如何结果。如做把戏者，暗藏一物于盆盎衣袖之中，做定而令人射覆，此正做定之际，众人射覆之时也。戏法无真假，戏文无工拙，只是使人想不到、猜不着，便是好戏法、好戏文。猜破而后出之，则观者索然，作者赧然，不如藏拙之为妙矣"。⑤李渔提出的"只是使人想不到、猜不着，便是

---

① ［美］乔治·贝克：《戏剧技巧》，余上沅译，中国戏剧出版社2004年版，第18页。
② ［美］詹姆斯·斯科特·贝尔：《冲突与悬念——小说创作的要素》，王著定译，中国人民大学出版社2014年版，第234页。
③ ［美］詹姆斯·斯科特·贝尔：《冲突与悬念——小说创作的要素》，王著定译，中国人民大学出版社2014年版，第234页。
④ ［古希腊］亚里斯多德：《诗学》，罗念生译，人民出版社1962年版，第59页。
⑤ 中国戏曲研究院编：《中国古典戏曲论著集成》（七），中国戏剧出版社1959年版，第68页。

好戏法、好戏文",与亚氏所提出的"结"有着异曲同工之妙,皆指涉如何在戏剧中巧妙设置悬念,以引发观者或读者更大的破解疑团的审美兴趣,从而将其注意力牢牢锁定在舞台或文本之中。

而作为设置"悬念"的重要叙事技巧之一的"预叙",自古至今一直受到小说家和戏剧作家的青睐。所谓预叙,即指"预先讲述或提及以后事件的一切叙述活动"①。法国学者克利斯蒂安·麦茨亦认为:"叙事作品是一个具有双重时间性的序列,……所讲述的事情的实况和叙述的实况(所指的实况和能指的实况)。这个二元性不仅可以造成实况上的扭曲——这在叙事作品中司空见惯,例如主人公三年的生活用小说中的两句话或者电影中的几个'反复'剪接的镜头来概括——而且,更根本的是,我们由此注意到,叙事作品的功能之一即把一个实况兑现于另一个实况之中。"②其中,"'故事的实况'是指叙事作品所叙述故事的自然时间序列;'叙事的实况'则指该故事在叙事作品(即文本)中所展开的先后顺序。如果将未来发生的时间提前叙述出来,便出现了叙事学中的'预叙'"。③胡健生将"预叙"界定为"所谓'预叙',是指戏剧家在对剧中人物保密的前提下,将剧情发展进程中即将发生的事件(可能是该事件的某种迹象、征兆,也可能是该事件的局部性内幕甚至全部真相),向观众作出预先的提示与透露,让观众心中有一定底数,以此诱导观众对事件中人物(尤其是正面主人公)的遭遇及其命运耿耿于怀,产生追根究底的浓厚观赏兴趣"。④

法国叙事学家热奈特认为:"与它的相对格——追叙相比,预叙明显地较为罕见,至少在西方叙事文化传统中是这样。……古典小说(广义上来讲,其重心主要在19世纪)的构思特点是叙述的悬念,因此不适合于作预叙。此外,传统式虚构体中的叙述者必须假装是在讲故事的同时发现故事。因此,在巴尔扎克或托尔斯泰的作品频繁出现,至少在西方传统

---

① [法]热拉尔·热奈特:《叙事话语·新叙事话语》,王文融译,中国社会科学出版社1990年版,第135页。
② 张寅德编选:《叙事学研究》,中国社会科学出版社1989年版,第250页。
③ 胡健生:《元杂剧与古希腊戏剧叙事技巧比较研究》,中国社会出版社2014年版,第97页。
④ 胡健生:《元杂剧与古希腊戏剧叙事技巧比较研究》,中国社会出版社2014年版,第97—98页。

中是这样。"① 然而，在我国传统小说的叙事中，预叙手法却受到了极大的重视。杨义先生指出："与西方文学传统中预叙相对薄弱的情形相比，在中国的叙事传统中，预叙是其强项而非弱项。"②"在中国传统小说中预叙现象非常普遍。它包含两种类型：一种发生在故事层面，预叙者为故事内的人物；另一种发生在话语层面，预叙者为故事外的叙述者。前者最早发生在史传，尤其是《左传》中（不考虑远古的口头叙事），与春秋时期特定的社会文化背景、史传的基本功能等密切相关。后者出现得很晚，至宋代话本小说中才非常普遍。"③ 史传文学传统运用神异事件来建构"预叙"的手法以及"预验型"叙事模式，无疑会影响到后世文学，并在不同时代、不同文学样式中得到了继承与发展。汉魏六朝的志怪小说，受史传的影响最为直接。"自魏晋南北朝的志怪小说到唐传奇，自宋元话本到明清长篇章回小说，预叙的使用都极为普遍。而且，非但不像热奈特所言预叙不利于悬念的产生，有些成功的预叙还在一定程度上增强了悬念。"④

就戏剧叙事文体而言，早在元杂剧中，作家便擅长运用"预叙"叙事手法以制造悬念。胡建生总结元代杂剧家通常运用的三种具体的"预叙"方式为："第一，剧作家安排剧中人物将自己的打算和盘托出，让观众通晓内情，而把剧中人物完全蒙在鼓里，使之一无所知。这类大致可归属于'开放式悬念'。第二，剧作家借助剧中人物之口，把故事事件中的内幕预先向观众作局部性透露，使观众虽知其一却不知其二，知其略而难得其详。第三，剧作家对事件真相仅仅向观众作出某种隐约的暗示，而将具体内容秘而不宣、全然保密，借此引致观众的极大好奇心与各种猜测。"⑤

时至明传奇，与元杂剧"四折一楔子"的戏曲文体不同的是："明中期定型的传奇戏曲剧本，则都一律采用了比较规范的长篇体制，通例每本的篇幅在 31 出至 50 出之间。"⑥"传奇剧本的长篇体制一旦形成规范，便

---

① 张寅德编选：《叙述学研究》，中国社会科学出版社 1989 年版，第 210—211 页。
② 杨义：《中国叙事学》，人民出版社 1998 年版，第 152 页。
③ 倪爱珍：《史传与中国文学叙事传统》，中国社会科学出版社 2015 年版，第 138—139 页。
④ 吴建勤：《中国古典小说的预叙叙事》，《江淮论坛》2004 年第 6 期，第 135 页。
⑤ 胡健生：《元杂剧与古希腊戏剧叙事技巧比较研究》，中国社会出版社 2014 年版，第 101—103 页。
⑥ 郭英德：《明清传奇戏曲文体研究》，商务印书馆 2007 年版，第 66 页。

制约着戏曲作家的创作实践，从而形成了'戏之好者必长'的普遍现象了。"①

在汤显祖四部戏曲文本中，以《牡丹亭》的五十五出冠居榜首，其余诸如《紫钗记》五十三出、《南柯记》四十四出、《邯郸记》三十出，均属中长篇传奇剧本体制。由于戏曲文本出目较长，故事情节错综复杂、人物关系也较为庞杂，基于对观众长时间的观剧兴趣和耐心的考量，所以明传奇剧作家往往借助"预叙"这种叙事策略，提前将剧情走向告知观众，让观众在情节尚未全面展开前预先晓其大略，如此方可锁定感兴趣的目标受众，使其心中有数，抱持"知其所以然"之悬念，维持观剧兴趣。汤显祖戏曲文本中预叙技巧的普遍运用，多源于明传奇独特戏曲文体的叙事需要。

（二）汤显祖戏曲文本中"预叙"的表现形式

从隐含作者采取的方式及其在戏剧情节中所处的位置视角而论，汤显祖戏曲文本中的"预叙"，大致可划分为如下几种表现形式。

1. 利用占卜、吉兆、异兆等形式来表现预叙

先看异兆预叙。在《邯郸记》第二十出《死窜》中，正当崔氏为卢生官拜将相、封妻荫子而欣喜之际，忽然传来了一声清脆的瓦裂之声。原来是"一个金弹儿抛打乌鸦，因而碎了堂檐上的鸳鸯瓦"。崔氏当即心惊，引出"圣人"之言来解读此次异兆。"圣人云：乌鸦知风，虫蚁知雨。皮肉跳而横事来，裙带解而喜信至。鸳鸯者，夫妇之情也；乌鸦者，晦黑之声也；落弹者，失圆之象也；碎瓦者，分飞之意也。天呵，眼下莫非有十分惊报乎？"②崔氏综合了"乌鸦""鸳鸯""落弹""碎瓦"等多种符码背后所隐喻的文化内蕴，得出了"眼下莫非有十分惊报"之推论，且种种迹象透露出，即将出现的事件情节发展和人物命运均为由顺转逆，开始走下坡路，令观众产生寻根究底的阅读和观赏兴趣。

果不其然，正在卢生与崔氏笑饮"夫贵妻荣酒"时，圣旨忽下，宣称卢生因"交通番将，图谋不轨，即刻拿赴云阳市，明正典刑"。③一时

---

① （清）李渔：《闲情偶寄·演习部》，杜书瀛注，中华书局2007年版，第77页。
② （明）汤显祖：《汤显祖集全编》（六），徐朔方笺校，上海古籍出版社2015年版，第3045页。
③ （明）汤显祖：《汤显祖集全编》（六），徐朔方笺校，上海古籍出版社2015年版，第3047页。

间，卢生哭天喊地皆无济于事，这时方才开始悔恨并怀念起当年着青驹短褐、自在安然行走于邯郸道上的单纯快乐时光。

该出情节顺逆互转如此之快，此时的异兆预叙更加凸显其叙事功能的重要性。它将事件的某种迹象和征兆预先向读者和观众作出一定程度的透露，让受众做到心中有数，为后续情节的突然逆转作好心理铺垫，而不至于对突如其来的顺逆互转措手不及，让后续事态演变既在意料之外，又在情理之中。

次看吉兆预叙。《南柯记》第三十三出的《召还》中，淳于棼担任南柯太守二十年整，公主病体孱弱，外加檀萝兵败，自知不久人世的公主对淳于棼的前途命运感到忧虑。正在此时，忽然响起了一阵清亮的槐树之音。公主将此"清亮可喜"的"槐树作声"解读为吉兆："你不知此中槐树，号为声音木，我国中但有拜相者，此树即吐清音。看此佳兆，驸马早晚入为丞相矣。"① 果然淳于棼旋即接到圣旨，大槐安国主册封其钦取还朝、进居左丞相之职。由此观之，"槐树清音，果成佳兆"。值得注意的是，这个佳兆的背后紧接着跟随一句谶语。公主病体沉疴，自知命不久矣，于是颇有前瞻性眼光地提前预判淳于棼未来的宦途命运："则恐我去之后，你千难万难那。"

再看占卜预叙。《紫钗记》第四十四出《冻卖珠钗》中，霍小玉四处寻访李益消息，不得不变卖金银细软。为求心安，霍小玉请来尼姑、道姑前来求签问卜，而这些看似连哄带骗的签文和龟卦，实质亦是预叙的一种独特的手法。

其中，霍小玉请来尼姑求签后，尼姑观签解曰："好，好，得夫妻会和上签。"而小玉请来道姑"看画轴上龟儿卦"，道姑"捉龟儿错走"，然后"浑介"："好，好，龟儿走在破镜重圆故事上，不久团圆。"尽管，尼姑和道姑都是为了冲着骗取霍小玉六十万贯布施而来，但受众亦可从中窥见明末清初的民间求签占卜民俗以及这些签文和龟卦背后所寄托的百姓的美好期望。观世音的水月道场和西王母的瑶池会，在民间信仰方面发挥着巨大的心理慰藉作用。而汤显祖戏曲文本刚好借助这一民间信仰模式来细

---

① （明）汤显祖：《汤显祖集全编》（六），徐朔方笺校，上海古籍出版社2015年版，第2925—2926页。

腻传神地刻画出人物的真实心理，同时巧妙运用签文和龟卦来发挥着一定程度的预叙功能。无论是"夫妻会和"和"破镜重圆"，无一不暗合了故事情节的最终大团圆结局。看似笑谈，亦属实情。

2. 利用梦境的形式来展开预叙

《紫钗记》第四十九出《晓窗圆梦》中，缠绵病榻的霍小玉带着对李益背负盟约的深切伤悲，白昼孤眠。忽然偶感一梦，梦中"见一人似剑侠非常遇，着黄衣。分别递与，一辆小鞋儿"。尽管隐含作者仅用短短21个字来简练陈述这一梦境，然而，这次梦境叙事却在全剧情节中发挥了极为重要的预叙功能和转折作用。前来探视的鲍四娘闻罢如此解道："鞋者，谐也。李郎必重谐连理""此梦不须疑，是黄神喜可知，一尖生色鞋儿记。费金资访遗，卜金钱祷祈，惹下这剑天仙托上金莲配。贺郎回，同谐并履，行住似锦鸳齐。"从鲍四娘的解梦逻辑中可知，她将霍小玉有感此梦的原因全然归结为小玉对李益的深情牵挂和痴情寻访，正因为三年来霍小玉为探访李益的行踪和消息，不惜变卖家资、怨洒金钱，"费金资访遗，卜金钱祷祈"，才最终能"惹下这剑天仙托上金莲配"。

值得注意的是，鲍四娘的解梦两度将人间剑侠黄衫客比喻为"黄神"和"剑天仙"，颇能代表着一种"人力不足、求助天神"的民间信仰心理。霍小玉与李益的情感纠葛一波三折、拖泥带水，发展到情节的最后时刻，要想完成最后的情节收束，光靠二人之力显然是力不从心了，必须借助一个天赐神力来强力扭转。霍小玉梦见黄衫客送鞋之梦，刚好发挥了极其关键的预叙功能，恰到好处地完成了剧情逆转的铺垫作用，让后续情节的突转不显得过于突兀；同时又发挥了预叙结局的关键作用，让挣扎于逆境之中的受众提前作好由逆转顺的心理准备。

小说《霍小玉传》中同样有一段较为类似的梦境预叙。小说中写道："先此一夕，玉梦黄衫丈夫抱生来，至席，使玉脱鞋。"与《紫钗记》戏曲文本不同的是，并非鲍四娘来解析此梦，而是小玉"惊寤而告母"后，"自解"此梦曰："鞋者谐也，夫妇再合。脱者解也，既合而解，亦当永诀。由此徵之，必遂相见，相见之后，当死矣。"可见，隐含作者在此梦中巧妙设置了"鞋"与"脱"的情节，"鞋"隐喻着"和谐"，寓意夫妻终会相见。而"脱"则意味着"解脱"，"既合而解，亦当永诀"，解释得合情合理。后续情节果然是：李益与黄衫客的挟持下终于与小玉再度相见，而相见后的结局是小玉"乃引左手握生臂，掷杯于地，长恸号哭数声而绝"，正印合了此梦预示的预叙结局。

3. 运用下场诗的形式展开预叙

《中国曲学大辞典》中将"下场白"定义为：剧中人物下场时所念的诗、对、词之总称。① 不同戏曲的下场白的形式各异，而汤显祖戏曲文本的每一出戏的末尾都统一有四句下场诗。这些下场诗又称"落诗""落场诗"，是明清传奇剧本体制中的一个重要组成部分。它是每出戏的末尾由人物下场时念诵的几句韵语，一般用以概括剧情、突出重要场景和造成期待等。② "临川四梦"中的下场诗具有"功能多价"的叙事功能，而"预叙"则是其中一项重要的叙事功能。

如《紫钗记》第二十二出《权嗔计贬》中讲述了权臣卢太尉只手擎天、霸掌朝纲，只因新科状元李益开试前，未能遵从其号令拜谒卢府，因而引发其极大不满，发誓日后伺机报复。该出下场诗云："堪笑书生直恁愚，教他性气走边隅，人从有理称君子，自信无毒不丈夫。"这四句下场诗显然借助卢太尉的叙述口吻，先是嘲讽李益一介白面书生，不懂政坛风云，自以为高中状元日后仕途便能一帆风顺，殊不知得罪了"无毒不丈夫"的当朝权臣，便为自己日后的宦海仕途埋下了祸根。该出的四句下场诗，显然为戏剧情节的后续发展提前做好了预叙。将卢太尉这类霸道权贵对人才的残酷压制表现得淋漓尽致，为李益日后被迫去玉门关参军、太尉府别馆禁持、强行拆散鸳鸯等后续情节，提供了人物性格上的合理逻辑解释。

《紫钗记》第二十三出《荣归燕喜》叙写了李益高中状元、载誉归来，正值夫妇欢庆的欣喜之际，忽有差官上门传令，李益即刻奔赴千里塞外玉门关，参佐刘节镇军事。该出的下场诗最后二句云："果称屏开金孔雀，休教镜剖玉盘龙。"头一句喻指"果然雀屏中选"，而后一句则预叙了"恐将夫妻分离"的后续情节发展。该出情节看似仅是李益惨遭卢太尉暗中构陷，好不容易金榜题名，便被派往边塞戍边三年，夫妻二人不得不暂时离别。然而，经由"休教镜剖玉盘龙"这句隐晦透露出夫妻自此长离别的下场诗，提前预叙了日后二人即将经历一连串的情感波折，险些

---

① 刘森华等主编：《中国曲学大词典》，浙江教育出版社1997年版，第709—710页。
② 赵艳喜：《试论明清传奇中的下场集唐诗》，《艺术百家》2006年第5期。

劳燕分飞的悲剧性情节发展走向。

《牡丹亭》第十二出《寻梦》一出叙写了丽娘昨日春梦里邂逅持柳书生，"绸缪顾盼，如遇平生"，次日晨起"独自思量，情殊怅况"，茶饭不思，背着秋香，独自向梦中花园寻看。只可惜毕竟春梦了无痕，梦中与情郎相会的牡丹亭、芍药阑，却已是凄凉冷寂，杳无人迹。情痴如丽娘见此不觉"情怅然、泪暗悬"，陷入当时"相看无一言""我如今悔不与题笺"的无限怅然与追悔之中。正如该出下场诗中所云："从此时时春梦里，一生遗恨系心肠。"① 这两句下场诗总结性地深刻预叙了后续情节：游园惊梦后的丽娘，自此陷入了"寻之而不得"的现实与梦境的巨大落差之中不可自拔，只能一步步不可逆转地走向相思成疾、一病不起、写真留记、寻医无效，最终带着无人可述的深深遗憾，在月圆之夜香消玉殒的悲怆的前半段结局。

《牡丹亭》中的第二十二出《旅寄》虽属过渡出目，却在全剧中也发挥了不可或缺的"铰链"式叙事功能。该出叙写了柳梦梅在风雪中跌倒受伤，恰逢路过的陈最良搭救，刚巧到梅花庵养疾，从而顺理成章地引出《拾画》《玩真》等一系列后续情节。该出下场诗的末句云："似近东风别有因。"从而隐约预叙了柳梦梅这一跌预示着即将到来的两大"东风"转机。一来是其学业仕途方面的重大转机——"尾生般抱柱正题桥，做倒地文星佳兆"。二来是其爱情婚姻方面的重大转机。柳梦梅若无今日的雪地一跌，又如何能碰巧被路过的陈最良搭救，如何能就近住进了看守丽娘香冢的梅花庵、如何能刚巧游园时偶拾丽娘写真，这一系列巧合的起因皆因柳梦梅的"雪地一跌"。下场诗中一句"似近东风别有因"便巧妙地抛出一个个悬念，含蓄地预叙了故事的后续情节。

《邯郸记》第八出《骄宴》，叙写了新科状元卢生，被赐宴曲江池，皇上令权相宇文融陪宴，宇文融甚为不悦。只因卢生考前未曾贿赂投靠于自己门下，便对其心生愤恨。宴会席间，涉世未深的白面书生自不懂得察言观色，教坊女妓请状元题咏，卢生便挥毫写上："香飘醉墨粉红催，天子门生带笑来。自是玉皇亲判与，嫦娥不用老官媒。"宇文融认为此语分

---

① （明）汤显祖：《汤显祖集全编》（五），徐朔方笺校，上海古籍出版社2015年版，第2650页。

明为卢生自恃御笔亲点状元,"天子门生"自然无需"老官媒",如此猖狂高傲,无视权臣,自此便将卢生视为眼中钉肉中刺,伺机"寻题目处置他"。该出的下场诗云:"书生白面好轻人,只道文章稳立身。直待朝中难站立,始知世上有权臣。"① 头两句显然是隐含作者借用宇文融的叙述口吻,犀利地讽刺卢生作为一名初入仕途、不谙世事的白面书生的单纯可笑。后二句则言简意赅地预叙了在后续情节中卢生即将遭遇到的宦海浮沉,并为卢生一系列后续命运的大起大落,寻求到一个合乎剧中人物性情的演变逻辑。

可见,汤显祖戏曲文本中的下场诗发挥了意想不到的预叙功能,含蓄巧妙地透露后续情节,令受众保持着"知其然独不知其所以然"的心理期待,增加戏曲艺术的审美张力。

4. 通过花神、命书的形式展开预叙

在《牡丹亭》第十出《惊梦》中的花神、第二十三出《冥判》中的命书均发挥了重要的预叙功能。第二十三出《冥判》中,杜丽娘死后在十地阎罗殿中被关押了三年之久,终于等到胡判官走马上任后提审判决。面对着牛头鬼面、小鬼夜叉以及地府判官,杜丽娘毫无惧色,依然咬住梦中之人不放松,先是央求胡判官在断肠簿上查查"怎生有此伤感之事",随后又央求胡判官在婚姻簿上"劳再查女犯的丈夫,还是姓柳姓梅",结果,命书查阅结果显示:"有个柳梦梅,乃新科状元也。妻杜丽娘,前系幽欢,后成明配,相会在红梅观中。不可泄漏。"需要说明的是,胡判官查阅命书后的舞台动作是"作背查介",命书中也明文规定此乃天机不可泄露,因此,此处形成了人物叙述者知晓、观众知晓而剧中其他人物却并不全然知晓的局面。尽管命书中已然向观众交代了杜、柳二人最终的婚姻走向、前后区别甚至魂交幽会的地点,但人物叙述者却有意压制了命书中的部分信息,只告诉了杜丽娘"有此人,和你姻缘之分",并答应放她的魂魄出枉死城,"随风游戏,跟寻此人"。至于日后的情节走势,观众早已了然于胸,而人物自身却并不知情。明知其结果,却仍期待观看过程演进,这大概是戏剧艺术最大的张力和悬

---

① (明)汤显祖:《汤显祖集全编》(六),徐朔方笺校,上海古籍出版社2015年版,第3003—3004页。

念吧。

《邯郸记》中第二十二出《备苦》中叙写了卢生被权相宇文融以通番卖国之罪险遭午门斩首，被妻儿午门喊冤救下一命后，又被发配到广南鬼门关。一路上历经千难万险，遭遇了瘴气、猛虎、海盗、飓风等一系列致命磨难后，几度险些命丧黄泉，最终惨遭盗贼抢劫未遂、颈项抹刀之后，天曹率领小鬼救下卢生，替其捋须塞口，并经由人物叙述者天曹通过一句"天曹吩咐"，即把卢生此后二十年的宦海命运提前预叙给了观众。"卢生，听吾分付：二十年丞相府，一千日鬼门关。"① 寥寥十二个字，便将后续情节提前预叙给观众，免除始终揪心卢生终极命运的观众内心之忐忑。"一千日鬼门关"，预先透露了卢生在广南鬼门关即将待上三年多、近千日，忍辱负重，受尽欺凌。而"二十年丞相府"则提前预叙了卢生在熬过这痛苦的三年后，即将迎来其人生中的重大转机。三年后卢生势必拜相还朝，自此便过上二十年出将入相的奢华生活。由此可见，此处人物叙述者天曹的这十二个字发挥了极其关键的预叙功能，近乎把卢生后续的梦中生涯提前透露殆尽，然而观众还是会带着稍事放松的心情，期待着未来能"知其所以然"。

5. 利用普通身份的人物叙述者的叙事话语展开预叙

汤显祖戏曲文本中，除了"花神""判官""功曹"这种代表神秘力量、特殊身份的人物叙述者之外，普通身份的人物叙述者的叙事话语依然可以发挥预叙的叙事功能。

《邯郸记》中第二十七出《极欲》中，历尽宦海沉浮的卢生最终被皇帝发觉蒙冤屈、特赦其拜相还朝后，开启了穷奢极欲、堕落腐化的纵欲生涯。年过八旬，依然恬不知耻地享受着御赐的二十四房女乐，每晚歌舞升平、酒池肉林，欣然慨叹"吾今可谓得意之极矣"之际，作为普通身份的人物叙述者的乐师忽云："把我这截云霄不住的歌喉放，唱一个残梦到黄粱。"正沉醉于眼前的虚空幻境中的卢生自然懵懂不知，不禁狐疑地反诘一句"怎说起黄粱？"乐师赶紧欲盖弥彰地掩饰道："不是，唱一个残韵绕虹梁。"寥寥数语即把梦中人卢生给暂且迷惑住了。然而，乐师的

---

① （明）汤显祖：《汤显祖集全编》（六），徐朔方笺校，上海古籍出版社2015年版，第2057页。

一句"唱一个残梦到黄粱"却已然将卢生即将面临的"美梦将醒"的命运提前向观众揭示了出来。尽管人物当局者迷,但读者和观众却已然通过人物叙述者的预叙,对后续情节却了然于胸,只等坐看故事情节如何演绎发展,充满了释疑与探究的好奇。

6. 运用神仙道化剧的叙事框架来实现整体预叙效果

汤显祖戏曲文本中的《南柯记》和《邯郸记》,皆属于神仙道化剧的范畴。这类戏剧的共同特点是在戏剧开篇,经由具有仙道身份的人物叙述者运用概述的方式,对故事主人公最终的命运走向提前作出说明。常规的结局往往是主人公历经一番苦痛磨难,最终大彻大悟,皈依佛门或是得道升天。往往在故事开篇时,经由一位具有仙道法力的人物叙述者与观众悄然签订了某种心照不宣的"契约"——欲施计度化某个人得道成仙。尔后的整个过程都朝向对于这一承诺的履行而逐步演化。最终,预叙的亮点即在于从开篇的契约到末尾履约之间的叙事张力。中间过程的不确定性乃最大的看点。

这类运用神仙道化剧的叙事框架来实现整体预叙的叙事策略,通常表明隐含作者试图呈现出某种宿命论:"没什么可以做的,我们只能观察朝最终结果的行进,期待着以后会看出凶多吉少的征兆。这种形式使叙述中的疑问气氛,至少是某些疑问气氛丧失了。由'它如何结束'这一问题产生的疑问感消失了,因为我们已经知道它如何走向结局。可是,根据文学类型常规对读者操纵的趋向来看,另外一种形式的疑问或毋宁说另一种紧张感可能取而代之,观众会提出像'它怎么会这么发生'这类问题及诸如此类的变种,如'主人公怎么会这么愚蠢''社会为什么会容许这样一件事情发生'或'主人公是怎么发现这一点的'等等。"① 这类神仙道化剧的剧情发展走向,属于"叙述者知晓,观众知晓,唯独主要人物自身不知晓"的格局。经由叙述者开篇预叙、提前知晓结局的观众,超越了传统戏剧仅作为"旁观者""局外人"的观众权限,与故事中的叙述者实现了结盟,以更加轻松愉悦的心态,充满同情地看着主人公是如何一步步落入仙人既定的"欲望陷阱"、又是如何历经千难万险,最终顿悟皈

---

① [荷]米克·巴尔:《叙述学 叙事理论导论》,谭君强译,北京师范大学出版社2015年版,第88页。

依的。因此,"后二梦"借由神仙道化剧的叙事框架来实现整体化的预叙效果,从而深刻传递出一种富有宿命论意味的人生观:人生如梦,四大皆空。

7. 巧用声音事件展开预叙

"声音是一切生命的个性化表征,即如草木,在从生到死的过程中也有自己独特的声音,只是麻木的人们听不到罢了。"① 傅修延先生在《中国叙事学》一书中认为:"声音与事件之间或多或少都有着因果逻辑联系。事件即行动,行动在许多情况下是会发声的,当'聆察者'听到周围的响动时,其意识立即反应为有什么事件正在身边发生。从因果逻辑上说,行动是因,声音是果,声音被'聆察'表明其前端一定有某种行动存在,或者说每一个声音都是事件的标志,不管这声音事件是大还是小。……音景是一系列声音事件的集成。所有声音都有自己的独特作用,否则作者不会为此耗费笔墨。"② 正如罗兰·巴特在《叙事作品结构分析导论》一书中所说:"因为在话语范畴里,凡是记录下来的东西,顾名思义,就是值得记录下来的重要东西。一个细节即使看上去没有丝毫意义,不具有任何功能,但这一现象本身正可以表示荒唐或者无用的意义。一切都具有意义或者无不具有意义。"③ 尤其是戏曲文本这一特殊的叙事文体,几乎每一出皆负有承前启后的叙事功能,其背后的"事件"往往具有不容忽视的叙事功能。罗兰·巴特将事件分为核心事件和非核心事件:"前者构成故事的骨干,后者为前者烘云托月,或提供某种'情报',或展示某种'迹象'。"④

先看发挥转折性预叙功能的核心事件。《南柯记》的第二十八出《雨阵》的前半出详叙"听雨",后半出由"自然声响"自然而然地引出了"聆察者"昨夜之梦。此梦非同寻常,梦中事件的构成因素亦与听觉有关。淳于棼梦见他的大儿子在背诵《毛诗》二句:"鹳鸣于垤,妇叹于室。"司农田子农解梦曰:"天将雨而蚁出于垤,鹳喜食蚁,故飞舞而鸣。'妇叹于室',似是公主有难,要与老堂尊相见。此乃《东山》之事,主

---

① 刘火:《罗伟章〈声音史〉:声音的异变、湮灭与重生》,《文学报》2016 年 12 月 15 日。
② 傅修延:《中国叙事学》,北京大学出版社 2015 年版,第 251—252 页。
③ 张寅德编选:《叙述学研究》,中国社会科学出版社 1989 年版,第 11 页。
④ 张寅德编选:《叙述学研究》,中国社会科学出版社 1989 年版,第 13—15 页。

有征战之事。"① 值得注意的是,该事件亦与"雨"有关,因"天将雨而蚁出于垤",故而衍生此梦,足见隐含作者注重前后照映、叙事针脚之密。更为重要的是,这两句诗中都涉及声音元素——鹤鸟在蚁堆上飞舞而鸣,妇人在屋内嗟叹。由"音景"空间的叙写自然过渡至有声梦境,才不至于过分突兀。解梦后,由声音事件立刻导入"檀萝国兵分两路入侵、淳于棼率兵去解公主瑶台之围"的后续事件。"听楚天秋雨过残阳,倒做了金镫响叮珰。"可见,这场"听雨"行动并非纯粹的"聆察"行动,而是别有寓意的一场"洗兵雨"。此处梦境中的声音事件发挥了"核心事件"的预叙功能,为后续事件的导入引发悬念、做好铺垫,暗示着情节由顺境转入逆境的重大转折。

又如《南柯记》的第三十三出《召还》中隐含了"槐树作声"的声音事件。该出的开头叙写了瑶芳公主围困惊伤、病入沉疴,自觉不久于人世。她敏锐地意识到并点醒驸马淳于棼自上次兵败,威名受损。加之二十年南柯太守,不可再留。淳于棼顿感惆怅之际,二人忽闻大槐树树声清亮。瑶芳公主闻声欣喜曰:"你不知此中槐树,号为声音木,我国中但有拜相者,此树即吐清音。看此佳兆,驸马早晚入为丞相矣。则恐我去之后,你千难万难那!"果真,后续情节旋即由顺转逆。享受了二十年顺境的淳于棼,自此先后经历了拜相、丧妻、遭疑、软禁、遣归等一连串戏剧性事件,直至斩断情丝、立地成佛。"槐树作声"这一声音异兆事件,无疑是具有预叙功能的转折性"核心事件"。

再看发挥"情报"和"迹象"功能的非核心事件。《牡丹亭》第十出《惊梦》中,杜丽娘简短的游园感叹的最末一句却是听觉叙事——"(贴)成对的莺燕呵。(合)闲凝眄,生生燕语明如翦,呖呖莺歌溜的圆"。② 初入花园空间的杜丽娘凝神倾听,但闻燕子清脆的鸣叫明快如翦,黄莺流啭的歌声顺溜圆润。这些出双入对的莺莺燕燕都能在大自然里自由欢快地歌唱,而缘何人尚且不如鸟乎?《文心雕龙·物色》中曰:"诗人感物,联类不分。"此处,"明如翦"正表明"聆察者"发挥了"听声类

---

① (明)汤显祖:《汤显祖集全编》(六),徐朔方笺校,上海古籍出版社2015年版,第2907页。

② (明)汤显祖:《汤显祖集全编》(六),徐朔方笺校,上海古籍出版社2015年版,第2639页。

形""感物联类"的联想机制,将燕子生脆悦耳的鸣叫声联想为剪刀清脆明快的声音。这一用法并非汤公之首创,而是化用宋人卢祖皋《清平乐》中的诗句"柳边深院,燕语明如剪"而来。而"溜的圆"一句,更是运用了"联觉通感"的感受方式,调动"聆察者"综合感知能力,将黄莺流啭的歌声想象成圆形的某物。而这一"圆形物"又连同"双双对对"的莺燕一起,暗暗触及杜丽娘的心事,间接引发其后续情绪的爆发点。正如三妇合评《牡丹亭》中陈同所评:"春香自说花鸟,只因还早。'成对'语,暗触小姐心事。便从花鸟上想到自己,左叹右息,并不叙狐山流水,恰合此际神情,更为寻梦生色。"① 可见,这一声音事件对后续情节发挥了"非核心事件"的"情报"功能,尽管不能直接推动情节发展,却作为情节的"铰链"为后续情节走向的转变提供了"迹象",间接预叙与推动了后续情节发展。

(三)汤显祖戏曲文本中的"预叙"运用技巧及其文化探因

1. 善于综合运用明示预叙和暗示预叙这两种叙事策略

"明示的预叙,清楚地交代出在某一具体时间之后发生的某一件事。"② 米克·巴尔将这种"明示的预叙"称之为"预告"(announcement),认为它是明确的,所提到的事实是我们现在关注的事情以后才能发生。在文本中会用到诸如"后来"这样的副词和"期待"或"指望"这样的动词,或者可以按逻辑加进去。③在汤显祖的戏曲文本中,隐含作者在运用诸如占卜、吉兆、异兆、解梦、花神、命书等预叙手法时,往往采用明示的预叙策略,其叙事模式通常为:预言—单一行动—即时应验。究其原因,有学者认为:"所谓的'预叙'叙事,必然要以人物对'本事'的准确预测为本质特征,而根据一般的思维,唯有利用神秘的方式才能实现,唯有来自神性世界或具有神能异术的主体,才能胜任并充当这种预测话语的承担者。正因如此,自早期史学叙事传统演化至杂传、志怪乃至后来的古典小说叙事,神异记载中的预测话语往往由巫觋、卜算者、

---

① (明)汤显祖:《吴吴山三妇合评〈牡丹亭〉》,(清)陈同、谈则、钱宜合评,上海古籍出版社2008年版,第21页。
② 王平:《中国古代小说叙事研究》,河北人民出版社2003年版,第181页。
③ [荷]米克·巴尔:《叙述学 叙事理论导论》,谭君强译,北京师范大学出版社2015年版,第89页。

鬼神、神仙和高僧等神性主体来具体承担。"① 这种具有某种神性力量的叙述者作出的预言判定，往往更具权威感和说服性，同时亦侧面反映出明代市民普遍的传统民俗和信仰方式。

"暗示的预叙只隐约地预示人物未来的命运和结局。"② 米克·巴尔将这种"暗示的预叙"称为"暗示"（hint），认为"暗示是含蓄的，一个暗示只不过是一个胚芽，它发芽生长的力量只有在后来才能看到"。③ 在汤显祖戏曲文本中，隐含作者在运用下场诗等叙事手法时，则往往采用暗示的预叙策略，其叙事模式通常为：预言—多次行动—日久应验。如《紫钗记》第二十二出《权嗔计贬》一出的下场诗云："堪笑书生直恁愚，教他性气走边隅，人从有理称君子，自信无毒不丈夫。"此番预叙一发，并未当即应验，而是后续经历了卢太尉奏点新科状元李益远赴边塞参军、卢太尉以"怨望朝廷"之罪要挟李益弃旧娶新、将李益禁足馆中等一系列事件后，观众方才领悟到这句下场诗的预叙深意。

汤显祖戏曲文本的隐含作者，善于发挥短期应验和长期应验这两种不同的预叙方式，既让观众体验到短期预验型叙事模式的畅快感，又让观众深切感受长期预验型叙事模式带来的截然不同的审美愉悦。

2. 善于选择剧情的关键转折点巧用预叙，提前透露情节的发展走向

"临川四梦"戏曲文本的隐含作者十分擅长在剧情的关键转折点的文本位置运用预叙，提前暗示情节的发展走向。如同在一条黑暗的长巷的每一个转角处都亮起了一盏明灯，让夜行人能够逐着点点光亮最终找寻到光明出口。

如《紫钗记》若顺着情节原有的逻辑脉络自然发展，则结局大致会如原小说《霍小玉传》一般，女主人公在经历了长时间的精神和病体的双重熬煎后，最终于重逢之际香消玉殒。无疑，在这个故事情节的关键转折点上，"黄衫客送鞋"一梦着实发挥了力挽狂澜的转折性叙事功能，令剧情陡然逆顺互转，犹如黑夜的大海中忽然出现的一座驱逐黑暗的耀眼灯塔，瞬间燃起了无限希望。又如《邯郸记》的不少出目在顺逆互转的关

---

① 阳清：《论汉魏六朝志怪的预叙叙事》，《广西社会科学》2010年第3期。
② 王平：《中国古代小说叙事研究》，河北人民出版社2003年版，第181页。
③ ［荷］米克·巴尔：《叙述学　叙事理论导论》，谭君强译，北京师范大学出版社2015年版，第89页。

键节点上,隐含作者均运用了预叙来提前叙述情节走向。如《邯郸记》的第二十出《死窜》中,正当夫妇二人为升官封赏而极度欣喜之际,忽而穿插了鸳鸯瓦裂的异兆预叙,该出后半段即刻应验此兆,卢生遭人构陷、险遭午门斩首,剧情陡然由顺转逆。而在该剧的第二十二出《备苦》中,隐含作者刻意选在被发配到广南鬼门关的卢生命运九死一生的关键转折点上,经由人物叙述者天曹的一番预叙,便将其此后二十年顺遂上升的宦海命运图提前预叙给了观众,极大地宽慰了观众悬而未决的观剧情绪,有效缓解了叙述氛围。

3. 选用具有神秘力量的特殊人物充当预叙的叙述者,既能昭示人物未来的命运走向,同时亦能赢得受众的理性信任和感性认同

如《牡丹亭》第十出《惊梦》中,花神发挥了极其重要的预叙作用。"因杜知府小姐丽娘,与柳梦梅秀才,后日有姻缘之分。杜小姐游春感伤,致使柳秀才入梦。咱花神专掌惜玉怜香,竟来保护他,要他云雨十分欢幸也。"[①] 此处,隐含作者借由人物叙述者花神之口,首先预叙了丽娘和柳生"后日有姻缘之分",将此二人后续的姻缘宿命作了一番言简意赅的预先叙述。一来,向受众预先交代剧情的后续情节发展路径。二来,拘于时代婚恋观的局限性,像这种无媒无聘的自由结合的两性关系,隐含作者必须为其找到一个合乎伦理道德的"保护伞",花神的出现刚好充当了这把社会公众舆论的"保护伞"。

《牡丹亭》中的花神从命理说和宿命论的角度,预先交代了丽娘和柳生的姻缘是早已载入姻缘簿上的既定事实,暗示此番"花园私会"实乃顺应天意、合乎伦理的夫妇交合,只不过是梦幻姻缘的表现方式和二人交合的时空场合略有不同罢了。花神简略交代了丽娘梦见柳生之因果:只因"杜小姐游春感伤""致使柳秀才入梦",自然承接了前后情节。花神亦将自身的特定功能提前预叙给了受众,"花神专掌惜玉怜香",此刻出现是为了"保护"二人"云雨欢幸"。于是,受众便在心理上将花神定位为守护丽娘和柳生幸福的守护神,属于"帮助者"的范畴。

接下来,花神又以第三人称人物叙述者的视角,居高临下地俯瞰二人

[①] (明)汤显祖:《汤显祖集全编》(五),徐朔方笺校,上海古籍出版社 2015 年版,第 2640—2641 页。

幽会的现场画面,将这类原属于时代语境中的不可叙述之事,运用"远景镜头"生动描述为"单则是混阳忩变,看他似虫儿般蠢动把风情煽。一般儿娇凝翠绽魂儿颤",将杜柳二人幽会时的情状进行一番细致入微的动态描述。尔后,又转换为无所不知的叙述者的视角,将这一切归因为佛家说法的"这是景上缘,想内成,因中见",暗指这段姻缘是由二人宿世因缘造成的梦幻姻缘,向受众预先交代了此中的因果关系,为这段不可叙述之事寻到了绝佳保护伞。

二　插叙

吴梅在《中国戏曲概论》中,就汤显祖戏曲文本中的人物问题进行了相当深刻的分析和阐述。他首先泛言寻常传奇,必尊生角。然而,汤显祖的戏曲文本却反其道而行之。汤显祖的戏曲文本中的"生角",如《还魂记》中的柳生、《邯郸记》中的卢生、《南柯记》中之十郎,皆无足称道。随后,吴梅指出,汤显祖戏曲文本中的表层主要人物,即汤显祖戏曲文本之主人,为杜女也、霍郡主也、卢生也、淳于棼也。即便"深知文义者",也不过以为汤显祖戏曲文本的叙事主旨仅为:"《还魂》鬼也,《紫钗》侠也,《邯郸》仙也,《南柯》佛也。"吴梅最后提出精辟见解——汤显祖戏曲文本中的深层主要人物其实是判官、黄衫客、吕翁、契玄。吴梅认为人物塑造的深邃独到诚乃汤氏之卓越天才处——"玉茗天才,所以超出寻常传奇作家者,即在此处"。[①] 上述论述,值得后世研究者细细揣摩。

从吴梅的评述中足可见出"黄衫豪客"这一叙事人物实乃《紫钗记》中欲着力打造的叙事重点。小说《霍小玉传》在结尾处方才毫无征兆地冒出黄衫豪客之身影。在《霍小玉传》中,在叙及李益与同辈五六人赴崇敬寺赏牡丹之际曰:"忽有一豪士,衣轻黄纻衫,挟朱弹,丰神隽美,衣服轻华,唯有一剪头胡雏从后。"此处,叙述者方对这位"黄衫豪客"的衣着、外貌做了简单的白描,随后,小说叙写其如何挟李益至霍府的简单经过以及小玉梦黄衫丈夫抱生来、使玉脱鞋的情节。细心的读者不免对此心存疑窦:黄衫豪客这一扭转剧情的核心人物缘何忽然现身?他与李霍

---

① 吴梅:《中国戏曲概论》,冯统一点校,中国人民大学出版社2011年版,第170页。

的爱情故事有何牵连？只因偶然路过、道听途说便贸然出手，是否有突兀之嫌？他拔刀相助的背后究竟蕴藏着怎样的行为动机？这一系列疑问即是《紫钗记》戏曲文本改编的肯綮之所在。《紫钗记》隐含作者对"黄衫豪客"的人物形象塑造，就巧妙地运用了"神龙见首不见尾"的穿插叙事法，具体表现在以下三个方面。

一是通过穿插叙事，将过场人物描述得活灵活现、虎虎生风。在第六出《堕钗灯影》中，上元佳节，李益携全家一起上街赏灯时，黄衫豪客恰巧也出现于这一时空里。"呀，那里个黄衫大汉，一匹白马来也。（下）""（豪士黄衫拥胡奴二三人走马上）本山东向长安作傻家，趁灯宵遨游狭邪。听街鼓儿几更初打。（内笑云）前面好汉，是甚姓名？人高马大，遮了俺们看灯路儿也。（豪笑介）问俺名姓，黄衫豪客是也。说遮了路呵，胡雏们去也。灯影里一鞭斜。（下）"这里，隐含作者透露了三个信息：黄衫豪客原为素来豪爽的山东人氏，现居于长安；黄衫豪客"人高马大"、身姿英武，具备豪侠的外形条件；黄衫豪客谦和低调，隐姓埋名。被人说"遮了路"后，立刻领随从挥鞭离开，不仗势欺人，干脆洒脱。

二是通过穿插叙事，侧写烘托出黄衫豪客的显赫门第与慷慨仗义，为后续情节张本。第十出《回求仆马》中，客居京城的李益为求"人马光辉"托韦崔二友出面借奴借马。言及借马，崔曰："长安中有一豪家，养俊马十余匹，金鞍玉辔，事事俱全，当为君一借。"言及借仆，韦又曰："这桩也在那豪士家，有绿鞲文幘，妆饰非常。"由此可见，从崔、韦二友口中侧面叙写了黄衫豪客门第非凡，胡奴骏马一应俱全。第十二出《仆马临门》中，黄衫豪客的家奴牵马带人赴李益家中时，从苍奴的叙事视角烘托出黄衫豪客素来乐善好施的侠义做派："俺豪门体态殊，风流惯相助。"短短十字，便将一位古道热肠、豪放不羁的豪侠形象跃然纸上，为下文中黄衫豪侠的仗义出手预先埋下伏笔。

三是通过穿插叙事，以人物行动展现人物形象，抽丝剥茧层层递进，为情节发展和人物性格提供了逻辑合理性。第四十八出《醉侠闲评》一开篇，隐含作者即让黄衫豪客骑马拥奴登场，先声夺人。黄衫豪客率数人打猎前，嘱咐酒保备好酒肴待打鸟回来饮唱，好不潇洒威风。错开与其正面相会，趁其外出打猎空隙，崔、韦二秀才方才登场闲聊，谈及邀请李益赏花相劝的计划后，被打猎归来的黄衫豪客"请"走。这里有趣的是他们点的酒菜差异：豪客慷慨地点了"淡黄清数十瓶""珍珠茜，滴几槽"，而崔韦点的是"冷烧刀，不用的熬"以及"水晶葱，盐花儿捣"。通过豪客与秀才的酒名、酒具、酒量的比较叙事来看，鲜明地表现出隐含作者对豪侠气概之推崇与对穷酸书生之鄙薄。黄衫豪客的家奴首先回忆了一番三年前崔、韦二人前来府中借鞍马俊僮的陈年往事，自然引出了三年前李益迎娶小玉的故事情节。随后又经由黄衫豪客戏谑讽刺秀才们的穷酸吃相，自然而然地过渡到问及崔、韦所谈何事。酒保便顺水推舟地将李霍的情感纠葛告知黄衫豪客，激起其心中侠义不平的第一层涟漪，随后，作为亲历者、局中人身份的雌豪鲍四娘的详述其事愈发证实了酒保所言不虚，故而全盘激活了黄衫豪客的侠义精神。一曲《降黄龙》展现出其侠骨柔肠："心憔，难听他绿惨红销。为他半倚雕栏，恨妒花风早。四娘，饮一大杯何如？倩盈盈衫袖，撒酒临风，泱住这英雄泪落。"通过黄衫豪客的一系列科介动作——"作恼""作醉"以及曲中的"英雄泪落"——充分反映其内心翻江倒海的心理动态。剧中那么多旁观不平者，对此事的态度都只是心怀愤懑、敢怒而不敢言。崔、韦二友只能藉由赏花之际，旁敲侧击、讳莫如深地用话语轻点李益，玉工侯景先只能陪泪伤感，第如牵线做媒的雌豪鲍四娘，面对这一僵局也只能时常探看、愤慨感伤而已。唯有雄豪黄衫豪客，当即拿出实际行动拔刀相助，力挽大厦之将倾，实乃豪侠本色。"此乃人间第一不平事也。俺不拔刀相助，枉为一世英雄！"隐含作者通过面具人物黄衫豪客的叙述口吻言简意赅地提出自己的评价："冷眼便为无用物，热心常为不平人"，"立拔宝刀成义士，坐敲金盏劝佳人"。与其无用的冷眼旁观，不如果断出手相助。坐观千人不如豪侠一人，诚如是也。

第二节　叙述节奏：场面、概叙及缓叙

一　场面

热奈特认为，文学有四种主要的叙事节奏：暂停、场面、概叙和省略。其中，暂停的情形是，叙事的一个确定时长不与任何虚构世界（故事）的时长相对应，如同拍摄一幅静物画。而叙事节奏的第二种形态是

场面（也被称为"场景"），即被讲述的事件在虚构世界里所持续的时间等于讲述它所需用的时间，如同拍摄一个纪录片。① 依照热奈特的观点，最常见的场面是文本中的人物对话。"在这一场景中，我们只听到人物对话，叙述者未加任何评论，甚至连'他说'之类的附加语都被省略。这一手法使读者感到阅读这些文字的过程基本上等同于人物说话的过程，犹如舞台上的人物表演。也正因为如此，卢伯克将它视为戏剧化的'展示法'（showing），即，叙述者将故事外叙述者的声音降低到最低点，使观众直接听到、看到人物的言行。"② 可见，场面如同客观记录的长镜头，故事时间与叙述时间基本等同，叙述者只是通过一个连续的"长镜头"不加评论地客观记录、静静展示。

《牡丹亭》第八出《劝农》和南柯记第二十四出《风谣》这两出近乎等同于"场面"式的叙述，隐隐映现出汤显祖在遂昌担任五年县令的仁政善行的影子。汤显祖担任遂昌县令的五年来，农业方面，重视发展生产，奖励农事。每年春月，他都率众备好花酒，带上春鞭，下乡劝农。"家家官里给春鞭，要尔鞭牛学种田。盛与花枝各留赏，迎头喜胜在新年。"（《班春二首》）刑罚听讼方面，汤显祖在任期间未尝拘一妇人，县无斗伤笞系而死者。汤显祖还实行"轻刑宽狱"政策，甚至还留下来惊动政坛的"除夕遣囚"和"纵囚观灯"两桩美谈。汤显祖的人道主义精神和德刑兼施、宽严相济的治理，使遂昌呈现出"琴歌积雪讼庭闲""市上无喧少斗鸡"的升平景象。③

在汤显祖的戏曲文本中，隐含作者将自己孜孜以求的美好政治理想，深情寄托在《牡丹亭》的第八出《劝农》和《南柯记》第二十四出《风谣》这两出"场景"叙述之中。其中《劝农》这一出，从关目上看，杜宝下乡班春劝农是为后一出杜丽娘游园惊梦创造条件，埋下伏笔。事实上，这一出亦具有特殊的叙事意义。尽管《劝农》一出全无情节的发展与推进，隐含作者通过一组"长镜头"安静记录着田夫、牧童、桑妇、

---

① ［加］安德烈·戈德罗、［法］弗朗索瓦·若斯特：《什么是电影叙事学》，刘云舟译，商务印书馆2007年版，第120—121页。
② 申丹、王丽亚：《西方叙事学：经典与后经典》，北京大学出版社2013年版，第120页。
③ 邹自振：《汤显祖与玉茗四梦》，高校出版社2007年版，第104—106页。

茶妪熙熙攘攘、各从其业的春种农忙的场景,描绘出一幅"闾阎缭绕接山巅,春草青青万顷田。日暮不辞停五马,桃花红近竹林边"①般岁月静好的田园画卷,寄托着隐含作者"官也清、吏也清"的"弊绝风清"的德政理想。

同样,在《风谣》这一出中,隐含作者借为公主送《血盆经》消病禳灾的紫衣官之视角,客观展示出经过淳于棼辛勤治理了二十年、近乎世外桃源般的南柯郡的太平富庶的场面。隐含作者运用一组"长镜头"完整地记录着南柯郡父老乡亲们对太守政绩的评价,通过父老口中的"征谣薄,米谷多。官民易亲风景和"、秀才口中的"行乡约,制雅歌,家尊五伦人四科"、村妇口中的"多风化、无暴苛,俺婚姻以时歌《伐柯》"、商人口中的"平税课,不起科,商人离家来安乐窝"等一系列并置叙述,反复歌颂着淳于棼执政期间的仁德政绩,寄托着隐含作者"为官一任造福一方"的政治理想。

南柯记中的第三十四出《卧辙》,着重叙述了淳于棼拜相还朝时南柯百姓深情挽留、百里相送时的感人场面。由于"淳于爷管府事二十年,百姓安居乐业,海阔春深。一旦钦取回朝,百姓怎生舍得?"因此,南柯众父老想出了各种方法企图挽留。先是"尽南柯府城士民男妇,签名上本,保留淳于爷再住十年"。随后,父老央求参军、田子农都觉不妥,于是决心自己蚁行而去,最终发觉无计相留,只得含泪长亭相送,红尘拥路,塞路者千万。父老乡亲泪眼送别的场景煞是感人:"倒卧车前泪斓斑手攀阑","众父老拥住骏雕鞍,众男女拽住绣罗襕","扶轮满路遮拦,遮拦。东风回首泪弹,泪弹。长亭外,画桥湾。齐叩首,捧慈颜。贤太守,锦衣还"。这些细节性的动作描写,无不生动展现出一位仁德爱民的好官是如何深受百姓爱戴,在离任临别之际又是如何被百姓泣泪挽留。汤显祖认为,戏曲的功能在于通过鲜活生动的人物、情节,以情感人,于潜移默化中教化人心。他在《万锦娇丽序》中云:"正宗特以庄语之入人也甚逆,故顺其所悦,从旁喻曲。晓其褒美刺恶,种种留人心而传后世者。"可见,汤显祖在戏曲文本中同样寄望于戏曲建构的清明官吏形象和

---

① (明)汤显祖:《汤显祖集全编》(五),徐朔方笺校,上海古籍出版社2015年版,第2633—2634页。

理想执政图景,能够唤醒朝中贪官污吏的执政良知,能够给予仕途之中的士子群体以理性主义的鼓舞与鞭策。

总之,上述三组近似"场景"的叙述,虽然只是客观忠实的记录,全无故事情节的展开推进,却通过并置叙述、多次重复的手法,反复渲染了风清民淳的理想政治图景,强烈凸显出乡亲父老对于清官好官的敬重与珍惜。这些看似静态化的场景叙述,实则承载了隐含作者厚重美好的仁政理想,映现出作者出任五年的遂昌县令时"仁政惠民"的施政影子。

二 概叙

除了妙用"场面"这种叙述节奏,汤显祖戏曲文本的隐含作者还熟稔运用概叙这种时间叙述节奏。"叙述时间短于故事时间构成概叙。也就是说,事件过程实际所需时间远远大于阅读文本展现这些事件所用的文字篇幅。"[①]"概叙具体表现为用几句话或一段文字囊括一个长的或较长的故事时间。"[②]"概叙在文本中的位置比较灵活,从时间结构上讲,概叙既可以出现在故事的开端,作为引出故事人物和事件的一个起点,也可以插入叙述过程中,作为补充信息。当作为插叙成分时,概述显现为倒叙。"[③]

《紫钗记》中的第五十三出《节镇宣恩》中,隐含作者通过见证者崔韦二人的一番对话,简明扼要地概述了黄衫客挟持李益回到霍家、夫妻二人重归于好的后续情节发展。"(韦)只一件,十郎既就了霍府,那卢太尉怎肯干休?他轻轻地下手,都成齑粉,却如之奈何?(崔)你不知道,那黄衫豪士虽系隐姓埋名,他力量又能暗通宫掖。他近日探得主上因卢府专权,心上也忌他了;他有人在主上前行了一漕,圣上益发忿怒,如今卢府着忙,不暇理论到此事。那黄衫豪士随有人撺掇言官,将小玉姐这段节义上了,又见得卢府强婚之情。蒙主上褒嘉,遣刘节镇来处分,怕甚么事!"这段概述既承接了前番之情节,又将后面谕旨削夺卢太尉官职、褒奖李益夫妇节义的情节提前予以预叙,让读者在较短的叙事时间内了解了此事的前因后果、来龙去脉,不会对仓促结尾感到突兀。

---

① 申丹、王丽亚:《西方叙事学:经典与后经典》,北京大学出版社2013年版,第120页。
② 胡亚敏:《叙事学》,华中师范大学出版社2004年版,第78页。
③ 申丹、王丽亚:《西方叙事学:经典与后经典》,北京大学出版社2013年版,第120页。

三　缓叙（"那辗"法）

"那辗"法，原是古代称为"双陆"的一种游戏的术语，金圣叹《西厢记·前候》折总批中谈到双陆高手陈豫叔对"那辗"的论述时曰："那之为言搓那，辗之为言辗开也——所贵于那辗者，那辗则气平，气平则心细，心细则眼到。夫人而气平、心细、眼到，则虽一黍之大，必能分本分末，一咳之响，必能辨声辨音——一刻之景，至彼而可以如年，一尘之空，至彼而可以立国。"① 金圣叹从陈豫叔的论述中得到启发，认为对小说戏曲中的铺陈用笔也可作"那辗"式的分析，即对于题之前，题之中间，题之后，乃至于前之前，后之后，中间之前，中间之后，"摇之曳之"，从各个角度进行考察分析，"而后信题固蹙，而吾文乃甚舒长也；题固急，而吾文乃甚纡迟也；题固直，而吾文乃甚委折也；题固竭，而吾文乃甚悠扬也"。② 在"读第六才子书法"中金圣叹曾提出了"狮子滚绣球"的说法，对"那辗"法作出了生动形象的阐述："'文章最妙是先觑定阿堵一处，已却于阿堵一处之四面，将笔来左盘右旋，右盘左旋，却不擒住。分明如狮子滚球相似，本只是一个球，却教狮子放出通身解数。一时满棚人看狮子，眼都看花了，狮子却是并没交涉。人眼自射狮子，狮子眼自射球，盖滚者是狮子，而狮子之所以如此滚，如彼滚，实都为球也。'狮子滚球是围绕绣球这个中心而进行的，这个球牵动狮子放出通身解数，上下左右地翻滚，精彩之至，令人眼花缭乱。在金圣叹看来，高超的语言艺术所展现的魅力就像这狮子滚绣球一样，变化多端，曲折有致，读来情趣盎然。"③

从某种意义上说，"那辗"法与西方叙事理论的"缓叙""压制""延宕"等叙事技法颇有相似之处。这几种叙事手法的共通之处都在于：有意放缓叙述节奏，在紧要关头有意拖延、盘旋，避重就轻，绕开重点，

---

① （清）金圣叹：《贯华堂第六才子书西厢记》，傅晓航编辑校点，甘肃人民出版社1984年版。

② 周虹：《"极微"观和"那辗"法——金圣叹评点小说戏曲的修辞方法论》，《上海财经大学学报》2001年第8期。

③ 周虹：《"极微"观和"那辗"法——金圣叹评点小说戏曲的修辞方法论》，《上海财经大学学报》2001年第8期。

以挑起读者强烈的好奇心和期待视野。正是"文章最妙,是目注此处,却不便写,却去远远处发来,迤逦又写到将至时,便又且住,却重去远远处更端再发来,再迤逦又写到将至时,便又且住。如是更端数番,皆去远远处发来,迤逦写到将至时,即便住,更不复写出目所注处,使人自于文外瞥然亲见"。① 这类如同"狮子滚绣球"般的叙述手法,在《牡丹亭》中被频繁运用,吴吴山三妇合评《牡丹亭》中,陈同将之称为"用缓法",意指隐含作者作意周旋,有意延长故事的叙述时间,从而引起叙述悬念和读者兴趣的时间运用策略。

在《牡丹亭》的第三十二出《冥誓》中,杜丽娘的魂魄在与柳梦梅数度幽媾后,暗下决心今夜便将实情告知柳郎,毕竟"今宵不说,只管人鬼混缠,到甚时节"。然而难就难在"待要何曾说,如鞚不奈鞚""则怕说时,柳郎那一惊呵,也避不得了"。可见,"待要说,如何说"乃是人物叙述者杜丽娘心头的一大心结。

此节中,隐含作者有意运用"那碾"法,共分六个层次来细致叙写丽娘道出真情时婉曲幽微的心路历程。

第一层次叙写丽娘巧托集唐诗"拟托良媒亦自伤"来暗托心事,暗中触动柳梦梅托媒求亲之想法。

第二层次叙写丽娘回叙上次遭石道姑撞破、匆忙回家险遭父母斥责的情形,以引出备受感动的柳梦梅对其婚嫁事宜之问。

第三层次叙写身为太守千金的丽娘在与柳生谈婚论嫁之前,必先对其出身、家世、婚恋情况等有个大致了解。在确认排除了做妾的可能性之后,丽娘这才放心地提议"秀才有此心,何不请媒相聘"。

第四层次叙写柳生答应明早去丽娘府上拜见双亲后再提亲时,丽娘方才透露:"到俺家来,只好见奴家。要见俺爹娘还早。"此语立刻引起了柳生的怀疑——"这般说,姐姐当真是那样门庭"。丽娘至此时节依然不说,而是由"笑"到"叹""欲说又止",任由柳生从"天仙下凡"猜到"人间私奔",再猜到"花月之妖",仍旧"话到尖头又咽"。受述者柳梦梅和读者皆被丽娘此番的"那碾"法引发的话语延宕,"挑逗"得百爪挠

---

① (元)王实甫:《金圣叹批评〈西厢记〉》,(清)金圣叹评点,凤凰出版社 2012 年版,第 8 页。

心。无怪乎柳梦梅忍不住发了"脾气"："姐姐，你千不说，万不说。直恁的书生不酬决，更向谁边说？"此时，丽娘才无奈道出了自己"不说"之缘由："待要说，如何说？秀才，俺则怕聘则为妻奔则为妾，受了盟香说。"丽娘提出唯待柳梦梅盟香起誓后方能将实情相告。

第五个层次叙写一片赤诚的柳梦梅果真盟香发愿后，丽娘这才将实情娓娓道来。先从太湖石缝里的那副"春容"说起，问柳梦梅春容得从何处、与自己容貌比起来像不像，再告诉他自己就是那画中人，令柳梦梅当即合掌谢画，以为这位姐姐是因自己的一番赤诚、烧香祷告而来，以缓解后续得知其从鬼窟而来的心理阴影。随后，丽娘又亮明自己乃杜太守千金之尊贵身份，以进一步消解柳生对无根无芽的孤魂野鬼的恐惧心理；最后在和盘托出之前，丽娘还令柳梦梅先"蓦了灯"，当丽娘告诉柳梦梅自己不是人而是鬼时，柳梦梅表露出臆想中的惊惧神情，丽娘即刻安慰他——"俺虽则是小鬼头人半截"，"你后生儿醮定俺前生业"。柳梦梅听闻此句即刻安心："你是俺妻，俺也不害怕了。"

第六层次叙写了丽娘密授柳梦梅掘墓还魂的具体事宜。先交代"可与姑姑计议而行"以壮其胆气。丽娘嘱托完毕下场后仍不放心，担心其怀疑所言不实，或因执行困难或因意志不坚而放弃，又再度返场反复叮咛跪嘱，最后竟然"软硬兼施"，既有真情感化，"如或不然，妾事已露，不敢再来相陪。愿郎留心，勿使可惜"，亦有"威逼利诱"，"妾若不得复生，必痛恨君于九泉之下矣！"如此"分明"，如此"凄切"，足令柳梦梅印象深刻，"是无是有，只得依言而行"。

可见，本出的隐含作者巧妙运用了"那碾"法，围绕着"魂旦丽娘的真实身份"以及"如何帮助丽娘回生还魂"这两大中心而使出通身解数，上下左右地翻滚，精彩之至，令人眼花缭乱。眼看着接近目标，却有意在周边周旋。"目注此处，却不便写，却去远远处发来，迤逦写到将至时，便且住，却重去远远处更端再发来，再迤逦又写到将至时，便又且住。如是更端数番，皆去远远处发来，迤逦写到将至时，即便住，更不复写出目所注处，使人自于文外瞥然亲见。"[①]，从而将这种人物叙述者"欲说还休"

---

① （元）王实甫：《金圣叹批评〈西厢记〉》，（清）金圣叹评点，凤凰出版社2012年版，第8页。

的隐秘心理抽丝剥茧、娓娓道来，如同狮子盘球般地不断盘旋逗引，极大地延伸了剧情的叙述张力，充分调动了读者和观众的观赏兴趣点。

第三节　叙述时频——重复

时频（frequency）是指事件发生的次数与其被叙述的次数之间的关系。重复叙述是指对发生一次的事件讲述 N 次。① 叙述频率涉及"一个出现在故事中的次数与该事件出现在文本中的叙述（或提及）次数之间的关系"。② 换言之，事件及其被叙述都有可能包含重复。一方面，事件本身存在重复的可能；另一方面，关于事件的叙述可能一次或者多次出现在文本中。③ 热奈特区分了四种形态的时频，叙事可以讲述：一次在虚构世界里发生一次的事；不定次数在虚构世界里发生不定次数的事；不定次数在虚构世界里只发生一次的事；一次在虚构世界里发生多次的事。④ 汤显祖戏曲文本的隐含作者尤为擅长运用第三种叙述时频，即不定次数地讲述在虚构世界里只发生一次的事。

众所周知，梦境往往是只发生一次的、稍纵即逝的记忆片段。梦的叙述者对梦内容的回忆也仅停留在浮光掠影、雾里看花的叙事层面，较难清晰记取全部梦境内容。相较于真实梦境的梦叙述，戏曲文本中的梦叙述策略更加灵活多样。戏曲文本中梦的叙述者，可以运用多重叙事策略，多维度全方位地回叙梦境内容，为读者呈现一个立体多面的梦境时空画面。《牡丹亭》的人物叙述者杜丽娘"梦境"与"回生"过程，都是仅发生一次的事件，然而隐含作者运用了重复叙述法，让人物叙述者杜丽娘面对不同的受述者采用不同的叙述视角、裁剪出不同的叙事内容、运用不同的叙事策略，从而使得每一次的叙述互不雷同、各应其趣，教人称奇。

---

① ［美］杰拉德·普林斯：《叙述学词典》，乔国强、李孝弟译，上海译文出版社 2011 年版，第 83—84 页。

② Rimmon-kenan, *Narrative Fiction: Contemporary Poetics*, London and New York: Methuen, 1986, p. 56.

③ 申丹、王丽亚：《西方叙事学：经典与后经典》，北京大学出版社 2013 年版，第 124 页。

④ ［加］安德烈·戈德罗、［法］弗朗索瓦·若斯特：《什么是电影叙事学》，刘云舟译，商务印书馆 2007 年版，第 123 页。

一 对只发生一次的"梦境"事件的多重叙事策略

《牡丹亭》的隐含作者对于同一个梦境采取多重叙事策略，反复叙述仅发生一次的梦中事，从而加深读者对梦境内容的印象，亦为升华此梦的核心叙事功能反复点染。剧中的"游园惊梦"就充分运用了对同一个梦境的多重叙事策略，以实现多维度报道、阐释、评价梦境的功能，从而极大地升华了这一梦的叙事意义。

（一）以全知全能视角客观记录，借由视点人物花神巧妙叙述"不应叙述之事"

在《惊梦》一出中，杜丽娘游园回房后，困闷无端，遂隐几而眠，心中郁结忽而生梦。首先由隐含作者站在全知全能的"上帝"的视角，用"摄影仪"客观记录下杜丽娘梦境事件的全过程：梦中的花园里，有位持柳书生，顺路儿跟着丽娘回来，自言曾四处寻访她的踪迹，不想却在这里见到了她。二人相见后，书生知晓丽娘"淹通书史"，让其作诗以赏此柳枝。正在丽娘羞怯迟疑之际，书生用几句"伤心话"道出她心中的忧思。尔后，梦中书生便强抱丽娘于"芍药栏前""湖山石畔""忍耐温存一晌眠"。同为闺阁女子的陈同对柳生的这几句"伤心话"之意义甚为理解："淹通书史，照尝观诗词乐府一段。咱爱杀你，照睡情谁见一段。如花美眷，似水流年。照青春虚度一段。柳生顺路跟来，故幽闺自怜之语，历历闻之。几句伤心话儿，能使丽娘倾倒也。"[①] 可见，这些"伤心话"句句契合丽娘的内心情状，故而被丽娘引为"知重"之人，眼前心上再也放顿不下。通过全知全能的"上帝之眼"，受众得以知晓梦中二人的全部对话、动作神态及其隐秘的心理活动。如"旦惊起""旦斜视不语""旦低问""旦作羞""生前抱""旦推""生强抱旦"等，这些科介动作均细腻传神地反映出二人丰富的内心世界。

尤为称奇的是，隐含作者还客观记录下全知叙述者花神的观看行动及其心理动态。"专掌惜玉怜香"的花神在剧中扮演了保护者的人物功能。剧中，花神以第三人称旁观叙述者的视角，现场报道杜柳牡丹亭中云雨的

[①] （明）汤显祖：《吴吴山三妇合评〈牡丹亭〉》，（清）陈同、谈则、钱宜合评，上海古籍出版社2008年版，第22页。

具体情状:"【鲍老催】单则是混阳蒸变,看他似虫儿般蠢动把风情搵,一般儿娇凝翠绽魂儿颤。"隐含作者借由视点人物花神之口叙述男女私会交合之事并巧妙发挥其评论干预功能,主要基于如下考虑。一是将传统禁忌中视为不可叙述之事的男女欢爱之事,巧妙地经由第三人称旁观者的观察角度叙述,省去了人物叙述者的尴尬与不便。正如明代陈同所评"柳杜欢情,在花神口中写出,语语是怜,语语是唤。艳想绮词,俱归解脱"[①]。二是经由全知叙述者花神之口,将不为封建礼教所接受的无媒无聘、私相授受之事,预叙为"因杜知府小姐与柳梦梅秀才,后日有姻缘之分。杜小姐游春感伤,致使柳秀才入梦","这是景上缘,想内成,因中见"。可见,一旦将"男女密约偷期"行为解读为"宿命论的姻缘天定",便可为世人所接受。尽管婚前不合于礼教规范,但倘若"后皆得成秦晋",便可归于"始若不正、卒归于正"的婚恋模式,为世俗所理解和接纳。隐含作者可谓用心良苦。

(二)第一人称视角回叙,侧重人物内心剖白

《牡丹亭》中被惊醒后的丽娘,待母亲离房后独自回忆梦中场景,即是运用第一人称视角回叙梦中详细情境。首先,丽娘将感梦的原因归结为触景生情——"偶到后花园中,百花开遍,睹景伤情。没兴而回,昼眠香阁"。随后,丽娘开始缓缓回叙梦中之情形——"忽见一生,年可弱冠,丰姿俊妍。于园中折得柳丝一枝,笑对奴家说:'姐姐既淹通书史,何不将柳枝提赏一篇?'"丽娘在回叙梦境的过程中,充分发挥了人物叙述者的报道功能,详细交代了梦中所见书生的年龄、相貌以及表情,可视为对此前的梦境叙述细节的有益补充。紧接着,丽娘通过第一人称叙述者自我剖白的叙述方式,方才交代了"梦中缘何不与书生交谈"的真实心理状态——"那时待要应他一声,心中自忖,素昧平生,不知名姓,何得轻与交言"。原来碍于封建礼教"陌生男女不得私相授受"之成规,花园偶遇心上人,尽管春心萌动、小鹿乱撞,然而囿于太守千金的身份和多年的"妇德"教育,依然只能选择沉默不语,内心呈现出本我与超我之间的矛盾冲突。正如希尔德·布兰特所说:"人的

[①] (明)汤显祖:《吴吴山三妇合评〈牡丹亭〉》,(清)陈同、谈则、钱宜合评,上海古籍出版社2008年版,第23页。

道德本性在梦中也存在,……即在人的本性和道德观中最本质的那些东西是特别牢固地扎根在人的思想中的,尽管想象、推理、记忆和其他功能在梦中都受到影响,但它们却不被种种变化所影响。"①丽娘在梦境中表现出的本我与超我之间道德感的冲突,充分反映出封建礼教对丽娘的道德本性已然深入骨髓。即便在梦中,亦不敢有丝毫逾越雷区的微小举动。

"正如此想间,只见那生向前说了几句伤心话儿,将奴搂抱去牡丹亭畔,芍药阑边,共成云雨之欢。两情何合,真个是千般爱惜,万种温存。欢毕之时,又送我睡眠,几声'将息'。正待自送那生出门,忽值母亲到来,唤醒将来。我一身冷汗,乃是南柯一梦。"这里,丽娘详细叙述了二人云雨之欢时自身的真切感受。"两情何合,真个是千般爱惜,万种温存",唯有在场人物方能作出这般细腻真实的评价。正是因为梦中的感知无比真切,才造成日后丽娘对此梦的魂牵梦萦,日夜不忘。由于此时的受述者是叙述者本人,没有其他人在场,因而叙述者丽娘可以放心大胆地通过第一人称叙述者的视角回叙梦境情形,既对对方身形外貌语态作了详细的补充报道,又对自身的心理动态及在场感受作了细腻的描述,无须受到受述者的限制和约束。

(三) 第一人称叙述者回叙,实地寻访梦中痕迹

在第十二出《寻梦》中,丽娘以第一人称叙述者的视角开启了实地寻梦之旅。晨起时,丽娘首先简单回顾了昨日梦境的主要内容——"昨日偶尔春游,何人见梦。绸缪顾盼,如遇平生"。此番回叙,主要发挥梦叙述的"凝缩作用",将冗长繁复的梦境"凝缩"为几个记忆最深的典型场景。可见,丽娘对梦境中与书生初见时四目相对的浪漫情境,记忆犹新。且"如遇平生"四字,也尽显丽娘已然将梦中书生视若平生知己,而非仅仅"草籍花眠"的欢爱对象。随后,读者跟随人物叙述者的视角,一步步走进丽娘梦境中的空间场景中。

第一个回忆的空间意象是垂杨柳树——"那一答可是湖山石边,这一答似牡丹亭畔。嵌雕阑芍药芽儿浅,一丝丝垂杨线,一丢丢榆荚钱。线

---

① [奥地利] 弗洛伊德:《梦的解析》,周艳红、胡惠君译,北京理工大学出版社2009年版,第32—33页。

儿春甚金钱吊转！呀，昨日那书生将柳枝要我题咏，强我欢会之时，好不话长！"丽娘见到"一丝丝垂杨线"立刻联想到"书生让其题咏柳枝"的梦中片段。

第二个回忆的空间意象是湖山石畔——"那书生可意呵，咱不是前生爱眷，又素乏平生半面。则道来生出现，乍便今生梦见。生就个书生，恰恰生生抱咱去眠"。接着，丽娘用两首曲详述二人在湖山石畔欢会时的具体情形和切身感受。

第三个回忆的空间意象是牡丹亭畔、芍药阑边、黄金钏匾处——"牡丹亭，芍药阑，怎生这般凄凉冷落，杳无人迹？好不伤心也！【玉交枝】（泪介）是这等荒凉地面，没多半亭台靠边，好是咱眯溪色眼难寻见。明放着白日青天，猛教人抓不到魂梦前。霎时间有如活现，打方旋再得俄延，呀，是这答儿压黄金钏匾。要再见那书生呵，【月上海棠】怎赚骗，依稀想象人儿见。那来时荏苒，去也迁延。非远，那雨迹云踪才一转，敢依花傍柳还重现。昨日今朝，眼下心前，阳台一座登时变"。丽娘行至二人梦中欢会的具体场景中，却只见满地荒凉，不见爱眷踪影，心里失落感伤，甚为悲楚。

由上可见，通过第一人称叙述者回忆叙事，读者跟随丽娘的脚步实地寻访梦中痕迹，将一处处具体空间分别对应梦境场景，从而愈发深切地体会出丽娘今昔对比后内心的酸楚失落之情。

此外，值得注意的是，丽娘在寻梦叙述时曾经说过："是这答儿压黄金钏匾。"在这里，隐含作者轻描淡写地用了一个"压"字，却传神地传递出梦中情境如画。陈同对此的解读十分细腻入微："'压黄金钏匾'，痴人谓柳郎太猛矣，岂知杜有无限退却，柳有无限强就，俱在"压"字中写出。与《西厢记》'檀口揾香腮'，皆别有神解。"[①] 可见，隐含作者在叙述过程中，着意发挥春秋笔法，巧用一个"压"字即为丽娘的梦中情事开脱，凸显梦境之中"杜有无限退却，柳有无限强就"，如此方能无损丽娘"名为国色实守家声"的千金小姐之身份，同时亦将梦中情境生动再现、纤毫不遗。

---

① （明）汤显祖：《吴吴山三妇合评〈牡丹亭〉》，（清）陈同、谈则、钱宜合评，上海古籍出版社2008年版，第29页。

（四）述者转换，叙述者隐晦叙述"不应叙述事件"

承前所述，"不应叙述事件"往往违反社会常规或禁忌，因而不被叙述，如男女交欢之事等。①叙述者在对第三方受述者叙述这类"不应叙述事件"时，往往会陷入尴尬的境地，唯恐提及这些会被人羞辱或嘲笑，从而采取压制、伪装梦境内容的叙事策略，从而巧妙将其转化为可以叙述的事件。《牡丹亭》中的受述者一旦由自身转换至旁人，叙述者也随之运用由显及隐的选择性叙事方式，刻意对梦境内容采用凝缩、压制、延宕、沉默、空白、跳跃等包装手段，将传统意义上认为"不应叙述事件"改造成"可叙述事件"。杜丽娘的少女春梦，在封建社会显然被视为有违道德伦理的羞耻之事，不足为外人道也。因此，在面对其他受述者时，丽娘对梦境内容的叙述自然会采取"裁剪包装"的叙事策略。

如在第十四出《写真》中，丽娘手绘写真之时，曾对丫鬟春香隐晦地透露了少量梦境内容："春香，咱不瞒你，花园游玩之时，咱也有个人儿。"就在春香惊愕地问道："小姐，怎的有这等方便呵？"丽娘巧妙地用一个"梦哩"一笔带过。随后，丽娘以一曲《山桃犯》选择性叙述了梦境片段："有一个曾同笑，待想象生描着，再消详邀入其中妙，则女孩家怕漏泄风情稿。这春容呵，似孤秋片月离云峤，甚蟾宫贵客傍的云霄？春香，记起来了。那梦里书生，曾折柳一枝赠我。此莫非他日所适之夫姓柳乎？故有此警报耳。"于是丽娘将一首暗藏春色的诗题于桢首之上："近睹分明似俨然，远观自在若飞仙。他年得傍蟾宫客，不在梅边在柳边。"在此，丽娘只隐晦地向春香透露出两点梦境信息。一是梦中有位书生"曾同笑"。意欲画出又恐"女孩家怕漏泄风情稿"，显然已将春梦内容归为碍于社会禁忌的"不应叙述事件"。二是梦里书生曾折柳相赠。"此莫非他日所适之夫姓柳乎"而有意发此警报。可见，面对贴身丫鬟春香这位受述者，聪慧腼腆的丽娘有意避重就轻地选取了两个"可叙述事件"，综合运用信息压制、叙事空白等叙事技巧，含蓄隐晦地完成了春梦的再述。

再如第三十九出《如杭》中，丽娘与夫婿柳梦梅书房闲谈时，再度

---

① James Phelan、Peter J. Rabinowitz主编：《当代叙事理论指南》，申丹、马海良、宁一中、乔国强、陈永国、周靖波译，北京大学出版社2007年版，第246—249页。

回叙梦中之事:"我前生呵!偶和你后花园曾梦来,擎一朵柳丝儿要俺把诗篇赛。奴正题咏间,便和你牡丹亭上去了。(生笑介)可好哩?(旦笑介)咳,正好中间,落花惊醒。此后神情不定,一病奄奄。"此处的受述者由贴身服侍的丫鬟转换而成亲密无间的夫君,叙述者的叙述方式也因而由此前的严谨拘束变得调笑松弛了。丽娘此番回叙梦境时,有意提及"牡丹亭欢爱"的核心事件,并交代被落花惊醒的细节。此外,丽娘还运用评论干预的方式,对自己慕色而亡的事件作了总结性评价:"这是聪明反被聪明带,真诚不得真诚在,冤亲做下这冤亲债。一点色情难坏,再世为人,话做了两头分拍。"

可见,隐含作者通过重复叙述只发生一次的"还魂"事件,生动描绘出身处封建礼教钳制下羞怯、复杂、真实的女性形象。

二 对只发生一次的"回生"事件的多重叙事策略

同样,纵观全剧,对于杜丽娘的"回生"事件,人物叙述者丽娘先后共回叙了五次。第一次叙述,丽娘有意将自己"感春梦抑郁而亡"的事件经过,选择性地跳跃略述为:"为伤春病害,困春游梦境难捱。"丽娘刻意压制了"春梦"的过程,而是轻描淡写地将其概述为"伤春"和"困春游",巧妙地越过了"春梦"的叙事环节。面对石道姑的询问,碍于太守千金之身份和封建礼教之限制,丽娘自然不会将自己与柳生的梦中情、人鬼情的细节全部和盘托出,而是趁着柳秀才的"不在场",将叙事重点尽可能地倾放于"柳梦梅叫拜春容"的事件上,将其人鬼幽媾之缘由尽可能地"推"到柳梦梅的痴情上。强调自己"无奈"为柳梦梅日夜"唤真真"的一片"赤诚"所感动,发生了这段人鬼情,非常契合人物的身份和性格。丽娘通过一系列细节描写,极写柳梦梅叫拜春容时的真诚态度与感人场景——"那劳承、那般顶戴,似盼天仙盼的眼坫,似叫观音叫的口歪"。恰好与石道姑此前在第三十出《欢挠》中所听柳梦梅房内声息,以及闯入后仅发现一幅美人图的情节相呼应,因而石道姑愈发对丽娘之言深信不疑。在先后运用了不充分报道与不充分阐释策略后,丽娘还运用了不充分评价策略,将自己的还魂回生之因,全然归因为柳梦梅的"感一片志诚无奈"。同时代的闺阁少女陈同更懂丽娘心事,径直点明曰:

"'无奈'二字，是丽娘自己出脱。"① 诚如是也，丽娘鬼魂虽然曾与柳生数度幽媾，但还魂后既然回归"含胎"少女之身，千金小姐惯有的骄矜与腼腆自然也随之恢复。面对石道姑这种道观身份的受述者，丽娘焉能将儿女情事和盘托出，自然只能选择性地叙其大概，并将叙事重点和还魂之因一股脑地全然移置于柳梦梅身上，一味为自己撇清。

第二次叙述出现在第三十九出《如杭》中。丽娘与柳梦梅仓促成婚后，客居旅舍。乘着石道姑不在发生、唯有夫妻在场之际，柳梦梅方将藏于心中多时之疑问特来相询："一向不曾话及：当初只说你是西邻女子，谁知感动幽冥，匆匆成其夫妇。一路而来，到今不曾请教。小姐可是见小生于道院西头？因何诗句上'不是梅边是柳边'，就指定了小生姓名？这灵通委是怎的？"丽娘此时方将原委娓娓道出："（旦笑介）柳郎，俺说见你于道院西头是假。俺前生呵！【江儿水】偶和你后花园曾梦来，擎一朵柳丝儿要俺把诗篇赛。奴正题咏间，便和你牡丹亭上去了。（生笑介）可好哩？（旦笑介）咳，正好中间，落花惊醒。此后神情不定，一病奄奄。这是聪明反被聪明带，真诚不得真诚在，冤亲做下这冤亲债。一点色情难坏，再世为人，话做了两头分拍。"可见，尽管丽娘此时已与柳生结为夫妇，然碍于大家闺秀的矜持娇羞，纵使闺中私语亦不可放荡不惮。因此，丽娘仅将梦中情事隐喻性地一笔带过——"便和你牡丹亭上去了"。此外，丽娘还站在伦理道德的立场上作一番自我评价，俨然大家千金之腔范，亦为其日后寻求社会家庭认可预留伏笔。

第三次叙述发生于第四十八出《遇母》中。丽娘与母亲、春香巧遇客店。母女相认后，母亲、春香皆问及丽娘如何回生："（贴）小姐，你怎生出的坟来？（旦）好难言。（老旦）是怎生来？（旦）则感的是东岳大恩眷，托梦一个书生把墓踹穿。"显然，丽娘此语为有意的错误报道。陈同对此注曰："即嘱柳生语也，仍以一梦为谈柄。"② 可见，丽娘此语与之前嘱咐柳梦梅的托辞相一致，皆欲隐瞒其自荐枕席与之幽媾之事，而借托"东岳大恩眷托梦"为往日之事作掩护。显然，丽娘的叙述动机乃欲

---

① （明）汤显祖：《吴吴山三妇合评〈牡丹亭〉》，（清）陈同、谈则、钱宜合评，上海古籍出版社2008年版，第89—90页。

② （明）汤显祖：《吴吴山三妇合评〈牡丹亭〉》，（清）陈同、谈则、钱宜合评，上海古籍出版社2008年版，第119页。

在母亲、丫鬟面前维护自己清纯端庄的形象。

　　第四次叙述发生于第五十四出《闻喜》中。丽娘与春香"淡口儿闲嗑"回生之事。春香详细问及丽娘梦境与回生之事："你和柳郎梦里、阴司里，两下光景何如？"丽娘在与自小同吃同睡的贴身丫鬟面前，才缓缓叙说了部分真实情状："【罗江怨】春园梦一些，到阴司里有转折。梦中逗的影儿别，阴司较追的情儿切。（贴）还魂时像怎的？（旦）似梦重醒，猛回头放教跌。（贴）阴司可也有耍子处？（旦）一般儿轮回路，驾香车，爱河边题红叶。便则到鬼门关逐夜的望秋月。【前腔】（贴）你风姿恁惹邪，情肠害劣。小姐，你香魂逗出了梦儿蝶，把亲娘肠断了影中蛇。不道燕冢荒斜，再移起鸳鸯舍。则你会书斋灯怎遮？送情杯酒怎赊？取喜时，也要那破头梢一泡血。（旦）蠢丫头，幽欢之时，彼此如梦，问他则甚。"可见，丫鬟春香对丽娘回生之事的问询重点放在"细节"和"有趣"上。丽娘对春香这位自幼在侧的受述者的陈述范围自然最为宽泛，包括阴司的趣闻轶事、浪漫场所等都细致地满足其好奇之心。此外，少女春香单问些闺阁女子才能启齿的私密之事，如"会书斋灯怎遮？送情杯酒怎赊？取喜时，也要那破头梢一泡血"。丽娘对此依然含混不答，彰显出小姐素来的沉稳娇羞。

　　第五次叙述发生于第五十五出《圆驾》中。金銮宝殿之上，君王问道："听甄氏所奏，其女重生无疑。则他阴司三载，多有因果之事。假如前辈做君王臣宰不臻的，可有的发付他？从直奏来。"丽娘对此这般答复："【北刮地风】呀！那阴司一桩桩文簿查，使不着你猾律拿喳。是君王有半付迎魂驾，臣和宰玉锁金枷。（末）女学生，没对证。似这般说，秦桧老太师在阴司里可受用？（旦）也知道些。说他的受用呵，那秦太师他一进门，忒楞楞的黑心槌敢捣了千下，浙另另的紫筋肝剁作三花。（众惊介）为甚剁作三花？（旦）道他一花儿为大宋，一花为金朝，一花儿为长舌妻。（末）这等长舌夫人有何受用？（旦）若说秦夫人的受用。一到了阴司，挦去了凤冠霞帔，赤体精光。跳出个牛头夜叉，只一对七八寸长指弧儿，轻轻的把邪撇道儿搯，长舌撦。（末）为甚？（旦）听的是东窗事发。"可见，君王询问丽娘回生之事，重点放在"阴司因果"之上，而非具体回生详情。也就是说，君王问案更偏重从丽娘还魂回生之事中窥出因果报应之道，以此教化臣民需恪守礼节，切不可犯上僭越，有违臣道。

而聪慧的丽娘，很快听出君王问话背后的深意，极力凸显出秦桧和秦夫人在阴间所受之苦，意在迎合君王的叙事意图而告诫臣民：若生前作出不忠不义之事，死后一如秦桧、秦夫人般，阴司内终日极刑加身、惨不忍睹。

君王问罢后，杜宝随即发问。作为丽娘的父亲、高居平章之位，杜宝对女儿不经"父母之命、媒妁之言"便与柳梦梅私奔之事耿耿于怀，放顿不下。因此，杜宝对女儿回生之事的询问重点亦随之发生转向："（外）鬼话也。且问你，鬼乜邪，人间私奔，自有条法。阴司可有？"慧黠的丽娘，领会到父亲询问背后的意图，巧妙应答曰："（旦）有的。是柳梦梅七十条，爹爹发落过了，女儿阴司收赎。桃条打，罪名加，做尊官勾管了帘下。则道是没真场风流罪过些。有甚么饶不过这娇滴滴的女孩家。"对于柳梦梅是否真如丽娘所叙有"七十条"罪状，钱宜评曰："七十条非实，信口诌数耳。"① 丽娘为平父亲心头之愤，令其心理平衡，故而有意对事实进行错误报道，刻意夸大柳梦梅在阴间的刑罚数量。但妙即妙在，尽管柳梦梅有"七十条"罪状，却已经在收拷时"被爹爹发落过了"，因此便无需再为此事承担责罚了。而自己为私奔之事所受刑罚为"阴司收赎。桃条打，罪名加"，最终阴司的"做尊官"尚念此罪仅镜花水月，故而心生怜悯，放其还魂。言外之意是人间判官更应当宽宏大量，网开一面。正因为如此，君王在听取丽娘这番虚实参半的不可靠叙述后，不仅宽恕了二人私定终身之举，还下旨满门嘉奖。这一结局，显然不能排除丽娘此番巧言回叙之功。

综上可知，《牡丹亭》中的丽娘先后将其自身亲历的"梦境"与"回生"事件，针对不同的受述者，交叉运用了错误报道与不充分报道、错误阐释与不充分阐释、错误评价与不充分评价等六种不可靠叙述法，先后作了五次不同侧重点的回叙，从而达成不同的叙事效果。如在三妇合评本中，陈同将丽娘"回生"事件的回叙次数概括为四次，对此评曰："丽娘回生叩之者四：石道姑、春香、柳生以至君王也。其对石姑、柳生略记生前数语而已。对君王则详言业报，直指秦长脚合议卖国之罪，所谓神道设教也。惟有对春香，《罗江怨》一曲情致缠绵，觉灵犀一点，穿透幽明。

---

① （明）汤显祖：《吴吴山三妇合评〈牡丹亭〉》，（清）陈同、谈则、钱宜合评，上海古籍出版社2008年版，第141页。

《牡丹亭》言情，至此始畅。"① 如此，既充分体现了隐含作者对于封建礼教语境中的"不应叙述事件"高明蕴藉的叙述技巧，同时又成功塑造出杜丽娘这位"隽过言鸟，触似羚羊"似的复杂丰富的人物形象。在杜丽娘身上既体现出老成稳重的千金腔范，又流露出闺阁少女的娇羞腼腆；既有"梅柳二字，一灵咬住，必不肯使劫灰烧失"②的至情至真、勇敢执着，又有面对不同的受述者运用不同叙述策略的灵活慧黠、机智机变。正如沈际飞所言："汤显祖笔下的人物并不是简单的形象，他们是有一定的复杂性的，'真中觅假，呆处藏黠'，如果细加分析，则柳生未尝痴也，陈老未尝腐也，杜翁未尝忍也，杜女也未尝怪也。"③ 可见，《牡丹亭》的叙事亮点之一即在于突破"不可叙述事件"之时代局限性。隐含作者针对不同的受述者，巧妙运用不同的叙述策略，对杜丽娘"梦境"进行多重叙事，将杜丽娘塑造为时而"可靠"时而"不可靠"的叙述者形象，从而凸显出人物形象的真实性与复杂性。

第四节　汤显祖戏曲文本的时间运用策略

本节着重从叙事学的视角，探究汤显祖五部戏曲文本中各具特色的时间运用策略。

一　《紫箫记》的时间策略：交叉运用时间并置，实现情感预叙

在由五部戏曲构成的有机叙事整体中，《紫箫记》始终扮演着"统摄全局"的叙事功能，绝不仅仅是"一部未竟之作""《紫钗记》的前本"那般简单。作为"临川四梦"的先声之作，这部仅三十四出、尚未完成的"残本"却有着特殊的研究价值。参看该剧第一出《开宗》所预告的故事梗概，目前可见的三十四出情节实则乃全部剧情的一半还不到。如若汤翁将其全部完成，大概会是篇幅最长的一部传奇。

剧中除了李益和霍小玉的情感主线外，还另有三条情感副线，分别

---

①　（明）汤显祖：《吴吴山三妇合评〈牡丹亭〉》，（清）陈同、谈则、钱宜合评，上海古籍出版社 2008 年版，第 135 页。
②　（明）王思任：《王思任批评本〈牡丹亭〉》，凤凰出版社 2011 年版，第 1 页。
③　叶长海：《汤学刍议》，上海人民出版社 2015 年版，第 76 页。

为：鲍四娘与花卿的感情线索；杜秋娘与霍王的感情线索；郑六娘与霍王的感情线索。其中，由于杜秋娘与郑六娘共事一夫，有类似的情感经历，故后两条暂并一处研究。剧中李益与霍小玉的情感发展，经历了短暂的离别、猜疑又重归于好。从《开宗》预告的剧情看，李益在围困之际另娶徐姓女子为妾，传闻让闺中苦等的霍小玉产生了痴妒之心，表现出时间长河对于青年爱情的考验。然而，该剧的叙事独特之处在于并非单独呈现李、霍二人的时间与人生，而是将鲍四娘与花卿、杜秋娘与霍王、郑六娘与霍王这四段人生和情感经历，并置于同一个文本时间中来加以互文阐发，从而彰显出人生情感在时间长河中蜕变消磨的趋势，从而展现出情感的脆弱与岁月的无常感。

  骠骑将军花卿与姬妾鲍四娘的悲情故事开端起于《换马》一出。狠心的花卿为爱马不顾多年情分，依然决绝地让轿夫送鲍四娘去郭府。自此开启了鲍四娘对花卿爱恨交加的深情回忆之旅。鲍四娘与花卿的这条情感副线，从第四出《换马》、第五出《纵姬》、第八出《访旧》、第九出《托媒》，一直绵延至第十五出《就婚》。情节或显或隐，或正叙或侧叙，或集中篇幅重点叙事，或"神龙见首不见尾"般穿插叙事，叙事手法灵活多变，不拘一格。通过多个叙述者的不同维度的叙述视角，多层次多角度反复叙事，凸显出"深情敌不过时间冲刷"的悲怆主题。

  杜秋娘、郑六娘与霍王的情感转折缘于第七出《游仙》。霍王人日登高设宴，杜秋娘、郑六娘二位爱姬为霍王登台演唱人日新词。霍王在闻罢李益所作的《宜春令》时，顿被其中"日轮中逐日人忙，人世上愁人日老"等句引动归隐之肠，感慨光阴易逝，年华易老，尘心顿消，当即决定遁入华山修仙。二姬伤心难舍，再三挽留，声泪俱下。万般无奈下，二人竟说出了"千岁想是为贱妾容颜减昔，遂尔无欢。千岁何不国中别选，自有温柔之卿，可以娱老"这般酸楚之言，却依然挽留不住霍王决绝的修仙之心。二十年夫妻一朝生离，二位姬妾俱悲伤不已，涕泪横流。杜秋娘志愿出家，霍王便让她入西王母道观修道。郑六娘本亦欲随之修道，但因女儿小玉未嫁，霍王暂赐其名为净持。杜秋娘、郑六娘与霍王的这两条感情线索，虽占全剧篇幅不长，却时隐时现，纵贯始终，成为不可忽略的一道感情副线。

  综上，从花卿将姬换马，到霍王修仙别爱姬，再到鲍四娘的登台念旧，通过交叉运用时间共时并置的叙事手法，展现出该剧的叙事主题绝不仅是才子佳人的爱情喜剧，而是在情感与时间的对抗中的一场哲学思辨。新欢与旧爱、世俗名利与单纯情感、情变与痴守等不同的矛盾组合的叠加并置叙事，将李霍这对青年男女未来可能面临的情感命运，经由三位心路沧桑的"过来人"的情感际遇提前预叙出来，从而体现出时间长河对于情爱、人生、人性的摧残和蜕变。李益和霍小玉最终强合的团圆结局是否能成为普天下封建士族婚姻的喜剧结局？只要士族婚姻观不变，谁能保证今日之小玉不会成为明日之鲍四娘、郑六娘和杜秋娘呢？该剧的隐含作者其实批判的不仅是个别案例，而是对封建士族社会普遍持有重利轻情的婚恋观的整体批判，通过将四段不同的情感故事共时并置于同一个文本空间中，来完成隐含作者关于时间与人生、人性的复杂深刻性这两个深层叙事主题的哲学思辨。从这个意义层面看，《紫箫记》实为汤翁"情至观"之叙事滥觞，切不可囫囵读过。

二 《紫钗记》的时间策略：运用时间延宕，实现剧情反转

《紫钗记》的情节发展大致沿着情的裂变与聚合的叙事轨迹。该剧先是铺叙李霍二人上元灯节、梅树下天缘邂逅的过程，详细展开了二人从堕钗、拾钗到钗聘、成婚的时间过程叙事。一改故事蓝本唐传奇《霍小玉传》中二人相识当晚即仓促云雨之情节，而是极写二人因钗结缘的巧合与不易，并凸显霍小玉郡主的千金身份。此后，因权相宇文融的破坏干预，二人又经历了漫长的两地分离、相思以致猜疑。尤其是隐含作者充分运用延宕的时间叙事策略，反复渲染李益被软禁别馆时的同城而不见给霍小玉造成的心理摧残，凸显出李益面临威逼利诱和情感取舍时人性的软弱与游移。在历经友人、媒人等反复劝说皆无果时，霍小玉已然被经不起时间考验的情感摧残到奄奄一息，此时该剧的时间延宕策略也算发挥至极致，这才安排核心人物黄衫豪客予以力挽狂澜，顷刻间将已近倾覆的情感之船瞬间翻转，实现剧情的意外反转。

三 《牡丹亭》的时间策略：运用重复时频来凝固时间、超越时间，最终又重归时间

与其他"三梦"相比，《牡丹亭》的时间策略可谓运用得最为自然出

彩。通过对只发生一次的事件的反复叙事，来达到凝固和超越时间的目的。剧中，杜丽娘在梦中与持柳书生缠绵一梦的事件，在全剧中被反复叙述多次。面对不同的受述者，人物叙述者选择性的"裁剪"了不同的叙事版本，运用了省叙、约叙、停叙等不同时间策略来分别报道、解读和评价，甚至借助于跨媒介的手段，运用绘画"写真"来凝固时间，从而超越了梦境中的短暂时间，将瞬间延宕至永恒。让剧中人物和剧外读者始终沉浸于杜柳永恒浪漫的爱情故事中，忘却了时间的流逝和岁月的残酷。

然而，故事并未在丽娘感梦而亡、因情而生中结束，"王子、公主从此过着幸福的生活"的结局只会在童话中出现，反映现实生活的戏曲从来都脱离不了柴米油盐的社会处境。还魂后的杜丽娘，由自由的鬼魂转化为不自由的人身。由冥界凝滞的时间复归至现实流动的时间，杜丽娘很快意识到了现实的压力和环境的枷锁。无媒无聘、私相苟合的浪漫主义爱情，如何在礼教森严的现实主义环境中得到承认和接纳？这不仅是剧中人物思考的问题，也是隐含作者以及广大读者值得深思的难题。剧中人物的选择是在舆论压力下主动复归于现实，通过求取功名、寻找父母、上殿自辩、劝服严父等一系列主动性的人物行动来调整复归。将已然凝固、超越了的永恒时间，重新纳入"似水流年"的变化时间之中，以实现伦理道德的复归。"始若不正，卒归于正"，大约可视为对此的概括与解释。

四　《南柯记》与《邯郸记》的时间策略：运用双重时间的对比反差凸显"人生一梦""诸法皆空"的叙事主题

众所周知，叙事学视阈下的文本阅读有"双重时间"："有阅读—时间，也有情节—时间，或者我更愿意把它们区分为话语—时间（discourse - time）——细读话语所花费的时间——和故事—时间（story time），即叙事中主旨事件的跨度。"① 毋庸讳言，《邯郸记》的戏曲文本叙事中的"话语—时间"（story - time）无疑是最长的。纵观汤显祖戏曲文本中的故事—时间，《紫钗记》中从第四出《堕钗灯影》中霍小玉和李益在上元佳节拾钗定情，至第三十六出《泪展银屏》中"【河满子】……奴家自别李

---

① [美]西摩·查特曼：《故事与话语——小说和电影的叙事结构》，徐强译，中国人民大学出版社2013年版，第48页。

郎，三秋杳无一字"，"话语—时间"为三年。《牡丹亭》中，杜丽娘因情生梦，因梦成病，最终"梦其人即病，病即弥连，至手画形容，传于世而后死。死三年矣，复能溟莫中求得其所梦者而生"[①]，"话语—时间"亦为三年。《南柯记》中主旨事件的时间跨度则是淳于棼在大槐安国度过的二十余年时光——"出守南柯大郡，富贵二十余年"（第四十二出《寻寤》）。唯独《邯郸记》，从卢生"遇不遇兮二十六岁"入梦至"年过八十"一亡而醒，才发觉原来"六十年光景，熟不了的半箸黄粱"（第二十九出《生寤》），由一名风流倜傥的英俊驸马到病魔沉沉的弥留老翁，足足历经了六十年的宦海浮沉。由此可见，汤显祖戏曲文本叙事中主旨事件的跨度（话语—时间）最长的即为《邯郸记》，它展现了一个人完整的生命流程。

总之，《南柯记》中的话语—时间为细读四十四出戏曲的阅读时间，而故事—时间则为淳于棼梦中大槐安国度过的二十余年。《邯郸记》中的话语—时间为细读三十出戏曲的阅读时间，而故事—时间则为卢生于梦中经历的六十年宦海生涯。可见，"后二梦"的双重时间反差极其显著。剧中人物在梦中的故事—时间中，将人世间的功名利禄、七情六欲、酒色财气一一体验，醒来后发现却只是"南柯一梦"和"黄粱一梦"而已，桌上酒尚余温，灶中黄粱未熟，而自己也从百姓爱戴的南柯太守和位极人臣的宰相平章，一落千丈为原来的落魄子弟和田舍书生。经由如此巨大的心理落差，才能最终让世人觉察到所谓功名利禄都抵不过时间洪流的冲刷；任凭生前地位财富如何悬殊，人生的终极归宿都只是平等地躺在"土馒头"里，"赤条条来去无牵挂"。"后二梦"的隐含作者，恰是运用双重时间的强烈反差来实现"把人情世故都高谈尽，则要你世上人梦回心自忖"的叙事目的。

小结

本章主要从时序、时长、时频三个层面集中探讨汤显祖戏曲文本叙事

[①] （明）汤显祖：《牡丹亭·作者题词》，徐朔方、杨笑梅校注，人民文学出版社2012年版。

时间的多维形态及其运用策略。首先，叙述时序着重运用"预叙"与"插叙"。预叙的主要表现形式有如下七种：利用占卜、吉兆、异兆等形式来表现预叙，利用梦境的形式来展开预叙，运用下场诗的形式展开预叙，通过花神、命书等形式展开预叙，利用普通身份的人物叙述者的叙事话语展开预叙，运用神仙道化剧的叙事框架来实现整体预叙效果，巧用声音事件展开预叙。预叙的运用技巧大体如下：善于综合运用明示预叙和暗示预叙这两种叙事策略、善于选择剧情的关键转折点巧用预叙、提前透露情节的发展走向、选用具有神秘力量的特殊人物充当预叙的叙述者。如此既能昭示人物未来的命运走向，亦能赢得受众的理性信任和感性认同。插叙的主要表现形式大体为如下三种：一是通过穿插叙事，将过场人物描述得活灵活现、虎虎生风；二是通过穿插叙事，侧写烘托出黄衫豪客的显赫门第与慷慨仗义，为后续情节张本；三是通过穿插叙事，以人物行动展现人物形象，抽丝剥茧层层递进，为情节发展和人物性格提供逻辑合理性。其次，叙述节奏多运用"场面""概叙"与"缓叙"。五部戏曲文本中共有三组近似"场景"的叙述。虽然只是客观忠实的记录，全无故事情节的展开推进，却通过并置叙述、多次重复的手法，反复渲染了风清民淳的理想政治图景，凸显出父老对于清官的敬重与珍惜。看似静态化的场景叙述，实则承载了隐含作者厚重美好的仁政理想，映现出真实作者出任五年的遂昌县令时"仁政惠民"的施政影子。概述功能，既承接前番之情节，又将后续情节提前预叙，让读者在较短的叙事时间内了解事件的前因后果，不会对仓促结尾感到突兀；再次，叙述时频多运用"重复"。《牡丹亭》中人物叙述者杜丽娘的"梦境"与"回生"过程，都是仅发生一次的事件，隐含作者匠心独运地运用重复叙述法，让人物叙述者杜丽娘面对不同的受述者采用不同的叙述视角、裁剪出不同的叙事内容、运用不同的叙事策略，从而使得每一次的叙述互不雷同、迥异其趣，教人称奇。最后，通过交叉运用时间并置实现情感预叙，运用时间延宕实现剧情反转，运用重复时频来凝固、超越时间最终又重归时间，以及运用双重时间的对比反差凸显"人生一梦""诸法皆空"主题等四种时间运用策略来深化叙事主题、展开哲学思辨。

第六章　汤显祖戏曲文本的空间叙事

中国古典戏曲是"合歌舞以演故事"[①]的综合性舞台表演艺术，具有程式化、节奏化、虚拟性、即时性等艺术特征。作为依靠共时性的舞台空间来演绎故事的叙事形式，戏曲艺术的"空间性"特性无疑是与生俱来的。约瑟夫·凯斯特纳（Joseph Kestner）认为："小说是时间第一性、空间第二性的艺术，而视觉艺术则相反。"[②]可见，与诉诸语言文字的时间性叙事媒介如小说等相比，诉诸视听综合媒介的戏曲无疑更倾向于被界定为空间第一性的叙事形式。

然而，必须明确的是，戏曲文本的空间性与戏曲舞台表演的空间性之间存在根本性的差异。正如苏永旭在《戏剧叙事学研究》一书中所指出的："如果说戏剧的'文本叙述'是一种'时间的空间'，戏剧的'舞台叙述'便是一种'空间的时间'。前者主要靠'时间叙述'推进'空间叙述'，后者则主要靠'空间叙述'来推进'时间叙述'。"[③]可见，戏曲文本的空间叙事，是通过语言文字这一时间性叙事媒介，在完整的叙事进程中，借助想象的翅膀，逐渐在读者的意识中形成空间性形式。不少戏曲作家十分擅长运用空间这种独特的表现形式，不仅将其视作故事发生的背景与环境，而且积极发挥主观能动性和创造性，常常借助空间来表现深层主题、塑造人物形象、布局情节结构、推动叙事进程。本章将通过具体文本的细读阐释，来探讨汤显祖戏曲文本中运用较多的六种空间叙事的类型、功能及其善于发挥"空间之物"的叙事功能。

[①] 王国维：《宋元戏曲史》，中华书局2013年版，第6—7页。
[②] 转引自龙迪勇《空间叙事研究》，生活·读书·新知三联书店2014年版，第11页。
[③] 苏永旭：《戏剧叙事学研究》，中国戏剧出版社2004年版，第10页。

第一节　地理空间

　　地理空间是物质、能量、信息的数量及行为在地理范畴中的广延性存在形式。特指形态、结构、过程、关系、功能的分布方式和分布格局同时在"暂时"时间的延续（抽象意义上的静止态），讨论所表达出的"断片图景"。[①]戏曲文本中的地理空间，主要涉指地理事物在空间中的分布形态、分布方式和分布格局。汤显祖戏曲文本中的地理空间布局描写，不仅展示了一种宏观上的地标布局图景，而且能从中揭示出人物复杂隐秘的内心世界。

　　《紫箫记》的第十五出《就婚》中叙写了李十郎与霍小玉成婚当日，媒人鲍四娘陪同霍小玉一起在闺阁高楼凭窗远眺时的场景。

　　　【做望介】（四娘）郡主，你看那东头一派衙门，绕着皇城的是十六卫，中有个骁骑卫花老爷府？这西头尚冠里一带高房子，是令公府，俺郭小侯在此中住。（小玉）四娘，你有许多来路。（四娘）瞒你不得哩。俺还晓得一个去处，那向北去一所，不大不小，粉墙八字门儿，正对着章台街，红簾儿裹有个人儿，生得绝精，与俺相识来。（小玉）你的眼会走。（四娘）你却不要走了眼，守那人儿出来。（小玉作望介）呀！四娘，委的一个骑马官儿出来了。（四娘）看在那边去？（小玉）呀！望南头来了。……（小玉惊喜介）四娘，你看那人走那一湾马呵，风情似柳，有如张绪少年；迴策如萦，不减王家叔父，真个爱人也！【皂角儿】是谁家玉人水边？斗骄骢碧桃花旋。坐云霞飘瑶半天，惹人处行光一片。（四娘）郡主，你看那生骑马，许多欢庆；俺见这生骑马，许多感叹。（小玉）怎的来？（四娘）这马原是郭小侯骑在花将军里去，花将军就看上这马了。（小玉）四娘，良马比君子，就是你对过这马了。（四娘）瞒不得你了。猛可的影翩翩声迴合，送新人怀旧侣，惆怅花前。郡主，只是俺有这些缘，要来成就的一对夫妻。你说的那马上的美少年是谁？便是十郎了。

---

　　① 该定义引自360百科"地理空间"词条。

（小玉喜介）当真生受你了！青袍雪面，侬家少年，得娘怜。称玉台双结，红丝一线。①

　　上文清晰地展现出，二人站在霍王府的坐标轴上，远眺东、西、北三个方向时的全景式画面。此时的观者和叙述者皆是为李霍二人牵红线的媒人鲍四娘，而受述者则是对媒人的前尘往事、待嫁夫婿的身形风姿均一无所知的准新娘霍小玉。在这个全景式地图中，观者鲍四娘选择性地择取了与自己人生命运息息相关的三个空间地标进行叙述。

　　首先叙写的这个空间地标自然亦是记忆最为深刻的地理空间——"你看那东头一派衙门，绕着皇城的是十六卫，中有个骁骑卫花老爷府"。读者的思绪不由顺着鲍四娘所指的方向，瞬间飘至第四出《换马》的花将军府中那凄惨离别的场景。那一日，李益去花将军府赴宴，恰逢豪门贵戚郭小侯扬鞭策马从花将军府前经过，花将军顷刻间看中了郭小侯的胯下骏马，于是在李益的撺掇下将伎妾鲍四娘同郭小侯交换了宝马。在功名利禄面前，陪伴身侧数十年的爱妾之价值不过一匹马，不得不说是对道貌岸然的士子群体一个绝佳的讽喻。得知遭夫抛弃、将人换马命运的鲍四娘，接连用了"啼""骂""哭倒"等层层递进的科介动作以表达对夫君万般不舍的依恋之情，但亦无济于事。即便惨遭遗弃，鲍四娘依然担心未来花卿无人侍奉身旁，夫君"枕褥无人奉，怕的是春寒酒中，愁杀孤灯两鬓翁"。可惜花将军仅用一句"我有塞上之心，无复房中之想"便使这份深情厚意显得累赘且多余。在鲍四娘的心中，花将军府是她心中一个永恒的伤心地，那里寄存着她与花卿数十年的恩爱岁月，又承载了她与花卿永生别离的痛苦记忆。花将军府对她而言，不复是一个寻常的空间地标，而是一个有着独特内蕴的地点。

　　鲍四娘所指的第二个空间地标是：西头尚冠里一带高房子，郭小侯的令公府，也就是鲍四娘现在的居所。在被花卿狠心地将人换马后，鲍四娘也自此一入侯门深似海。所幸郭小侯生性善良、为人大气，见鲍四娘离了花卿日夜悲泣，本着"大丈夫何忍伤人之意哉"之善念，准许鲍四娘别

---

①　（明）汤显祖：《汤显祖集全编》（五），徐朔方笺校，上海古籍出版社2015年版，第2324—2325页。

院而居、自由进出,因而也有了教霍小玉唱曲与为二人做媒之契机。

鲍四娘指出的第三个空间地标是"那向北去一所,不大不小,粉墙八字门儿,正对着章台街",正是霍小玉的新婚夫婿李益之住所。尽管自己惨遭抛弃,正是李益从旁撺掇的结果。在第四出《换马》中,怒不可遏的鲍四娘就曾对着李益骂道:"冤家!为你来惹出这断肠事。"可事过境迁,豁达善良的鲍四娘不仅不计前嫌,反倒念及李益乃前夫旧友,将一片痴情转嫁于李益身上,"见卿浑似见花卿"。对于李益托媒说亲之事,鲍四娘倾尽全力替其操办,原因是"君与花卿有故情,敢不成君之美",不愧为以德报怨的女中豪侠,与那些口口声声道德仁义的负心男子形成了鲜明的反讽效果。

龙迪勇在《空间叙事研究》一书中指出,威廉·福克纳的经典短篇小说《献给爱米丽的一朵玫瑰花》中爱米丽小姐生活于其中的大木屋,"其实正是'过去'的标识物,是一个已经时间化了的空间。小说中的这一'屋子'意象,正是'过去'插于'现在'之中的象征"。①同样地,《紫箫记》的隐含作者刻意选取一对新人即将进行新婚庆典之际,别有深意地发挥了空间坐标独特的叙事功能,将东、西两大地标已经发生了的爱恨情仇旧事与南、北两大地标即将上演的崭新爱情故事,放置到了同一个水平面上加以比较叙事。这是一种意蕴深刻的叙事方式:利用空间来表现时间。对鲍四娘而言,无论是骁骑卫花老爷府抑或郭小侯的令公府,都是一段已经时间化了的空间。这两个空间地标里盛满了她过去生活的悲欢记忆,一看到这些空间地标,往事便如拉开了闸门的水坝般绵延不绝、一泻千里。

将这些"过去"安插于"现在"之中,无疑是对这种作为时间标识物的空间的出色运用。《紫箫记》的隐含作者将历时层面上发生的不同的情节片段,交叠并置于同一个平面的空间坐标上进行比较叙事,隐晦地传递出"人生若只如初见,何事秋风悲画扇。等闲变却故人心,却道故人心易变"般情深不寿的宿命谶言。古往今来,多少初见敌不过时间。岁月实乃检验真伪的试金石,前人始乱终弃的爱情际遇,令后人面对爱情婚姻不由得患得患失。《紫箫记》的隐含作者巧妙地运用空间来进行时间的

---

① 龙迪勇:《空间叙事研究》,生活·读书·新知三联书店2014年版,第119页。

前后对比。特意选取在新婚典礼这样独特的时间点上,让四个空间地标自然地引出二对新人旧侣爱恨情仇的情感故事——"猛可的影翩翩声迥合,送新人怀旧侣,惆怅花前"。不由得让读者隐忧李、杜的爱情能否经得起时间火炉的淬炼,思索花、鲍的悲惨结局是否亦影射了李、杜爱情的悲剧性宿命。此处的空间叙事,用意深远。

第二节 花园空间①

《牡丹亭》中的"花园",是一个被学界反复热议的重要空间。"花园"空间无疑在杜丽娘的生命中发挥了极其重要的叙事功能。台湾大学张淑香教授在《杜丽娘在花园——一个时间的地点》一文中指出:"《牡丹亭》中南安府衙的后花园是杜丽娘生命中一个时间的地点。杜丽娘以其'情至'的能量创造了超越生死的爱情神话。花园则是这个神话的核心。"②《牡丹亭》的"花园"空间的独特内蕴及其叙事功能,须与杜丽娘生活其中的诸多空间如家宅中的"绣房""后堂""书堂"打通一气、合而观之。

法国哲学家加斯东·巴什拉认为,家宅的重要性无可比拟:"它是我们最初的宇宙——它确实是个宇宙。它包含了宇宙这个词的全部意义。"③"在中国,不仅宗庙建筑、陵寝建筑被高度秩序化了,就连家庭建筑(住宅)也是充分秩序化的。在一幢家庭建筑物中,某个人卧室的方位与他或她在家庭中的日常活动范围都是被体现权力和身份的空间所框定的,一般情况下是不允许打破这种空间秩序的。"④正如美国汉学家白馥兰所说:"在中国,房屋发挥的一个最关键的作用,是用空间标志出家庭内的差别区分,包括对女性的隔离。"⑤

---

① 本节论述主要参见张淑香《杜丽娘在花园——一个时间的地点》,载华玮主编《汤显祖与牡丹亭》,台北"中央研究院"中国文哲研究所2005年版。
② 张淑香:《杜丽娘在花园——一个时间的地点》,载华玮主编《汤显祖与牡丹亭》,台北"中央研究院"中国文哲研究所2005年版,第259页。
③ [法]加斯东·巴什拉:《空间诗学》,张逸婧译,上海译文出版社2009年版,第2页。
④ 龙迪勇:《空间叙事研究》,生活·读书·新知三联书店2014年出版,第304页。
⑤ [美]白馥兰:《技术与性别——晚期帝制中国的权力经纬》,江湄、邓京力译,江苏人民出版社2006年版,第42页。

第六章　汤显祖戏曲文本的空间叙事

杜丽娘居住的太守府即为其朝夕生活的家宅空间。《牡丹亭》的戏曲文本中涵盖了包括"绣房""后堂""书堂"等在内的较为完整的空间叙事。"看起自来淑女，无不知书"的太守千金杜丽娘年已二八，每日里的活动范围仅局限于"终日绣房"里"长向花阴课女工"。困乏时，偶尔"白日闲眠"还要被叫至"后堂"来承受来自父母的责备。为约束女儿身心，杜太守为其请来老儒陈最良为师，教授杜丽娘习读《诗经》。杜丽娘的活动半径因而从"绣房""后堂"扩大至"书堂"，也因此有机会接近与"书堂"近在咫尺的"花园"。事实上，早在第五出《延师》中，待丽娘拜师回房后，杜太守即吩咐下人"请先生后花园饮酒"。可见，后花园一直都是太守夫妇日常休闲娱乐的常用场域，只不过独瞒着女儿和丫头不知罢了。直待书堂讲学之时，春香于溺尿途中才惊喜发现，原来书堂后面有座花明柳绿的大花园。

在张淑香教授看来，"绣房"对于杜丽娘而言是一个身体受到监管规约，如同牢圈般的封闭空间；"书房"则是"作为父权文化性别政治的空间机制，比闺房更上一层楼，由身体的监控延伸为心灵与精神的管辖"。"生活在'绣房'与'书堂'这两个文明堂皇的高等囚牢，才是杜丽娘生命所面临的真正危机与困境"，因为"闺房与学堂的封闭空间，不仅是圈限女性身体的实质空间，更隐藏着制约女性身心的空间政治。"[①] 杜丽娘正是在如此逼促窒息的封闭空间中被"软禁"了十六年，无论是言行举止、还是思想观念，无不受到父权社会的严密监管，必须符合父权制式的规矩绳检。除了刺绣闲余，偶尔描几张"秋千画图"、绣几幅"鸳鸯绣谱"，杜丽娘压抑的青春"本我"近乎无任何宣泄的场域。就在杜丽娘的精神世界即将面临"书堂"这座精神囚牢的全面侵占之际，"花园"的发现无疑为其少女自然天性的启蒙提供了一个绝妙的空间。

杜丽娘踏入的这片"花园"论规模、论景致皆非同一般。花园景致在丫鬟春香的眼中看来："有亭台六七座，秋千一两架。绕的流觞曲水，面着太湖山石。名花异草，委实华丽。"[②] 这个花园既有"名花异草"等

[①] 张淑香：《杜丽娘在花园——一个时间的地点》，载华玮主编《汤显祖与牡丹亭》，台北"中央研究院"中国文哲研究所2005年版，第265页。

[②] （明）汤显祖：《汤显祖集全编》（五），徐朔方笺校，上海古籍出版社2015年版，第2628页。

自然生态景观,又有秋千索架、亭台楼阁、假山流水等人工园林景观;既有闺阁少女颇为心仪的秋千索架、亭台水榭,还有一湾环曲流动的渠水围绕着太湖山石蜿蜒流淌,好一个清雅诗意的休闲空间。

亲自置身于花园之中,杜丽娘方才能全方位地真切感知这片神秘园:隐含作者综合运用视觉、听觉、触觉等多维感知方式,立体真切地将杜丽娘置身花园之中的观感叙写出来。首先运用视觉感知:只见,近处花团锦簇、姹紫嫣红、繁花似锦,远眺"朝飞暮卷,云霞翠轩;雨丝风片,烟波画船",呈现一派深具灵韵的江南园林之美。其次运用触觉感知:"雨丝风片""荼蘼外烟丝醉软",这两处传神的触觉描写细腻再现,当杜丽娘置身于微风细雨、烟雨朦胧的自然之中,裸露在外的脸颊和双手默默感受着被二月春风剪裁成丝的绵绵细雨、被春姑娘形塑成片的阵阵清风,就连云蒸霞蔚的烟丝仿佛亦能"触摸"它的"醉软",周遭的一切无不散发着醉人的温柔。再次运用听觉感知:"生生燕语明如翦,呖呖莺歌溜的圆"——听,树梢上那群"成对的莺燕"正在莺歌燕舞、窃窃私语、耳鬓厮磨,隐含作者分别运用了"明如翦""溜的圆"等声音形容词,真切传神地描摹出三春莺燕争相鸣叫时那清亮的音色和圆润的音调。此刻,读者仿佛亦置身于花园之中,同步感受着杜丽娘的视、听、触觉带来的综合性的感知愉悦。

然而,尽管杜丽娘在花园空间中感受到如此盎然的春色春意,她的直观反应却是出人意料的情绪反转。长久酝酿、慎重择日、精心梳妆、视听震撼,杜丽娘游园前期的精心准备、无限期待,却在短暂的游园感叹之后,顷刻间演变为"【隔尾】观之不足由她缱,便赏遍了十二亭台是枉然。到不如兴尽回家闲过遣"般的兴致索然。"其感情的爆发强度与游园情绪的瞬间低黯相照相扬,不禁引人返思她花园之行内在经验曲折的迳迹底蕴为何?尤其是在高度诗意的压缩下,她的情绪逆转与心理反应变成一种悬逆的吊诡。"[①] 杜丽娘游园前后形成从波峰跌至波谷的巨大情绪和心理反应大逆转,背后的深层原因,的确值得深度挖掘。

尚未入园途中,首先映入杜丽娘眼帘的是久未打理、萧索荒芜的颓败

[①] 张淑香:《杜丽娘在花园——一个时间的地点》,载华玮主编《汤显祖与牡丹亭》,台北"中央研究院"中国文哲研究所2005年版,第269页。

之景——"画廊金粉半零星，池馆苍台一片青"。画廊的金粉残缺无人补，池塘布满苍苔亦无人清理。可见，花园的主人平日里忙于政务、少有闲情游园赏景，下人自然也疏于照顾、懒加修葺，致使偌大的园子近乎处于半荒芜的颓弃状态，煞是可惜。这不禁让杜丽娘怀疑如此被漠视的园林是否有可供观赏的好景致。待到正式步入花园主体区域时，杜丽娘却被眼前的自然美景给深深震撼了，由衷地发出惊叹："不到园林，怎知春色如许？"接下来，杜丽娘联想到一路来看到的被刻意漠视、疏于打理的破败园景，看到如此姹紫嫣红的春色竟在"断井颓垣"的凄凉背景中寂寞地开到荼蘼无人看，不由得发出"良辰美景奈何天，赏心乐事谁家院"之心灵慨叹。杜丽娘忽而对"恁般景致，我老爷和奶奶再不提起"，以至自己二八年华、尚未踏足过花园之窒息的青春心生怨怼。更为重要的是，"尤其最后燕语莺歌的听觉效果，足以直接勾起闺塾记忆犹新的'关关鸠音'"。听着成对的莺燕欢快自由的歌声，联想到《关雎》中"关了的雎鸠，尚然犹洲渚之兴，何以人而不如鸟乎"的彻骨悲凉，想到游园完毕即刻又要回归至从前那压抑窒息的封闭空间，毫无自由，全无希望，大好的青春年华便如此浑浑噩噩、寂而不闻地流失殆尽，不由意兴索然，流连无益，索性速速归返以免母亲见责。然而，短暂的花园空间经验，却在杜丽娘的灵魂深处"埋伏"了强烈的"余震"，在其后续的白日绮梦中得到了具体显现。

第三节 梦境空间

梦境空间的主要特征即为朦胧化、奇幻化、碎片化、大量跳跃式的情节片段，唯有待梦境主体醒后凭借脑海中的记忆和想象，自行补充叙述完整。脱离梦境主体的主动叙述，受述者压根无从知晓其在梦境空间中所经历的事件与时空。关于梦究竟是不是叙述，赵毅衡在《广义叙述学》一书中明确将之界定为心像叙述："首先，它们是媒介化（心像）的符号文本再现，而不是直接经验；其次它们大都卷入有人物参与的情节，心像叙述者本人，就直接卷入情节。因此，它们是叙述文本。"[①]然而，书中强调

---

① 赵毅衡：《广义叙述学》，四川大学出版社2013年版，第48页。

说:"梦叙述,与梦的再次叙述很不相同:梦者醒来后对别人讲梦境(例如对精神医生),或对自己讲梦境(例如回忆或日记),也不包括某种叙述讲到一个人物的梦境(小说中写到人物做梦)。所有这些叙述方式,都可以说是梦的'再次叙述'。再次叙述失去了梦叙述的许多重要特征,实际上保留了'情节梗概',媒介已经变换,文本已经换了一个叙述者人格。"[1] 由是观之,《牡丹亭》的戏曲文本中,杜丽娘的梦境叙述,无论是用镜头"客观"记录的梦境片段、还是杜丽娘醒来对自己或对他人回忆梦境发生的情节,都属于梦的"再次叙述",而非梦境的原始心像叙述。然而,这并不影响读者借此好奇地打探杜丽娘的梦境空间。

在《牡丹亭》的戏曲文本中,为了满足读者对杜丽娘花园绮梦的"窥视欲",隐含作者多次切换不同的叙述方式,转换不同的叙述者和受述者,反复叙写杜丽娘梦中的情节,最大限度地呈现了一个光怪陆离而又旖旎多情的梦境空间。杜丽娘的梦境空间依然是其刚刚踏足的花园。梦境中,杜丽娘又重返适才令其"忽临春色,蓦地动魄,那不百端交集"[2] 的大花园。杜丽娘被花园春色激活了的青春情欲,在梦境中径直化身为一位"年可弱冠,丰姿俊妍"[3] 的白面书生,手执垂柳半枝,一路跟着杜丽娘也来到了这片春色撩人的花园。那书生上前对她说的"那几句伤心话儿",恰好正中丽娘心事,全然表达出丽娘内心压抑的欲望与苦闷。书生说道:"则为你如花美眷,似水流年。是答儿闲寻遍,在幽闺自怜。"虽则是寥寥数语,却字字动人心魄。首先,"如花美眷"是肯定丽娘闭月羞花的容貌。世间少女无一不渴望被心上人赞为"美若天仙""惊为天人",极好地补偿了杜丽娘伤心其"恰三春好处无人见"的内心悲楚。其次,"似水流年"更是一语道出了丽娘初踏花园见到"原来姹紫嫣红开遍,似这般都付与断井颓垣"后的触景自怜之感伤。女人如花,年华似水。谁也抵抗不了岁月的冲刷。在最美的年华未遇对的人,白白辜负青春容颜,自然是每一位闺阁少女心中永恒的痛。再次,后二句更表明柳生感同身受

---

[1] 赵毅衡:《广义叙述学》,四川大学出版社2013年版,第48—49页。

[2] (明)汤显祖:《吴吴山三妇合评〈牡丹亭〉》,(清)陈同、谈则、钱宜合评,上海古籍出版社2008年版,第21页。

[3] (明)汤显祖:《汤显祖集全编》(五),徐朔方笺校,上海古籍出版社2015年版,第2642页。

地懂得深闺少女"伤春独自怜"的凄楚无奈。正因柳生懂她，因而被丽娘引为知音，而情愿生生死死追寻她的梦中解人。

除了梦中的对白外，二人梦中欢会的场地亦被清晰地记录了下来。"小姐，和你那答儿讲话去。（旦作含笑不行）（生作牵衣介）（旦低问）那边去？（生）转过这芍药栏前，紧靠着湖山石边。"这一云雨欢幸之地正是牡丹亭。被突然进来的母亲唤醒后，杜丽娘回味起梦中发生的情节时，亦再次确认了这一地点："将奴搂抱去牡丹亭畔，芍药阑边，共成云雨之欢。"①另外，从充当见证者和叙述者的花神的叙述中，亦可对二人欢幸地点作进一步佐证："呀，淫邪展污了花台殿。"可见，花园中的"牡丹亭"乃梦境空间中最核心的空间地标，这在杜丽娘后续的记忆空间中被反复提及。

第四节 记忆空间

米尔恰·伊利亚德提出一个重要概念——"神圣空间"。他认为，对于宗教徒来说，某些空间由于它的特殊性而被赋予了"神圣"的特性，而普通人在世俗生活中也会把那些对他意义重大的空间"圣化"，从而赋予其特别的价值。因为对这些人而言，这些地方具有一种不同寻常、无与伦比的意义。这些地方是他们个人宇宙中的"圣地"，好像正是在这些地方，他们得到的是一种关于实在的启示，而不仅仅是其日常生活中的一处普通的地方。②同样，"我们生活中重要的记忆总是和一些具体的空间联系在一起。那些具有特殊重要性的地方成为记忆的承载物，在某种程度上已经成了带有宗教性的'神圣空间'"。③

毋庸置疑，"后花园"对于杜丽娘而言，具有一种无与伦比的特殊意义，在她后续的"寻梦"之旅中被赋予了"神圣空间"的独特光环，是承载了杜丽娘"花园绮梦"的记忆载体。在第十二出《寻梦》中，杜丽娘第二次踏入后花园，在真实的花园空间中徒劳地寻找着梦境中的虚渺空

---

① （明）汤显祖：《汤显祖集全编》（五），徐朔方笺校，上海古籍出版社2015年版，第2642页。
② [美] 米尔恰·伊利亚德：《神圣与世俗》，王建光译，华夏出版社2002年版，第3页。
③ 龙迪勇：《空间叙事研究》，生活·读书·新知三联书店2014年出版，第344页。

间:"【忒忒令】那一答可是湖山石边,这一答似牡丹亭畔。嵌雕阑芍药芽儿浅,一丝丝垂杨线,一丢丢榆荚钱,线儿春,甚金钱吊转!……咳!寻来寻去,都不见了。牡丹亭,芍药阑,怎生这般凄凉冷落,杳无人迹?好不伤心也!(泪介)"可见,在"后花园"这个记忆中的"神圣空间"中,存在着一个极其重要的标志性地标,即"转过芍药栏、紧靠着湖山石边"的"牡丹亭"。

"牡丹亭"作为花园空间中真实存在的具体实存,它不仅是杜柳梦中欢会事件的神圣发生地,亦是杜丽娘进食还魂丹、起死回生的神奇地点,同时亦是杜丽娘魂游时念念不忘的记忆空间。在第二十七出《魂游》中,被拘禁三年之久的杜丽娘的游魂,再度回到太守府,在她有限的记忆空间中依然清晰地记着"牡丹亭"和"芍药阑":"【水红花】……呀!转过牡丹亭、芍药阑,都荒废尽了。"由此足见,后花园的"牡丹亭"实乃杜丽娘记忆中无可替代的"神圣空间"。正因"牡丹亭"这一空间地标如此重要,故有曲评家认为作者因之而命名。如三妇合评《牡丹亭》就批曰:"初梦欢会于牡丹亭上,后于牡丹亭内进还魂丹,故标题《牡丹亭还魂记》,或分称之,盖省文云。"徐扶明先生对此按曰:"牡丹亭,本泛指亭畔种有牡丹之亭。唐白居易就有'春肠遥断牡丹亭'诗句。《牡丹亭》第五十五出《圆驾》,即用这诗句作为下场诗。元赵明道的剧作《三赴牡丹亭》,亦指园亭。三妇评本批语对《牡丹亭》剧名的解释,并非毫无道理。"①

关于缘何选取"牡丹亭"作为杜丽娘记忆中的重要空间,除了上述原因之外,或许还与"牡丹花"的特殊隐喻意象有关。众所周知,雍容华贵的牡丹花在争相绽放的迎春花卉中总属姗姗来迟的那一个。春季花卉大多在三四月盛开,而牡丹花一般在四月中旬或五月上旬开放。无怪乎杜丽娘初入花园便感慨:"原来姹紫嫣红开遍,似这般付诸断井颓垣。"她感伤于百花在光阴的匆匆流逝中寂静不闻地开到荼蘼,却无人欣赏。春香宽慰道:"是花都放了,那牡丹还早。"杜丽娘却叹曰:"春香呵,牡丹虽好,他春归怎占的先!"此处,杜丽娘以迟发的牡丹自比。联想到与寻常百姓家早嫁人妇的闺阁少女相比,同样处于花季的待嫁时节,古执迂腐的

---

① 徐扶明编著:《牡丹亭研究资料考释》,上海古籍出版社1987年版,第4页。

父母却总在左挑右拣、贻误婚期。"有花堪折直须折，莫待无花空折枝"的现实悲哀，令杜丽娘不禁感慨：艳压群芳、雍容华贵的牡丹花虽好，却总是迟迟开放，未能享受到原本属于自己的春时春情。"牡丹花"的自然意象可谓杜丽娘自身人物特性的表征。素有"百花之王"之美称的牡丹花，象征着富贵荣华，自古以来就被奉为庭院珍品，十分契合杜丽娘太守千金的身份。同时牡丹花较迟开放的特性亦非常符合人物之际遇。因而，隐含作者刻意选取亭畔盛放牡丹的凉亭作为核心空间地标，自然是一番富有象征隐喻意味的精心安排。

此外，"柳枝"和"大梅树"的意象，亦在杜丽娘的梦境空间和记忆空间中被反复叙写。有学者统计，"汤显祖的《牡丹亭》一剧共五十五出，梅、柳作为植物意象，或同时或分别在其中三十二出中被提及，不但几乎涵盖男女主角出场的所有关目，并且在重要关目中反复出现。梅、柳如此高的出现频率，说明了二者的重要地位"。[1]清初吴吴山三妇对此亦批曰："牡丹亭，丽情之书也。四时之丽在春，春莫先于梅、柳，故以柳之梦梅，杜之梦柳寓意焉；而题目曰《牡丹亭》，则取其殿春也，故又云'春归怎占先'以反映之。"[2] 可见，"柳枝"作为空间中的"物"，在戏曲文本中反复出现多次，必定有其深意。诚如有的学者所言："柳枝除了是身份认同与春天的表记之外，按踏着 Freud 的诠释脚步，定会被认为是男子性器官的变形。而做梦的地方是闺房，梦中的场景却是花园，这两个空间在梦中已完全重叠为一，具有女性子宫的象意。"[3]

笔者揣度"柳枝"的意象或许隐含如下寓意。首先，"柳枝"是梦中书生身份的象征性暗喻物。"柳枝"与后文中出现的"大梅树"无疑暗指了书生的身份。这点与杜丽娘去世前题于桢首之上、暗藏春色的诗句"不在梅边在柳边"不谋而合。在第四十八出《遇母》中，春香在听闻助丽娘回生的书生果真"是岭南柳梦梅"时，当即惊叹道："怪哉，当真有

---

[1] 朱明明：《论〈牡丹亭〉中梅、柳意象的多重内涵》，《中国古代文学研究》2010 年第 10 期。

[2] （明）汤显祖：《吴吴山三妇合评〈牡丹亭〉》，（清）陈同、谈则、钱宜合评，上海古籍出版社 2008 年版，第 22 页。

[3] 张淑香：《杜丽娘在花园——一个时间的地点》，载华玮主编《汤显祖与牡丹亭》，台北"中央研究院"中国文哲研究所 2005 年版，第 271 页。

个柳和梅。"① 可见,"柳枝"和"梅树"都对所梦之人的身份发挥了消除不确定性的"定锚"功能,让读者明确现实中的柳梦梅就是杜丽娘梦中的那个人。其次,"柳枝"素为关乎春天和春情的典型意象。贺知章的《咏柳》云:"不知细叶谁裁出,二月春风似剪刀。"柳树在春天早早爆出鹅黄的新芽。早春时分,湖畔新柳便已早早抽条出芽,提前向人间报出春天来临的讯息。宋代李元膺的《洞仙歌》亦曰:"一年春物,惟梅、柳间意味最深。"② 可见,梅花和柳树,皆尤为关乎春情,令人睹物思春之物。再次,"柳枝"具有的细长柔软等形体特征,可喻指美人腰身之柔美。梦中书生于园中折取垂柳半枝,邀丽娘作诗以赏此柳枝。借助柳枝之形体美来赞美少女丽娘"细、长、柔"的身形之美,以此迅速博取美人之青睐,或许亦是题中应有之义。最后,古人离别时素来有"折柳相赠"之风俗。"柳"谐"留"音,"折柳"寓含"惜别怀远"之意。白居易的《青门柳》云:"为近都门多送别,长条折尽减春风。"杜丽娘梦见书生"折柳",或许还隐含着"梦中短暂欢会后即刻劳燕分飞,不知何日再重逢"的预叙情节之意。

杜丽娘寻梦过程中的记忆空间,除了"牡丹亭"之外,还有一个极其重要的环境意象,即后花园的"大梅树"。剧中,杜丽娘遍寻不见梦中书生、倍感伤心之时,忽然望见一株大梅树,忽觉"梅子磊磊可爱",当即用两支曲抒发此刻的心情:"【二犯幺令】偏则他暗香清远,伞儿般盖的周全。他趁这,他趁这春三月红绽雨肥天,叶儿青,偏进着苦仁儿里撒圆。爱杀这昼阴便,再得到罗浮梦边。罢了,这梅树依依可人,我杜丽娘若死后,得葬于此,幸矣。【江儿水】偶然间心似缱,梅树边。这般花花草草由人恋,生生死死随人愿,便酸酸楚楚无人怨。待打并香魂一片,阴雨梅天,守得个梅根相见。"③ 对于杜丽娘梦境空间中"梅"的意象的反复叙写,隐含作者亦是包含深意。首先,如前所述,"梅"与"柳"一样,都是早早报春的自然意象。皆为关乎春天与春情的典型意象。其次,

---

① (明)汤显祖:《汤显祖集全编》(五),徐朔方笺校,上海古籍出版社2015年版,第2785页。

② 唐圭璋编:《全宋词》,中华书局1965年版,第447页。

③ (明)汤显祖:《汤显祖集全编》(五),徐朔方笺校,上海古籍出版社2015年版,第2649页。

"梅花"傲雪绽放的品格,既象征着杜丽娘不畏艰险的执着人格,又预示其未来命运之坎坷,即将经受"冰刀霜剑"之考验。众所周知,梅花往往在最严寒的时节开放得最为艳丽。严冬寒雪,北风肆虐,其他花朵都已然在冰刀霜剑的摧残下凋谢殆尽,唯有梅花不畏严寒,依旧迎雪吐蕊、凌寒飘香。可见,"梅"的意象象征着杜丽娘如腊月寒梅般不畏险阻、坚贞不屈的高洁人格,同时亦预叙着她在未来逐爱之旅中即将经历的波折与坎坷。杜丽娘在寻梦后病入沉疴,最终在生死轮回中完成了她的青春逐爱探险之旅。经历了生死、死生的轮回考验,杜丽娘依然咬定"柳、梅"不松口,最终赢得了青春与爱情的全面胜利。因此,"梅"的意象极其符合杜丽娘高洁的人格特征,以及未来的命运伏线。再者,"梅"谐"媒"音。杜丽娘与梦中书生在无媒无聘的情况下,幕天席地成就新婚夫妇之礼,于是"大梅树"在杜丽娘的想象中被悄然赋予"媒人"的形象。杜丽娘赞其"伞儿般盖的周全",将这棵大梅树想象成一把偌大的雨伞,可以为他俩的爱情遮风挡雨,保驾护航,护其周全。此外,梅树所兼有的其他特征,如叶儿青、味儿酸、仁儿苦等,俱可隐喻杜丽娘遍寻不到梦中人的辛酸苦涩。人物复杂丰富的内心世界,全然可通过梅树的诸多特征生动地反映出来。

第五节　图像空间

绘画艺术一直被视为空间艺术,但在空间中又包孕着特定的时间。龙迪勇先生认为,图像大体可分为两种类型:一类是以绘画为代表的创作性图像,另一类则是以照片为代表的复制性图像。前者包涵了艺术家的创造,体现了一定的主观能动性;后者则以照相机为中介,主要致力于"物质现实的复原"(克拉考尔语)。这两类图像的本质同一,都具有特定的时间性与空间性。也就是说,无论是创作性图像还是复制性图像,都必须在特定的空间中包孕特定的时间。[1]纵观"临川四梦"戏曲文本,其中共有两处图像空间的叙写:一处在《紫钗记》的第三十四出《边愁写意》,主要运用了虚拟、写意的艺术表现手法;另一处在《牡丹亭》的第

---

[1] 龙迪勇:《空间叙事研究》,生活·读书·新知三联书店2014年版,第413—414页。

十四出《写真》，主要运用了工笔。前者叙写了塞外思乡的李益手绘"边城夜景图"的白描技法；后者叙写了杜丽娘对镜手绘本人写真的全过程。隐含作者在不同的戏曲作品中的这两次图像空间的书写，既有颇多共通，亦有各自独特之处。

一 图像叙事的空间"意象"

"意象是诗人感知并融入自己主观情意的物象，是诗歌中最显在、最直接的表情达意元素"。① 选择性应用典型化、隐喻化的"物"的意象元素是汤显祖戏曲文本图像叙事的显著特点。上述二者皆是单幅图像叙事，即要在一幅单独的图像中达到图像叙事的目的，如何选取并组织最具代表性的图像元素以表达出画者此刻的心境与情愫、如何选取"最富于孕育性的顷刻"（莱辛语）并令观者迅速领悟图像叙事之内蕴，是考量隐含作者图像叙事技巧的关键所在。

《紫钗记》中的"边城月夜思归图"中，隐含作者首先选取日落黄昏时分、飘渺一线的河流、数点汉旌摇动的边城、连绵起伏的短长城、似雪的寒沙、似霜的冷月、布满清霜的受降城等自然风物意象，来寄托塞外将士戍边多年、恋土怀乡的幽怨感伤之情。其次，运用《关山月》《思归引》《阳关曲》《梁州》《梅花》以及"横笛""芦管"等多种声乐意象，反复渲染塞外征夫孤寂悲凉的心灵世界，营造一幅孤寒萧瑟的"月夜征人闻笛望乡图"。再次，隐含作者终不忘巧妙运用"征人"这一人物意象。"待画着征人闻笛望乡也。【前腔】一笛关山韵高，偏趁着月明风袅，把一夜征人，故乡心暗叫。齐回首，乡泪阁，并城堞儿相偎靠，望眼儿直恁乔。想故园杨柳，正西风摇落。"画作中，这些思乡心切的戍旅征人站在高高的城楼之上、并排相互偎靠着、回头深情远眺着各自的故乡，听着高亢凄楚的芦管笛声，想象着此时的故园杨柳树正在西风中簌簌摇落，不禁湿润双眼、泪染征袍。《紫钗记》中的图像叙事，隐含作者精心选取了自然风物意象、声乐意象以及人物意象，营造出一幅意境悠远、凄楚悲壮的"边塞月夜思归图"。

---

① 赵谨、马瑜：《李益边塞诗意象特点探析》，《重庆科技学院学报》（社会科学版）2010年第3期。

二 "写真"的图像叙事策略

"写真"是中国古代人物画像艺术的重要技法之一。"写真"的核心要义是抓住所描画的人物主体最为本真的形貌特征、神韵丰姿,力求形神肖似、生动传神。《牡丹亭》中"写真"情节,并非作者之独创,而是承袭了民间传说中惯用的情节"母题"。唐范摅的《云溪友议》中曾记载薛媛写真寄诗的典故:"濠梁人南楚材旅游陈颍,似无返归之意。其妻薛媛微知其意,乃对镜自图其形,并诗以寄之。诗曰:'欲下丹青笔,先拈宝镜端,已惊颜索寞,渐觉鬓凋残。泪眼描来易,愁肠写出难。恐君浑忘却,时展画图看。'楚材遂归,如初。"[①]然而,这些女性自描春容的情节,多半对于绘画过程一笔略过,而《牡丹亭》中的自画春容却是完整细腻的详叙。

首先,写真的缘起在于丫鬟春香无意间的一句叹息——"再愁烦,十分容貌怕不上九分瞧"。"一生爱好是天然"的杜丽娘这才揽镜自顾,发觉容颜形貌委实消瘦枯萎了许多,心生悲凉,顿生"若不趁此时自行描画,流在人间,一旦无常,谁知西蜀杜丽娘又如此之美貌乎"之"写真"行动的动机。三妇合评《牡丹亭》中陈同评曰:"丽娘千古情痴,惟在'留真'一节。若无此后,无可衍矣。"[②] 她认为,"写真"情节不仅反映出杜丽娘的"情至"特性,更具有承前启后、推动情节结构的叙事功能。其次,隐含作者详细叙写了杜丽娘自画春容的全过程。"【雁过声】(照镜叹介)轻绡,把镜儿擎掠。笔花儿淡扫轻描。影儿呵,和你细评度:你腮斗儿恁喜谑,则待注樱桃,染柳条,渲云鬟烟霭飘萧。眉梢青未了,个中人全在秋波妙,可可的淡春山钿翠小。"

自画像的第一步,先用薄透的丝绡轻柔揩拭铜镜的表面,使之更清晰明亮地映照出本人的倩影。第二步,杜丽娘不急于运笔,先于胸中构思布局,方才缓缓落笔轻描,足见其素来处事稳重的千金腔范。正式作画的过程,次序井然、有条不紊:先画讨喜的腮颊;次画樱桃朱唇、柔美柳目;

[①] 金沛霖主编:《四库全书子部精要》(下),天津古籍出版社1998年版,第190页。
[②] (明)汤显祖:《吴吴山三妇合评〈牡丹亭〉》,(清)陈同、谈则、钱宜合评,上海古籍出版社2008年版,第33页。

再画云鬟发髻、青色眉梢；再次画龙点睛，美目顾盼神飞；最后再添上钿翠装饰。清代陈同对此评曰："先展绢，次对镜，次执笔，淡扫乎？轻描乎？揣思不定。复与镜影评度，然后先画鼻，惟画鼻，故见鳃斗也。次樱唇，次柳眼，次云鬟、次眉黛，最后点睛，秋波欲动。又加眉间翠钿妆饰，徘徊宛转，次第如见。"① 第三步，待到描摹好画中人物主体，再来着手摹画背景、前景以及标志性的"物"以衬托人物——"谢三点江山，三分门户，一种人才，小小行乐，捻青梅闲厮调。依湖山梦晓，对垂杨风袅。忒苗条，谢添他几叶翠芭蕉"。隐含作者有意让画中人手捻极富象意味的"青梅"和"垂柳"。"柳"和"梅"的象征意蕴已在前文中详细探讨，其对于梦中书生身份的隐喻功能不言而喻。画中人的背景即为梦境空间和花园空间中被反复叙写的空间标示物"太湖山石"，画者含蓄隐晦地将花园绮梦中二人的初见地点永久留存于这幅行乐图中，前景再斜添上几叶芭蕉。"芭蕉"的意象在古代文人诗作中常常隐喻着郁结不展的愁闷心情。如李商隐的《代赠二首》中就有"芭蕉不展丁香结，同向春风各自愁"之句。可见，画者欲透过"芭蕉"意象隐晦表露出自游园惊梦后终日郁结愁苦、又不可言说的少女隐秘心事。这些极富意味的"物"的意象的选取，皆是隐含作者匠心独运的结果。

三 图像叙事的编码技巧与解码阐释

汤显祖戏曲文本中的二次图像叙事，既有叙述者又有受述者；既展现了叙述者与受述者神思相通、充满宿命感的天人交感，又是一次饶有意趣的图像叙事的编码、解码的全过程。其中，《紫钗记》的第三十四出《边愁写意》着重叙写了李益含泪描绘"边城月夜图"的构思、绘制全过程，完工后委托军卒王哨儿带给远在长安的妻子霍小玉展看。第三十六出《泪展银屏》叙写了霍小玉展看夫君李益的手自丹青，从题诗和画卷中深情读解出叙述者欲表达的"落月关山横笛吹"的孤寂凄凉与满目边愁。而《牡丹亭》的第十四出《写真》则完整叙写了杜丽娘自手生描二八春容的全过程。从因丫鬟春香叹息愁瘦了春容、起意绘制写真开始，到完整

----

① （明）汤显祖：《吴吴山三妇合评〈牡丹亭〉》，（清）陈同、谈则、钱宜合评，上海古籍出版社2008年版，第33页。

第六章　汤显祖戏曲文本的空间叙事

的作画工序,再到画罢的自评与他评,最后嘱托行家装裱事宜,整个过程一气呵成。而第二十六出《玩真》的整出与第二十八出的《幽媾》部分均详细叙写了柳梦梅的展画观感。

图像的本质在于"脱离了生活之流,它只是一种断裂的、去语境化的存在。脱离背景的'孤立'必然产生歧义。当照片从具体事件的形象流中离析出来之后,由于去语境化(失去和上下文中其他事件的联系),由于在事件链条中的断裂,图像的意义开始变得漂浮和不确定起来"。① 鉴于图像意义的"不确定性"和"去语境化"特征,因而需要与图像相互匹配的文字为其飘忽不定的意义"定锚"。汤显祖戏曲文本的二次图像叙事均采用图文混合模式,每幅图像作品中均嵌有一首题诗。如《紫钗记》的"边城月夜思归图"的题诗云:"回乐峰前沙似雪,受降城外月如霜。不知何处吹芦管? 一夜征人尽望乡。"霍小玉在对图像叙事进行解码的过程中,首先入目的即是这首题诗,即刻从中读出了编码者这幅白描写意图中的"满目边愁"。

而《牡丹亭》"写真"中的题诗尤其耐人寻味:"近睹分明似俨然,远观自在若飞仙。他年得傍蟾宫客,不在梅边在柳边。"第二十六出《玩真》中,柳梦梅展看这幅画卷之初即在观音大士、嫦娥画像以及美人自手描图中徘徊不定,直至看到帧首之上的题诗,方才顿悟"此乃人间女子行乐图也",接着又被诗中那句"不在梅边在柳边"给震撼住了,细细思忖道:"【集贤宾】望关山梅岭天一抹,怎知俺柳梦梅过? 得傍蟾宫知怎么? 待喜呵,俺姓名儿直么费嫦娥定夺? 打磨呵,敢则是梦魂中真个。好不回盼小生。"② 柳梦梅单看这幅人间女子行乐图,只被画中美人姣好的容颜身姿所迷倒,瞬间有种梦中美人、似曾相识的宿世交感,不由发出"成惊愕,似曾相识,向俺心头摸"之慨叹。然而,题诗中猜测未来夫婿的姓名中必含"柳""梅"二字,亦是牢牢锁定拾画者"目光"的重要媒介。在反复猜度揣测画中人的真实意图和题诗动机的过程中,柳梦梅的注意力全然被图像叙事所吸引。连同画中人缘何手捻青梅,"活似提掇小

---

① 龙迪勇:《空间叙事研究》,生活·读书·新知三联书店2014年出版,第421—422页。

② (明)汤显祖:《汤显祖集全编》(五),徐朔方笺校,上海古籍出版社2015年版,第2700页。

生一般",也令解码者费尽思量。可见,汤显祖戏曲文本中的图像叙事的图文互补模式,巧妙弥补了单纯图像意义表述的不确定性,很好地为意义"定锚",推动了情节的发展进程。

四 图像叙事中隐喻的时空观

汤显祖戏曲文本中的二次图像叙事均刻意采用背景广阔、人物渺小的空间模式,隐喻着隐含作者意欲表达的人生哲学及其颇具深意的时空观。《紫钗记》的图像空间中描绘了"阳关落照,尽断烟衰草。河流一线,那更鸿飘渺"般宏伟悲壮的自然风物景色,对比映照下凸显了人物在广袤苍穹之下的渺小与寂寥。《牡丹亭》的图像空间的表现手法亦是背景较大而人物较小。"三点江山,三分门户,一种人才,小小行乐",足见画中那远景的山水风物和近景的庭院假山、芭蕉垂柳,一齐映衬着人物"小小"的行乐图。这种空间的处理方式,正体现出汤显祖戏曲文本的隐含作者独特的人生哲学和宇宙时空观:人类自负为宇宙的中心,其实与浩渺无垠的宇宙苍穹相比,短暂的人生百年不过只是沧海之一粟,渺小至极。尤其在边塞图中,与长河落日、大漠孤烟、变幻诡谲的烟雾云霜的大背景相比,小小的人类不可抗拒地居于羸弱渺小的弱势地位,无从掌控个人的命运,生老病死的宿命规律皆身不由己。这种人生哲学和时空观投射到图像空间中,自然会在人类与自然背景的构图比例上有所侧重。人类的渺小与自然的浩大形成的强烈反差引发了读者对于人生、对于自然、对于宇宙、对于人类的终极命运的反思与追问。

五 图像叙事的叙事模式

《牡丹亭·写真》图像叙事运用"纲要式叙述"模式,即"在一幅单独的图案中,将故事各发展阶段中的多个事件要素'纲要式'地'综合'在一起,从而让人在意识中完成整个叙事过程。这种叙述模式的时间处理要点是:把相继发展的属于不同时段的'瞬间'提取出来,并通过一定的组合方式,把它们并置在同一个空间,表现在同一个画幅上"。[①]《牡丹亭》的图像叙事正是选取可以表征三种时间向度的空间意象,并置于同

[①] 龙迪勇:《空间叙事研究》,生活·读书·新知三联书店2014年版,第439页。

一个图像空间中,"既让人看得出前因(过去),也让人看得出后果(未来),使前前后后都可以从这一顷刻中得到最清楚的理解"。① 譬如,"依湖山梦晓,对垂杨风袅"中的"太湖山石""垂柳""青梅"等均为过去时间向度(梦境空间)中曾出现过的空间意象。而画中人物主体的倩影又是依照现在时间向度中本人的形容风貌描画而成,"芭蕉"意象亦是表征画中人此刻愁闷心绪的隐喻意象。而题诗中云"近睹分明似俨然,远观自在若飞仙。他年得傍蟾宫客,不在梅边在柳边",只因杜丽娘的花园绮梦中,"有一个曾同笑,待想像生描着,再消详邈入其中妙。则女孩家怕漏泄风情稿",因而巧妙地将未来时间向度中的夫婿名姓隐晦地藏匿于题诗之中。正如张淑香教授所说:"自画像是青春之爱的秘图,是心灵翰墨,在恐惧一旦无常的冥冥意识中,暗期将生命的线索留与能够解码知重的'那人'。自画像负载着她生命的全部热情、秘密与希望,意义非凡。"②

要之,在图像空间中同时并置过去、现在和未来向度的时间和情节,通过描绘富有隐喻和象征意味的"物"的意象,让各自时间中的情节片段在图像空间中自行播放,令单幅图像叙事具有连续图像叙事的特点,实属汤显祖戏曲文本的隐含作者之创举。"在《牡丹亭》之后,明清传奇继承女子自写真容'写真'母题的作品有:吴炳《疗妒羹》、冯梦龙《风流梦》、张道《梅花梦》、钱惟乔《鹦鹉媒》等。"③ 从这个意义上说,《牡丹亭》对"写真"母题的图像叙事模式具有承前启后之功。

第六节 "空间之物"的叙事功能

我国经典戏曲文本中的"空间之物"历来不虚设,在有限的戏曲文本中反复出现的"物"的意象,往往皆是"隐含作者"托物言志的叙事手法。有学者将之称为"戏眼"④,"由于戏眼在纷纭复杂的情节或非情节

---

① 龙迪勇:《空间叙事研究》,生活·读书·新知三联书店2014年版,第428页。
② 张淑香:《杜丽娘在花园——一个时间的地点》,载华玮主编《汤显祖与牡丹亭》,台北"中央研究院"中国文哲研究所2005年版,第277页。
③ 张岚岚:《明清传奇"写真"母题研究》,《中州学刊》2014年11期。
④ 程国赋:《唐代小说嬗变研究·结构原则》,广东人民出版社1997年版。

线索之中，别具匠心地重复出现，在重现之中又包含着意义的增加和递进，蕴含着特殊的审美的意味，这是戏眼所具有的本体意义"①。汤显祖戏曲文本中的一大叙事亮点即是巧用特定的"空间之物"以串联关目、预设情节、承前启后，甚而发挥重要的叙事结构功能。

一 《紫钗记》中的"物"——"紫玉钗"

然相较而言，后二梦中"物"的叙事分量、叙事功能皆远不及《紫钗记》中的"物"——"紫玉钗"。

（一）"紫玉钗"成为剧名的由来

汤翁在《作者题词》中谈及剧名由来时云："南都多暇，更为删润，讫，名《紫钗》。中有紫玉钗也。"可见，"紫玉钗"作为全剧的中心物件，承载着作者命意之思。以"紫玉钗"命名的《紫钗记》中自然离不了围绕着"紫玉钗"来设计的情节，全剧第三出《插钗新赏》、第六出《堕钗灯影》、第七出《托鲍谋钗》、第八出《佳期议允》、第四十四出《冻卖珠钗》、第四十五出《玉工伤感》、第四十六出《哭收钗燕》、第四十七出《怨撒金钱》、第五十出《玩钗疑叹》、第五十二出《剑合钗圆》这十出皆围绕着"紫玉钗"来铺陈叙事，"紫玉钗"这个中心道具亦巧妙自然地贯穿始终。

（二）"紫玉燕钗"为人物形象的隐喻意象

全剧多处浓墨重彩地叙写了"紫玉燕钗"通透无瑕的状貌，寄托了其主人霍小玉温润纯和、坚贞如玉的人物形象隐喻。难能可贵的是，尽管剧中多处提及此钗，但每次叙写的重点都不尽相同，凸显了作者高超的状物抒情的功底。如第三出《插钗新赏》中，小玉初见老玉工侯景先精雕细琢完工的"紫玉燕钗"时，惊叹其"玉工奇特，红莹水晶条。学鸟图花，点缀钗头金步摇"。这里霍小玉仅对"紫玉钗"的形态轮廓、整体观感简单抒发情感，而后在第七出《托鲍谋钗》中，鲍四娘进一步对"紫玉钗"的状貌质感予以详细的描摹："【啄木公子】波文莹，钮叠明，点翠圈珠珑嵌的整。透紫琼枝，似阑干日漾红冰。"足见"紫玉钗"是一枚

---

① 吕贤平：《作为叙述符号存在的人和物——论汤显祖戏剧中人和物的叙事作用》，《漳州师范学院学报》（哲学社会科学版）2005年第3期。

精工细琢、温润玲珑的好钗。二出皆以"紫玉钗"的晶莹剔透,侧面烘托出女主人公霍小玉纯洁无瑕的人物品性。

(三)"紫玉燕钗"具有连缀、推动剧情发展的叙事功能

围绕着"紫玉燕钗",全剧在"制钗—堕钗—钗媒—卖钗—哭钗—念钗—钗疑—钗圆"这条情节线索中起承转合、跌宕起伏。隐含作者借用了"紫玉燕钗"中"燕"之"单"与"双"、"去"与"回"来巧妙隐喻李、霍二人的悲欢离合。

如第八出《佳期议允》中鲍四娘问及小玉缘何李益拾钗时,旦曰:"单飞燕也钗,双飞燕也钗。双去单来,单去双来。可似绕帘春色,还上我玉镜妆台?"鲍四娘云:"你说着玉镜台,李郎就是,便将此钗来求盟定。"直至二人喜结良缘后,至此"单了一只"的"紫玉燕钗"终于凑成双了。可见,"紫玉燕钗"是作为二人天缘邂逅的定情信物、订婚信物而存在的。然而,权相卢太尉仗势欺人,将李益禁足馆中,欲强招为婿。已为寻访李益消息耗尽家资的霍小玉,听闻此事后怒卖珠钗,临卖前恋恋不舍地唱道:"【香柳娘】看钗头玉燕,嘴翅儿活在,衔珠点翠堪人爱。双飞玉镜台,双飞玉镜台,当初为此谐,一旦将他卖。"此时,此钗又见证了二人的濒临破裂和相互猜忌。就在丫鬟临走时小玉又一次嘱咐:"燕钗梁乍飞,燕钗梁乍飞,旧人看待,你休似古钗落井差池坏。倘那人到来,百万与差排,赎取你归来戴。"足见小玉对此钗非同寻常的感情,此钗已超越了普通之"物"而上升至"旧人看待"的故友,恰如小玉对二人情感的珍视。

在第四十六出《哭收钗燕》中,李益在听说堂候官老婆假扮的鲍三娘谎称小玉已卖钗改嫁时,发出了"小玉姐,痛杀我也!气咽喉嘎,恨不得把玉钗吞下"的悲号。此时"紫玉燕钗"见证了生性软弱的李益对霍小玉仍顾念旧情并非薄情负心的事实。而在戏曲的尾声部分第五十二出《剑合钗圆》中,对见面后的李霍二人冰释前嫌、重修旧好起到关键作用的,除了黄衫豪客以外,还有这对珍贵的"紫玉燕钗"。小玉见"紫玉燕钗"完好无损地被李益随身携带、揣在袖中后,顿生感动,且惊且喜地谅解了他此前的种种辜负。"玉钗红腻,尚依然红丝系持。磊心情儿粟明珠,点颜色片茸香翠。侧鬓儿似飞,懒妆时似颓,病恹恹怎插向菱花对?"善良如斯的女子值得李益的珍惜。李益此时也藉由"紫玉燕钗"来

表达破镜重圆而百感交集的心情:"燕钗重会,与旧人从新有辉。影差池未渍香泥,翅毸毸尚萦纤蕊。压云梳半犀,袅风鬟半丝,恨呢喃诉不出从头事。"此处借用紫玉燕钗失而复得后的"影差池未渍香泥",来表现尽管历经波折,二人依然互为坚守、未染污泥、完好如初,也算得上是差强人意的圆满结局吧。可见,"紫玉燕钗"在全剧中充分发挥了点明剧名由来、塑造女主人公形象的隐喻意象功能以及推动情节发展的叙事结构功能,集多重功能于一身,令《紫钗记》在汤显祖戏曲文本中亦具独特的叙事特色。

二 《牡丹亭》中的"物"——丽娘"写真"

《牡丹亭》中同样出现了不少连缀前后的空间之物,如"柳枝""梅树"等意象始终穿插于全剧之中。从丽娘的"游园惊梦"到"花园寻梦",再到丽娘的反复叙梦,"柳枝"与"梅树"等意象均在剧中反复出现,不断提示核心叙事信息:丽娘未来夫婿之姓氏"不在梅边在柳边"。然而,《牡丹亭》中无一空间之物的叙事功能堪与丽娘"写真"相比,它才是全剧当之无愧的关键"戏眼"。

本书第六章第五节已将丽娘的"写真"作为一种图像叙事策略进行解析,本节主要探析"写真"作为空间之物的叙事功能。毋庸置疑,《牡丹亭》中丽娘的"写真"发挥了重要的人物塑造功能。

(一)丽娘"写真"为一种独特的人物塑造法

《牡丹亭》戏曲文本中的空间之物丽娘"写真",不仅使女主人公杜丽娘的人物形象有了立体直观的视觉效果,而且对男女主人公内在性格的塑造也发挥着意想不到的作用。

该剧第十四出《写真》中,丽娘对着铜镜、凭借想象生描出自家的"人间女子行乐图"。画中人的容颜、韵态与真人无异,连丫鬟春香都称赞"似空花水月,影儿相照",足以彰显丽娘绘画功底之深厚。

众所周知,诗画结合之实质是漂浮意义定锚的过程。丽娘"写真"终能被柳生拾得并品出真味,也主要依托丽娘手绘写真时所题的帧首题诗——"近睹分明似俨然,远观自在若飞仙。他年得傍蟾宫客,不在梅边在柳边"。只此一首绝句,即让柳梦梅在第二十六出《玩真》中好奇心倍增、大费思量,"望关山梅岭天一抹,怎知俺柳梦梅过?得蟾宫客知怎么?"还顺便与第二出《言怀》中致使自己改名换姓的前梦①联系起来,思考"打磨诃,敢则是梦魂中真个"。

细读文本,柳生对这幅写真的详细端详绝不仅限于绘画,还包括画上之题诗与画者之书法。在第二十六出《玩真》中,柳生看罢连声赞叹自愧不如:"小姐画似崔徽,诗如苏蕙,行书逼真卫夫人。小子虽则典雅,怎到得这小娘子?"后又赞曰:"他能绰斡,会写作,秀入江山人唱和。"可见,柳生起初被画中人之绝美容貌所吸引,继而为作画人之绝世才华所折服。由外在转而内在,才是维持长久吸引力之关键。最终,才学绰约的柳生也忍不住于其后步韵一首——"丹青妙处却天然,不是天仙即地仙。欲傍蟾宫人近远,恰些春在柳梅边"。既巧妙夸赞了画中人的容貌与才华,更有小娘子寻觅多时的"蟾宫客"即为柳梦梅之身份自觉,彰显其腹有诗书气自华的主体自信,而这份"懂得与自信"也正是丽娘一直寻寻觅觅的那个才华学识堪与自己旗鼓相当的"知重"②之人。

此外,"写真"还反映出丽娘是个极为顾及家族荣誉以及个人名声的细致入微的女子。第二十出《闹殇》中,弥留之际丽娘还想起写真之留存事宜,再三嘱托丫鬟春香:"我那春容,题诗在上,外观不雅。葬我之后,盛着紫檀匣儿,藏在太湖石底。"后被春香问及原委曰:"有心灵翰墨春容,傥直那人知重。"可见,丽娘既要顾全家族声誉而将写真"藏"起来,又期待倘若有朝一日能被知重之人拾到并体会其于诗画间的一片痴心,如此细腻且矛盾的女儿心,一并由这幅"写真"给反映出来了,体现了作者的匠心独运。

由此可知,丽娘"写真"不仅成功塑造了女主人公杜丽娘美貌端庄、才华横溢、思虑周详、老成持重的人物个性形象,而且也凸显了男主人公

---

① 第二出《言怀》中柳生梦到一园,梅花树下,立着个美人,不长不短,如送如迎。美人说道:"柳生,柳生,遇俺方有姻缘之分,发迹之期。"因此柳生改名梦梅,以春卿为字。柳梦梅见写真帧首题诗既提及"梅边柳边",又强调"蟾宫客",不禁联想起前梦,故而《牡丹亭》经由一幅"写真"将前后情节巧妙地串联起来。

② 第二十出《闹殇》中,丽娘曰:"有心灵翰墨春容,傥直那人知重。"即是丽娘临终前期盼能遇着那个爱惜珍重自己并懂得自己的心上人。笔者素来认为,从第十出《惊梦》中书生对丽娘所说的"几句伤心话儿"到第二十出《闹殇》丽娘一直苦觅的是能懂得自己并珍惜自己的知音,"知重"二字实为杜柳二人相爱、相知、相惜之题眼,而非仅出于丽娘青春萌动期的欲望激情。

柳梦梅的极强的逻辑推理能力、出众的才华学识以及对诗词书法的艺术鉴赏力，发挥了意想不到的人物塑造功能。

(二)"写真"发挥串联情节、推进叙事进程的结构功能

丽娘"写真"还发挥了串联情节、推动叙事进程的结构功能。

第一，往前追溯，第十四出《写真》中的这幅生描手绘的"写真"的诞生，顺理成章地承接了此前的第三出《训女》、第七出《闺塾》、第九出《肃苑》、第十出《惊梦》、第十一出《慈戒》、第十二出《寻梦》的情节发展脉络，点明这幅"写真"正是在封建礼教的封锁桎梏下的必然产物，杜太守的外出劝农则为"写真"的诞生创造了先决条件，母亲的叮咛慈戒又为丽娘之后的重病早逝提前预叙了可能性。

第二，以第十四出《写真》为节点往后观之，"写真"先是直接引出了第二十二出的《闹殇》。在该出中，丽娘在弥留之际仍不忘嘱托春香，将自家春容盛于紫檀匣中藏于太湖石底，将女孩儿家"既怕人看到、又怕人看不到"的矛盾细腻的闺阁心理，描摹得活灵活现、纤毫毕露，也同时塑造了更为立体丰满的人物形象。随后剧情自然合情合理地到了第二十四出《拾画》。大病初愈的柳梦梅终于在万众期待中踏入荒废已久的梅华庵的后花园。他果真在太湖山石之下发现了一个檀香匣儿，打开匣子一看竟有一幅观音喜像，于是决定把匣子捧到书馆中顶礼供养。这则全然呼应了《闹殇》中丽娘的周密思量——有意选用经久耐腐的檀香木匣容器盛放写真才不至潮湿腐坏，特意置于太湖山石之下才能被有心人发现。在这一出，女主人公杜丽娘一切的良苦用心终于盼着了前世命定的有缘人，也算是夙愿得偿；接着，又径直引出了第二十六出《玩真》的情节内容。这一出一波三折的"猜画"心路历程尤为出彩。从观音大士到嫦娥仙子再到人间女子行乐图，经由各种细节特征、逻辑推理，否定之否定，最终鉴定其为美人自手亲描的行乐图，对于塑造细心睿智的男主人公人物形象发挥了助推作用。从画像到题诗，每一个细节都直接呼应了前面第十四出《写真》中的隐含作者的巧心设计。画中人手中的半枝青梅、题诗中的"不在梅边在柳边"均或显或隐地提示着男主人公的姓名，引发了猜画人的无穷好奇心一探究竟，紧接着，又引出了第二十八出《幽媾》的后续情节。该出的前半段叙述了柳梦梅继续展画端详、沉浸于近乎痴狂的迷思状态。与前面几出相比，

该出有意加重了男主人公对画中美人的痴盼力度，以至于恨不能"抱着你影儿横塌"，为引出下半段丽娘因感动而"展香魂去近他"做足了前期情感铺垫。而让丽娘游魂下定决心的"催化剂"之一仍是这幅"写真"。先是听见柳生夜夜唤真真的声色之哀楚凄绝，后又潜入其房中见其高挂自家写真细玩暗揣，更为感动的是见其在自己题诗后面和诗一首，留下的名字正是"岭南柳梦梅"，暗自慨叹"梅边柳边，岂非前定乎"，这才真正下定决心与之幽媾结缘。从电影叙事学的视角观之，此出似有将镜头画面一分为二的画面感——左半边演绎男主人公的痴狂唤叫，右半边演绎女主人公的感应感动。在数百年前的明戏剧中即能呈现此般对比强烈的画面，不能不说堪称一奇也！

再次，二人人鬼幽媾后的叙事进程依然离不开"写真"这一核心线索。第三十二出《冥誓》中，柳梦梅再三问及杜丽娘的家室门庭，丽娘担心直接言及鬼魂幻化会吓走心上人，于是有意运用延宕叙事技巧迂回延挪，待柳生盟香起誓后，故意远远从拾画说起，问自己与画中人容貌可有几分相似。让柳生自以为一片至诚之心感动上苍，故而让画中美人现身了其心愿，故而感恩于天赐良缘，之后的鬼神之说也不至于惊恐退缩了。此处的"写真"再度发挥了神奇的叙事效果，隐含作者将"延宕""停顿""那碾"等叙事技巧发挥得淋漓尽致，一出好戏引人至胜。

到了第三十九出《如杭》，依然抛不开"写真"的影子。杜柳夫妇二人来到京都，猛听闻考场已开，丽娘立刻勉励夫君即时赴考，其运用的激励手段即是巧妙引用其写真上的题诗，"盼今朝得傍你蟾宫客，你和俺倍精神金阶对策"。写真上的"蟾宫客"三字，暗含了当年丽娘对未来夫婿仕途精进的殷殷期盼和强大信心。如今用于此出，既顺理成章又呼应前文，关目针线之缜密令人叹服。

更妙的是，丽娘最后那一句"高中了，同去访你丈人、丈母呵。则道俺从地窟里登仙那大喝采"，又自然引发了后续第四十四出《急难》与第五十三出《硬拷》的情节线索。在第四十四出《急难》中，柳梦梅受妻子丽娘之嘱托，前往淮扬打探父母的下落。柳生担心陡然拜见岳翁岳母，问及回生之事如何应答。机智的丽娘立马想到让他随身带着自己的写真，如此见着丈人也好证明身份。可谁知，正是这一张曾随丽娘下葬的祭品写真，即引发了后续杜太守误以为柳梦梅乃盗墓贼的一系列误解剧情。

从常理推断，杜太守的这些误解实乃合乎情理，女儿生前随葬之物徒然出现在一个素昧平生的陌生男子手中，不是盗墓贼又是什么。于是，之后的严刑拷打、拒不相认等情节，均由这幅"写真"而起，一切都在意料之外，又都在情理之中。一幅"写真"既成就了杜柳二人的人鬼情缘，又导致了后续的翁婿误解，可谓将"空间之物"运用到极致化境之典范，令人啧啧称奇。

（三）凸显"天人交感"的隐性叙事主题

承第一章所述，五十五出的鸿篇巨著《牡丹亭》的叙事主题是"情的历险"以及"时间与人生"，实则其还暗含一条较难发现的隐性叙事主题，即"天人交感"的宿命观。女主人公杜丽娘与男主人公柳梦梅在人物命运展开的进程中，始终笼罩在这层"天人交感"宿命观的叙事逻辑之下展开情节、铺陈故事。

第十四出《写真》之际，丽娘即有意将少女未竟心事藏于帧首题诗之中，期待将来某日能有梦中的"那人知重"，拾得此画并品味诗句，猜透她幽怨神秘的题诗谜底。而此后的《拾画》《玩真》等出，充分体现了隐含作者的"天人交感"的隐性叙事主题。男女主人公，一个祈愿，一个应验；一个留画，一个拾画；一个出题，一个猜谜；一个信真有拾画人，一个信画中人是真；一个信能"月落重生灯再红"，一个信三道轮回、果能复生。正是基于这种"天人交感"的宿命感，才能将原本人鬼殊途的二人命运交缠联结起来，让不可思议的人鬼情未了的故事真实发生。

而由"天人交感"隐含叙事主题引发的"相信的力量"，最终成为支撑全剧情节的结构骨架。隐含作者打破时代观念之局限，对于杜丽娘因情感梦、因梦而亡、杜柳二人宿命交织的人鬼情缘所持的认同态度，首先即基于这种宿命般的前世命定和天人交感，其次基于二人"门当户对"的才情与相知相惜的懂得。从第十出《惊梦》中书生对丽娘说的"几句伤心话儿"到第二十出《闹殇》，丽娘一直苦觅的是能懂得并珍惜的知音，"知重"二字实为杜柳二人相爱相知相惜之题眼，而非仅出于青春萌动期的欲望激情。其中亦体现隐含作者所持"高山流水，引为知音，相知相惜，旗鼓相当"的婚恋价值观。

三 《南柯记》中的"金凤钗"与"文犀盒"

《南柯记》中的"金凤钗"与"文犀盒"在其改编蓝本《南柯太守传》中未曾出现，纯属隐含作者创造性的新增之物，却发挥了意想不到的重要叙事功能。此二物在剧中反复出现之"物"，堪称该剧之"题眼"。

（一）二物出现于剧中关键叙事节点，堪称首尾点睛之笔

二物的第一次出场时在第五出的《宫训》。蚁后为给其女瑶芳公主人间择婿，特派郡主琼英、灵芝夫人、上真仙子三人通往扬州孝感寺听契玄法师讲经。瑶芳公主欲求同往，却碍于公主之尊而不可出游，灵机一动献出了其珍藏的二大宝物，即金凤钗和文犀盒，让她们代为献于禅师讲下，以表微情。

二物的第二次现身是在第七出的《偶见》，此节只是承前启后的过路桥段。琼英郡主等三人依言前往禅智寺报名、孝感寺听经。琼英郡主果然不忘将瑶芳公主的玉钗犀盒献于禅师讲前。后偶遇男主人公淳于棼自告奋勇帮忙挂香汗巾于竹枝上，三人通过其积极主动的行动，断定其正是适合成为驸马的"有情人"。

二物的第三次出现是在第八出《情著》中。淳于棼见到瑶芳公主进献的"金钗犀盒"时，倍感惊奇地慨叹道："人与物皆非世间所有。"更有甚者，爱屋及乌、由物及人地惋惜道："妹子，妹子，你有凤钗犀盒，央他送在空门，何不亲身同向佛前啰，和我拈香订做金钿盒？"这番脱口而出的钟情语立刻被几位有心的姑嫂视作"有情人"的力证。淳于棼也因而被彻底相中，认定为堪与公主匹配的"有情人"和"有缘人"，此二物亦成为二人的定情盟约之物。

二物的最后一次出现则是在最后一出《情尽》中。在这一结束关目中，契玄法师欲为淳于棼了除人世间的一切情感纠葛，与一片幻境中与其逝去父母、亲友、仇敌、妻子等一一告别。淳于棼在人世间的一切爱恨情仇均已终了，唯独仍与其深爱多年的妻子瑶芳公主痴痴缠缠、难舍难分，恰逢此关键节点上，契玄法师猛持剑砍断情缘，并施法将二人"一见留情之物""金钗犀盒"现出原形，却原来"金钗是槐枝，小盒是槐荚子"，遂被醒悟过来的淳于棼丢弃一旁、弃若敝屦。

由上可知，"金凤钗"与"文犀盒"此二物，在剧首发挥了"定情信

物"的叙事功能,而在剧尾则发挥了"破情证物"的叙事功能。前者"因物留情",后者"因物断情",颇有"成也萧何败也萧何"之悲怆感。同一物在故事首尾的叙事关键节点上,竟然发挥了迥然相异的叙事功能,也是一奇。

(二) 二物在不同的叙事节点具有不同的象征隐喻功能

"金凤钗"与"文犀盒",作为人间罕有的奇珍异宝物象在剧首出现时,表征着瑶芳公主尊贵的身份与绰约的品味,令男主人公睹物思人、爱屋及乌,顷刻间对如此珍稀尊贵的宝物之主人生出爱慕之意,直接串联了后续的成婚相守的情节。

而第四十四出《情尽》中二物现出原形,却原来"金钗是槐枝,小盒是槐荚子",其背后的象征符码表征着男女妄情的粗糙俗滥、一文不名。由那般珍贵稀罕的奇珍异宝,瞬间降格为如此廉价俗鄙、一文不值之物,前后价值的瞬间贬值也同时消弭了曾经的"定情信物"之价值感。欲批判南柯一梦之"梦"的抽象虚无,必须经由"物"的具体实在来体现。通过男主人公最终认清了"物"的贬值和真相,实现了从对"物"的"断舍离"到对"情"的看破看空,最终实现其终极叙事目的——四大皆空、立地成佛。可见,在《南柯记》中"金凤钗"与"文犀盒"实则发挥了点明主旨、升华主题的叙事功能。

四 《邯郸记》中的"葫芦磁瓦枕"

若要论汤显祖五部戏曲文本中篇幅最短的《邯郸记》中的具有关键性叙事功能的"空间之物",自然非吕洞宾的"葫芦磁瓦枕"莫属。尽管此枕在改编蓝本唐代沈既济的《枕中记》中亦被提及,就连小说篇名也由此得来,但其中只有寥寥数语概述其外观形态,而汤公戏曲文本中却用了大量篇幅来为其进行铺陈、强调,并将之巧妙贯穿于全剧之中,贯穿前后、首尾呼应,发挥极其重要的叙事隐喻功能,令人印象深刻。

"葫芦磁瓦枕"的第一次出场在《作者题词》——"《邯郸梦》记卢生遇仙旅舍,授枕而得妇遇主"。寥寥数语即点出"葫芦磁瓦枕"这一空间之物在全剧中起到引出下文的核心作用。

接下来的第三出《度世》中,首先交代了"葫芦磁瓦枕"所暗含的象征隐喻意味——"枕是头边枕,磁为心上慈"。可见此枕并非寻常之枕，而是可度人济世的神奇磁枕。关于该磁枕的外形样貌，在第三出与第四出中均作了详细说明，凸显其具有如下特征。一是此枕制作工艺乃仙料仙骨，虽则是磁瓦枕却不可碎。原因在于其构造成分为"黄婆土筑了基，放在偃月炉。封固的是七般泥，用坎离为药物"，尽是仙物所筑。烧制过程也是仙家方有——"扇风囊随鼓铸，磁汞料写流珠。烧的那粉红丹色样殊，全不见枕根头一线儿丝痕路"。二是此枕造型奇特，两头有二孔。吕洞宾解释曰"这是按八风开地户，凭二曜透天枢"。正是这奇特的造型决定了后续奇特的功能。三是此枕功效神奇，助推了男主人公卢生一生的荣华富贵之梦。第四出《入梦》中，吕洞宾授予困倦的卢生此枕之时，已将其日后的黄粱美梦提前预叙——"你枕此枕呵，敢着你万事如期意气高"。

值得一提的是，在第三出《度世》与第四出《入梦》中，隐含作者有意将粗野山民与半仙卢生作了巧妙的对比叙事。面对同样一个造型奇特的磁枕，前者满是鄙夷嘲讽，而后者则充满了好奇敬畏，凸显出仙家只度"有缘人"。隐含作者特意浓墨重彩地描绘了卢生眼中之磁枕的独特造型："这枕呵，不是藤穿刺绣锦编牙，好则是玉切香雕体势佳。呀，原来是磁州烧出的莹无瑕，却怎生两头漏出通明罅？"一番话将有缘人对于此磁枕的真实观感描摹得活灵活现。最终卢生入枕的行动也是极其富有戏剧性，他仔细观察枕两头的孔洞发现里头透光，带着强烈的好奇心他索性跳入枕中，竟发现一条齐整的官道，走着走着又看到一座红粉高墙，于是"得妇遇主""官运亨通"的后续情节也由此展开。

"葫芦磁瓦枕"的最后一次出场，自然出现在尾声第二十九出《生寤》。卢生在梦中一一实现了其建功立业、出将入相、列鼎而食、选声而听的各色梦想后，一亡梦醒。醒来后发现眼前不尽的繁华相俱已消失不见，慨叹"六十年光景，熟不的半箸黄粱"。回顾梦前事宜，自然离不了追溯到"当初是打从这枕儿里去"。待其提起枕头仔细端详，生出无限疑惑："枕儿内有路分明留去向，向其间打滚，影儿历历端详。难道这一星星都是谎？怎教人不护着这枕儿心快？"

入梦是"葫芦磁瓦枕"，出梦也是"葫芦磁瓦枕"，既为因，又为果，巧思如是。如此空间之物，贯穿首尾、串联。

综上所述，汤显祖五部戏曲文本中的空间之"物"，实则是一个个意蕴丰富的隐喻符码，分别发挥了不断提示核心叙事信息、点明主旨、升华主题、揭示剧名由来、塑造女主人公形象的隐喻意象功能以及推动情节的叙事结构功能等"功能多价"的叙事功能，值得进一步深入细究。

小结

本章着重论述了汤显祖戏曲文本中表现较为突出的五种空间叙事，即地理空间、花园空间、梦境空间、记忆空间、图像空间等五种独具特色的空间叙事及其善用"空间之物"的叙事技巧。其中，地理空间的方位布局叙事，不仅展示了一种宏观上的地标布局图景，更为重要的是从中揭示出人物复杂隐秘的内心世界。"花园"空间的独特内蕴及其叙事功能，须与人物生活于其中的诸多空间，如家宅中的"绣房""后堂""书堂"等打通一气、合而观之。隐含作者综合运用视觉、听觉、触觉等多维感知方式，立体真切地将人物置身花园之中的细腻丰富的内心观感传神地叙写出来。就在杜丽娘的精神世界即将面临"书堂"这座精神囚牢的全面侵占之际，"花园"的发现无疑为其少女自然天性的启蒙提供了一个绝妙的空间。在梦境空间中，隐含作者多次切换不同的叙述方式，转换不同的叙述者和受述者，反复叙写杜丽娘梦中的情节，最大限度地呈现了一个光怪陆离而又旖旎多情的梦境空间。在图像空间中，隐含作者同时并置过去、现在和未来向度的时间和情节，通过描绘富有隐喻和象征意味的"物"的意象，让各自时间中的情节片段——从图像空间中自行播放，令单幅图像叙事具有连续图像叙事的特点。"空间之物"发挥了不断提示核心叙事信息、点明主旨、升华主题、揭示剧名由来、塑造女主人公人物形象的隐喻意象以及推动情节的叙事结构功能等"功能多价"的叙事功能。

第七章　汤显祖戏曲文本的听觉叙事

20世纪60年代，加拿大学者罗伯特·默里·谢弗（Robert Murray Schafer）首度"将'声音'（sound）与'风景'（landscape）两个英文词合成一个新词——'声音图景'（soundscape），由此诞生了一个新概念"。近年来，文学研究领域出现了不少关乎"听觉转向"的"声音"，然而"听觉叙事"这一概念的正式提出，是在傅修延先生的新著《中国叙事学》中。他在书中第十章"听觉叙事发微"中指出："听觉叙事研究的意义，在于通过弘扬感觉在文学中的价值，达到针砭文学研究'失聪'这一痼疾的目的。由于汉语中缺乏相应的话语工具，有必要创建与'观察'平行的'聆察'概念，引进与'图景'并列的'音景'术语。……听觉叙事的研究的一项要务是'重听'经典，过去许多人沉湎于图像思维而不自知，'重听'作为一种反弹琵琶的手段，有利于拨正视听失衡导致的'偏食'习惯，让叙事经典散发出久已不闻的听觉芬芳。"[①]

"音景"是听觉叙事研究中的一个重要概念。依照默里·谢弗先生的说法，声景的描述可被区分为三个互不相同的层次。第一个层次是调性（keynote）。调性起着一个背景声音的作用，可以作为声音的"基础"（base）或"背景"（fond）。调性与声音信号之间的关系，好比视觉上底色背景与人物的关系。第二个层次是声音信号（signal）。置于"背景声"（background sound）之上的是"前景声"（foreground sound）。"一个声音信号就是一个声音，不管它是什么，我们都会有意识地对其投注注意力。"第三个层次是声音印记（soundmark）。声音印记相当于一个声音段落的片头曲（jingle），可能是某个职业富有特征的声音，或与我们紧密联系、给予感情投射及其

[①] 傅修延：《中国叙事学》，北京大学出版社2015年版，第239页。

附加象征价值的那些熟悉的声音。①傅修延先生对声学意义上的"音景"的三个层次作了更为形象的解释:"定调音"(keynote sound)确定整幅"音景"的调性,形象地说它支撑起或勾勒出整个音响背景的基本轮廓;"信号音"(sound signal)就像"背景"(background)之上还有"前景"(foreground)一样,有些声音在音景中因个性鲜明而特别容易引起注意,如口哨、铃声和钟声等就属此类;"标志音"(soundmark),这个概念由"地标"(landmark)一词演绎而来,是构成"音景"特征的标志性声音。②

基于上述,本节旨在"重听""临川四梦"戏曲文本中的听觉叙事,试图发掘五部戏曲文本中"蒙尘已久"的"音景"空间、声音叙事的叙述机制、听觉叙事的表现形态及其功能多价的叙事功能。

第一节 真实作者的"聆察"与"善听"

"临川四梦"的真实作者汤显祖素来重视聆察、善于倾听,这点可以从其留下的浩佚纷繁的诗、词、赋、文、尺牍中鲜活地反映出来。在《汤显祖集全编》中关于声音的摹写与想象的诗文片段俯拾皆是。"

第一,汤公的"善听"首先基于其"听声类形"的"联觉"想象力。"'听声类形'即化'声'为'形',将听觉反应转化为想象中的'看'。"③ 傅修延先生认为:"'听声类形'堪称听觉叙事的高级境界。'听声类声'的捉襟见肘常使叙述者陷入'欲说还休'的窘境,而一旦改变思路将'类声'调整为'类形',挥笔地自由度骤然间增大。这时叙述对象已有无形的声音事件变为有形的视觉联想,后者更有利于故事讲述人的'施之藻绘,扩其波澜'。"④

譬如汤公在《游卓斧金堤,过白洲保,望天堂云林,便去麻姑问道》一诗中曰:"春气感人心,春心缘路吟。人声满城郭,天性入山林。未问津梁了,宁辞春水深?逶迤白日丽,斑驳紫霞阴。翠媚山云色,珠挥泉石

---

① [法]米歇尔·希翁(Michel Chion):《声音》,张艾弓译,北京大学出版社2013年版,第27—28页。
② 傅修延:《中国叙事学》,北京大学出版社2015年版,第250页。
③ 傅修延:《中国叙事学》,北京大学出版社2015年版,第256页。
④ 傅修延:《中国叙事学》,北京大学出版社2015年版,第258页。

音。风松引奇啸,烟竹含幽襟。稍稍见腾鹿,时时响哀禽。摘芳还取径,窥密更批岑。未取高空圯,犹交盱汝浔。情灵自高远,浮物任飞沉。赤蒂迺穷陗,红屏忽见临。便逢柱下语,发我丘中琴。感叹方自此,坐驰安可任?"① 此诗叙写了厌倦了"人声满城郭"、向往着"天性入山林"的诗人,春日胜游山水之间的所见所思所感。诗中对沿途奇景、林间动物引发的各类声音进行摹写与想象。读者仿佛亲见诗人运用各种声音、色彩交织的神奇"画笔",一张空白的宣纸上灵动勾勒出一幅活色生香、绚烂有声的立体画卷。

又如在《雨》一诗中,诗人亦极其灵动地摹写与联想昼夜雷雨的声、形、色:"昨夜江水动,风雷龙下取。抽尾黑云际,掣戾若可数。飒沓空中声,胜旋半日许。疾电闪墙藩,连霆殷窗树。气若白涛下,势如渴鸟吐。"② 汤文夜半难眠、聆听暴风骤雨,将疾风骤雨、电闪雷鸣的声势景象想象成一条腾挪迭沓、因风而舞的风雷巨龙。巨龙张牙舞爪、摆尾掣戾、盘旋怒吼、"气若白涛下,势如渴鸟吐",令"聆察者"油然生畏。诗中的"聆察者"在寂无人声的雨夜,运用"通感""联觉"的方式专注聆听自然之声,其间有"抽尾""掣戾""胜旋"等动作联想,诗人创造性地运用了"以耳代目""听声类形"等听觉叙事技巧,引领着读者在想象的时空中尽情遨游。

第二,汤公的"善听"体现于其对于"音景"空间不同层次的声音的辨识能力。《白马樵云》诗曰:"白马鞍中书出云,谁家伐木带晴嚑?不应长是丁丁响,迁莺断续闻。"③ 诗人在单调重复的丁丁伐木的"定调音"中,却留意到了作为"信号音"的前景音——迁徙莺燕清脆的啼叫声。诗人特别留意到这些莺燕的鸣声并不完整连贯,而是断续相闻的声音节奏。在中间断续的时空里,伐木的叮当作响顺势又填入其间,此声此景,妙不可言。可见,汤公善于辨识音景空间不同层次的声音,于大自然

---

① (明)汤显祖:《汤显祖集全编》(一),徐朔方笺校,上海古籍出版社2015年版,第241页。

② (明)汤显祖:《汤显祖集全编》(二),徐朔方笺校,上海古籍出版社2015年版,第532页。

③ (明)汤显祖:《汤显祖集全编》(二),徐朔方笺校,上海古籍出版社2015年版,第776页。

的美妙合奏中区分出不同音色、声调以及声源方位。

第三，汤公的"善听"还体现于其对声音的高度敏感以及联觉功能的强大。汤公在《出松门回忆琴堂，更成四绝》组诗中集中叙写了隐含作者独坐"聆察"引发的极富画面感的听觉联想。四绝中包括了"夜半弦声""风中环佩声""清晰的滴漏声"以及"离雁声声"等类型迥异的声音形态。值得注意的是，"聆察者"并非简单的"听声类声"，而是带着丰沛的情感，运用了丰富的联想机制，从"夜半弦声"联想到与"潇湘"结下了不解之缘、泪洒斑竹的"湘君"娥皇。"弹到夜鸿飞不起，却教中散带愁听"隐含作者的这种"带愁听"的听觉感受，充分体现其对声音的高度敏感以及联觉功能的敏锐感知力。

出松门回忆琴堂，更成四绝①

依依约约夜弦分，弹到潇湘水接云。
怪得暮寒修竹里，楚山容易泣湘君。
竹梧秋露冷泠泠，环佩天风欲杳冥。
弹到夜鸿飞不起，却教中散带愁听。
玉堂无树不惊风，偏有秋风入汉宫。
灭烛露寒清漏晓，声声流绝夜弦中。
夜水寒云半欲参，声声离雁起江南。
谁怜独照高堂影，三弄梅花也不堪。

"声音是一切生命的个性化表征，即如草木，在从生到死的过程中也有自己独特的声音，只是麻木的人们听不到罢了。"② 汤显祖作为一位颇具"听觉"异禀的"聆察者"，他对天地万物间的声音有着非同寻常的自觉与敏感，他善于延伸听觉感官的叙事触角去捕捉这些细碎幽微的声音主体，并运用出神入化的描摹与联想，在文本中将这些稍纵即逝的声音固化留存了下来，使之成为回味隽永的永恒片段。

---

① （明）汤显祖：《汤显祖集全编》（二），徐朔方笺校，上海古籍出版社2015年版，第788页。

② 刘火：《罗伟章〈声音史〉：声音的异变、湮灭与重生》，《文学报》2016年12月15日。

汤显祖的"善听"与"聆察"为其打通了耳朵、眼睛以及想象世界之间的三重隔阂,为"临川四梦"戏曲文本中精彩绝伦的听觉叙事做了前期铺垫。

第二节 汤显祖戏曲文本中的"音景"空间

《南柯记》的第二十八出《雨阵》中蕴含了丰富灵动的音景空间。此次"聆察"行动的发生背景为如下。已在大槐安国一梦二十载的南柯太守淳于棼,将南柯郡治理得"物阜民安,辞清寡盗"。妻子瑶芳公主体虚畏热,淳于棼专为其筑造避暑瑶台颐养病体。无枕边人陪伴在侧的淳于棼忽觉长夜孤寂、心绪难平。于是,特意选在新秋微雨之际置席设宴,邀请周田二友,在孤寂清幽的审雨堂里专意"听雨"。

在该出中,隐含作者连用四支曲子着重描摹清秋"听雨"的音景空间。

【啼莺儿】偶然西风吟素商,霎煞几般疏响。悉阑珊玉马当,忽弄的冰壶溜亮。倒檐花碎影琳琅,敲鸳瓦跳珠儿定荡。猛端相,断魂何处?环佩赴高堂。

【前腔】银河湿云流素光,点滴翠荷盘上。吉玲玲打鸭银塘,撒喇喇破萍分浪。清切在梧桐井床,飒答在芭蕉翠幌。隐垂堂,珠帘暮卷,长似对潇湘。

【啄木鹂】华堂静好对觞,细雨纱厨今夜凉。怕搅他蝴蝶飞双,聒醒我鸳鸯睡两。更那画船眠处沙鸥望,屏山醉后余香漾。弄悠扬,人间此际,别有好思量。

【前腔】催花紧钞燕的忙,一阵阵黄昏愁雁行。偏有他侧耳空房,闪窗纱半灭银缸。一般儿天涯薄宦穷途况,洞庭贵客孤篷上。数天长,十年心事,和泪隔秋窗。[①]

第一,整个音景空间的描摹状写按照由近及远的顺序有条不紊、次第

---

① (明)汤显祖:《南柯记》,黄建荣评注,中国戏剧出版社2010年版,第142—143页。

进行。隐含作者先总写背景音,即整体的"定调音"(背景声音)——"偶然西风吟素商,霎煞几般疏响"。在新秋西风的"联合伴奏",淅沥缠绵的秋雨"降临人间,霎时发出多少次不密集的声响"①。"秋风秋雨"的联袂混响遂成为此次"听雨"的背景音。

第二,音景空间中所有声音的感知都是依次连续呈现的,隐含作者将许多同时性的声音依次叠加与融合,构成了一个善听的聆察者定点"独听"的复调式共鸣场景。该音景空间中的"定调音"的声源方位并非固定不变的,聆察者将来自四面八方的风雨声响统摄为一个整体性的音景空间。其中,第一个声源方位是审雨堂头顶上方的屋檐、屋瓦。侧耳倾听同一个声源,聆察者又细分出如下三个音景层次。一是屋檐头悬挂的玉片的声响。"悉阑珊玉马当"——"风把屋檐头悬挂的玉片吹歪并发出叮当的声响"。② 二是屋檐流水发出的声响。"倒檐花碎影琳琅"——"屋檐流下的细碎雨水音乐像敲击玉石的声音"。③ 三是雨点飞溅到屋檐瓦片上的声响。"敲鸯瓦跳珠儿定荡"——"雨点溅在屋瓦上形成的水珠乱跳"④的声音。第二个声源方位是距离审雨堂稍远处的荷塘。"吉琤琤打鸭银堂,撒喇喇破萍分浪"——聆察者发挥"听声类形"的联觉想象,将雨水击打水塘的声音想象为养鸭人正在池塘里赶鸭子、"鸭子在水面扑腾游动时激起水花的声音"⑤。第三个声源方位是再远处的梧桐树下的井床。"清切在梧桐井床",雨滴敲打在梧桐树下的井床上发出了清脆的声响。第四个声源方位是硕大的芭蕉叶。"飒答在芭蕉翠幌","雨点打在像帷幔一样的绿色芭蕉叶上发出'飒答'的声响"。⑥

第三,音景空间的"信号音"(前景声音)是不远处精美画船上的奏乐声。"更那画船眠处沙鸥望,屏山醉后余香漾。弄悠扬,人间此际,别有好思量。"烟波画船上飘来悠扬的乐曲声构成了曼妙动听的"信号音",聆察者不由沉浸其中,勾起了许多前尘往事。

---

① (明)汤显祖:《南柯记》,黄建荣评注,中国戏剧出版社 2010 年版,第 144 页。
② (明)汤显祖:《南柯记》,黄建荣评注,中国戏剧出版社 2010 年版,第 145 页。
③ (明)汤显祖:《南柯记》,黄建荣评注,中国戏剧出版社 2010 年版,第 145 页。
④ (明)汤显祖:《南柯记》,黄建荣评注,中国戏剧出版社 2010 年版,第 145 页。
⑤ (明)汤显祖:《南柯记》,黄建荣评注,中国戏剧出版社 2010 年版,第 145 页。
⑥ (明)汤显祖:《南柯记》,黄建荣评注,中国戏剧出版社 2010 年版,第 145 页。

第四，音景空间的"标志音"是此时屋顶上空略过的大雁凄绝的鸣声。"催花紧钞燕的忙，一阵阵黄昏愁雁行。"此时，秋雨下得急促，一声紧过一声。黄昏时分，南飞雁群的鸣叫声令聆察者感染上了"思归"的忧愁。这是构成整个音景空间的标志性声音。为这次"听雨"行为烙上了"思乡"的象征性符码，隐喻了聆察者不久后即将被遣返归家的命运。

第三节 汤显祖戏曲文本听觉叙事的表现形态

一般说来，声音与事件之间或多或少都有着因果逻辑联系。"事件即行动，行动在许多情况下是会发声的，当'聆察者'听到周围的响动时，其意识立即反应为有什么事件正在身边发声。从因果逻辑上说，行动是因，声音是果，声音被'聆察'表明其前端一定有某种行动存在，或者说每一个声音都是事件的标志，不管这声音事件是大还是小。……音景是一系列声音事件的集成。所有声音都有自己的独特作用，否则作者不会为此耗费笔墨。"[①] 正如罗兰·巴特在《叙事作品结构分析导论》中所说的："因为在话语范畴里，凡是记录下来的东西，顾名思义，就是值得记录下来的重要东西。一个细节即使看上去没有丝毫意义，不具有任何功能，但这一现象本身正可以表示荒唐或者无用的意义。一切都具有意义或者无不具有意义。"[②] 尤其是戏曲文本这一特殊的叙事文体，几乎每一出皆负有承前启后的叙事功能，隐含作者专门辟出一出来详细叙写声音，其背后的"事件"往往具有不容忽视的叙事功能。罗兰·巴特将事件分为核心事件和非核心事件，"前者构成故事的骨干，后者为前者烘云托月，或提供某种'情报'，或展示某种'迹象'"[③]。

一 发挥转折性的预叙功能的核心事件

《南柯记》的第二十八出《雨阵》的前半出详叙"听雨"，后半出由"自然声响"自然地引出了聆察者昨夜之梦。此梦非同寻常，梦中事件的

[①] 傅修延：《中国叙事学》，北京大学出版社2015年版，第251—252页。

[②] [法]罗兰·巴特：《叙事作品结构分析导论》，张寅德译，载张寅德编选《叙述学研究》，中国社会科学出版社1989年版，第11页。

[③] 转引自傅修延《中国叙事学》，北京大学出版社2015年版，第252页。

构成因素亦与听觉有关。淳于棼梦见他的大儿子在背诵《毛诗》二句："鹳鸣于垤，妇叹于室。"司农田子农解梦曰："天将雨而蚁出于垤，鹳喜食蚁，故飞舞而鸣。'妇叹于室'，似是公主有难，要与老堂尊相见。此乃《东山》之事，主有征战之事。"① 值得注意的是，该事件亦与"雨"有关，因"天将雨而蚁出于垤"，故而衍生此梦，足见隐含作者注重前后照映、叙事针脚之密。更为重要的是，这两句诗中都涉及声音元素——鹳鸟在蚁堆上飞舞而鸣，妇人在屋内嗟叹。由"音景"空间的叙写自然过渡至有声梦境，才不至于过分突兀。解梦后，由声音事件立刻导入"檀萝国兵分两路入侵、淳于棼率兵去解公主瑶台之围"的后续事件。"听楚天秋雨过残阳，倒做了金镫响玎珰。"可见，这场"听雨"行动并非纯粹的"聆察"行动，而是别有寓意的一场"洗兵雨"。此处梦境中的声音事件发挥了"核心事件"的预叙功能，为后续事件的导入引发悬念、做好铺垫，暗示着情节由顺境转入逆境的重大转折。

又如《南柯记》中第三十三出《召还》中隐含了"槐树作声"的声音事件。该出的开头叙写了瑶芳公主围困惊伤、病入沉疴，自觉不久于人世。她敏锐地意识到并点醒驸马淳于棼自上次兵败，威名受损。加之二十年南柯太守，不可再留。淳于棼顿感惆怅之际，二人忽闻大槐树树声清亮。瑶芳公主闻声欣喜曰："你不知此中槐树，号为声音木，我国中但有拜相者，此树即吐清音。看此佳兆，驸马早晚入为丞相矣。则恐我去之后，你千难万难那！"果真，后续情节旋即由顺转逆。享受了二十年顺境的淳于棼，自此先后经历了拜相、丧妻、遭疑、软禁、遣归等一连串戏剧性事件，直至斩断情丝、立地成佛。"槐树作声"这一声音异兆事件，无疑是具有预叙功能的转折性"核心事件"。

二 发挥"情报"和"迹象"功能的非核心事件

而《牡丹亭》第十出《惊梦》中，杜丽娘简短的游园感叹的最末一句却是听觉叙事——"（贴）成对的莺燕呵。（合）闲凝眄，生生燕语明如翦，呖呖莺歌溜的圆"。② 初入花园空间的杜丽娘凝神倾听，但闻燕子

---

① （明）汤显祖：《南柯记》，黄建荣评注，中国戏剧出版社 2010 年版，第 143 页。
② （明）汤显祖：《牡丹亭》，徐朔方、杨笑梅校注，人民文学出版社 2010 年版，第 54 页。

清脆的鸣叫明快如翦,黄莺流啭的歌声顺溜圆润。这些出双入对的莺莺燕燕都能在大自然里自由欢快地歌唱,而缘何人尚且不如鸟乎?《文心雕龙·物色》中曰:"诗人感物,联类不分。"此处,"明如翦"正表明"聆察者"发挥了"听声类形""感物联类"的联想机制,将燕子生脆悦耳的鸣叫声联想为剪刀清脆明快的声音。这一用法并非汤公之首创,而是化用宋人卢祖皋《清平乐》中的诗句"柳边深院,燕语明如剪"而来。而"溜的圆"一句,更是运用了"联觉通感"的感受方式,调动"聆察者"综合感知能力,将黄莺流啭的歌声想象成圆形的某物。而这一"圆形物"又连同"双双对对"的莺燕一起,暗暗触及杜丽娘的心事,悄然引发其后续情绪的爆发点。这一声音事件对后续情节发挥了"非核心事件"的"情报"功能,尽管不能直接推动情节发展,却作为情节的"铰链"为后续情节走向的转变提供了"迹象"。正如清代陈同所评:"春香自说花鸟,只因还早。'成对'语,暗触小姐心事。便从花鸟上想到自己,左叹右息,并不叙狐山流水,恰合此际神情,更为寻梦生色。"[①]

三 发挥复调性共鸣效应的人物话语

除了上述自然声响的摹写以外,人物话语也构成了汤显祖戏曲文本的独特音景。如《牡丹亭》的第八出《劝农》和《南柯记》第二十四出《风谣》中,隐含作者均花费大量篇幅,浓墨重彩地叙写了黎明百姓对两袖清风、一心为民的清官的如潮好评。在《劝农》中,杜太守坦承春日劝农之意,一是劝诫父老乡亲把握农时,勤于耕种,二是想深入田野、采集民风,听取"农歌三两声"中蕴含的民情民意。田夫、牧童、采桑老妪、采茶老夫妇分别高歌一曲以表达各行各业农耕人士均各司其职、乐在其中。着意渲染一幅"官也清,吏也清,村民无事到公庭。农歌三两声"的祥和图景。同样,在《风谣》中,受国母之托请佛家《血盆经》为瑶芳公主消病禳灾的紫衣官,抵达淳于梦治理二十余年的南柯郡时,沿途经由父老、秀才、村妇、商人等手捧灵香,为清廉爱民的太守反复传唱德政歌谣的感人画面。父老捧香唱曰:"征徭薄,米谷多。官民易亲风景和。

---

① (明)汤显祖:《牡丹亭》,(清)陈同、谈则、钱宜合评,上海古籍出版社2008年版,第21页。

老的醉颜酡,后生鼓腹歌。"秀才捧香唱曰:"行乡约,制雅歌,家尊五伦人四科。因他俺切磋,他将俺琢磨。"村妇捧香唱曰:"多风化,无暴苛,俺婚姻以时歌《伐柯》。家家老小和,家家男女多。"商人捧香唱曰:"平税课,不起科,商人离家来安乐窝。关津任你过,昼夜总无他。"不同行业的人士从自己的行业特点出发,褒奖赞誉了淳于棼二十年南柯太守创下的清廉政绩。歌曲结尾,一句"你道俺,捧灵香,因甚么?"被重复叙述了七次,极力表现出乡亲父老对于德政爱民的好官发自内心的敬仰与热爱。这等得民心的官府,赢得了黎民百姓的称颂,立生祠德政碑铭记其功绩。这两出民风歌谣的铺排渲染,极好地达到了复调性共鸣效应,充分寄托了隐含作者美好的政治理想。隐含作者试图通过这些复调性的人物话语,传递出别有深意的叙述声音,即为官一任造福一方,百姓心中有杆秤。一心为民的好官自然能得到父老乡亲的拥护和爱戴。

小结

本章旨在"重听"汤显祖戏曲文本中的听觉叙事,着重发掘五部戏曲文本中尚未引起足够重视的"音景"空间、声音叙事的叙述机制、听觉叙事的表现形态以及功能多价的叙事功能。

首先,探究真实作者的"聆察"与"善听"特质。具体从真实作者汤显祖的诗、词、赋、文、尺牍中细读其关于声音的摹写与想象的诗文片段,以详细探究其善听之原因:一是基于其"听声类形"的"联觉"想象力;二是体现于其对于"音景"空间不同层次的声音的辨识能力;三是体现于其对声音的高度敏感以及联觉功能的强大。

其次,经由文本细读,探幽汤显祖戏曲文本中构建的"音景"空间,发现如下四个特征。1. 整个音景空间的描摹状写按照由近及远的顺序有条不紊、次第进行。2. 音景空间中所有声音的感知都是依次连续呈现的,隐含作者将许多同时性的声音依次叠加与融合,构成了一个善听的聆察者定点"独听"的复调式共鸣场景。3. 音景空间的"信号音"(前景声音)是不远处精美画船上的奏乐声。4. 音景空间的"标志音"是此时屋顶上空略过的大雁凄绝的鸣声。

最后,探析汤显祖戏曲文本听觉叙事的表现形态。分别从发挥转折性的预叙功能的核心事件、发挥"情报"和"迹象"功能的非核心事件以及发挥复调性共鸣效应的人物话语三个层面,详细探究汤显祖戏曲文本的独特音景。

结　语

　　戏剧艺术作为一门高度综合的艺术样式，既包括剧本故事的文字性质，同时又涉及舞台表演的非文字性。基于戏剧艺术的独特之处，关于戏剧的讨论一直显现为包括戏剧文本与戏剧表演这两个方面：一方面，学者关注剧本在人物、情节、布景、人物对话等方面的文字论述；另一方面，由演员扮演的角色，以及与舞台艺术密切相关的诸多因素同样备受关注。事实上，将戏剧纳入叙事范畴进行探讨，或是探讨戏剧中的叙事要素，这种做法毫不奇怪。亚里士多德在《诗学》里关于戏剧的大量论述表明，亚氏将戏剧看作一种表演文本，既有文字叙事的共同点，又具有舞台表演自身的特点。[①] 基于此，借鉴小说叙事分析的文本细读法，细致剖析剧本叙述故事的形式结构、叙述故事情节的话语方式、人物形象的塑造方法以及故事情节的建构，等等，无疑是一种深入探究戏剧文本之精髓的重要研究路径。

　　中国传统的叙事基因经由多种形态植入了戏曲文学的肌理之中，形成了以"综合性"为显著特性的中国叙事新文体。素有"明传奇之冠"美誉的汤显祖的五部戏曲作品自问世以来，其艺术影响力纵横古今、横贯东西。四百余年以来，五部戏曲的述评研究文字浩如烟海、不知凡几。然而，尝试运用80年代中期方传入中国的西方叙事学的研究视角，结合中国叙事学的本土理论，将汤显祖的五部戏曲文本视为一个逻辑贯通、血脉相连的有机艺术整体展开文本叙事分析的专著和学位论文却迄今未见。基于此，本文透过五部看似独立的戏曲文本之表里，以窥见其背后潜藏着的一脉相承、异中有同的叙事主题、叙事策略以及叙事亮点，为另辟蹊径、

[①] 申丹、王丽亚：《西方叙事学：经典与后经典》，北京大学出版社2010年版，第257—258页。

深入解读中国古典戏曲文本所作的一番颇为粗浅的努力与尝试。

众所周知，2016年，联合国教科文组织在全世界范围内隆重纪念为世界文化作出巨大贡献且同时逝世400周年的三位作家：中国的汤显祖、英国的莎士比亚和西班牙的塞万提斯，足以见出被誉为"东方莎士比亚"的汤显祖在世界文坛曲苑上享有的重要地位。然而，与莎士比亚、塞万提斯相比，汤显祖的戏曲作品的国际知晓度远难与其文坛影响力相匹配。许多国外研究者读者仅对其五部戏曲中的《牡丹亭》家喻户晓，而对其余四部戏曲却知之甚少。至于五部戏曲作品叙事主题的异同关联、情节之间的起承转合、人物塑造的叙事技巧等，更是不甚了然。基于此，借助西方叙事学的叙事学术语和概念，对汤显祖五部戏曲文本进行"切割式"分析，将叙事主题、人物塑造法、叙事策略、梦叙述、叙事时间以及空间叙事等叙事要素分解出来、逐一探析，有助于将中国古典戏曲作品与西方经典戏剧作品置于同一个坐标轴上加以比较。通过运用国际通行的西方叙事学的研究方法和评价体系，深入挖掘中国古典戏曲文本中蕴藏的叙事风格与叙事亮点，有助于让中国古典戏曲的审美价值与艺术特点得到进一步的发掘与彰显，同时期待更多含蓄蕴藉的中国古典戏曲作品能够陆续进入国际学术研究视野，得到更为广泛深入的文化传播。

承前所述，戏曲作为一门综合性的舞台表演艺术，唯有将案头的剧本和舞台表演结合起来考量，才能全面完整地窥见其艺术韵味。遗憾的是，由于笔者在戏曲舞台相关方面前期积淀不足、研究能力力有不逮，受个人研究视野所局限，不得已忍痛割舍与戏曲表演相关的诸如曲律、音响以及舞台表演等外部研究因素，仅将研究目光聚焦汤显祖五部戏曲作品的戏曲文本。留下的研究缺憾，笔者将尽力在未来的研究工作中多番查阅资料，夯实戏曲舞台表演理论功底。在今后的研究中，将研究视角拓展至对中国古典戏曲的演与叙的交互关系上，力求对汤显祖戏曲的舞台表演、角色扮演以及场面调剂等方面有更为全面、立体的认知。

以上即为笔者对本书研究思路和相关结论的回顾和说明。总之，对于汤显祖戏曲文本叙事研究这样一个跨学科的综合性论题，本书的表述肯定还存在着诸多不足和纰漏。这其中既有本文写作体例的限制，更有时间进度和自身水平所导致的研究不够深入之处。这些遗憾，只能留待今后更加系统和深入的研究来加以弥补。

附录一

霍小玉传

（唐）蒋防

大历中，陇西李生名益，年二十，以进士擢第。其明年，拔萃，俟试于天官。夏六月，至长安，舍于新昌里。

生门族清华，少有才思，丽词嘉句，时谓无双，先达丈人，翕然推伏。每自矜风调，思得佳偶，博求名妓，久而未谐。长安有媒鲍十一娘者，故薛驸马家青衣也，折券从良，十余年矣。性便辟，巧言语，豪家戚里，无不经过，追风挟策，推为渠帅。常受生诚托厚赂，意颇德之。经数月，李方闲居舍之南亭，申未间，忽闻扣门甚急，云是鲍十一娘至。摄衣从之，迎问曰："鲍卿，今日何故忽然而来？"鲍笑曰："苏姑子作好梦未？有一仙人，谪在下界，不邀财货，但慕风流。如此色目，共十郎相当矣。"生闻之惊跃，神飞体轻，引鲍手且拜且谢曰："一生作奴，死亦不惮。"因问其名居，鲍具说曰："故霍王小女字小玉，王甚爱之。母曰净持，净持即王之宠婢也。王之初薨，诸弟兄以其出自贱庶，不甚收录。因分与资财，遣居于外。易姓为郑氏，人亦不知其王女。资质秾艳，一生未见，高情逸态，事事过人，音乐诗书，无不通解。昨遣某求一好儿郎，格调相称者。某具说十郎，他亦知有李十郎名字，非常欢惬。住在胜业坊古寺曲，甫上车门宅是也。以与他作期约。明日午时，但至曲头觅桂子，即得矣。"

鲍既去，生便备行计。遂令家僮秋鸿，于从兄京兆参军尚公处，假青骊驹、黄金勒。其夕，生浣衣沐浴，修饰容仪，喜跃交并，通夕不寐。迟明，巾帻，引镜自照，惟惧不谐也。徘徊之间，至于亭午。遂命驾疾驱，直抵胜业。至约之所，果见青衣立候，迎问曰："莫是李十郎否？"即下马，令牵入屋底，急急锁门。

见鲍果从内出来，遥笑曰："何等儿郎，造次入此？"生调诮未毕，引入中门。庭间有四樱桃树，西北悬一鹦鹉笼，见生入来，即语曰："有人入来，急下帘者！"生本性雅淡，心犹疑惧，忽见鸟语，愕然不敢进。逡巡，鲍引净持下阶相迎，延入对坐。年可四十余，绰约多姿，谈笑甚媚。因谓生曰："素闻十郎才调风流，今又见容仪雅秀，名下固无虚士。某有一女子，虽拙教训，颜色不至丑陋，得配君子，颇为相宜。频见鲍十一娘说意旨，今亦便令永奉箕帚。"生谢曰："鄙拙庸愚，不意故盼，倘垂采录，生死为荣。"

遂命酒馔，即命小玉自堂东阁子中而出。生即拜迎。但觉一室之中，若琼林玉树，互相照曜，转盼精彩射人。既而遂坐母侧，母谓曰："汝尝爱念'开帘风动竹，疑是故人来，'即此十郎诗也。尔终日吟想，何如一见？"玉乃低鬟微笑，细语曰："见面不如闻名。才子岂能无貌？"生遂连起拜曰："小娘子爱才，鄙夫重色。两好相映，才貌相兼。"母女相顾而笑，遂举酒数巡。生起，请玉唱歌，初不肯，母固强之。发声清亮，曲度精奇。

酒阑，及瞑，鲍引生就西院憩息。闲庭邃宇，帘幕甚华。鲍令侍儿桂子、浣沙与生脱靴解带。须臾玉至，言叙温和，辞气宛媚。解罗衣之际，态有余妍，低帏昵枕，极其欢爱，生自以为巫山、洛浦不过也。中宵之夜，玉忽流涕观生曰："妾本倡家，自知非匹。今以色爱，托其仁贤。但虑一旦色衰，恩移情替，使女萝无托，秋扇见捐。极欢之际，不觉悲至。"生闻之，不胜感叹，乃引臂替枕，徐谓玉曰："平生志愿，今日获从。粉骨碎身，誓不相舍。夫人何发此言？请以素缣，著之盟约。"玉因收泪，命侍儿樱桃，褰幄执烛，授生笔研。玉管弦之暇，雅好诗书，筐箱笔研，皆王家之旧物。遂取绣囊，出越姬乌丝栏素缣三尺以授生。生素多才思，援笔成章，引谕山河，指诚日月，句句恳切，闻之动人。染毕，命藏于宝箧之内。自尔婉娈相得，若翡翠之在云路也。

如此二岁，日夜相从。其后年春，生以书判拔萃登科，授郑县主簿。至四月，将之官，便拜庆于东洛。长安亲戚，多就筵饯。时春物尚余，夏景初丽，酒阑宾散，离思萦怀。玉谓生曰："以君才地名声，人多景慕，愿结婚媾，固亦众矣。况堂有严亲，室无冢妇，君之此去，必就佳姻，盟约之言，徒虚语耳。然妾有短愿，欲辄指陈，永委君心，复能听否？"生惊怪曰："有何罪过，忽发此辞？试说所言，必当敬奉。"玉曰："妾年始十八，君才二十有二，迨君壮室之秋，犹有八岁。一生欢爱，愿毕此期。然后妙选高门，以谐秦晋，亦未为晚。妾便舍弃人事，剪发披缁，夙昔之愿，于此足矣。"生且愧且感，不觉涕流。因谓玉曰："皎日之誓，死生以之。与卿偕老，犹恐未惬素志，岂敢辄有二三？固请不疑，但端居相待。至八月，必当却到华州，寻使奉迎，相见非远。"更数日，生遂诀别东去。

到任旬日，求假往东都觐亲。未至家日，太夫人已与商量表妹卢氏，言约已定。太夫人素严毅，生逡巡不敢辞让，遂就礼谢，便有近期。卢亦甲族也，嫁女于他门，聘财必以百万为约，不满此数，义在不行。生家素贫，事须求贷，便托假故，远投亲知，涉历江淮，自秋及夏。生自以孤负盟约，大愆回期，寂不知闻，欲断其望。遥托亲故，不遗漏言。

玉自生逾期，数访音信。虚词诡说，日日不同。博求师巫，遍询卜筮，怀忧抱恨，周岁有余，羸卧空闺，遂成沉疾。虽生之书题竟绝，而玉之想望不移。赂遗亲知，使通消息，寻求既切，资用屡空，往往私令侍婢潜卖箧中服玩之物，多托于西市寄附铺侯景先家货卖。曾令侍婢浣沙将紫玉钗一只，诣景先家货之。路逢内作老玉工，见浣沙所执，前来认之曰："此钗，吾所作也。昔岁霍王小女将欲上鬟，令我作此，酬我万钱。我尝不忘。汝是何人？从何而得？"浣沙曰："我小娘子即霍王女也。家事破散，失身于人。夫婿昨向东都，更无消息。悒怏成疾，今欲二年。令我卖此，赂遗于人，使求音信。"玉工凄然下泣曰："贵人男女，失机落节，一至于此。我残年向尽，见此盛衰，不胜伤感。"遂引至延先公主宅，具言前事。公主亦为之悲叹良久，给钱十二万焉。

时生所定卢氏女在长安，生即毕于聘财，还归郑县。其年腊月，又请假入城就亲。潜卜静居，不令人知。有明经崔允明者，生之中表弟也。性甚长厚，昔岁常与生同欢于郑氏之室，杯盘笑语，曾不相间，每得生信，必诚告于玉。玉常以薪刍衣服，资给于崔，崔颇感之。生既至，崔具以诚告玉，玉恨叹曰："天下岂有是事乎？"遍请亲朋，多方召致，生自以愆期负约，又知玉疾候沈绵，惭耻忍割，终不肯往。晨出暮归，欲以回避。

玉日夜涕泣，都忘寝食，期一相见，竟无因由。冤愤益深，委顿床枕。自是长安中稍有知者，风流之士，共感玉之多情；豪侠之伦，皆怒生之薄行。

时已三月，人多春游，生与同辈五六人，诣崇敬寺玩牡丹花，步于西廊，递吟诗句。有京兆韦夏卿者，生之密友，时亦同行，谓生曰："风光甚丽，草木荣华。伤哉郑卿，衔冤空室，足下终能弃置，实是忍人。丈夫之心，不宜如此。足下宜为思之！"叹让之际，忽有一豪士，衣轻黄纻衫，挟朱弹，丰神隽美，衣服轻华，唯有一剪头胡雏从后，潜行而听之。俄而前揖生曰："公非李十郎者乎？某族本山东，姻连外戚。虽乏文藻，心尝乐贤。仰公声华，常思觏止，今日幸会，得睹清扬。某之敝居，去此不远，亦有声乐，足以娱情。妖姬八九人，骏马十数匹，唯公所欲。但愿一过。"生之侪辈，共聆斯语，更相叹美。因与豪士策马同行，疾转数坊，遂至胜业。

生以近郑之所止，意不欲过。便托事故，欲回马首。豪士曰："敝居咫尺，忍相弃乎？"乃挽挟其马，牵引而行，迁延之间，已及郑曲。生神情恍惚，鞭马欲回。豪士遽命奴仆数人，抱持而进。疾走推入车门，便令锁却，报云："李十郎至也。"一家惊喜，声闻于外。

先此一夕，玉梦黄衫丈夫抱生来，至席，使玉脱鞋。惊寤而告母。因自解曰："鞋者，谐也。夫妇再合。脱者，解也。既合而解，亦当永诀。由此徵之，必遂相见，相见之后，当死矣。"凌晨，请母妆梳。母以其久病，心意惑乱，不甚信之。黾勉之间，强为妆梳。妆梳才必，而生果至。

玉沉绵日久，转侧须人，忽闻生来，欻然自起，更衣而出，恍若有神。遂与生相见，含怒凝视，不复有言。羸质娇姿，如不胜致，时复掩袂，返顾李生。感物伤人，坐皆欷歔。

顷之，有酒肴数十盘，自外而来，一坐惊视。遽问其故，悉是豪士之所致也。因遂陈设，相就而坐。玉乃侧身转面，斜视生良久，遂举杯酒酬地曰："我为女子，薄命如斯；君是丈夫，负心若此！韶颜稚齿，饮恨而终。慈母在堂，不能供养。绮罗弦管，从此永休。徵痛黄泉，皆君所致。李君李君，今当永诀，我死之后，必为厉鬼，使君妻妾，终日不安。"乃引左手握生臂，掷杯于地，长恸号哭数声而绝。母乃举尸置于生怀，令唤之，遂不复苏矣。

生为之缟素，旦夕哭泣甚哀。将葬之夕。生忽见玉繐帷之中，容貌妍丽，宛若平生。著石榴裙，紫裥裆，红绿帔子，斜身倚帷，手引绣带，顾谓生曰："愧君相送，尚有余情。幽冥之中，能不感叹？"言毕，遂不复见。明日，葬于长安御宿原，生至墓所，尽哀而返。

　　后月余，就礼于卢氏。伤情感物，郁郁不乐。夏五月，与卢氏偕行，归于郑县。至县旬日，生方与卢氏寝，忽帐外叱叱作声。生惊视之，则见一男子，年可二十余，姿状温美，藏身映幔，连招卢氏。生惶遽走起，绕幔数匝，倏然不见。生自此心怀疑恶，猜忌万端，夫妻之间，无聊生矣。或有亲情，曲相劝喻。生意稍解。后旬日，生复自外归，卢氏方鼓琴于床，忽见自门抛一斑犀钿花合子，方圆一寸余，中有轻绢，作同心结，坠于卢氏怀中。生开而视之，见相思子二，叩头虫一，发杀觜一，驴驹媚少许。生当时愤怒叫吼，声如豺虎，引琴撞击其妻，诘令实告。卢氏亦终不自明。尔后往往暴加捶楚，备诸毒虐，竟讼于公庭而遣之。

　　卢氏既出，生或侍婢媵妾之属，暂同枕席，便加妒忌，或有因而杀之者。生尝游广陵，得名姬曰营十一娘者，容态润媚，生甚悦之。每相对坐，尝谓营曰："我尝于某处得某姬，犯某事，我以某法杀之。"日日陈说，欲令惧己，以肃清闺门。出则以浴斛复营于床，周回封署，归必详视，然后乃开。又畜一短剑，甚利，顾谓侍婢曰："此信州葛溪铁，唯断作罪过头！"大凡生所见妇人，辄加猜忌，至于三娶，率皆加初焉。

附录二

杜丽娘慕色还魂（话本）

闲向书斋览古今，罕闻杜女再还魂。
聊将昔日风流事，编作新文励后人。

话说南宋光宗朝间，有个官升授广东南雄府尹。姓杜，名宝，字光辉，进士出身。祖贯山西太原府，年五十岁。夫人甄氏，年四十二岁，生一男一女，其女年一十六岁，小字丽娘。男年一十二岁，名唤兴文。姊弟二人俱生得美貌清秀。杜府尹到任半载，请个教读，于府中书院内教姊弟二人，读书学礼。不过半年，这小姐聪明伶俐，无书不览，无史不通，琴棋书画，嘲风咏月，女工针指，摩（靡）不精晓。府中人皆称为女秀才。

忽一日，正值季春三月中，景色融和，乍雨乍晴天气，不寒不冷时光，这小姐带一侍婢，名唤春香，年十岁，同往本府后花园中游赏，信步行至花园内，但见：

假山真水，翠竹奇花，普环碧沼，傍栽（栽）杨柳绿依依；森耸青峰，侧畔桃花红灼灼。双双粉蝶穿花，对对蜻蜓点水。梁间紫燕呢喃，柳上黄莺睍睆。纵目台亭池馆，几多瑞草奇葩。端的有四时不谢之花，果然是八节长春之草。

这小姐观之不足，触景伤情，心中不乐，急回香阁中，独坐无聊，感春暮景，俯首沉吟而叹曰："春色恼人，信有之乎？常见诗词乐府，古之女子因春感情，遇秋成恨，诚不谬矣。吾今年已二八，未逢折桂之夫。感慕景情，怎得蟾宫之客。昔日郭华偶逢月英，张生得遇崔氏，曾有《钟情丽集》、《娇红记》二书。此佳人才子，前以密约偷期，似皆一成秦晋。嗟呼（乎），吾生于宦族，长在名门，年已及笄，不得早成佳配，诚为虚度青春，光阴如过隙耳。"叹息久之，曰："可惜妾身，颜色如花，岂料命如一叶耶？"遂凭几昼眠。才方合眼，忽见一书生，年方弱冠，丰姿俊秀，于园内折杨柳一枝，笑谓小姐曰："姐姐既能通书史，可作诗以赏之乎？"小姐欲答，又惊又喜，不敢轻言。心中自忖，素昧平生，不知姓名，何敢辄入于此？正如此思间，只见那书生向前将小姐搂抱去牡丹亭畔，芍药栏边，共成云雨之欢娱，两情和合。忽值母亲至房中唤醒，一身冷汗，乃是南柯一梦。

忙起身参母，礼毕，夫人问曰："我儿何不做些针指，或观玩书史消遣亦可，因何昼寝于此？"小姐答曰："儿适在花园中闲玩，忽值春暄恼人，故此回房。无可消遣，不觉困倦少息，有失迎接，望母亲恕儿之罪。"夫人曰："孩儿，这后花园中冷静，少去闲行。"小姐曰："领母亲严命。"道罢，夫人与小姐同回至中堂。饭罢，这小姐口中虽如此答应，心内思想梦中之事，未尝放怀，行坐不宁，自觉如有所失，饮食少思，泪眼汪汪，至晚不食而睡。

次早饭罢，独坐后花园中，闲看梦中所遇书生之外，冷静寂寥，杳无人迹。忽见一株大梅树，梅子磊磊可爱，其树矮如伞盖。小姐走至树下，甚喜而言曰："我若死后得葬于此幸矣。"道罢回房，与小婢春香曰："我死，当葬于梅树下，记之记之。"

次早，小姐临镜梳妆，自觉容颜清减，命春香取文房四宝，至镜台边自尽（画）一小影。红裙绿袄，环佩玎珰，翠翘金凤，宛然如活。以镜对容，相像无一（二），心甚喜之。命弟将出街去裱背店中，裱成一幅小小行乐图，将来挂在香房内，日夕观之。一日，偶成诗一绝，自题于图上：

近睹分明似俨然，远观自在若飞仙。

他年得傍蟾宫客，不在梅边作（在）柳边。

诗罢，思慕梦中相遇书生，曾折柳一枝，莫非所适之夫姓柳乎？故有此警报耳。

自此丽娘暮色之甚，静坐香房，转添凄惨，心头发热，不疼不痛，春情难过，朝暮思之，执迷一性，恹恹成病，时年二十一岁矣。

父母见女患病，求医罔效，问佛无灵，自春至秋，所嫌者金风送暑，玉露生凉，秋风潇潇，生寒彻骨，转加沉重。小姐自料不久，令春香请母亲至床前，含泪痛泣曰："不孝逆女不能奉父母养育之恩，今忽夭亡，为天之数也。如我死后，望母亲埋葬于后园梅树之下，平生愿足矣。"嘱罢，哽咽而卒，时八月十五也。

母大痛，命具棺椁衣衾收殓毕，乃与杜府尹曰："女孩儿命终时，吩咐要葬于后园梅树之下，不可逆其所愿。"这杜府尹依夫人言，遂令葬之。其母哀痛，朝夕思之。光阴迅速，不觉三年任满，使官（馆）新府尹已到。杜府尹收拾行装，与夫人并衙内杜兴文（兴文）一同下船回京，听其别选。不在话下。

且说新府尹，姓柳，名恩，乃四川成都府人，年四十，夫人何氏，年三十六岁。夫妻恩爱，止生一子，年一十八岁，唤作柳梦梅，因母梦见食梅而有孕，故此为名。其子学问渊源，琴棋书画，下笔成文，随父来南雄府。上任之后，词清讼简。

这柳衙内因收拾书房，于草茅杂纸之中，获得一幅小画。展开看时，却是一幅美人图，画得十分容貌，宛如姐娥。柳衙内大喜，将去挂在书院之中，早晚看之不已。忽（一）日，偶读上面四句诗，详其备细，此是人家女子行乐图也。何言"不在梅边在柳边"？此乃奇哉怪事也。拈起笔来，亦题一绝，以和其韵。诗曰：

貌若嫦娥出自然，不是天仙是地仙。

若得降临同一宿，海誓山盟在枕边。

诗罢，叹赏久之。却好天晚。这柳衙内因想画上女子，心中不乐。正是不见此情情不动，自思何时得此女会合，恰似望梅止渴，画饼充饥，懒观经史，明烛和衣而卧，番来覆去，永睡不着，细听谯楼已打三更，自觉房中寒风习习，香气袭人。衙内披衣而起，忽闻门外有人扣门，衙内问之而不答。少顷又扣，如此者三次。衙内开了书院门，灯下看时，见一女子，生得云鬓轻梳蝉翼，柳眉颦蹙春山。其女趋入书院，衙内急掩其门。这女子检（敛）衽向前，深深道个万福。衙内惊喜相半，答礼曰："妆前谁氏？原来贪夜至此。"那女子起（启）一点珠（朱）唇，露两行碎玉，答曰："妾乃府西邻家女也，因慕衙内之丰来（采），故奔至此，愿与衙内成秦晋之欢，未知肯容纳否？"这衙内笑而言曰："美人见爱，小生喜出望外，何敢却也？"遂与女子解衣灭烛，归于账内，效夫妇之礼，尽鱼水之欢。

少顷，云收雨散，女子笑谓柳生曰："妾有一言相恳，望郎勿责。"柳生笑而答曰："贤卿有话，但说无妨。"女子含咲（笑）曰："妾千金之躯，一旦付与郎矣，勿负奴心，每夜（得）共枕席，平生之愿足矣。"柳生笑而答曰："贤卿有心恋于小生，小生岂敢忘于贤卿乎？但不知姐姐姓甚何名？"女答曰："妾乃府西邻家女也。"言未绝，鸡鸣五更，曙色将分，女子整衣趋出院门。柳生急起送之，不知所往。至次夜，又至，柳生再三询问姓名，女又以前意答应，如此十余夜。

一夜，柳生与女子共枕而问曰："贤卿不以实告我，我不与汝和谐，白于父母，取责汝家。汝可实言姓氏，待小生禀于父母，使媒妁聘汝为妻，以成百年夫妇，此不美哉？"女子笑而不言，被柳生再三促迫不过，只得含泪而言曰："衙内勿惊，妾乃前任杜知府之女杜丽娘也。年十八岁，未曾适人，因慕情色，怀恨而逝，妾在日常所爱者后园梅树，临终遗嘱于母，令葬妾于树下，今已一年，一灵不散，尸首不坏。因与郎君有宿世姻缘未绝，郎得妾之小影，故不避嫌疑，以遂枕席之欢。蒙君见怜，君若不弃幻体，可将妾之衷情告禀二位椿萱，来日可到后园梅树下，发棺视之，妾必还魂，与郎共为百年夫妇矣。"这衙内听罢，毛发悚然，失惊而问曰："果是如此，来日发棺视之。"道罢，已是五更，女子整衣而起，再三叮咛："可急视之，请勿自误，如若不然，妾事已露，不复再至矣。望郎留心，勿使可惜矣。妾不得复生，必痛恨于九泉之下也。"言讫，化清风而不见。

柳生至次日饭后，入中堂禀于母，母不信有此事，乃请柳府尹说知。府尹曰："要知明白，但问府中旧吏门子人等，必知详细。"当时柳府尹交（叫）唤旧吏人等问之。果有杜知府之女杜丽娘葬于后园梅树之下，今已一年矣。柳知府听罢惊异，急唤人夫，同去后园梅树下掘开，果见棺木，揭开盖棺板，众人视之，面颜俨然如活一般。柳知府教人烧汤，移尸于密室之中。即令养娘侍婢脱去衣服，用香汤沐浴洗之。霎时之间身体微动，凤眼微开，渐渐苏醒。这柳夫人叫取新衣服穿了。

这女子三魂再至，七魄重生，立身起来。柳相公与柳夫人并衙内看时，但见身材柔软，有如芍药倚栏干，翠黛双垂，宛如桃花含宿雨，好似浴罢的西施，宛如沉醉的杨妃。这衙内看罢，不胜之喜，叫养娘扶女子坐下。良久，取安魂汤、定魂散吃下，少顷，便能言语，起身对柳衙内曰：

"请爹妈二位出来拜见。"柳相公、夫人皆曰:"小姐保养,未可劳动。"即换(唤)侍女扶小姐去卧房中睡;少时,夫人吩咐安排酒席,于后堂庆喜。当晚筵席已完,教侍女请出小姐赴宴。当日杜小姐喜得再生人世,重整衣妆,出拜于堂下。柳相公与杜小姐曰:"不想我愚男与小姐有宿世缘分,今得还魂,真乃是天赐也。明日可差人往山西太原府去,寻问杜府尹家,投下报喜。"夫人对相公曰:"今小姐天赐还魂,可择日与孩儿成亲。"相公允之。至次日,差人持书报喜,不在话下。

过了旬日,择得十月十五吉旦,正是:"屏开金孔雀,褥隐绣芙蓉"。大排筵宴,杜小姐与柳衙内合卺交杯,坐床撒帐,一切完备。至晚席散,杜小姐与柳衙内同归罗帐,并枕同衾,受尽人间之乐。

话分两头,且说杜府尹回至临安府,寻公馆安下。至次日,早朝见光宗皇帝,喜动天颜,御笔除授江西省参知政事。带夫人并衙内上任,已经两载。忽一日,有一人持书至杜相公案下。相公问:"何处来的?"答曰:"小人是广东南雄府柳府尹差来"。怀中取书呈上。杜相公展开书看。书上说小姐还魂与柳衙内成亲一事,今特驰书报喜。这杜相公看罢大喜,赏了来人酒饭,曰:"待我修书回复柳亲家。"这杜相公将书入后堂,与夫人说南雄府柳府尹送书来,说丽娘小姐还魂,与柳知府男成亲事,夫人听知大喜,曰:"且喜昨夜灯花结蕊,今宵灵鹊声频。"相公曰:"我今修书回复,交(教)伊朝觐,晚在临安府相会。"写了回书,付与来人,赏银五两,来人叩谢去了。不在话下。

却说柳衙内闻知春榜动,选场开,遂拜别父母妻子,将带仆人盘缠,前往临安府会试应举。在路不则一日,已到临安府,投店安下,径入试院,三场已毕,喜中第一甲进士,除授临安府推官。柳生驰书遣仆,报知父母、妻子。这杜小姐已知丈夫得中,任临安府推官,心中大喜。至年终,这柳府尹任满,带夫人并杜小姐回临安府推官衙内投下。这柳推官拜见父母、妻子,心中大喜,排筵庆贺,以待杜参政回朝相会。住不两月,却好杜参政带夫人并子回至临安府馆驿安下。这柳推官迎接杜参政并夫人至府中,与妻子杜丽娘相见,喜不尽言,不在话下。这柳梦梅转升临安府尹。这杜丽娘生两子,俱为显官。夫荣妻贵,享天年而终。

嘉靖二十年(一五四一)进士晁瑮《宝文堂书目》卷子杂类中著录

《杜丽娘记》。

  童静据北京大学图书馆藏明何大抡辑《重刻增补燕居笔记》卷九抄校。

  末段缺字七个，由纽约州立大学郑培凯教授据哈佛大学燕京图书馆藏本补足。

附录三

南柯太守传

（唐）李公佐

东平淳于棼，吴楚游侠之士。嗜酒使气，不守细行。累巨产，养豪客。曾以武艺补淮南军裨将，因使酒忤帅，斥逐落魄，纵诞饮酒为事。家住广陵郡东十里。所居宅南有大古槐一株，枝干修密，清阴数亩。淳于生日与群豪，大饮其下。

贞元七年九月，因沈醉致疾。时二友人于座扶生归家，卧于堂东庑之下。二友谓生曰："子其寝矣！余将秣马濯足，俟子小愈而去。"

生解巾就枕，昏然忽忽，仿佛若梦。见二紫衣使者，跪拜生曰："槐安国王遣小臣致命奉邀。"生不觉下榻整衣，随二使至门。见青油小车，驾以四牡，左右从者七八，扶生上车，出大户，指古槐穴而去。使者即驱入穴中。生意颇甚异之，不敢致问。

忽见山川、风候、草木、道路，与人世甚殊。前行数十里，有郛郭城堞；车舆人物，不绝于路。生左右传车者传呼甚严，行者亦争辟于左右。又入大城，朱门重楼，楼上有金书，题曰："大槐安国"。执门者趋拜奔走。旋有一骑传呼曰："王以驸马远降，令且息东华馆。"因前导而去。俄见一门洞开，生降车而入。彩槛雕楹，华木珍果，列植于庭下；几案茵褥，帘帏肴膳，陈设于庭上。生心甚自悦。复有呼曰："右相且至。"生降阶祗奉。有一人紫衣象简前趋，宾主之仪敬尽焉。右相曰："寡君不以敝国远僻，奉迎君子，托以姻亲。"

生曰："某以贱劣之躯，岂敢是望！"

右相因请生同诣其所。行可百步，入朱门。矛戟斧钺，布列左右，军吏数百，辟易道侧。生有平生酒徒周弁者，亦趋其中。生私心悦之，不敢前问。右相引生升广殿，御卫严肃，若至尊之所。见一人长大端严，居王位，衣素练服，簪朱华冠。生战慄，不敢仰视。左右侍者令生拜。王曰："前奉贤尊命，不弃小国，许令次女瑶芳，奉事君子。"生但俯伏而已，不敢致词。王曰："且就宾宇，续造仪式。"有旨，右相亦与生偕还馆舍。生思念之，意以为父在边将，因殁虏中，不知存亡。将谓父北番交逊，而致兹事。心甚迷惑，不知其由。

是夕，羔雁币帛，威容仪度、妓乐丝竹，肴膳灯烛，车骑礼物之用，无不咸备。有群女，或称华阳姑，或称青溪姑，或称上仙子，或称下仙子，若是者数辈，皆侍从数十，冠翠凤冠，衣金霞帔，彩碧金钿，目不可视。遨游戏乐，往来其门，争以淳于郎为戏弄。风态妖丽，言词巧艳，生莫能对。复有一女谓生曰："昨上巳日，吾从灵芝夫人过禅智寺，于天竺院观石延舞《婆罗门》。吾与诸女坐北牖石榻上。时君少年，亦解骑来看。君独强来亲洽，言调笑谑。吾与琼英妹结绛巾，挂于竹枝上。君独不忆念之乎？又七月十六日，吾于孝感寺侍上真子，听契玄法师讲《观音经》。吾于讲下舍金凤钗两只，上真子舍水犀合子一枚。时君亦在讲筵中，于师处请钗合视之，赏叹再三，嗟异良久。顾余辈曰：'人之与物，皆非世间所有。'或问吾氏，或访吾里，吾亦不答。情意恋恋，瞩盼不舍，君岂不思念之乎？"

生曰："中心藏之，何日忘之。"

群女曰："不意今日与君为眷属！"

复有三人，冠带甚伟，前拜生曰："奉命为驸马相者。"中一人与生且故。

生指曰："子非冯翊田子华乎？"

田曰："然。"

生前，执手叙旧久之。生谓曰："子何以居此？"

子华曰："吾放游，获受知于右相武成侯段公，因以栖托。"

生复问曰："周弁在此，知之乎？"

子华曰："周生，贵人也，职为司隶，权势甚盛，吾数蒙庇护。"言笑甚欢。

俄传声曰："驸马可进矣。"

三子取剑佩冕服，更衣之。子华曰："不意今日获睹盛礼，无以相忘也。"有仙姬数十，奏诸异乐，婉转清亮，曲调凄悲，非人间之所闻听。有执烛引导者，亦数十。左右见金翠步障，彩碧玲珑，不断数里。生端坐车中，心意恍惚，甚不自安。田子华数言笑以解之。向者群女姑姊，各乘凤翼辇，亦往来其间。

至一门，号修仪宫。群仙姑娣亦纷然在侧，令生降车辇拜，揖让升降，一如人间。彻障去扇，见一女子，云号金枝公主，年可十四五，俨若神仙。交欢之礼，颇亦明显。

生自尔情义日洽，荣耀日盛，出入车服，游宴宾御，次于王者。王命生与群寮备武卫，大猎于国西灵龟山。山阜峻秀，川泽广远，林树丰茂，飞禽走兽，无不畜之。师徒大获，竟夕而还。

生因他日，启王曰："臣顷结好之日，大王云奉臣父之命。臣父顷佐边将，用兵失利，陷没胡中，尔来绝书信十七八岁矣。王既知所在，臣请一往拜觐。"

王遽谓曰："亲家翁职守北土，信问不绝。卿但具书状知闻，未用便去。"遂命妻致馈贺之礼，一以遣之。数夕还答。生验书本意，皆父平生之迹。书中忆念教诲，情意委曲，皆如昔年。复问生亲戚存亡，闾里兴废。复言道路乖远，风烟阻绝，词意悲苦，言语哀伤。又不令生来觐，云："岁在丁丑，当与汝相见。"生捧书悲咽，情不自堪。

他日，妻谓生曰："子岂不思为政乎？"

生曰："我放荡不习政事。"

妻曰："卿但为之，余当奉赞。"

妻遂白于王。累日，谓生曰："吾南柯政事不理，太守黜废，欲藉卿才，可曲屈之。便与小女同行。"

生敦授教命。王遂敕有司备太守行李。因出金玉、锦绣、箱奁、仆妾、车马，列于广衢，以饯公主之行。

生少游侠，曾不敢有望，至是甚悦。因上表曰：

臣将门馀子，素无艺术。猥当大任，必败朝章。自悲负乘，坐致覆餗。今欲广求贤哲，以赞不逮。伏见司隶颍川周弁，忠亮刚直，守法不回，有毗佐之器；处士冯翊田子华，清慎通变，达政化之源。二人与臣有十年之旧，备知才用，可托政事。周请署南柯司宪，田请署司农。庶使臣政绩有闻，宪章不紊也。"

王并依表以遣之。

其夕，王与夫人饯于国南。王谓生曰："南柯，国之大都，土地丰壤，人物豪盛，非惠政不能以治之。况有周、田二赞，卿其勉之，以副国念。"

夫人戒公主曰："淳于郎性刚好酒，加之少年。为妇之道，贵乎柔顺。尔善事之，吾无忧矣。南柯虽封境不遥，晨昏有间，今日瞬别，宁不沾巾！"

生与妻拜首南去，登车拥骑，言笑甚欢。累夕达郡。郡有官吏、僧道、耆老、音乐、车辇、武卫、銮铃，争来迎奉。人物阗咽，钟鼓喧哗，不绝十数里。见雉堞台观，佳气郁郁。入大城门，门亦有大榜，题以金字曰："南柯郡城"。见朱轩棨户，森然深邃。

生下车省风俗，疗病苦，政事委以周、田，郡中大理。自守郡二十载，风化广被，百姓歌谣，建功德碑，立生祠宇。王甚重之，赐食邑，锡爵位，居台辅。周、田皆以政治著闻，递迁大位。生有五男二女，男以门荫授官，女亦聘于王族。荣耀显赫，一时之盛，代莫比之。

是岁，有檀萝国者，来伐是郡。王命生练将训师以征之。乃表周弁将兵三万，以拒贼之众于瑶台城。弁刚勇轻敌，师徒败绩。弁单骑裸身潜遁，夜归城。贼亦收辎重铠甲而还。生因囚弁以请罪，王并舍之。

是月，司宪周弁疽发背，卒。生妻公主遘疾，旬日又薨。生因请罢郡，护丧赴国。王许之。便以司农田子华行南柯太守事。生哀恸发引，威仪在途，男女叫号，人吏奠馔，攀辕遮道者不可胜数。遂达于国。王与夫人素衣哭于郊，候灵舆之至，谥公主曰："顺仪公主"，备仪仗羽葆鼓吹，葬于国东十里盘龙岗。是月，故司宪子荣信，示护丧赴国。

生久镇外藩，结好中国，贵门豪族，靡不是洽。自罢郡还国，出入无恒，交游宾从，威福日盛，王意疑惮之。时有国人上表云：

玄象谪见，国有大恐。都邑迁徙，宗庙崩坏。衅起他族，事在萧墙。

时议以生侈僭之应也。遂夺生侍卫，禁生游从，处之私第。生自恃守郡多年，曾无败政，流言怨悖，郁郁不乐。王亦知之，因命生曰："姻亲二十余年，不幸小女夭枉，不得与君子偕老，良用痛伤！"夫人因留孙自鞠育之。又谓生曰："卿离家多时，可暂归本里，一见亲族。诸孙留此，无以为念。后三年，当令迎卿。"

生曰："此乃家矣，何更归焉？"

王笑曰："卿本人间，家非在此。"

生忽若惛睡，憪然久之，方乃发悟前事，遂流涕请还。王顾左右以送生，生再拜而去，复见前二紫衣使者从焉。至大户外，见所乘车甚劣，左右亲使御仆，遂无一人，心甚叹异。生上车，行可数里，复出大城，宛是昔年东来之途。山川原野，依然如旧。所送二使者，甚无威势，生逾怏怏。生问使者曰："广陵郡何时可到？"

二使讴歌自若，久乃答曰："少顷即至。"

俄出一穴，见本里闾巷，不改往日，潸然自悲，不觉流涕。二使者引生下车，入其门，升自阶，己身卧于堂东庑之下。生甚惊畏，不敢前近。二使因大呼生之姓名数声，生遂发寤如初。见家之僮仆拥篲于庭，二客濯足于榻，斜日未隐于西垣，余樽尚湛于东牖。梦中倏忽，若度一世矣。生感念嗟叹，遂呼二客而语之，惊骇。因与生出外，寻槐下穴。生指曰："此即梦中所经入处。"二客将谓狐狸木媚之所为祟。遂命仆夫荷斤斧，断拥肿，折查枿，寻穴究源。

旁可袤丈，有大穴，根洞然明朗，可容一榻，上有积土壤，以为城郭台殿之状。有蚁数斛，隐聚其中。中有小台，其色若丹，二大蚁处之。素翼朱首，长可三寸。左右大蚁数十辅之，诸蚁不敢近。此其王矣。即槐安国都也。

又穷一穴，直上南枝可四丈，宛转方中，亦有土城小楼，群蚁亦处其中。即生所领南柯郡也。

又一穴，西去二丈，磅礴空圬，嵌窞异状。中有一腐龟壳，大如斗。积雨浸润，小草丛生，繁茂翳荟，掩映振壳。即生所猎灵龟山也。

又穷一穴，东去丈余，古根盘屈，若龙虺之状。中有小土壤，高尺余。即生所葬妻盘龙冈之墓也。

追想前事，感叹于怀。披阅穷迹，皆符所梦。不欲二客坏之，遽令掩塞如旧。时夕，风雨暴发。旦视其穴，遂失群蚁，莫知所去。故先言"国有大恐，都邑迁徙"，此其验矣。

复念檀萝征伐之事，又请二客访迹于外。宅东一里有古涸涧，侧有大檀树一株，藤萝拥织，上不见日。旁有小穴，亦有群蚁，隐聚其间。檀萝之国，岂非此耶？嗟乎！蚁之灵异，犹不可穷，况山藏木伏之大者所变化乎？

时生酒徒周弁、田子华并居六合县，不与生过从旬日矣。生遽遣家僮疾往候之。周生暴疾已逝，田子华亦寝疾于床。生感南柯之浮虚，悟人世之倏忽，遂栖心道门，绝弃酒色。后三年，岁在丁丑，亦终于家，时年四十七，将符宿契之限矣。

公佐贞元十八年秋八月，自吴之洛，暂泊淮浦，偶觌淳于生棼，询访遗迹，翻覆再三，事皆摭实，辄编录成传，以资好事。虽稽神语怪，事涉非经；而窃位著生，冀将为戒，后之君子，幸以南柯为偶然，无以名位骄于天壤间云。

前华州参军李肇赞曰："贵极禄位，权倾国都。达人视此，蚁聚何殊？"

附录四

枕中记

（唐）沈既济

开元七年，道士有吕翁者，得神仙术。行邯郸道中，息邸舍，摄帽弛带，隐囊而坐。俄见旅中少年，乃卢生也。衣短褐，乘青驹，将适于田，亦止于邸中，与翁共席而坐，言笑殊畅。久之，卢生顾其衣装敝亵，乃长叹息曰："丈夫生世不谐，困如是也！"翁曰："观子形体，无苦无恙。谈谐方适，而叹其困者，何也？"生曰："吾此苟生耳。何适之谓？"翁曰："此不谓适，而何谓适？"答曰："士之生世，当建功树名，出将入相，列鼎而食，选声而听，使族益昌而家益肥，然后可以言适乎。吾尝志于学，富于游艺，自惟当年，青紫可拾。今已适壮，犹勤畎亩，非困而何？"言讫，而目昏思寐。时主人方蒸黄粱为馔，共待其熟。翁乃探囊中枕以授之，曰："子枕吾枕，当令子荣适如志。"

其枕青瓷，而窍其两端。生俯首就之，见其窍渐大，明朗，乃举身而入，遂至其家。数月，娶清河崔氏女。女容甚丽，生资愈厚。生大悦，由是衣装服驭，日益鲜盛。明年，举进士，登第。释褐秘校。应制，转渭南尉。俄迁监察御史。转起居舍人，知制诰。三载，出典同州，迁陕牧。生性好土功，自陕西凿河八十里，以济不通，邦人利之，刻石纪德，移节卞州，领河南道采访使，征为京兆尹。是岁，神武皇帝方事戎狄，恢宏土宇。会吐蕃悉抹逻及烛龙莽布支攻陷瓜沙，而节度使君王君㚟新被杀，河湟震动。帝思将帅之才，遂除生御史中丞、河西道节度。大破戎虏，斩首七千级，开地九百里，筑三大城以遮要害，边人立石于居延山以颂之。归朝册勋，恩礼极盛。转吏部侍郎，迁户部尚书兼御史大夫。时望清重，群情翕习。大为时宰所忌，以飞语中之，贬为端州刺史。三年，征为常侍。未几，同中书门下平章事。与萧中令嵩、裴侍中光庭同执大政十余年，嘉谟密令，一日三接，献替启沃，号为贤相。同列害之，复诬与边将交结，所图不轨。下制狱。府吏引从至其门而急收之。生惶骇不测，谓妻子曰："吾家山东，有良田五顷，足以御寒馁，何苦求禄？而今及此，思衣短褐，乘青驹，行邯郸道中，不可得也。"引刃自刎，其妻救之，获免。其罹者皆死，独生为中官保之，减罪死，投驩州。数年，帝知冤，复追为中书令，封燕国公，恩旨殊异。生五子，曰俭、曰传、曰位、曰倜、曰倚，皆有才器。俭进士登第，为考功员外；传为御史；位为太常丞；倜为万年尉；倚最贤，年二十八，为左襄。其姻媾皆天下望族。有孙十余人。两窜荒徼，再登台铉。出入中外，徊翔台阁，五十余年，崇盛赫奕。性颇奢荡，甚好佚乐，后庭声色，皆第一绮丽。前后赐良田、甲第、佳人、名马，不可胜数。后年渐衰迈，屡乞骸骨，不许。

病，中人候问，相踵于道，名医上药，无不至焉。将殁，上疏曰：

臣本山东诸生，以田圃为娱。偶逢圣运，得列官叙。过蒙殊奖，特秩鸿私，出拥节旄，入升台辅。周旋内外，绵历岁时。有忝天恩，无裨圣化。负乘贻寇，履薄增忧，日惧一日，不知老至。今年逾八十，位极三公，钟漏并歇，筋骸俱耄。弥留沉顿，待时溘尽。顾无成效，上答休明，空负深恩，永辞圣代。无任感恋之至，谨奉表陈谢。"

诏曰：

卿以俊德，作朕元辅。出拥藩翰，入赞雍熙。升平二纪，实卿所赖。比婴疾疹，日谓痊平。岂斯沉痼，良用悯恻。今令骠骑大将军力士第候省。其勉加针石，为予自爱。犹冀无妄，期于有瘳。

是夕，薨。

卢生欠伸而悟，见其身方偃于邸舍，吕翁坐其傍，主人蒸黄粱尚未熟，触类如故。生蹶然而兴，曰："岂其梦寐也？"翁谓生曰："人生之适，亦如是矣。"生怃然良久，谢曰："夫宠辱之道，穷达之运，得丧之理，死生之情，尽知之矣。此先生所以窒吾欲也。敢不受教！"稽首再拜而去。

参考文献

一 古代戏曲评点及版本校注

陈多、叶长海：《中国历代剧论选注》，上海古籍出版社2010年版。

（清）陈同、谈则、钱宜合评：《吴吴山三妇合评〈牡丹亭〉》，上海古籍出版社2008年版。

（明）冯梦龙：《墨憨斋新定洒雪堂传奇》，古本戏曲丛刊编委会1955年版。

（明）胡应麟：《少室山房笔丛》，上海书店出版社2001年版。

（清）李渔：《闲情偶寄》，中华书局2007年版。

（明）汤显祖：《汤显祖诗文集》，上海古籍出版社1982年版。

（明）汤显祖：《汤显祖戏曲集》（上、下册），上海古籍出版社2010年版。

（明）汤显祖：《紫钗记》，中国戏剧出版社2010年版。

（明）汤显祖：《南柯记》，中国戏剧出版社2010年版。

（明）汤显祖：《邯郸记》，中国戏剧出版社2010年版。

（明）汤显祖：《牡丹亭》，人民文学出版社2012年版。

（明）汤显祖：《汤显祖集全编》，上海古籍出版社2015年版。

（明）王骥德：《曲律》，湖南人民出版社1983年版。

吴梅：《中国戏曲概论》，中国人民大学出版社2011年版。

（元）王实甫：《西厢记》，（清）金圣叹批评，凤凰出版社2012年版。

（明）张岱：《张岱散文选集》，百花文艺出版社2005年版。

中国戏曲研究院：《中国古典戏曲论著集成》（第六册），中国戏剧出版社 1959 年版。

二 戏曲研究及其他

陈良运：《中国历代赋学曲学论著选》，百花洲文艺出版社 2002 年版。

方志远：《明代城市与市民文学》，中华书局 2005 年版。

关华山：《〈红楼梦〉中的建筑与园林》，百花文艺出版社 2008 年版。

郭英德：《明清文人传奇研究》，台北文译出版社 1991 年版。

郭英德：《明清文学史讲演录》，广西师范大学出版社 2005 年版。

郭英德：《明清传奇戏曲文体研究》，商务印书馆 2007 年版。

华玮主编：《汤显祖与牡丹亭》，台北"中央研究院"中国文哲研究所 2005 年版。

华玮：《走进汤显祖》，上海人民出版社 2015 年版。

黄竹三、冯俊杰：《六十种曲评注》，吉林人民出版社 2001 年版。

金沛霖：《四库全书子部精要》（下），天津古籍出版社 1998 年版。

李昌集：《中国古代曲学史》，华东师范大学出版社 1997 年版。

刘森华等：《中国曲学大词典》，浙江教育出版社 1997 年版。

［美］乔治·贝克：《戏剧技巧》，余上沅译，中国戏剧出版社 2004 年版。

［日］青本正儿：《中国近世戏曲史》，中国戏剧出版社 1957 年版。

谭帆、陆炜：《中国古典戏剧理论史》，中国社会科学出版社 1993 年版。

唐圭璋：《全宋词》，中华书局 1965 年版。

王国维：《宋元戏曲史》，中华书局 2013 年版。

徐扶明：《牡丹亭研究资料考释》，上海古籍出版社 1987 年版。

吴毓华：《中国古代戏曲序跋集》，中国戏剧出版社 1990 年版。

徐永明：《英语世界的汤显祖研究论著选译》，浙江古籍出版社 2013 年版。

叶长海：《汤学刍议》，上海人民出版社 2015 年版。

张庚、郭汉城：《中国戏曲通论》，上海文艺出版社 1993 年版。

中国戏曲研究院编：《中国古典戏曲论著集成》，中国戏剧出版社 1959 年版。

赵景深：《曲论初探》，上海文艺出版社1980年版。

朱立元：《现代西方美学史》，上海文艺出版社1993年版。

张玲：《汤显祖和莎士比亚的女性观与性别意识》，中国传媒大学出版社2013年版。

章培恒、骆玉明：《中国文学史》，复旦大学出版社1997年版。

邹自振：《汤显祖与玉茗四梦》，高校出版社2007年版。

三　国外叙事学研究

［加］安德烈·戈德罗、［法］弗朗索瓦·若斯特：《什么是电影叙事学》，刘云舟译，商务印书馆2007年版。

［英］爱·摩·佛斯特：《小说面面观》，苏炳文译，广州花城出版社1984年版。

［美］白馥兰：《技术与性别——晚期帝制中国的权力经纬》，江湄、邓京力译，江苏人民出版社2006年版。

［法］蒂费纳·萨莫瓦约：《互文性研究》，邵炜译，天津人民出版社2003年版。

［奥地利］弗洛伊德：《梦的解析》，周艳红、胡惠君译，北京理工大学出版社2009年版。

［美］杰拉德·普林斯：《叙述学词典》，乔国强、李孝弟译，上海译文出版社2011年版。

［美］詹姆斯·斯科特·贝尔：《冲突与悬念——小说创作的要素》，王著定译，中国人民大学出版社2014年版。

James Phelan 和 Peter J. Rabinowitz 主编：《当代叙事理论指南》，申丹、马海良、宁一中、乔国强、陈永国、周靖波译，北京大学出版社2007年版。

［法］加斯东·巴什拉：《空间诗学》，张逸婧译，上海译文出版社2009年版。

［荷］米克·巴尔：《叙述学　叙事理论导论》，谭君强译，北京师范大学出版社2015年版。

［美］米尔恰·伊利亚德：《神圣与世俗》，王建光译，华夏出版社2002年版。

［美］浦安迪：《中国叙事学》，北京大学出版社1996年版。

［法］热拉尔·热奈特：《叙事话语·新叙事话语》，王文融译，中国社会科学出版社1990年版。

［苏联］什克洛夫斯基等：《俄国形式主义文论选》，方珊等译，生活·读书·新知三联书店1992年版。

［美］W.C.布斯：《小说修辞学》，华明等译，北京大学出版社1987年版。

［美］西摩·查特曼：《故事与话语——小说和电影的叙事结构》，徐强译，中国人民大学出版社2013年版。

［美］J.H.劳逊：《戏剧与电影的剧作理论与技巧》，中国电影出版社1978年版。

［古希腊］亚理斯多德：《诗学》，上海人民出版社2006年版。

［法］茱莉娅·克里斯蒂娃：《符号学：意义分析研究》，上海文艺出版社1993年版。

四 国内叙事学研究

陈平原：《中国小说叙事模式的转变》，上海人民出版社1988年版。

董乃斌：《中国小说的文体独立》，中国社会科学出版社1992年版。

董乃斌：《中国文学叙事传统研究》，中华书局2012年版。

董上德：《古代戏曲小说叙事研究》，广东高等教育出版社2007年版。

傅修延：《讲故事的奥秘》，百花洲文艺出版社1993年版。

傅修延：《叙事：意义与策略》，江西高校出版社1999年版。

傅修延：《文本学——文本主义文论系统研究》，北京大学出版社2004年版。

傅修延：《先秦叙事研究——关于中国叙事传统的形成》，东方出版社2007年版。

傅修延：《中国叙事学》，北京大学出版社2015年版。

胡亚敏：《叙事学》，华中师范大学出版社2004年版。

胡健生：《元杂剧与古希腊戏剧叙事技巧比较研究》，中国社会科学出版社2014年版。

龙迪勇：《空间叙事研究》，生活·读书·新知三联书店2014年版。

倪爱珍:《史传与中国文学叙事传统》,中国社会科学出版社 2015 年版。

申丹:《叙述学与小说文体学研究》,北京大学出版社 1998 年版。

申丹:《英美小说叙事理论研究》,北京大学出版社 2005 年版。

申丹,王丽亚:《西方叙事学:经典与后经典》,北京大学出版社 2013 年版。

石昌渝:《中国小说源流论》,生活·读书·新知三联书店 1994 年版。

苏永旭:《戏剧叙事学研究》,中国戏剧出版社 2004 年版。

谭君强:《叙事理论与审美文化》,中国社会科学出版社 2002 年版。

谭君强:《叙事学导论》,高等教育出版社 2008 年版。

王平:《中国古代小说叙事研究》,河北人民出版社 2001 年版。

王平:《中国古代小说叙事研究》,河北人民出版社 2003 年版。

杨义:《中国古典小说史论》,中国社会科学出版社 1995 年版。

杨义:《中国叙事学》,人民出版社 1997 年版。

张世君:《明清小说评点叙事概念研究》,中国社会科学出版社 2008 年版。

张寅德编:《叙述学研究》,中国社会科学出版社 1989 年版。

赵毅衡:《当说者被说的时候——比较叙述学导论》,中国人民大学出版社 1998 年版。

赵毅衡:《苦恼的叙述者:中国小说的叙述形式与中国文化》,十月文艺出版社 1998 年版。

赵毅衡:《广义叙述学》,四川大学出版社 2013 年版。

五 期刊论文

陈红艳:《南柯梦中的两个世界——试论〈南柯记〉的叙事结构与演述干预》,《东华理工大学学报》(社会科学版)2015 年第 2 期。

龙迪勇:《梦:时间与叙述》,《江西社会科学》2002 年第 8 期。

刘火:《罗伟章〈声音史〉:声音的异变、湮灭与重生》,《文学报》2016 年 12 月 5 日。

林鹤宜:《从"叙事程式"的观点谈"临川四梦"收场的辩证与创

发》,《戏曲研究》2011年第2期。

李娟:《中国传统人生审美境域管窥》,《理论探讨》2012年第6期。

李精耕、汤洁:《从近三十年来国内学术期刊论文看汤显祖研究》,《求索》2007年第11期。

李蔚:《试论宋金战争的几个问题》,《社会科学》1980年第3期。

李小兰:《〈牡丹亭〉看晚明士子的矛盾心态》,《纪念汤显祖逝世400周年剧目展演暨国际高峰学术论坛》(下册),2016年。

吕学琴:《由〈盗梦空间〉说起——比较中西"叙梦文学"的叙事差异》,《中华文化论》2013年第6期。

吕贤平:《隐而不退的叙述者——从叙事视角的转换看汤显祖戏剧的改编艺术》,《沈阳农业大学学报》(社会科学版) 2005年第3期。

吕贤平:《作为叙述符号存在的人和物——论汤显祖戏剧中人和物的叙事作用》,《漳州师范学院学报》(哲学社会科学版) 2005年第3期。

吕贤平:《漫谈"临川四梦"中有意味的时间形式——兼论汤显祖戏曲改编的叙事时间艺术》,《东华理工大学学报》(社会科学版) 2006年第4期。

刘永强:《一僧一道一术士——古代小说超情节人物的叙事学意义》,《文学遗产》2009年第2期。

梁瑜霞:《从戏剧结构看〈牡丹亭〉杜宝形象的复杂性》,《江苏大学学报》(社会科学版) 2009年第6期。

齐欣荣:《论汤显祖戏剧对时间的处理》,《西南师范大学学报》(哲学社会科学版) 1995年第4期。

苏梓龄:《虚实之间,情爱所在——〈牡丹亭〉的空间叙事艺术赏析》,《名作欣赏》2015年第36期。

吴建勤:《中国古典小说的预叙叙事》,《江淮论坛》2004年第6期。

王铭:《〈牡丹亭〉的结构艺术》,《江汉大学学报》(社科版) 2001年第4期。

吴瑞霞:《〈牡丹亭〉叙事结构的透视》,《湖北师范学院学报》(哲社版) 2004年第4期。

阳清:《论汉魏六朝志怪的预叙叙事》,《广西社会科学》2010年第3期。

于真：《"临川四梦"叙梦结构探析》，《集美大学学报》（哲学社会科学版）2015年第2期。

张晟：《庄子心学的人文意蕴与时代价值——以闵一得心性论为例》，《江西财经大学学报》2013年第3期。

赵蝶辑译：《汤显祖研究资料目录索引（2005－2013）》，《汤显祖研究》2014年第2期。

周虹：《"极微"观和"那碾"法——金圣叹评点小说戏曲的修辞方法论》，《上海财经大学学报》2001年第8期。

赵谨、马瑜：《李益边塞诗意象特点探析》，《重庆科技学院学报》（社会科学版）2010年第3期。

朱明明：《论〈牡丹亭〉中梅、柳意象的多重内涵》，《中国古代文学研究》2010年第10期。

张莉：《汤显祖研究资料目录索引（1998－2004）》，《中华戏曲》2007年第2期。

张岚岚：《"魂梦"叙事模式意义探析——从〈牡丹亭〉和〈鸳鸯梦〉谈起》，《戏剧文学》2012年第2期。

张岚岚：《明清传奇"写真"母题研究》，《中州学刊》2014年第11期。

张鹏飞：《论汤显祖戏曲"梦幻叙事"范式的文化情韵》，《东华理工大学学报》（社会科学版），2010年第2期。

赵艳喜：《试论明清传奇中的下场集唐诗》，《艺术百家》2006年第5期。

邹自振：《走向世界的汤显祖研究》，《古典文学知识》2008年第1期。

后　记

本书是在笔者的博士论文的基础上修改而成的。历经四年的寒来暑往，我写就了博士学位论文，终于盼来了"致谢"环节。毫不讳言，后记曾是我拜读前辈学长们的博士论文时最羡慕向往的篇章。在这里，我想把当时写完博士学位时的感想记录下来。

在漫漫求学途中，也曾无数次畅想过致谢谢幕时会是怎样的百感交集、激动莫名，会是"提刀却立、四顾踌躇"般豪迈激越，还是"却道天凉好个秋"般缄默感怀。未料事实却是"也无风雨也无晴"般平静淡然。"纵胸口有雷霆万钧，到出口也只是云淡风轻。"因为深知这只是起点，而非句点。或许，这亦是岁月的礼物、心性的成长。

四年前，我初入古代文学这一博大精深的文化宝库中，愈是有所触及愈深感自身的渺小和浅薄，不由心生蚊虻负山、商蚷驰河之叹。然而，感恩的是，得到了诸位老师、学长和我的家人的悉心指导与温暖鼓励，让我最终在学术研究的道路上坚持下来。

四年前，蒙刘松来先生不弃，将我收入门下。先生不嫌我资质愚钝、根基浅薄：于微观处，教我一字一句、授我一招一式，启迪我蹒跚学步、逐渐积累、掌握古代文学研究的基本方法和理念；于宏观处，勉励我独立思考，鼓励我跌跌撞撞地逐渐寻找适合自己的研究路径。尤为感激的是，先生在学术上不拘成见，力主创新，引导我将西方叙事学理论与古典戏曲研究进行中西"嫁接"。从论文的选题、框架、论证直至后续数次修改完善，先生次次都逐字逐句、不厌其烦、数易其稿。学术上，先生细致严谨，不辞劳辛；生活上，先生关怀有加，如沐春风。无论学术研究，抑或师品为人，先生都是吾等晚生的学习楷模。

在此，还要特别感谢我叙事学研究道路上的引路人——傅修延先生。

后　记

十年前我初入科研单位，对自己的学术兴趣与研究方向十分迷茫。恰于此际，幸蒙先生引领我踏入叙事学这片斑斓多姿的学术新领地，方对叙事文本"讲故事的奥秘"产生了浓厚的探知欲。每一次聆听先生的讲课总能不时地迸发出思想的火花；每一次学术会议间隙向先生讨教，总能得到先生的悉心启迪与温暖鼓励。师恩如海，衔草难报，无以尽书。

在博士学习期间，文学院的其他诸位先生同样给了我莫大的鼓励和指教。在论文的开题和修改过程中，赖大仁老师、颜敏老师、詹艾斌老师、陶水平老师、李舜臣老师，还有欧阳江陵老师、杜华平老师以及江西财大的骆兵老师等都针对我的论文提出了诸多真知灼见。老师们深厚的学术功底和活跃的研究思路，往往令我辈后学醍醐灌顶，其具体详实的建议，更成为这篇论文得以成形的前提。

除了完成学业，读博期间最大的收获即结交了几位志趣相投的同窗挚友。在迷惘时安慰鼓励；在忙乱时无私相助，无疑是一份额外的礼物。

最后，还必须感谢我的家人。四年求学路，住校时长二年多之久。感谢家人毫无怨言地驻守后方、支持鼓励。没有他们背后的无私付出，实在无从心无旁骛地奔走于图书馆、自习室之间查阅资料、撰写行文。

四年时光，一路磕绊踯躅、举步维艰，蓦然回首又似白驹过隙、倏然而逝。纵未来征程漫漫，这段时光亦必会铭刻于心，激励我蹒跚起步、砥砺前行。因为它教会了我如何在黑夜中坚守心中那一盏灯火；教会了我如何在即将坚持不下去之时告诉自己咬牙再坚持一会儿，未准就能看到"黎明前的曙光"。